Liebesinseln der Illusionen

Kanaren Auswanderroman Teil 3

Evelin Heinecke

AF288150

Liebesinseln der Illusionen

Kanaren - Auswanderoman Teil 3

Evelin Heinecke

Impressum

Bibliografische Information der Deutschen Nationalbibliothek:
Die Deutsche Nationalbibliothek verzeichnet diese Publi-
kation in der Deutschen Nationalbibliografie; detaillierte
bibliografische Daten sind im Internet über http://dnb.dnb.de
abrufbar.

Verlag: BoD · Books on Demand GmbH, In de Tarpen 42,
22848 Norderstedt
Druck: Libri Plureos GmbH, Friedensallee 273, 22763 Hamburg

ISBN: 978-3-7693-1343-7

Estas tia, kia ĝi estas.
Ĉio estas nenio kaj nenio estas ĉio.
Ĉiam estas nun.
Ĉio estas energio.
Estas nenio por fari.

Inhaltsverzeichnis

„Na Medha, ist das nicht eine tolle Tour?"

„Wir hatten vereinbart, dass du mich zu Therapiezeiten mit meinem richtigen Vornamen ansprichst." Jagadish stoppt den Buggy und legt Mona seine rechte, schweißige Hand auf den linken Oberschenkel, welcher nur bis zur Hälfte von einem schwarzen Rock bedeckt ist. Mona nimmt Kopftuch und Schutzbrille ab und versucht, sich den Staubsand aus den Augen zu reiben.

„Die Brille taugt nichts", murmelt sie dabei und drückt ein paar Tränen heraus, damit diese die kratzenden Sandkörner ausspülen. *Noch einmal mache ich solch einen Ausflug nicht mit!*

Seit acht Wochen kommt Jagadish dreimal wöchentlich für Hypnosesitzungen zu ihr. In dieser Zeit unternahm er zunehmend massiver Annäherungsversuche, obwohl Mona ihm immer wieder klar und deutlich mitgeteilt hatte, dass sie mit einem Ratsuchenden keine private Beziehung eingeht. Doch zu diesem Trip mit dem Buggy über den südlichen Teil der Insel Fuerteventura hatte sie sich überreden lassen, denn der soll die Gesamtbehandlung begleiten.

Auf eine Antwort von Mona wartend, tätschelt Jagadish weiter ihren Oberschenkel, bis sie seine aufdringliche Hand wegschiebt und antwortet:

„Ja, die Tour ist nicht schlecht. Ich hatte schon immer mal vor, diese Gegend zu erkunden. Doch bis Cofete habe ich es all die Jahre nicht geschafft." Sie putzt sich kräftig die Nase und wischt sich mit dem Papiertaschentuch, das augenblicklich braungelb vom Staub wird, das Gesicht ab.

„Aber ich muss ehrlich sagen, in einem Buggy oder offenen Auto werde ich keine Tour mehr über die Insel machen. Zu viel Dreck und Gestank." Die ersten Kilometer waren sie in Kolonne gefahren. Als langsamer Chauffeur kam Jagadish nicht hinterher. Mona war heilfroh, dass die anderen flotter und somit bald außer Sichtweite waren, denn in deren Staubwolken zu fahren, war einfach nur furchtbar.

„Kennst du den Weg zurück?"

„Geht dein Navi im Handy nicht?"

„Hier gibt es kein Netz. Ich bin zwar nun schon einige Wochen auf Fuerteventura, aber hier unten kenne ich mich nicht aus. Du?"

„No. Wir folgen einfach den Reifenspuren auf der Schotterpiste und dem Sonnenstand, dann werden wir schon nach Morro Jable finden." Von dort waren sie vor vier Stunden gestartet. Mona steigt aus und schaut sich um. Sie stehen weit oben auf einer abschüssigen Ebene an der Südwestküste von Fuerteventura. In dieser vegetationslosen, endlos anmutenden Region trifft der Atlantik mit großen Wellen auf ein weitläufiges, sandiges Ufer und ergießt sich schillernd auf hellen Sand. Heute herrscht Westwind und die Ozeanbrise weht bis in Monas Nase, obwohl sie etwa siebzig Meter vom Meer entfernt steht. Sie atmet voller Wonne diese salzigen, frischen Mikropartikel ein und kommt nach dem extremen Lärm und Staub im Buggy ein wenig zur Ruhe.

„Lass uns hier verweilen," wendet sie sich an Jagadish, legt ihre Tasche auf den steinigen Boden und setzt sich darauf. Mit geschlossenen Augen lässt sie das Tosen des Atlantiks und seinen heilsamen Geruch auf sich wirken. Als sie die Augen wieder öffnet, wird ihr bewusst, dass sie genau in Richtung Gran Canaria schaut. Da ergreift sie eine unbändige Sehnsucht. Zuletzt war sie im Januar dort, nun ist es bereits Oktober. Walter mit seinem Angebot, für sie ein Haus zur Miete zu suchen, hatte sie durch die Anwesenheit von Jagadish aus dem Sinn verloren. Die Magie der Insel des ewigen Frühlings fließt augenblicklich mit Macht wieder in sie. *Ich muss unbe-dingt dorthin!*

Mona steht auf, nimmt ihre Trinkflasche aus dem Rucksack und lässt das zwischenzeitlich lauwarme Wasser langsam die Kehle herunterfließen.

„Gibt es eine genaue Uhrzeit, an der das Fahrzeug zurückgebracht werden sollte?" Jagadish sitzt im Buggy und steckt sein Handy weg, mit dem er in den letzten Minuten beschäftigt war.

Seit es Smartphones, WhatsApp und andere Messenger gibt, leidet die Kommunikation zwischen den Menschen noch mehr, als durch SMS, findet Mona. Sie benutzt Textnachrichten nur für kurze terminliche Angelegenheiten und zieht es ansonsten vor, zu telefonieren.

„Du hattest doch alles organisiert und mich im letzten Moment überredet, dich sozusagen als Therapeutin zu begleiten." Jagadish reagiert nicht auf Monas Worte, sondern fährt sich mit seinen staubigen, faltigen Händen durch sein spärliches Haar.

„Irgendwie habe ich das Gefühl, dass ich noch mehr Adrenalinkicks wie diese Tour brauche. Wann ist unser nächster Termin? Du musst mir unbedingt dafür noch ein paar Tipps geben."

„Nächste Woche Dienstag. Möchtest du jetzt über irgendetwas reden? Wir haben bestimmt noch ein halbes Stündchen, um uns zu unterhalten."

„Ich weiß nicht. Du bist seit einiger Zeit so dermaßen kühl und distanziert, das macht mich nervös. Auf diese Art erreiche ich nie einen Therapieerfolg." Mona schaut ihn verdutzt an. Mit solch einer Aussage hat sie nicht gerechnet, ihr ist allerdings klar, worauf er anspielt.

Ein paar Tage nach Beginn der Sitzungen begann Jagadish, sie mehrmals in der Woche abends zum Essen oder Bummeln, am Wochenende zum Baden einzuladen.

Es gab während dieser Begegnungen viele Berührungen und Umarmungen. Anfänglich genoss Mona das, doch dann wurde ihr bewusst, worauf das hinaus laufen sollte. Eines abends vor einer Woche begleitete sie ihn in sein Apartment und er bat sie, mit ihm die Nacht zu verbringen. Sie lehnte ab.

Ja, er ist auch mit Anfang sechzig noch ein attraktiver Mann und hat grundsätzlich eine angenehme Ausstrahlung. Doch was sie damals auf Teneriffa in seiner Nähe empfunden hatte, war weg. Er ist ein Bekannter, mit dem sie prima kommunizieren kann, und zwar über Themen, die für die meisten Menschen komplett fremd sind. Aber rein körperlich sexuell verspürt sie keinerlei anziehende Energie mehr. Und sie bemerkt immer häufiger, dass er oft dieselben Ausreden oder Glaubenssätze wiederholt. Als ob er sein Problem liebt und pflegt. Doch dass er einen Therapiemisserfolg nun auf ihr Verhalten zurückführt, das verärgert sie.

„Also wirklich Jagadish. Zu diesem Thema habe ich mich von Anbeginn der Sitzungen ehrlich und klar geäußert. Du glaubst also wirklich, dass dein bisheriger Nichterfolg damit zu tun hat, dass ich mich dir nicht privat, intim, sexuell hingebe?"

„Als wir uns in Teneriffa in der Tantragemeinschaft kennengelernt hatten, warst du weich und zugänglich."

„Das ist schon sehr viele Jahre her. Auch du hast dich enorm verändert."

„Bin ich dir jetzt zu alt oder was?" Dieses selbstmitleidige Niveau stößt Mona ab.

„Ich habe langsam den Eindruck, dass du deine Probleme benutzt, um mich für etwas verantwortlich zu machen, was ich definitiv nicht beeinflussen kann. Schade, dass du meine Einstellung und Prinzipien als Therapeutin nicht respektierst. Von einem langjährigen Abhängigkeitsproblem kannst du nicht loskommen, wenn du dich wieder von etwas oder jemandem abhängig machst. Nur du allein kannst in dir und mit dir Heilung finden. Ich bin nur der Impulsgeber und zeige dir und deinem Unterbewusstsein, deinen Selbstheilungskräften Wege und Möglichkeiten auf. Gehen und ergreifen musst du sie alleine. Und zum tatsächlichen Hypnosetherapieerfolg wirst du nur kommen, wenn du wirklich und wahrhaftig dein Problem loslassen willst. Ich gewinne immer mehr den Eindruck, dass du die Sitzungen nur machst, um meine Aufmerksamkeit, meine Nähe und Intimität zu gewinnen."

„Du drehst immer alles so, wie es dir in den Kram passt. Ich dachte, du hast wirklich Interesse an mir und meinen Problemen." Erschrocken über das, was er äußert, zeigt es ihr allerdings, wie geschickt er sich bisher verstellen konnte und was ihn, wenn er sich ehrlich öffnet, ausmacht. Nein, Mona hat keine Erwartungen an etwas oder jemanden, lässt alles fließen. Dennoch bringt sie sein Verhalten zum Erstaunen. Seine letzte Bemerkung ignorierend trinkt sie ihre Flasche leer.

„Lass uns zurückfahren. Die Sonne geht bald unter und du weißt, sie verschwindet rasch im Ozean." Mona steigt grübelnd in den Buggy. *Ich muss die Sitzungen beenden. Es hat keinen Zweck, mit ihm weiterzumachen.* Sie setzt die große Schutzbrille wieder auf und bindet sich ihr Tuch fest um den Kopf.

Jagadish fährt nun in verblüffend rasantem Tempo gen Südosten. Mona fröstelt im Fahrtwind, denn die Wärme der Sonne weicht feuchter Abendkühle. Endlich zeigen sich die Lichter einer Straße. Diesen folgen sie und erreichen schweigend die Buggystation, welche um diese Uhrzeit bereits geschlossen hat. Jagadish parkt das Gefährt dort gegenüber und begleitet Mona zu ihrem Auto. Sie ist froh, dass Jagadish für ein paar Tage ein Hotelzimmer in Morro Jable gemietet hat, um den Süden zu erkunden. So kann sie in Ruhe allein nach Hause fahren. Sie verabschieden sich distanziert.

„Bis Dienstag.“

„Ja, bis Dienstag.“

Mona leuchtet mit der Handylampe an den Briefkasten. Da klemmt etwas im Schlitz. Mit enormer Fingerkraft und doch ausgesprochen vorsichtig zieht sie einen weichen, dicklichen Umschlag aus dem Kasten. Aufgeregt schwänzelt ihr Bilan um die Beine. Er ist seit einigen Tagen ziemlich unruhig, was wahrscheinlich an der Hündin liegt, die in der Nachbarschaft lebt und wohl wieder läufig ist. Schon mehrfach war der Rüde über die Mauer, die Monas Garten umgibt, gesprungen und weggelaufen. Stunden später kam er immer ausgehungert zurück.

Sie legt den Umschlag auf den Küchentisch und stellt dem Hund Futter hin.

„Ich muss mich erst einmal ausgiebig duschen. Bin total verschwitzt und staubig,“ redet sie in Richtung des gierig fressenden Hundes. Bestimmt war er während ihrer Abwesenheit weit auf der Insel unterwegs, so enorm ist sein Hunger. Doch sie mag ihn nicht im Haus einsperren oder außen anketten, wenn sie wegfährt, das empfindet sie als Tierquälerei. In Windeseile entledigt sich Mona ihrer wenigen Kleidungsstücke, steigt in die Wanne, hockt sich hin und dreht die Dusche auf. Ihr ist eiskalt und sie freut sich auf den wärmenden Duschstrahl.

„Mist, wieder kein warmes Wasser!“ Sie hat vergessen, am Morgen den Boiler anzustellen. Somit gibt es statt einem Duschvergnügen nur ein kurzes, kaltes Abspülen des Staubs. Sie rubbelt sich trocken, greift sich den Bademantel, wirft ihn über und setzt sich in die Küche. Auf der Terrasse ist es ihr zu kalt, denn der

Westwind hat in der letzten Stunde aufgefrischt. Das ist ungewöhnlich im Oktober, sonst wird es abends komplett windstill bei milder Luft.

Im Schein der Deckenlampe betrachtet sie den Umschlag. Links oben in der Ecke ist ein Ornament aufgedruckt, genau wie auf dem Brief, den sie vor ein paar Wochen von Luna erhalten hatte. Woher die ihre Adresse hat, ist Mona schleierhaft. *Vielleicht von Walter?*

Luna hatte geschrieben, dass sie von Francoise getrennt ist und eine spirituelle Gemeinschaft in den Bergen von Gran Canaria gründen will. Dazu hat sie Mona eingeladen. *Wann war nochmal der Termin? Am 11. November.*

Francoise traf Mona in den letzten zehn Jahren nicht wieder. Sie hatte keine Lust auf diese verlogene Frau, die hinter ihrem Rücken mit Rafael Geschäfte gemacht hatte und die gelben Perlen unter die Leute brachte, nur um einen finanziellen Vorteil zu haben. Ob Luna darin verwickelt war, weiß Mona bis heute nicht. *Ich werde der Einladung von Luna folgen. Vielleicht erfahre ich so doch noch etwas, was Licht in die damaligen Angelegenheiten bringt.*

Sie befühlt das Päckchen und ihr wird auf einmal unbehaglich. *Und wenn es etwas enthält, was ich gar nicht möchte? Etwas, womit ich nicht umgehen kann? Aber vielleicht ist es doch nur Werbepost.* Sie greift den Umschlag, um ihn zu öffnen, da klingelt ihr Handy.

„So ein Ärger, jetzt habe ich vergessen, das Telefon auszumachen", schimpft sie vor sich hin. Mona schaltet ihr Smartphone meist gegen 21 Uhr aus, damit sie nicht in der Abendmeditation gestört wird, die sie häufig zu der Zeit praktiziert. Jetzt ist es schon nach zehn. Die Nummer auf dem Display kennt sie nicht, dennoch nimmt sie das Gespräch entgegen.

„Diga!"

„Ich will nur wissen, ob die Briefsendung angekommen ist?", fragt eine tiefe, männliche Stimme auf Spanisch. Völlig überrumpelt antwortet Mona mit „Si", was „Ja" bedeutet.

„Von wem kommt der Brief?" Sie erhält keine Antwort, der Anrufer hat sofort aufgelegt. Mona betrachtet das Versandtaschenpäckchen auf dem Tisch und ihr scheint, als würde es anfangen zu glühen. *Ich halluziniere, bin wohl total übermüdet.* Die stundenlange Fahrt in Staub und Sonne hat Mona geschafft. Sie meditiert und schläft sofort ein.

In dieser Nacht träumt sie so intensiv, wie schon lange nicht mehr. Jagadish erscheint als lachender, blutroter Dämonennebel, welcher sie komplett einhüllt. Er schreit mit ohrenbetäubender Stimme immer wieder:

„Du bist eine frigide, kaltherzige Aufschneiderin. Zu dir wird niemand mehr kommen! Einsam und allein wirst du sterben."

Am Morgen erwacht, fühlt Mona sich ziemlich schlapp. Aus dem Spiegel schauen sie rot unterlaufene Augen an, ihre Stirn glüht. Sie sucht ihr Fieberthermometer und misst 38,8 Grad Temperatur. Sofort bereitet sie sich einen Tee aus Kräutern, die sie jedes Mal, wenn sie auf Gran Canaria ist, in den Bergen sammelt und dann trocknet. Das Kräuterbuch von Isidro ist ihr größter Schatz und sie hat oft darauf zurückgegriffen.

Ihr ist schwindelig und ein Blick auf das Außenthermometer zeigt, dass 36 Grad herrschen. Sie öffnet die Jalousien und stellt fest, dass ein Calimastaubsturm tobt. Die Luft ist so voller braunem Staub, dass sie nicht einmal die das Haus umgebene Mauer sieht.

Da sich in den letzten Jahren die Calimatage immer mehr gehäuft haben, hat sich Mona einen Vorrat an

Atemschutzmasken angeschafft. Nur so erträgt sie die staubgeschwängerte Luft. Der Hund muss trotzdem sein Geschäft draußen verrichten. Sie öffnet die Terrassentür einen Spalt und Bilan läuft in den Garten.

„Ich hole dich gleich wieder rein." Mona ist nicht nach dem morgendlichen Hundespaziergang entlang der flachen Mauern aus hellbraunen Feldsteinen. Nachdem sie die Tür zur Terrasse wieder geschlossen hat, bemerkt sie, dass die Möbel im Wohnzimmer mit einer braunen Staubschicht bedeckt sind. Doch sie ist zu schlapp, um zu putzen, zumal über die gesamte Zeit des Sturms dieser feine Staub durch alle Fenster- und Türritzen kommen wird. *Wer weiß, wie lange der Calima diesmal anhält.*

Müde von der Kräuterteemischung ist sie nur noch in der Lage, sich kalte Wadenwickel anzulegen und fällt dann erschöpft ins Bett. Dennoch kreisen ihre Gedanken und ein mulmiges Gefühl in Bezug auf diese immer öfter kommenden Calimaepisoden beschleicht sie. Es scheint zwischenzeitlich nicht nur Calima, sondern eine Art geballte Smogkonstellation zu sein, die sich um den Globus bewegt. Mona fand während der letzten Calimaphase im Internet eine Seite, welche die tägliche Luftqualität auf der Erde darstellt. Da war deutlich zu sehen, dass es speziell im asiatischen Bereich um China und Indien die höchste Kontaminierung der Luft gibt. Die Weltluftqualität hat sich, seit sie auf den Kanaren lebt, enorm verschlechtert, die Winde haben sich verändert und die Sonneneinstrahlung ist aggressiver geworden. Das Universum pulsiert pausenlos in Veränderung. Doch das ignorante, konsumwahnhafte, luxus- und überflussgierige, naturschädigende, tierzerstörende, bewusstlose Dasein vieler Menschen bedingt Verfall und auch das Sterben von Pflanzen und Tieren. Das Wasser, welches an die Ufer spült, enthält zwischenzeitlich massenhaft kleine bunte Müllpartikel.

Wir haben nur diese eine Erde und wir atmen alle nur die Luft, welche aus dem ewigen Kreislauf dieses Planeten entsteht. Irgendwann kann der natürliche Zyklus die von den Menschen produzierten Schadstoffe nicht mehr kompensieren. Wenn die Areale der Luft- und Meeresverschmutzung immer größer werden, wird das in absehbarer Zeit dazu führen, dass alles regelrecht erstickt. So fühlt sich Mona im Moment und hofft inständig, dass der Tee seine heilende Wirkung entfaltet.

Als sie die Augen wieder aufschlägt, ist es schummrig im Zimmer. Sie schaut auf die Handyuhr und stellt fest, dass sie den ganzen Sonntag geschlafen hat. Ein Schreck durchfährt sie heiß. *Oh Gott, Bilan ist noch im Garten, der arme Hund.* Sie springt aus dem Bett. Die erwärmten Wadenwickel fallen auf den Boden, sie hastet zur Terrassentür, öffnet sie und schaut nach Bilan. Doch der ist weder in der Hütte, noch im Garten, welcher gut überschaubar ist, weil nicht groß. In ihm gibt es überwiegend Vulkankiesel und einige Sukkulenten, die in dieser Trockenheit gedeihen. Außerdem hat Mona ein paar Töpfe mit Kräutern stehen, doch wenn sie vergisst, diese regelmäßig zu wässern, vertrocknen die sofort. Immer wieder hatte sie den Vermieter gebeten, die Bewässerungsanlage in Ordnung zu bringen, aber es rührt sich nichts. Doch darüber zu sinnieren hat sie jetzt keinen Nerv, denn sie macht sich Sorgen um ihren Hund. Sicher, er war schon ein paarmal weggelaufen, aber immer wieder gekommen. *Doch bei dem Wetter? Wo ist er bloß hin?* Da es bald dunkel wird, entscheidet sie, rasch den täglichen Spazierweg abzulaufen. Sie setzt sich eine Atemmaske und ein Kopftuch auf, wirft sich ein langes Tuch über und schlüpft in ihre Jesuslatschen, die zwar uralt sind, aber ihre Dienste tun. Sie hatte sie erworben, als sie vor ein paar Wochen auf dem Flohmarkt in Costa Calma war.

Den Schlüssel in der Hand lässt sie die Tür ins Schloss fallen und marschiert los. *Lange halte ich das mit dieser Maske nicht aus. Ich bekomme kaum Sauerstoff. Aber wenigstens brauch ich nicht den ganzen Staub einatmen.* Der Atemschutz ist an den Seiten nicht dicht und sie merkt, wie der enorme Feinstaub die Luft zum Atmen raubt und die Lunge trotzdem schwer belastet. Doch da ist noch etwas anderes, was komisch auf den Lippen schmeckt und in den Augen brennt. Das sind nicht nur Sandpartikel aus der Wüste von Afrika, so wie früher. Mona beschleunigt ihren Schritt. Der Hund ist nicht zu sehen, die Sichtweite beträgt kaum zehn Meter. *Es hat keinen Zweck, jetzt nach Bilan zu suchen. Er wird schon zurückfinden.*

Wieder im Haus angekommen, bereitet sie sich eine Haferflockensuppe und zum Nachtisch stellt sie Melonenstückchen auf den Tisch. Sie fasst sich an die Stirn und bemerkt, dass sie höchstens noch erhöhte Temperatur hat. *Mein Körper wird es schon richten.* Fertig mit dem Essen fällt ihr Blick auf den Umschlag, der gestern im Briefkasten gesteckt hatte und noch auf dem Tisch liegt. Vorsichtig öffnet sie ihn und entnimmt der gepolsterten Versandtasche ein weiteres Kuvert. Darauf steht auf Spanisch in Druckbuchstaben: `Eine Wiedergutmachung für dich, Mona`. Sie lehnt sich zurück. *Wer sollte mir etwas zur Wiedergutmachung schicken?* Spontan fallen ihr einige Menschen ein, doch sie wundert sich, denn all das, was solch eine Geste wert ist, liegt schon zehn oder mehr Jahre zurück. *Warum jetzt?* Sie denkt an Jörg. Trotzdem er verheiratet ist, zwischenzeitlich zwei Kinder hat und erfolgreich seine Kfz-Werkstatt führt, jedes Mal wenn sie sich treffen, redet er immer von seinem schlechten Gewissen, sie damals verraten zu haben. Doch Jörg würde nicht auf Spanisch schreiben.

Von Cesaro glaubt sie nicht, dass er ihr freiwillig etwas zur Wiedergutmachung schickt. Es könnte auch von Francoise sein. Sie hatte ihre Freundschaft durch Lügen zerstört. Rafael hat vom Grunde am meisten wiedergutzumachen. Doch so, wie er sich zuletzt ihr gegenüber verhalten hat und nach so vielen Jahren, fühlt sich der Gedanke, dass die Sendung von ihm kommt, unlogisch an. Mona hofft, weitere Informationen im Umschlag zu finden. Sie öffnet ihn, schüttet den Inhalt auf den Tisch und bekommt große Augen, als sie sieht, was da vor ihr liegt. Es sind fünf Päckchen Geldscheine. *Sollten die wirklich von Rafael sein?* Wenn sie es recht überblickt, liegen 5000 Euro vor ihr. *Wer schickt mir so viel Geld?* Mal davon abgesehen findet sie diese Summe in Bezug auf das, was damals vorgefallen war, lächerlich. Dennoch ist da der sofortige Gedanke: *Was mache ich damit? Aber einfach Geld annehmen, von dem ich nicht weiß, von wem es ist, woher es kommt? Es könnte gestohlen oder Drogengeld sein.* So entscheidet Mona, das Geld in eine Schatulle zu packen und erst einmal dort zu belassen.

Der Sturm lässt nicht nach und Bilan ist noch immer nicht zurückgekehrt. *Vielleicht hat er sich mit der Hündin, auf die er so scharf ist, verkrochen. Einmal war er über anderthalb Tage verschwunden und auch wieder gekommen. Es kann auch am Wetter liegen, dass er so lange weg ist.* Mona schiebt weitere Gedanken beiseite. Gerade will sie ihr Handy ausschalten, da klingelt es. Sie sieht die Nummer von Jagadish.

„Hola, du rufst aber ganz schön spät an."

„Medha, du musst mir helfen!"

„Was ist denn los?"

„Nach unserer Tour gestern war ich voll durch den Wind. Deine Art und Weise der Distanz macht mir schon länger zu schaffen. Ich habe gestern Abend in meinem Frust zwei von den gelben Pillen genommen."

„Nein! Du hattest mir doch gesagt, dass du alle weggeworfen hast."

„Das war eine Lüge. Für Notfälle hab ich welche aufgehoben. Was für ein Dilemma. Klar habe ich mich heute den ganzen Tag prächtig gefühlt, aber jetzt, wo die Wirkung nachlässt, und dazu noch dieses Scheißwetter, fühle ich mich zum Kotzen."

„All die Wochen unserer Arbeit hast du damit ruiniert."

„Das ist mir völlig klar. Natürlich hast du keine Schuld an meinem Verhalten und auch nicht an meinem Rückschlag. Ich sage dir ganz ehrlich, dass ich mir die ganze Zeit Hoffnung gemacht hatte, mit dir eine Beziehung aufzubauen, und zwar eine richtige mit allem drum und dran. Ich wollte eigentlich gar nicht vom Drogenproblem loskommen. Das ist mir so richtig klar geworden, als ich gestern die Pillen genommen hatte. Da fühlte ich mich wieder so jung und frisch und voller Elan. Ich hätte Bäume ausreißen können."

„Na klar, das ist genau die Wirkung, die diese Pillen haben."

„Es ist passiert. Ich kann es nicht ändern. All die Wochen auf Fuerteventura habe ich die Hoffnung genährt, dass wir zusammenkommen. Es sollte nicht sein. Aber vielleicht ist es ja doch noch nicht zu spät?"

„Ich nehme das als rhetorische Frage. Für mich bist du, seit wir uns damals auf Teneriffa kennen gelernt hatten, ein angenehmer, weiser Mann, mit dem ich mich gerne unterhalte, ich gerne philosophiere, und dessen Berührungen mir sehr angenehm sind."

„Na das ist doch schon mal eine Basis oder nicht?"

„Dazu werde ich dir jetzt keine Antwort geben. Du wirst verstehen, dass ich nicht mit jemandem zusammen sein möchte, der von bewusstseinsverändernden Substanzen abhängig ist."

„Ja. Allerdings geistert eine Idee in meinem Kopf rum. Ich werde auf jeden Fall am Dienstag zu dir kommen und sie dir erzählen."

„Okay, machen wir so. Jetzt solltest du schlafen."

„Ich kann nicht schlafen. Meine Bekannten in der Nähe von Tarajalejo wollen heute Vollmondtrommeln machen. Bei dem Wetter ist natürlich kein Mond zu sehen, aber dennoch kommen viele spirituelle Menschen, um sich zu versammeln, zu singen, zu tanzen. Hast du Lust mitzukommen?"

„Nein. Von hier oben bis nach Tarajalejo mitten in der Nacht bei dem Wetter zu fahren, das will ich nicht. Außerdem ist mein Hund verschwunden."

„Das tut mir leid. Ich werde dir jedenfalls am Dienstag von heute Nacht berichten. Dann schlaf mal schön."

„Ja." Mona legt auf. *So ein Vollidiot. Die vielen Wochen Therapie umsonst.* Was er gebeichtet hat, bestätigt ihre Ahnung, dass seine Motivation nicht stimmig war. Trotzdem ist sie erleichtert. Die Spannung zwischen ihnen scheint gelöst. Er hat seine Entscheidung getroffen. *Mal sehen, was er mit mir am Dienstag bereden wird.*

Es ist Montagmorgen und Mona ist auf dem Weg in ihre kleine Praxis in Corralejo. Der Calima hat noch nicht nachgelassen.

„Diese Calimastaubluft muss ich unbedingt auf Video und Foto festhalten", sagt sie laut und entscheidet spontan, am ersten Kreisel von Corralejo in Richtung Vulkan Bayuyo zu fahren. Von dort hat man einen weiten Blick über den Ort bis nach Lanzarote rüber. Einmal war sie auf diesen Feuerberg geklettert und hatte die faszinierende Aussicht genossen. Damals hatte sie vergessen, das Handy mitzunehmen, und konnte nicht fotografieren.

Sie setzt sich die Maske auf und steigt aus. Auf den dort parkenden Autos liegt zwischenzeitlich eine dicke braune Staubsandschicht. *Wenn es wieder klare Sicht gibt, nehme ich die gleiche Perspektive auf, um den Unterschied zu zeigen.* Sie kraxelt ein Stück den Geröllberg hinauf. Es ist heiß und windig. Rasch filmt sie, macht ein paar Fotos und eilt dann zum Auto zurück. Auf der letzten Strecke der Fahrt denkt sie bange an Bilan, welcher schon über einen Tag verschwunden ist.

Ohne viel Suchen findet sie einen Parkplatz und hastet zu ihrer Praxis. Die besteht aus einem kleinen Empfangs- und einem Massageraum. In den letzten Monaten waren immer weniger Leute zu ihr gekommen. Mona vermutet, dass es an den nach der Euroeinführung gestiegenen Preisen liegt. Auch die Mieten haben sich drastisch erhöht. Die Apartments in der Anlage nahe ihrer Praxis, von denen sie anfänglich eins mit Balkon für 400 Euro im Monat gemietet hatte, kosten jetzt 750 Euro, ohne, dass nur irgendetwas daran erneuert worden war. Der Vermieter ihres gegenwärtigen Hauses, der immer versprochen hatte, es werde keine Mieterhöhung geben, teilte ihr vor kurzem mit, dass er ab sofort pro Monat fünfzig Euro mehr nehmen müsse. Damit zahlt sie für das Haus immer noch einhundert Euro weniger als für diese Apartments in Corralejo, aber es ist auch ziemlich abseits gelegen und alles ist nur per Auto erreichbar. Ihre kleine Rente ist zwar etwas gestiegen, doch nicht in dem Maße, wie die Preise für vieles andere. Das macht sich kräftig bemerkbar, denn ihre Dienstleistungen sind für niemanden absetzbar und werden auch nicht von irgendeiner Krankenkasse bezahlt. Vom Grunde haben sie Jagadishs Termine die letzten Wochen finanziell gerettet, denn es waren ihre einzigen. Er gab meistens sogar mehr, als für die Stunde ausgemacht war. *Wenn unsere Termine wegfallen, kann ich die Miete für die Praxis nicht mehr bezahlen und muss schließen.* Bei dem Gedanken fällt ihr wieder Walter ein, der schon seit Jahren vorschlägt, dass sie ihre Praxis nach Gran Canaria verlegen soll. Doch die Gewerbemieten in den frequentierten Gegenden sind enorm, die könnte sie nicht erwirtschaften. Am liebsten wäre ihr, einen Praxisraum in der Wohnung zu haben. Doch das erlaubt nicht jeder Vermieter. *Ich sollte mir das Haus in der Nähe von El Lomito ansehen, von welchem Walter zuletzt geredet hatte. Das ist schon wieder ewig her. Ich muss endlich Walter anrufen.*

Doch im Moment ist das Verschwinden von Bilan ihre größte Sorge und sie überlegt, ob sie in Bezug auf seine Rückkehr pendeln sollte. Da geht die Tür auf und eine braun gebrannte Frau rauscht hinein. Sie scheint so Ende fünfzig sein, ist extrem auffällig in Hellblau gekleidet. In ihre schulterlangen Haare sind mehrere Zöpfe mit gleichfarbigen Bändern geflochten. All ihr Schmuck ist hellblau, so auch ihre Sandalen.

„Hi, ich bin Fanni. Ich wollte dich schon lange besuchen, hatte immer wieder beim Vorbeigehen dein kleines Werbeschild im Fenster gesehen. Heute nun endlich habe ich es geschafft, weil ich im Moment wegen der Wetterlage nichts weiter tun kann, außer zu Hause rumsitzen. Da dachte ich, ich geh einfach mal rein und frage, was du alles Schönes anbietest."

„Hola Fanni, ich bin Mona. Setz dich doch und lass uns entspannt reden." Fanni setzt sich auf einen der beigen Clubledersessel im Aufenthaltsraum.

„Möchtest du etwas trinken? Ich habe klares Wasser, Orangensaft, frisch gepresst, und Tee."

„Was für Tee hast du denn?"

„Grünen Tee, Kräutertee, ayurvedischen Tee."

„Ich nehme lieber einen Kaffee." Am Wunsch von Fanni erkennt Mona sofort, dass diese nicht richtig zugehört hat.

„Kaffee kann ich dir nicht anbieten."

„Dann gib mir einfach ein Glas frisch gepressten Orangensaft." Mona registriert das Fehlen des Wortes „bitte" und stellt das gewünschte Getränk vor Fanni auf den Tisch.

„Du wolltest also nur mal schauen, was ich so anbiete?"

„Ja, ich hatte auch auf deine Homepage geschaut und gesehen, dass du in etwa mein Alter hast. Es ist ja immer gut, viele Kontakte zu haben, die in irgendeiner Weise miteinander harmonieren. Ich bin vor drei Jahren auf diese Insel ausgewandert und wohne in Tindaya in einer kleinen Wohnung. Ich könnte mir ein Haus kaufen, aber das will ich nicht. Eine Wohnung genügt mir völlig. Allerdings suche ich was direkt am Meer. Habe schon was in La Pared im Auge oder Costa Calma. Zwischenzeitlich habe ich tolle Leute kennen gelernt. Es gibt da so eine Gemeinschaft, die trommelt immer bei Vollmond und viele Kulturveranstaltungen. Seit ein paar Wochen mache ich in einer Tanzgruppe mit. Wir treten auch bei Festen auf. Und ich liebe hellblau, wie das Wasser des Ozeans leuchtet, wenn der Himmel glasklar ist. Du siehst ja, alles ist bei mir hellblau, sogar mein Auto." *Sie hat mich über meine Webseite gefunden, gutes Zeichen.* Mona hatte ihre Homepage selber vor ein paar Monaten neu gestaltet und an die geltenden Internetregeln angepasst.

„Es freut mich Fanni, dass du hier so gut Fuß gefasst hast. Bekommst du Rente oder wovon lebst du?"

„Rente bekomme ich erst in vier Jahren. Bisher lebe ich von Arbeitslosengeld, aber erzähl es nicht weiter. Außerdem hatte ich eine größere Erbschaft gemacht.

Meine Tante war verstorben und hat mir ihr Haus vermacht. Das konnte ich gut verkaufen. Was soll ich mit einem großen Haus in Stuttgart? Vor vier Jahren war ich das erste Mal auf Fuerte und habe mich sofort in die Insel verliebt. Ich muss nicht arbeiten, bin finanziell gut versorgt, kann das Leben in vollen Zügen genießen." *Du Glückliche*, denkt Mona und ist irgendwie fasziniert von dieser Frau. Andererseits empfindet sie Fanni als ziemlich überdreht und anstrengend.

„Was kann ich nun für dich tun?"

„Hast du Lust, mit mir was zu unternehmen?"

„Das kommt darauf an." Mona ist enttäuscht. Sie hatte insgeheim gehofft, eine neue Kundin zu bekommen, etwas Geld zu verdienen. Doch diese Frau sucht augenscheinlich nur Kontakte. Mona hatte über die Jahre einige Bekanntschaften gemacht, war auch längere Zeit mit María Pilar befreundet gewesen. Doch diese ist mit ihren noch kleinen Kindern und ihrem Mann vollauf beschäftigt und die anderen Kontakte hatten sich relativ schnell erledigt. *Vielleicht ergeben sich über und mit Fanni Möglichkeiten, mit netten, gleichgesinnten Menschen in Begegnung zu kommen und wer weiß, eventuell hat irgendwann mal jemand das Bedürfnis, eine meiner Dienstleistungen in Anspruch zu nehmen.* In dem Moment wird Mona bewusst, dass ihre Kontaktmotivation vorrangig auf neue Kunden bezogen ist. *Mit dem Hintergedanken an Kundenakquise lassen sich keine Freundschaften aufbauen.*

„Legst du auch Karten?", fragt Fanni, die aus dem Regal ein Tarotbuch entnommen hat und darin blättert. Mona überlegt blitzschnell, ob sie das für diese Frau tun will und antwortet spontan:

„Nein, das mache ich nicht mehr."

„Ach schade, sonst hättest du für mich mal schnell legen können. Es gibt da einen Mann, der ist aber viel jünger als ich. Würde mich mal interessieren, ob das was mit ihm wird." Genau mit solchen Fragen hatte Mona bei dieser Frau gerechnet und deswegen ist sie froh, spontan abgelehnt zu haben.

„Es gibt hier bestimmt noch andere, die Karten legen. Hast du denn schon einen Vorschlag, wohin du mich mitnehmen möchtest?"

„Wo wohnst du denn?"

„Ich wohne in der Nähe von Lajares."

„Heute Abend gibt es in El Cotillo auf dem Markt ein Fest."

„Was, bei Calima machen die ein Fest?"

„Warum denn nicht. Heute Abend kann das Wetter schon wieder ganz anders sein."

„Nun, davon gehe ich nicht aus. Bei dieser extrem staubgeschwängerten Luft habe ich Probleme mit der Atmung. Es ist auch nicht gesund, sich der zu lange auszusetzen. Deswegen sage ich nicht zu."

„Wenn du meinst. Ich fahre dahin. Nächsten Samstag ist ein großes Musikevent in Gran Tarajal. Da kommen Künstler aus der ganzen Welt und stellen ihre neuen Platten vor. Hast du Lust, dahin mitzukommen?"

„Das hört sich gut an. Bis dahin hat sich das Wetter sicher wieder beruhigt. Ich geb dir mal meine Visitenkarte mit meiner Telefonnummer. Wir können auch über Messenger schreiben, wenn du willst. Aber lieber ist es mir, miteinander zu telefonieren." Fanni nimmt die Karte und steckt sie in ihre hellblaue Tasche.

„Wenn du willst, kannst du mich vorab besuchen kommen. Gib einfach Bescheid, wenn dir die Decke auf Kopf fällt. Es muss immer was los sein, sonst sitze ich bloß rum und warte, dass was passiert. Ich kann ja nicht nur mit der Katze spielen oder fernsehen. Deswegen bin ich auch froh, dass heute Abend das Fest stattfindet."

„Das verstehe ich und was ist mit deinem Verehrer?"

„Ach, der arbeitet im Süden in einem Hotel und hat Schichten. Er kommt relativ selten hoch in den Norden, obwohl seine Eltern unweit von mir wohnen. Aber wenn er kommt, treffen wir uns und fahren immer an einen einsamen Strand an der Westküste." Diese Worte lassen Mona kurz träumen. Wie war es nur prickelnd mit Rafael damals am Strand. Noch immer empfindet sie diese Begegnung als die leidenschaftlichste ihres Lebens. Kein Mann, mit dem sie später Sex hatte, war derart heiß und magisch gewesen. *Vermutlich erlebt man so etwas nur ein einziges Mal im Leben.*

„Woran denkst du?" Fanni scheint irritiert.

„Ach nichts, entschuldige. Melde dich einfach bei mir." Fanni kramt in ihrer Tasche und holt ein Handy heraus, welches in einer hellblauen Hülle besetzt mit Strasssteinen steckt.

„Warte, ich ruf dich gleich mal an, dann hast du meine Nummer auch." Es klingelt und Mona speichert Fanni als Kontakt ab.

„Na prima. Dann hab noch einen schönen Tag." Fanni steht auf, strahlt Mona an und sagt:

„Klasse, wir werden uns bestimmt gut verstehen." Und weg ist sie. Mona schüttelt sich. *Mein Gott hat diese Frau eine einnehmende, verwirrende Energie. Sie bringt rüber, dass sie hochgradig zufrieden ist, andererseits scheint sie einsam zu sein, regelrecht süchtig nach Begegnung mit anderen. Aber womöglich liegt darin doch ein Schlüssel, Energie zu tanken?* Mona hatte schon oft über solch einen Zusammenhang nachgedacht, denn viele Menschen, die sie kennen gelernt hatte, sind ähnlich begegnungs- und veranstaltungssüchtig. *Anscheinend wissen solche Menschen etwas, was mir bisher verborgen blieb? Und sie sind in der Lage, Energie für sich von anderen zu zapfen.* Das hatte Mona schon erlebt. Nach so manch einer Begegnung fühlte sie sich komplett ausgelaugt. *Bestimmt liebe ich deswegen ein zurück-gezogenes Dasein mit Tieren und in der Natur.* Aber sie merkt mit den Jahren, dass sie häufiger darüber nachdenkt, wie befriedigend es wäre, sich öfter mit einem angenehmen Bekannten auszutauschen. Nicht wahllos mit Hinz und Kunz. Doch wie jemanden kennenlernen, wenn man sich selten unter Leute begibt? Die Wochen mit Jagadish waren deshalb trotz aller Problematiken erfüllend, da sie außerhalb der Sitzungen immer wieder gemeinsam etwas unternommen hatten. Nur seine ständigen Annäherungsversuche und seine beleidigten Reaktionen waren störend und unangenehm. Es kann ja sein, dass Fanni nicht immer so aufgedreht ist. Das ist feststellbar, wenn man sich näher kennen lernt. Auf jeden Fall ist Mona nach Fannis Besuch etwas motivierter.

Doch dann fällt ihr wieder Bilan ein. Sie muss an Bardo denken und wie schwer es ihr fiel, ihn damals auf Gran Canaria loszulassen. Das Pendel hervorgeholt, zögert sie.

„Soll ich wirklich fragen: Kommt Bilan wieder zurück? Das ist eine dem Lauf der Dinge vorgreifende Frage. Wenn das Universum braucht, dass er wieder kommt, wird es so werden." Außerdem weiß sie, wenn sie für sich selber pendelt, das Pendel oftmals die Bewegung ausführt, die genau die Antwort gibt, welche sie sich erhofft.

„Ich lasse das lieber. Aber ich könnte für mich eine Tageskarte legen." Sie holt sich das Kartendeck.

Mona hatte sich in den letzten zehn Jahren intensiv mit Astrologie, Tarot, Kräutern, Hypnose, Tantra und Ayurveda beschäftigt. All ihr Wissen und ihre Erfahrungen dazu hat sie bereits zu Papier gebracht. Ein Tarotbuch zu veröffentlichen ist einer ihrer Träume. Das Manuskript ist schon fast fertig, und sie hat sich zum

Ziel gesetzt, eigene Karten dazu zu kreieren. Diese sind angearbeitet auf dem Computer. Allerdings ist noch unklar, wie sie ein solches Buch veröffentlichen kann, denn die Verlage in Deutschland, welche sie angefragt hatte, erteilten alle eine Absage. Die meisten ohne Begründung, andere schrieben, dass es schon genügend Tarotbücher und -karten auf dem Markt gäbe. Es bleibt also ein Selbstverlag. Doch so weit ist es nicht, denn die Grafiken müssen fertig gestellt und die Texte alle noch einmal überprüft werden. Dennoch benutzt sie sowohl ihre Bilder als auch ihr Buch, welche sie in Papierform ausgedruckt hat, wenn sie für sich selbst Karten legt.

Sie mischt die Papierbilder auf dem Tisch, breitet einen Fächer aus und zieht eine Karte. Es ist die der Königin der Stäbe, welche auf dem Kopf liegt. *Das ist bestimmt ein Hinweis auf Fanni.* Diese so liegende Tarotkarte steht für eine egoistisch handelnde, intelligente Frau. Wenn ihre materiellen und egomanen Ziele bedroht werden, vermag sie gefährlich zu werden. Außerdem symbolisiert sie ein Weib, das eigene Vorteile um jeden Preis sucht und steht für Eifersucht und Treulosigkeit. *Ein bisschen hatte ich das schon im Gefühl.* Dennoch wird Mona die Aussage dieser Karte nicht als endgültiges Urteil über Fanni ansehen. *Ich werde sie besuchen, mir ihr Umfeld anschauen und bestimmt ergibt sich dann ein anderes Bild.* Wenn Mona die Tageskarte aber auf sich selbst bezieht, kommt ihr sofort in den Sinn: *Achte auf deine Energie. Verschwende sie nicht an Menschen, die völlig andere Lebensmotivationen haben als du. Und pass auf, dass du dein Dasein nicht vorrangig an materielle Zuflüsse knüpfst.* Vermutlich hat die Karte aber was mit den 5000 Euro zu tun, die bei ihr zu Hause liegen und deren Herkunft sie nicht kennt. *Ist das Geld doch von einer Frau gekommen?* Es gibt verschiedene Ausdeutungsmöglichkeiten an dieser Stelle. Was sie gesehen und gefühlt hat, reicht ihr. Mona packt die Papierkarten zurück in eine kleine Schachtel. Kurz überlegt sie, ob sie nicht doch für Bilan legen soll, lässt es aber. *Wenn ich nach Hause komme, läuft er mir schwanzwedelnd entgegen.*

Da sie heute keinen Termin hat, verlässt sie die Praxis. Im nächsten Supermarkt kauft sie ein paar notwendige Lebensmittel und Wasser, dann fährt sie mit der Hoffnung nach Hause, Bilan im Garten vorzufinden. Sie fühlt sich ansonsten locker und ist heilfroh, dass dieses seltsame Fieber und die Hitze von gestern aus ihrem Körper gewichen sind.

Freitagabend. Mona ist mit Jagadish verabredet. Der Calima hat seit gestern endlich an Kraft verloren und Mona kann wieder durchatmen. So lange hat der Staubsturm noch nie angedauert, seit sie auf den Kanaren lebt. Es war eine quälende Zeit, zumal sie in all den vergangenen Tagen auf der Insel rumgefahren war und sämtliche Tierauffangstationen und Tierheime abgeklappert hat, um Bilan zu finden. Doch ihre Suche war umsonst. Es ist noch immer so, dass Hunde, die aufgegriffen werden, innerhalb von zehn Tagen in die Tötungsstation gebracht werden, wenn sich bis dahin der Besitzer nicht gemeldet hat. *Wohin ist Bilan verschwunden?* Ein Bardino ist nicht zu übersehen und die Insel verlassen kann er nicht. Mona ist traurig, gibt aber die Hoffnung nicht auf, ihn doch noch zu finden. Auch wenn sie Netzwerkplattformen im Internet meidet, für Bilan hat sie sich angemeldet und eine Suchanfrage eingestellt.

Das Treffen mit Jagadish am Dienstag verlief wider Erwarten reibungslos. Er zeigte sich reumütig. Sie brauchte seine weiteren Termine nicht absagen, denn er beschloss nach seinem Rückfall, die Insel demnächst zu verlassen, um nicht mehr an diese gelben Pillen, die es augenscheinlich nur auf den Kanaren gibt, zu kommen.

Heute Abend findet das Abschiedsessen statt, aber er hatte angedeutet, Mona von etwas zu berichten, was sie faszinieren wird. Sie haben sich in einem Restaurant an der Hafenpromenade von Corralejo verabredet. Es ist ein Lieblingsrestaurant von Mona, in dem es absolut köstliche Paella mit Meeresfrüchten gibt.

Sie ernährt sich vegetarisch. Trotzdem sie eine Abneigung dagegen hat, gewürzte Leichen zu essen, bekommt sie ein paar Mal im Jahr das Bedürfnis, Fisch zu sich zu nehmen. Sie weiß, dass ihr Körper dann irgendeinen Mangel signalisiert, und begibt sich mental auf die natürliche Ebene der Meerestierwelt.

Zur Begrüßung umarmt Jagadish Mona stürmisch. Das fühlt sich dieses Mal komplett anders an als die ganzen Wochen, die sie zusammen verbracht hatten. Sie setzen sich einen Tisch, von dem aus sie auf das stille Meer schauen können, auf welchem sich der abnehmende Trabant spiegelt. Ein paar Segelboote schaukeln sanft in der kaum vorhandenen Bewegung des nunmehr schwarzen Atlantiks. Der Silberschein des Mondes zieht sich wie ein breiter Weg vom Horizont bis ans Ufer. Leise kanarische Musik spielt und die Bedienung bringt die bestellte Paella. Mona und Jagadish prosten sich zu, er mit einem Bier und sie mit einer Apfelsaftschorle. Sie spürt durch ihre Meditationen und ihre Lebensweise bewusst, dass Alkohol nur schädlich ist. Sie kann nicht mehr nachvollziehen, warum sie einst Mengen davon konsumiert hat. Es muss wohl der Suchtfaktor dieser Substanz sein.

„Jagadish, du wolltest mir noch vom letzten Vollmondtrommeln berichten."

„Ach, da gibt es nichts zu berichten, ist wegen Calima ausgefallen. Die Leute waren doch einsichtig. Wir saßen nur ein paar Stunden zusammen. Aber was soll ich dir sagen, die meisten Anwesenden haben Gras geraucht und es gingen zu später Stunde auch die gelben Pillen rum. Ich habe mich rasch verzogen, um nicht wieder in Versuchung zu geraten. Bis heute habe ich es geschafft, meine Finger davon zu lassen. Meine letzten zehn Stück behalte ich, komme was wolle."

„Du bist alt genug, um zu wissen, was du tust."

„Mona, die Hypnoseanwendungen mit dir waren hervorragend. Sie haben mir unheimlich viel gegeben, was ich mit in die Zukunft nehmen kann. Dass ich wieder zu den gelben Pillen gegriffen habe, ist einzig meine Schuld. Das wollte ich dir noch einmal gesagt haben."

„Weißt du Jagadish, das Wort und den Umstand Schuld gibt es für mich nicht mehr. Alles fließt genau so, wie es für das Gleichgewicht des Universums notwendig ist. Ich finde es aber schade, dass du die Insel verlässt. Die letzten Wochen mit dir waren trotz allem für mich angenehm, da wir einiges zusammen unternommen hatten."

„Na du hast doch sicher viele andere Kontakte?"

„Die meisten haben sich relativ schnell erledigt. Das ist auf den Inseln so, denn hier gibt es ein Kommen und Gehen. Eine Frau hatte ich vor kurzem kennengelernt, mal sehen, ob mit ihr eine Freundschaft möglich wird." In dem Augenblick fällt Mona Walter ein.

„Mist, jetzt habe ich wieder vergessen, Walter anzurufen."

„Wer ist das denn? Von ihm hast du mir noch nie erzählt!"

„Echt nicht? Er ist ein alter Bekannter und Kfz-Meister aus Gran Canaria. Als ich damals im Dilemma war, haben er und sein Sohn mir geholfen. Wir sind halt Freunde geblieben und er versucht schon seit Jahren, mich wieder nach Gran Canaria zurückzuholen. Zuletzt hatte er von einem Haus gesprochen, welches ich günstig in den Bergen mieten könnte."

„Warum zögerst du?"

„Na ja, es hatte ja Gründe, warum ich von dort weggegangen bin."

„Aber die liegen doch schon ewig zurück?"

„Damit hast du sicherlich recht. Ich war überzeugt davon, hier Fuß fassen zu können. Doch wie es ausschaut, werde ich meine Praxis schließen. Ich gestehe, dass du in den letzten Wochen mein einziger Klient warst."

„Das hätte ich nicht gedacht."

„Jeden Monat hatte ich weniger Termine. Die Leute haben alle nicht mehr so viel Geld für meine Dienstleistungen. Schon allein die Mieten haben sich teilweise fast verdoppelt, auch die Lebensmittelpreise sind enorm gestiegen. Und außerdem habe ich festgestellt, dass gerade was die Lebensberatung betrifft, viele Menschen auf die Angebote im Internet ausweichen. Die sind in Summe günstiger, weil die Gespräche pro Minute abgerechnet werden."

„Warum bietest du nicht so etwas an?"

„Das hatte ich schon mal versucht. Die meisten Leute, die mich anriefen, fragten ständig dasselbe. Ich gebe Impulse, was sie tun können, um ihre Lage zu verbessern. Aber sie tun nichts, hören gar nicht zu, wollen einfach immer nur mitteilen, wie schlecht es ihnen geht und gesagt bekommen, dass sich ab morgen alle Probleme von selbst lösen oder dass sie im Lotto gewinnen. Ich habe auf solche Gespräche keine Lust mehr. Das mit dir hat mir ehrlich Befriedigung verschafft und ich bedaure, dass du jetzt wieder zurück gehst."

„Mona. Da ist noch eine Sache, die ich mit dir bereden möchte. Ich hoffe, dich dazu zu bringen, mich entweder nach Deutschland zu begleiten oder später nachzukommen. Vor meiner Reise nach Fuerteventura lernte ich ein Ehepaar kennen, welches sich einen beachtlichen Vierseitenhof in der Altmark gekauft hatte. Er liegt nahe bei einem herrlichen See und Wald gibt es in der Umgebung. Sie wollen dort eine Lebensgemeinschaft mit gleichgesinnten Menschen aufbauen. Sie agieren ökologisch, mit Lehmbau, Terra Preta, praktizieren Bioanbau von Obst und Gemüse. Schafe als Rasenmäher sind angedacht und Hühner für Eier. Ich finde die beiden sehr sympathisch und habe mir dort zwei Zimmer gemietet. Es sind noch drei oder vier Wohnräume zu vergeben. Die Miete ist nicht hoch. Ein großes Zimmer, Bad und Küche werden gemeinschaftlich genutzt."

„Das hört sich gut an. Jetzt ist allerdings Winter. Wie wird dort geheizt? Du weißt Jagadish, ich habe mich zwischenzeitlich an das warme Klima hier gewöhnt."

„Ich glaube, die haben pro Zimmer einen Holzofen."

„Oh, das ist ja zum Erfrieren. In solche Öfen muss ständig nachgelegt werden, sonst gehen die in der Nacht aus. Und die Flure sind sicher ungeheizt."

„Stimmt, daran habe ich noch gar nicht gedacht. Ja, an die Wärme hier kann man sich gewöhnen, auch wenn es mir im August manchmal viel zu heiß war. Aber jetzt im Oktober finde ich es besonders angenehm."

„Stimmt, in diesem Monat sind die Winde nicht mehr so heiß, aber auch noch nicht so kalt wie im Winter oder Frühjahr."

„Muss ich also davon ausgehen, dass du doch erst nach dem Winter kommst?"

„Sagen wir mal so. Urlaub vom Urlaub täte mir gut. Und es ist an der Zeit, dass ich wieder nach meiner alten Mutter schaue. Sie lebt zwischenzeitlich in einem Altersheim. Als ich das letzte Mal bei ihr war, gefiel sie mir nicht so recht."

„In welcher Stadt lebt sie?"

„Berlin."

„In dieser riesigen, brodelnden Stadt. Da bin ich nicht so gerne."

„Ich auch nicht, seit ich hier lebe. Mit der passenden Kleidung dort werde ich den Winter dort schon aushalten. Allerdings, von Berlin bis in die Altmark ist es ziemlich weit."

„Ich kann dich mit meinem Auto abholen."

„Das würdest du tun? Interessiert bin ich, auch wenn ich hier mein Leben in den Griff bekommen sollte. Meine im Moment schwierige Situation verlangt nach Veränderungen und Entscheidungen. Die Arbeit läuft nicht, mein Hund ist verschwunden. Es fühlt sich so an, als ob wieder etwas Unangenehmes auf mich zukommt. Wie damals, als mich eine Katastrophe nach der anderen überrollte."

„Von Katastrophen zu reden ist destruktiv, hast du oft zu mir gesagt."

„Stimmt. Aber irgendetwas wird sich massiv verändern, das sagt meine Intuition."

„Was meinst du? Kommst du gleich mit, oder willst du später nachkommen?"

„Wann fliegst du?"

„Nächste Woche Dienstag."

„Das ist mir zu früh. Ich will noch eine Weile nach meinem Hund suchen. Nur gut, dass ich die Ziege nicht mehr habe. Wenn man sich um Tiere zu kümmern hat, ist es so gut wie unmöglich, zu verreisen." Mona konnte die alte Lisa vor zwei Jahren auf einem Gnadenhof abgeben.

„Außerdem ist noch nicht besprochen, wann ich meine Mutter besuchen kann."

„Dann mach du ganz in Ruhe. Was denkst du, wollen wir die Zeit vor, über und nach Silvester zusammen verbringen?"

„Jagadish, du bist mit deinen Wünschen schon wieder ziemlich weit in der Zukunft. Ich muss auf jeden Fall bis Mitte November auf den Kanaren bleiben, denn für den Elften habe ich eine Einladung von Luna. Sie will auf Gran Canaria eine spirituelle Lebensgemeinschaft gründen."

„Aha."

„Silvester in Deutschland hört sich gut an. Vielleicht können wir uns ein Silvestertantraevent organisieren. In Berlin und Umgebung gibt es einige solche Angebote. Hast du so etwas schon einmal erlebt?"

„Tantra an Silvester habe ich schon mal mitgemacht. Diese großen Tantraevents sind mir zu straff organisiert und dort sind zu viele Leute, die von Tantra bisher nur mal am Rande was gehört haben. Ich habe grundsätzlich nichts gegen Beginner, aber ich ziehe es vor, mich mit Menschen zu umgeben, die bereits einen gewissen Bewusstseinsentwicklungsstand haben. In der Gemeinschaft wird sicher auch Silvester gefeiert."

„Vale, ich werde nach Deutschland kommen, kann nur noch nicht sagen, wann. Auf jeden Fall zu Silvester, das habe ich jetzt versprochen. Lassen wir in Ruhe den Abend ausklingen."

Nachdem Jagadish gezahlt hat, verlassen sie das Restaurant und bummeln gemütlich durch den Abend.

Kapitel 2: Fanni

Als Mona in der Nacht ziemlich erschöpft vom vielen Reden zu Hause ankommt, zieht sie sich die verschwitzten Sachen aus und legt sich enttäuscht ins Bett. Bilan ist nicht da.

Es ist warm im Zimmer und sie deckt sich nur mit einem leichten Laken zu. Ihr Kopf surrt. Die vielen Gespräche mit Jagadish, ihre Unruhe in Bezug auf das Verschwinden des Hundes und ihre Existenzsorgen lassen sie nicht einschlafen. Sie wälzt sich hin und her. Letztlich setzt sie sich im Bett hin und meditiert bis vier Uhr.

Was ist für ein Tag? Ach ja, Samstag. War da nicht irgendetwas? Ihr fällt ein, dass Fanni sie heute zu einem Musikevent nach Gran Tarajal mitnehmen wollte. Doch seit sie darüber sprachen, hatten sie nicht wieder miteinander telefoniert. Mona nimmt sich vor, sie am Vormittag anzurufen und sich mit ihr zu verabreden. Dabei fällt ihr wieder Walter ein. *Ich muss endlich den schon lange überfälligen Anruf erledigen.* Mit geschlossenen Augen stellt sie sich vor, wie sie auf Gran Canaria in Freude um ein kleines, gemietetes Häuschen tanzt, in dessen Garten Orangen- und Zitronenbäume in voller Blüte stehen. Der berauschende Blütenduft und das Glücksgefühl lassen sie einschlafen.

Als sie aufwacht, ist es ein Uhr. Schnell springt sie aus dem Bett, erfrischt sich und da ihr Hunger enorm groß ist, füllt sie sich eine Schüssel randvoll mit Cornflakes und Milch. Während sie gierig die langsam aufweichenden Flakes kaut, wählt sie die Nummer von Fanni.

„Hola, hier ist Mona."

„Ich habe schon darauf gewartet, dass du dich meldest. Bei mir ist ja so viel los." Mona hört im Hintergrund laute Musik.

„Du hattest gesagt, dass heute in Gran Tarajal ein Musikevent stattfindet. Wann beginnt das denn? Ich würde gerne mit dir dorthin fahren."

„Das läuft seit gestern und ich bin schon hier. Ich hab dir doch von meinem Schwarm erzählt, der im Süden wohnt. Mit dem werde ich endlich mal eine ganze Nacht verbringen. Kannst gerne herkommen. Hier ist richtig was los. Etliche Gruppen spielen und viele tolle Leute habe ich schon getroffen."

„Fanni, sag mir bitte, wie ich dich in den Menschen-massen finde."

„Am besten, da du sowieso mit dem Auto nicht in den Ort reinfahren kannst, ist alles abgesperrt, parkst du vor dem Ortseingang. Dort gibt es mehrere freie Geröllflä-chen."

„Gegen 16 Uhr könnte ich da sein."

„Ich stelle mich zu der Zeit an den Straßenrand. In meinen hellblauen Sachen bin ich nicht zu übersehen."

„Bis später." *Was für eine verrückte Nudel.* Mona freut sich auf die Begegnung mit ihr, denn der Umgang mit Fanni, das Eintauchen in eine fröhliche Menschen-menge und Musik werden ihr gut tun. Das spürt sie deutlich. *Einfach mal abtauchen und alle Gedanken bei-seitelassen.*

„Walter!" Sie isst den Rest der Cornflakes, greift wieder nach dem Handy und wählt seine Nummer.

„Hallo?", hört sie Walters Stimme, die ein wenig kraftlos klingt.

„Walter, schön dass ich dich erreiche. Es tut mir leid, dass ich mich so lange nicht gemeldet habe."

„Mensch Mädchen, was machst du bloß immer. Ich muss aber gestehen, ich habe dich auch vergessen, weil ich seit einigen Wochen eine neue Flamme habe. Sie ist dermaßen heiß, ich kann an nichts anderes denken, als mit ihr in die Kiste zu hüpfen."

„Das freut mich für dich."

„Und, was hast du auf dem Herzen?"

„Na ja, ich wollte dir mitteilen, dass ich deswegen so lange nicht angerufen hab, weil ich mit einem Bekannten beschäftigt war. Der hatte bei mir einige Sitzungen und privat waren wir auch oft unterwegs."

„Na super, dann hast du endlich jemanden gefunden."

„Ne, so ist das nicht. Ich mag ihn, aber mehr geht nicht. Und außerdem ist mein Hund verschwunden. Seit einer Woche glaube ich. Nach zehn Tagen werden die Hunde, wenn sie gefangen werden, in die Tötungsstation gebracht. Ich werde ihn wohl nicht wiedersehen."

„Das ist hier nicht anders. Ist auch besser so, sonst würden viele herrenlose Hunde rumlaufen wie vor einigen Jahren." Mona ist entsetzt über seine Äußerung, aber sagt nichts weiter dazu.

„Das deprimiert mich jedenfalls. Du hattest mal erzählt, dass du einen Canario kennst, der ein Häuschen verkauft, und wolltest ihn fragen, ob er es auch vermietet."

„Das habe ich komplett aus den Augen verloren, da ich mit Tamara so beschäftigt bin. Jörg meint schon, dass ich die Werkstatt vernachlässige."

„Tamara?"

„Sie ist eine rassige Russin. Du glaubst nicht, was das für ein leidenschaftliches Weib ist."

„Arbeitet sie? Spricht sie Deutsch oder Spanisch?"

„Ich weiß nicht, eigentlich arbeitet sie nicht. Spanisch kann sie nicht, Deutsch auch nicht. Wir reden sowieso nicht viel, nur mit Händen und anderen Körperteilen."

„Wie geil. Ich hoffe, sie sucht nicht bloß ein Sprungbrett nach Gran Canaria. Wie alt ist sie denn?"

„Mitte dreißig glaube ich."

„Na da bist du ja noch gut in Form, wenn du mit solch einem jungen Weib mithalten kannst." Walter lacht.

„Ich gebe mir Mühe." Mona denkt in dem Moment an seine ekligen Finger- und Fußnägel und das fleckige Laken, welches sie einst bei ihm gesehen hatte. Vielleicht hat er sich ja geändert.

„Genieß es. Eine Frage habe ich an dich. Ich plane, um den 11. November herum nach Gran Canaria zu kommen, um auch eine alte Freundin zu besuchen. Kann ich etwa eine Woche bei dir wohnen? Ich bin finanziell etwas knapp, bei mir läuft es überhaupt nicht gut."

„Schon wieder mal? Ach Mädchen, ich habe schon immer gesagt, dass du auf Fuerteventura nie richtig ankommen wirst. Du hörst einfach nicht auf mich. Dort sind zu wenig Leute, da kannst nicht ausreichend Geld verdienen mit dem, was du da tust."

„Das ist mir zwischenzeitlich auch klar geworden. Ich bin am Überlegen, wie es weitergehen soll. Aber so schnell kann ich hier meine Zelte nicht abbrechen. Ich muss erst mal schauen, was ich will, wohin ich will, was möglich ist. Das kann ich nicht von heute auf morgen."

„Ich gucke mal. Vielleicht kannst du in der Zeit in Tamaras Studio wohnen. Die ist sowieso die meiste Zeit bei mir."

„Wo ist das."

„In El Tablero."

„Ach wie praktisch, das ist gleich bei dir um die Ecke."

„Genau, aber sie ist immer bei mir. Jörg ist umgezogen und ich habe seine schöne Wohnung mit Dachterrasse übernommen. Von da aus kann ich bis runter nach Meloneras gucken."

„Super."

„Ab wann brauchst du die Unterkunft?" Mona überlegt kurz.

„Wenn ich mich auch auf Gran Canaria umsehen will und du vielleicht bis dahin noch mal wegen dem Haus fragen könntest, wäre es gut, ein paar Tage vor dem elften November zu kommen."

„Wir kriegen das hin, Mädchen." Wenn Mona bei Walter wäre, hätte er ihr jetzt bestimmt den Po getätschelt.

„Du bist und bleibst der beste Freund, den ich habe."

„Na übertreib mal nicht. Halt die Ohren steif und wir hören uns."

Kurz vor vier Uhr fährt Mona die lange Zufahrtsstraße Richtung Gran Tarajal, an deren Randstreifen überall Autos parken. Sie entscheidet, die nächste freie Stelle, die sich ihr bietet, zu nutzen und den Rest zu Fuß zu laufen. Und sie wird fündig. Erleichtert schließt sie das Auto ab und macht sich auf den Weg in die kleine Stadt am Meer. Schon von weitem hört sie Klänge und Bässe. Es ist heute wieder extrem heiß. Sie hat ein langes, weißes, ärmelloses Kleid an und einen schwarzen Strohhut auf. Ihre Arme sind mit einem Tuch bedeckt, damit sie vor der doch recht aggressiv brennenden Sonne geschützt werden. *Ach hätte ich bloß ein kurzes Kleid angezogen.* Mona schwitzt trotz des leichten Lüftchens, welches ihr Tuch immer wieder von den Armen wegflattern lässt. Hier im mittleren Süden der Insel ist es meist heißer als im Norden. Der Wind weht heute aus südwestlicher Richtung. Das bedeutet, der Atlantik müsste vor Gran Tarajal wellenlos sein.

So läuft sie die staubige Straße entlang und die Klänge der rhythmischen Musik kommen immer näher. Sie lässt das Ortseingangsschild hinter sich, von Fanni ist weit und breit nichts zu sehen. Bei den ersten Häusern des Ortes angekommen, stellt sie sich in eine schattige Toreinfahrt, um zu verschnaufen. Sie wischt sich den Schweiß aus dem Nacken, greift ihr Handy und ruft Fanni an. Zum Glück nimmt die ab.

„Fanni, ich bin da, aber wo bist du?"

„Nur gut, dass ich das Handyklingeln hören konnte. Es ist gerade kurz Musikpause. Verdammt noch mal, ist es schon so spät. Ich habe dich glatt vergessen. Wo bist du denn jetzt?"

„Ich bin schon im Ort."

„Komm zum Brunnen und warte dort auf mich." Mona legt auf und begibt sich etwas genervt zum neuen Treffpunkt. Sie kann es nicht leiden, wenn Verabredungen nicht eingehalten werden.

Endlich kommt Fanni mit wild fuchtelnden Armen angelaufen. Heute hat sie eine hautenge, hellblaue lange Hose, ein winziges T-Shirt mit Spaghettiträgern in derselben Farbe an, trägt einen ausladenden Sonnenhut und einen gleichfarbigen Schal um den Hals, der ihren hellblauen Schmuck teilweise bedeckt.

„Du siehst sexy aus", bemerkt Mona. Doch Fanni hört gar nicht hin.

„Los komm, beeil dich! Gleich spielt meine Lieblingsband. Von der will ich nichts verpassen." Fanni greift Monas linke Hand und zieht sie bis zur Strandpromenade hinter sich her. Mona kann kaum folgen und ihr Schweiß läuft in Strömen. Die Strandpromenade und der dunkle Sandstrand sind voller Menschen. Fanni zieht Mona durch die Menschenmassen bis nahe an die Bühne, welche direkt vor der Felswand am Strandende aufgebaut ist.

„Setzt dich irgendwo hin. Die schattigen Plätze sind aber alle belegt. Du kannst natürlich auch ins Wasser gehen und dir das Konzert von dort anhören", lacht sie. In dem Moment beginnt eine Band zu spielen.

„Endlich!", jubelt Fanni und lässt Mona stehen. Die stellt auf Anhieb fest, dass ihr die Musik gefällt, welche eine Mischung aus Techno und spirituell mystischen Klängen ist. Mona schaut sich um. Viele der Anwesenden sind bunt gekleidet, einige bewegen sich fast nackt auf dem heißen Sand nach den Rhythmen der Musik. Überall um sie herum wird Alkohol getrunken. Die Musiker drehen auf, mehrere Boxen dröhnen in Monas Ohren. Sie will flüchten, doch durch die sich bewegende, jubelnde, teilweise kreischende Menge auf der Promenade kommt sie nicht durch. Deswegen kämpft sie sich zum Strand durch und bekommt Lust, die Musik im Atlantik zu hören, und zwar unter Wasser. Doch wohin mit den Klamotten und der kleinen Handtasche mit Ausweis, Geld und Schlüsseln? Ein Handtuch hat sie nicht dabei. *Ich werde mich mit meinem Tuch abtrocknen. Doch wo deponiere ich meine Sachen?* Sie schaut sich gezielter um. Dabei entdeckt sie Fanni, die eng umschlungen mit einem braun gebrannten, schwarzhaarigen, muskulösen, halbnackten jungen Mann tanzt. Ihre Münder haben sich fest aneinander gesaugt, seine Hand greift ihren Po, der sich in der hellblauen engen Hose prall abzeichnet. Mona kann die Augen nicht von den beiden lassen. Dieser Tanz ist für sie dermaßen erotisch, dass es in ihr anfängt zu kribbeln. Sie schließt die Augen und stellt sich vor, sie wäre an Fannis Stelle. Sie fühlt es und heiße Schauer durchschütteln ihren Körper. Die Szene erinnert sie an einen Film mit Antonio Banderas, den sie damals, als sie für Rafael Aufnahmen vom Fernsehen programmieren musste, gesehen und sich dabei zum Höhepunkt gebracht hatte.

Es ist ja schon Jahre her, dass ich so etwas herrlich Intensives gespürt habe. Die Erkenntnis erschüttert Mona derart, dass sie durch die Menschenmassen über den warmen Sand rennt und erst da, wo die Wellen das Ufer befeuchten, anhält. Sie beobachtet den Gang des Ozeanwassers und es scheint, als ob sich das Meer zurückzieht. Spontan zieht sie ihre Sachen aus, packt ihre kleine Handtasche in den Hut, legt alles auf einen Haufen und rennt nackt an etlichen, badenden Leuten vorbei durchs seichte Wasser und stürzt sich dann in die Fluten. Sie taucht und da sind die Klänge tatsächlich angenehmer zu hören. Die Bässe sind abgeschwächt, erreichen dennoch das tiefste Innere ihres Körpers. Die Kühle des Atlantiks kann nicht bewirken, dass sich ihre heißen Gedanken und Gefühle verflüchtigen. Im Gegenteil. Immer stärker wird ihr Kribbeln. Sie tanzt gedanklich mit einem leidenschaftlichen Spanier auf dem Meeresboden so lange, bis sie ineinander verschmelzen. Ein intensives Zittern durchfährt sie und mit letzter Luft taucht sie auf.

Erschrocken stellt sie fest, dass sie weit abgetrieben ist, und muss enorme Kräfte entwickeln, um ans Ufer zurückzuschwimmen. Erschöpft steigt sie aus dem Wasser und lässt sich in den nassen Ufersand fallen. Ihr heftiger Atem gleicht einem Keuchen, sie muss husten. Niemand nimmt von ihr Notiz. Nachdem sie etwas verschnauft hat, erhebt sie sich und schaut nach ihren Sachen. Doch die kann sie nicht entdecken. In der prallen Sonne, die zwischenzeitlich kurz über den Häusern von Gran Tarajal steht, um demnächst dahinter zu verschwinden, läuft sie durch die sanft auslaufenden Wellen zurück, bis sie endlich das kleine Häufchen findet, welches unbeschadet im dunklen Sand liegt. Der Gang bis zu ihren Sachen hat ausgereicht, sie zu trocknen. Wieder angezogen überfällt sie ein heftiges Durstgefühl. Mitten durch eine tanzende, alkoholisierte Körpermenge und ohrenbetäubende Musikklänge macht sie sich auf die Suche nach einem erfrischenden Getränk.

Es wird langsam schummrig und die Musik scheint immer lauter zu werden. Aber vielleicht kommt ihr das nur so vor. *Wie halten die Leute den Lärm so lange aus?* Unter dem Einfluss von Alkohol werden die Sinne betäubt und man kann Musik lauter ertragen. Das hatte ihr einst ein Klient mit einem Alkoholproblem erklärt.

Die Menschenmenge scheint regelrecht zu brodeln. Mona kann Fanni und ihren Begleiter nicht mehr entdecken, hat jetzt aber auch keine Lust, diese noch einmal anzurufen. Vom Grunde will sie nur noch weg, aber zuerst braucht sie dringend etwas zu trinken. Das Atlantikwasser brennt ihr auf den trocknen Lippen. Doch egal welche Bar sie ansteuert, alle sind voll. Die Straßentische sind übersetzt und viele von den Musikeventbesuchern sitzen auf dem Boden, rauchend, essend, trinkend.

Sie schaut auf ihr Handy, es ist fast 18 Uhr. *Ich werde mich zum Supermarkt durchschlagen.* Doch auch in den engen Gassen der Kleinstadt ist enorm viel Betrieb. Straßenmusiker spielen und die musikgeschwängerte Dickluft steht. So langsam wird es Mona schwummrig. Die vielen Geräusche und Gerüche, die lärmenden Menschen, die dröhnende Musik machen ihr immer mehr zu schaffen und die Bässe scheinen ihren Herzrhythmus zu stören. Sie ist heilfroh, endlich die Straße zu erreichen, in der sich der Supermarkt befindet. Doch auch da herrscht Chaos. Sicherheitsleute halten die Türen des Geschäfts geschlossen und lassen immer nur eine Person hinein, wenn eine andere den Laden verlässt. Mona zählt. Sie ist an der vierzigsten Stelle der Warteschlange.

Plötzlich wird ihr von hinten auf die Schulter getippt und eine männliche Stimme fragt sie auf Spanisch, ob sie Interesse an einem besonderen Abend hat. Mona durchfährt ein Schauer. Sie kann sich gut vorstellen, was das bedeuten soll. Als sie sich umdreht, erblickt sie einen enorm gut aussehenden, jungen Mann mit schwarzen Augen, die im Licht der Straßenlaternen, welche zwischenzeitlich brennen, orange leuchten. Er beugt sich zu Mona und raunt ihr ins Ohr:

„Ich habe dich beobachtet, seit du nackt am Strand herumgelaufen warst und konnte nicht widerstehen, dich zu verfolgen. Du bist für dein Alter noch sehr attraktiv und reizvoll. Willst du mit mir ein paar unvergessliche Stunden verbringen?" Mona stellt fest, dass er verführerisch riecht. Außerdem ist er gepflegt und adrett gekleidet. Sie erwidert spontan:

„Lad mich zu einem Drink ein. Ich sterbe vor Durst." Der junge Mann greift ihre Hand und läuft mit ihr zu einem auf dem Bürgersteig parkenden Cabrio mit geschlossenem Verdeck.

„Steig ein, Süße. Du wirst gleich dein Getränk bekommen." In seinem laut brummenden Wagen verlassen sie Gran Tarajal.

„Wohin fahren wir?" Mona bekommt keine Antwort und es wird ihr unheimlich. *Wieso steige ich zu einem Wildfremden ins Auto?*

„Ich muss aber wieder zurück, mein Auto parkt vor Gran Tarajal."

„No problema. Ich bringe dich später wieder hierher."

„Du trinkst wohl keinen Alkohol, wenn du mitten in der Nacht noch Auto fahren kannst?", fragt Mona.

„Wie kommst du auf mitten in der Nacht?" Er lacht schallend, aber sympathisch.

„Aber du hast völlig recht, ich bringe mich anders auf Touren." Es dauert nicht lange, da lenkt er den Wagen auf einen steinigen Weg bis zu einem großen Tor, welches er per Fernbedienung öffnet. Sie fahren weiter, Orangenbäume säumen die Schotterpiste. *Oh je, das sieht fast aus wie damals bei Cesaro.* Kurze Zeit später halten sie vor einer großen Villa. Mona steigt aus und geht bis zu einem hell erleuchteten Eingang, der von zwei großen Säulen getragen wird. Im Außenbereich ist niemand zu sehen, aber aus der geöffneten Eingangstür hört sie sanfte Musik und Stimmen.

„Lass uns hineingehen.“

„Ich bin total verschwitzt und mein Kleid ist zerknittert.“

„Du bist mein Gast und kannst aussehen, wie du willst. Das hier ist sozusagen mein zweites Zuhause.“ Sie betreten ein geräumiges Vestibül. An einer Fensterfront ist ein Buffet aufgebaut, an dem sich einige Personen bedienen, die wie Flamencotänzer gekleidet sind.

„Ist hier ein Flamencoabend oder warum haben die Leute solche Klamotten an?“

„Sie gehören zu einem Flamencoclub. Heute Abend wird hier nicht Flamenco getanzt, außer es greift später jemand zur Gitarre, dann geht es heiß her.“

„Wo kann ich mich frisch machen?“

„Dort hinten links sind die Bäder. Ich warte hier auf dich.“ Mona erfrischt sich und als sie wieder nach vorne kommt, steht der junge Mann mit einer Flasche Champagner da.

„Du hattest doch Durst.“

„Aber nicht auf Champagner.“

„Der ist alkoholfrei“, sagt er, und Mona ist heilfroh, einen Mann getroffen zu haben, der augenscheinlich keinen Alkohol konsumiert.

„Estupendo!“ Sie greift sich die Flasche und trinkt große Schlucke. Ihr Durst ist so enorm, dass sie auf Anhieb die halbe Flasche leert und hinterher laut rülpst. Im Unterbewusstsein registriert sie, dass der Schampus nach Orange schmeckt.

„Das musste jetzt sein. Ich bin völlig überhitzt und ausgetrocknet.“ Sie reicht dem jungen Mann die Flasche, er stellt sie beiseite.

„Ich bin Mona und wie heißt du und was ist das für ein Haus?“

„Ich bin der Sohn des besten Freundes des Eigentümers. Mehr brauchst du nicht zu wissen." Mona greift
sich noch einmal die Flasche und trinkt der Rest aus. Ihr
ist entgangen, dass er seinen Namen nicht genannt hat.

„Du hast mich hierher gebracht weil?"

„Du wolltest doch weg aus dem Ort und etwas trinken." Er lacht und nimmt Mona die leere Flasche aus der
Hand.

„Stimmt. Jetzt habe ich die ganze Flasche alleine ausgetrunken und du hast nichts abbekommen."

„Ich stehe nicht auf alkoholfreien Schampus."

„Können wir uns nicht irgendwo hinsetzen?" Mona
schaut sich um.

„Da vorne ist eine Bar, lass uns dorthin gehen." Sie
eilt etwas schwankend zum Bartresen.

„Ist hier noch frei?", fragt sie eine Dame, die neben
einem älteren Mann sitzt, welcher antwortet:

„Sì, per favore siediti." Die Frau mit blond gefärbten
Haaren reicht Mona die Hand.

„Ich bin Camilla und das ist mein Mann Lorenzo",
sagt sie in gebrochenem Spanisch.

„Ihr seid Italiener?"

„Ja. Wir wohnen aber schon seit über zwanzig Jahren
auf Fuerteventura." Lorenzo, welcher fast akzentfrei Spanisch spricht, gibt Mona einen Handkuss. Er ist ein
Mann mit wachen Augen, die durch eine große Brille mit
schwarzem Gestell schauen.

„Seid ihr Freunde des Gastgebers?"

„Wir sind mit einem der Flamencopaare befreundet,
haben eine Zeit lang mit ihnen zusammen Haus an Haus
unten im Süden gewohnt. Zwischenzeitlich leben wir im
Norden, treffen uns aber immer mal wieder."

Mona fühlt sich auf einmal so leicht und locker, als sei
sie beschwipst. B*estimmt sind mir die ganzen Eindrücke
vom Musikevent und das Tauchen im Atlantik zu Kopf*

gestiegen. Wo ist er eigentlich? Der junge Mann, dessen Namen sie noch immer nicht kennt, ist verschwunden.

„Wisst ihr, wie er heißt?"

„Wen meinst du?"

„Den jungen Spanier, der mich eben zur Bar begleitet hatte."

„Ich habe ihn nicht bemerkt. Du, Camilla?" Sie schüttelt den Kopf.

„Er hat mich hierher gefahren. Ich weiß gar nicht, wo ich bin, und wüsste nicht, wie ich wieder wegkomme, denn mein Auto steht noch in Gran Tarajal."

„Du warst bei diesem Musikevent?"

„Ja, ich glaube so zwei Stunden lang. Aber das hat mir völlig gereicht. Es war extrem laut, voll und heiß."

„Wir gehen schon lange nicht mehr zu diesen Groß-veranstaltungen. Das ist was für junge Leute, stimmt's Lorenzo."

„Auf jeden Fall Camilla. Wir haben lieber private Treffen."

„Wo wohnt ihr denn?"

„In einer sehr schön angelegten, weitläufigen Anlage mitten in der nördlichsten Wüste. Übrigens gibt es dort noch etliche Häuser zu kaufen. Vielleicht hast du ja Lust, sie dir anzuschauen. Wir laden dich herzlich zu uns ein." Camilla und Lorenzo lächeln sich gegenseitig und dann Mona an.

„Wie kann ich euch erreichen?" Lorenzo greift in sein Jackett, holt eine Karte heraus und übergibt sie Mona.

„Du kannst jeder Zeit anrufen, die Einladung ist ernst gemeint."

„Danke. Ich möchte jetzt nach meinem Begleiter suchen. Wünsche euch noch einen schönen Abend." Camilla und Lorenzo verabschieden Mona per Wangen-kuss. Sie schlendert beschwingt über glänzende Stein-platten durch den unteren Bereich der großen Villa. In ihrem Kopf surrt es mächtig. *Ich kann doch nicht von alkoholfreiem Champagner so seltsame Körperwirkungen haben.* Von weitem sieht sie, dass auf dem Buffet ein paar Flaschen Wasser stehen. Sie läuft dort hin, greift sich eine und trinkt sie auf Anhieb aus. Dann folgt sie einem Pärchen, welches im hinteren Teil des Erdgeschosses eine breite Treppe hinabsteigt. Im Kellerbereich angekommen, öffnet sich eine große Flügeltür und Mona verschlägt es die Sprache. Sie steht am Eingang zu einem Spielcasino. Das Pärchen geht scherzend Hand in Hand hinein, Mona folgt, obwohl sie niemals spielen will. Die Tür schließt sich hinter ihr und sie steht in ihrem zerknitterten Kleid mit sandigen Füßen, in alten Sandalen, den Hut in der Hand in einem von etlichen Kronleuchtern in warmes Licht getauchten Saal voller Spieltische und spielender Menschen.

Eine gefühlte Viertelstunde verharrt sie auf der Stelle und schaut zu, wie die Spieler ihrer Sucht nachgehen. Ein dicker Herr am Pokertisch wischt sich ständig den Schweiß von der Stirn. Er ist wohl am Verlieren. Die jungen Kellnerinnen, die dezent zwischen den Spieltischen hin und her huschen, tragen nur winzige Spitzendessous und eine kleine mit Spitze umrahmte Schürze, die ihren Unterleib bedeckt. Trotz der Highheels sind ihre Schritte nicht zu hören. Sie schauen aufmerksam, wo sie nachschenken können.

Am Roulettetisch beobachtet Mona eine ältere Dame mit hoch aufgesteckten roten Haaren, die mit einem Diadem geschmückt sind. Sie trägt ein golden glitzerndes, trägerloses Kleid, welches ihren großen Brüsten ein imposantes Dekolleté beschert. Um ihren Hals glitzert eine Diamantkette, ihre Finger sind voller Ringe, die Fingernägel lang und goldfarben lackiert. Gerade als die Kugel wieder ins Rollen kommt, greift sie in ihre Handtasche, holt ein goldenes Döschen hervor und

Mona erstarrt. Sie kann genau sehen, dass die Rothaarige diesem eine gelbe Pille entnimmt und zwischen die dunkelrot geschminkten Lippen steckt. Dann trinkt sie aus ihrem Sektglas einen Schluck nach.

Nicht zu fassen! Mona ist bis heute nicht klar, wer diese gelben Pillen tatsächlich entwickelt hat. Was sie damals herausgefunden hatte, waren nur Fetzen von Informationen, die nie ein stimmiges Gesamtbild ergaben. Aber sie hatte aufgehört zu recherchieren, um mit allem abschließen zu können. Gerade will sie sich abwenden und den Raum verlassen, da greift sie jemand von hinten um die Hüfte und dreht sie um.

„Wo warst du Süße, ich habe dich überall gesucht?"

„Dasselbe kann ich von dir sagen. Du warst auf einmal verschwunden, als ich mit den Italienern an der Bar saß."

„Du hast Camilla und Lorenzo kennengelernt. Die beiden sind schon ewig mit Cesaro bekannt."

„Cesaro?"

„Das ist der Eigentümer dieser Finca." *Und des Spielcasinos*, setzt Mona in Gedanken den Satz fort.

„Ist das der Cesaro, dessen Bruder mal erschossen wurde und der später ein hohes Amt in der Inselregierung von Gran Canaria hatte?"

„Keine Ahnung, wovon du sprichst," antwortet er ausweichend. *Als Sohn des Freundes des Hauses müsste er das wissen, aber vielleicht war er damals zu jung, um etwas mitzubekommen.* Mona schiebt die Vorstellung beiseite, dass sie in einem Haus von dem Cesaro ist, den sie von früher kennt.

„Du hast mir noch immer nicht gesagt, wie du heißt!"

„Du kannst Miguel zu mir sagen."

„Wie alt bist du?"

„Wieso, bin ich dir zu jung?"

„Zu jung wofür?"

„Ich mag reife Frauen."

„So, so. Die reife Frau hat schon wieder Durst. Lass uns bitte an die Bar gehen. Mir ist es hier zu laut."

„Ich habe eine bessere Idee." Er greift Mona bei der Hand und zieht sie quer durch den Spielsalon hinaus in einen stillen Flur. Sie steigen eine Treppe hoch und er öffnet eine Zimmertür. Als sie eintreten, ist Mona angenehm überrascht.

„Das ist ja luxuriös eingerichtet hier. Wie in einem 5-Sterne-Hotel."

„Ja, der Eigentümer dieser Villa hat einige seiner Räumlichkeiten für Privatvermietung herrichten lassen."

„Ich gehe davon aus, dass ich mir sowas nicht leisten kann.", bemerkt Mona lachend und lässt sich in einen der pompösen Ohrensessel fallen.

„Eine Nacht kostet hier so zwischen 400 und 600 Euro."

„Wow, und du kannst dir sowas leisten?"

„Ich darf alle Räume gratis nutzen. Und heute werde ich das mit dir tun." Er zieht Mona aus dem Sessel hoch und küsst sie leidenschaftlich. Sie spürt, dass ihre aufgestaute Erregung genau das ersehnt hat. Als ob ihre sexuelle Energie, die sie vorhin während ihres Bades im Atlantik empfand, bewirkt hat, genau diesen Mann zu treffen und diesen Kuss zu empfangen. Sie gibt sich ihm hin und erzittert am ganzen Körper. *Endlich!* So *lange habe ich dieses wundervolle Gefühl nicht erlebt.* Kaum dass sich ihre heißen Münder voneinander lösen, streift Miguel ihr das Kleid vom Leib, zieht ihren Slip aus, hebt sie hoch, setzt sie auf die mit Intarsien versehene Anrichte und nimmt sie.

Mona liegt ermattet in einem Himmelbett zwischen etlichen Kissen. Die Bettwäsche ist aus Seide und fühlt sich angenehm kühl an, denn ihr ist es trotz der Klimaanlage immer noch heiß. Miguel liegt neben ihr, schaut sie an, streichelt sanft über ihre Brüste und liebkost ihren Hals.

„Möchtest du Nachschlag?" Da Mona das Wort Nachschlag auf Spanisch nicht kennt, fragt sie, was er damit meint.

„Ich habe Lust auf eine zweite Runde." Er zieht sie an sich und legt sie auf seinen nackten, sonnengebräunten Körper. Seine beachtliche Männlichkeit ist schon wieder in der Lage, ihr wonnige Lust zu bereiten. Mona kann nicht umhin, dieses Angebot anzunehmen.

„Gerne", flüstert sie, während sie sanft mit ihrer Zunge über seine Lippen fährt.

„Doch vorher möchte ich noch etwas trinken."

„Kein Problem, Süße." Er geht ins Nebenzimmer und kommt mit einer geöffneten Flasche Champagner zurück.

„Hier trink. Das wird dir gut tun."

„Ich hatte eigentlich an Wasser gedacht." Er setzt die Flasche an Monas Lippen und sie trinkt einige große Schlucke.

„Der ist wieder alkoholfrei oder?"

„Na klar, nur etwas verfeinert. Betrunkene Frauen finde ich furchtbar. Ich habe ganz andere Möglichkeiten, um uns in Stimmung zu bringen und glücklich zu machen." Noch einmal tränkt er Mona, stellt die Flasche auf den Beistelltisch und setzt sich auf den Rand des Himmelbettes. Dann nimmt er Monas Hand, zieht sie zu sich auf seinen Schoß und schon ist er wieder in ihr. Sein Liebesspiel berauscht Mona. Sie ist ausgehungert, das merkt sie ganz deutlich. Er ist ein zärtlicher Liebhaber, obwohl er so jung ist, lässt sich Zeit und genau das bringt Mona mehrfach zum Höhepunkt.

„Ich brauche jetzt eine Pause, bin schon ein paar Jährchen älter als du. Lass uns aneinander ruhen." Sie legen sich nebeneinander und Miguel streichelt ihr sanft über den Bauch. Sie kuschelt sich in seinen rechten Arm, legt ihren Kopf auf seine Brust und ein weiterer heißer Schauer durchzieht ihren Körper.

Doch danach fühlt sie sich auf einmal unendlich ausgelaugt, regelrecht leer und schläft sofort ein.

Mona schlägt die Augen auf und stellt fest, dass Miguel das Zimmer verlassen hat. *Vielleicht ist er im Bad.* Langsam steht sie auf und öffnet die kleine Tür zum Badezimmer, aber dort ist er nicht. *Jetzt ist er schon wieder weg. Wie spät mag es sein?* Sie wankt etwas benommen zurück, greift in ihre Tasche, nimmt das Handy, doch es ist ausgeschaltet. *Wahrscheinlich habe ich vergessen, es aufzuladen.* Doch ein Ladegerät hat sie nicht dabei. Sie schaut sich im Zimmer um, findet keine Uhr und als sie den Fernseher einschaltet, erscheint nur weißes Flimmern. Unter der Dusche stehend spült sie sich mit Duschwasser den Mund aus. Trotz des warmen Wassers friert sie. *Vielleicht bin ich unterzuckert.* Sie sucht vergebens nach ihren Kleidungsstücken, wickelt sich das Badehandtuch um. Dann verlässt sie das Zimmer, um nach etwas Essbarem, ihren Sachen und Miguel zu suchen.

Es ist still in der Villa, in deren Fluren flackernde Kerzenlampen brennen. Sie versucht, nach draußen zu gelangen, doch die große Flügeltür zur Terrasse ist verschlossen. Eine Uhr schlägt vier Mal.

„Was machen Sie denn hier mitten in der Nacht?“ Mona zuckt zusammen und dreht sich um. Vor ihr steht eine ältere Frau in einem schwarzen Gewand.

„Ich bin auf der Suche nach Miguel. Er hat wohl meine Sachen versteckt und nun habe nichts anzuziehen. Außerdem bin ich hungrig.“ Die Frau lächelt Mona an.

„Das sieht ihm ähnlich. Lässt die Dame seines nächtlichen Glücks einfach ohne Kleidung zurück." *Ob sie seine Großmutter ist?*

„Das macht er wohl öfter?" Mona bekommt keine Antwort.

„Junge Frau, so müde und kaputt, wie Sie aussehen, sollten Sie auf jeden Fall noch etwas schlafen. Außerdem haben Sie Sonnenbrand. Sie sollten Aloe Vera auftragen." Mona sinkt in einen Ledersessel, die Alte verschwindet. Kurz später reicht sie Mona ein Glas mit gelbgrüner Flüssigkeit.

„Trinken Sie das, das wird Ihnen helfen." Im Glauben, dass es Saft ist, trinkt es Mona aus. Dann fallen ihr die Augen zu.

Als Mona erwacht, liegt sie auf einer Matratze in einem schummrigen Raum und neben ihr schnarchen zwei unbekannte Männer. Im Zimmer ist es extrem stickig, da es keine Fenster, sondern nur eine Öffnung in der Decke hat. Sie setzt sich auf und stellt fest, dass sich ihre Glieder anfühlen, als hätte sie einen Marathon hinter sich. Ihr Kopf schmerzt und ihr Mund ist extrem trocken. Sie streift eine schmuddelige Decke angewidert von sich und steht langsam auf. Ihre noch immer sandigen Sandalen stehen neben ihrem Schlafplatz, in die schlüpft sie hinein. *Ich habe mein Kleid an.* Vergeblich versucht sie, den zerknitterten Stoff glatt zu streichen. Ihr Tuch und der Sonnenhut sind nicht zu sehen, aber ihre Tasche. Die schnappt sie sich und verlässt leise das Zimmer durch eine Tür, die wie eine Stalltür aussieht.

Im Freien atmet sie auf, schaut sich um. Hinter einigen Palmen und Feigenbäumen sieht sie ein altes kanarisches Haus. Die Sonne steigt neben einem Vulkankegel auf und taucht die sonst karge Landschaft in hellgelbes Licht. Von ihrem Standort aus kann sie bis zum Atlantik blicken, welcher sich gegenüber des Sonnenaufgangs befindet und schätzungsweise drei Kilometer entfernt ist. Die Oberfläche des Ozeans schimmert türkisgelb, der Horizont ist als schnurgerade Linie auszumachen. *Ich bin also irgendwo an der Westküste.*

Nachdem Mona noch eine Weile in die steinige Vulkanlandschaft geschaut hat, begibt sie sich zum Haus. Hinter den blühenden Gewächsen befindet sich eine kleine Terrasse, die aus Holzpaletten gebaut ist. Darauf stehen ein paar alte Stühle, eine Bank und zwei Holztische, die schon jahrelang keine Farbe mehr gesehen haben. Mona greift die Klinke zur Eingangstür und kann sie öffnen. Vorsichtig betritt sie den Flur und klopft an die Tür, hinter der sie Geräusche hört. Von drinnen ruft eine weibliche, etwas genervte Stimme:

„Komm doch einfach rein." Sie öffnet und tritt ein. Auf einem Doppelbett sitzt Fanni neben einem schlafenden Mann.

„Fanni, wo bin ich?", flüstert Mona.

„Wie bin ich hierhergekommen? Was ist das für ein Haus?"

„Schön, dass du endlich wach bist." Fanni, welche völlig ungeniert nackt im Schneidersitz im Bett sitzt, streichelt den braunen Rücken des neben ihr schnarchenden Mannes.

„Sollen wir nicht lieber draußen reden? Er wacht sonst vielleicht auf."

„Keine Sorge. Ernesto habe ich so fertig gemacht, der schläft jetzt noch ein paar Stunden."

„Wie bin ich hierhergekommen?"

„Kannst du dich an nichts erinnern?"

„Ich weiß noch, dass ich in einer luxuriösen Villa war, in deren Keller es ein Spielcasino gab. Mich hatte ein junger Mann aus Gran Tarajal mitgenommen und dann einfach sitzen lassen. Was danach war, keine Ahnung. Ich habe einen totalen Filmriss."

„Kein Wunder, so stoned wie du warst."

„Was?"

„Das weißt du nicht? Wir haben dich am Straßenrand kurz vor Gran Tarajal an deinem Auto aufgelesen. Du hast da gestanden, wild mit den Armen gefuchtelt und gerufen: ‚Anhalten, nimmt mich denn keiner mit? Ich habe meinen Autoschlüssel verloren.' Die Uhrzeit weiß ich nicht mehr genau. Das Musikfestival ging ja bis zum Sonnenaufgang. Wir haben dich total zugedröhnt mitgenommen."

„Aber wie bin ich denn da hingekommen?"

„Das kann ich dir nicht sagen, das müsstest du doch wissen. Übrigens waren deine Schlüssel nicht weg, ich habe sie in deiner Tasche gefunden. Aber in dem Zustand hättest du sowieso nicht fahren können. Übrigens hast du hier einen Tag lang geschlafen." Mona schüttelt fassungslos den Kopf.

„Und wo sind wir hier? Was ist für ein Tag?"

„Heute ist Montag und das ist Ernestos neues Liebesnest. Seine Eltern haben mehrere Häuser auf der Insel, dieses haben sie ihm vor ein paar Wochen überlassen. Er will es ausbauen und seine Feten und was nicht alles hier machen. Und wir haben hier unsere Ruhe."

„Gibt es irgendwo was zu trinken, ich sterbe vor Durst. Und ich muss unbedingt auch was essen."

„In der Küche findest du was. Ich gehe davon aus, dass Ernesto jetzt noch eine Weile schläft. Er hatte gestern eine Menge eingeworfen und wir haben fast die ganze Nacht gevögelt."

„Eingeworfen? Was denn? Und wieso bist du jetzt nicht müde?"

„Ich kann besser auf meine Grenzen achten."

„Was man von mir nicht behaupten kann", murmelt Mona vor sich hin. Sie steht auf und begibt sich in die Küche, die sie rasch gefunden hat, denn das Haus besteht nur aus zwei Räumen, Küche und Bad. Sie nimmt einen großen Wasserkanister, füllt ein Glas und trinkt es gierig aus. Auf dem Tisch steht eine Schale mit kanarischen Bananen und Mona verspeist zwei davon. Sie sitzt dabei am Küchentisch und schüttelt immer wieder den Kopf.

„Das ist unfassbar", redet sie vor sich hin, „ich war high? Wie kann das sein?" Da fällt ihr ein, dass sie sich nach dem Trinken des nach Orange schmeckenden Champagners ziemlich seltsam gefühlt hat. Und sie erinnert sich nun auch an das Glas mit Orangensaft, welches ihr die alte Dame gereicht hatte. Doch danach ist alles dunkel. *Oder waren das alles Halluzinationen? War auch die Nacht mit Miguel reine Fantasie oder eine Trancereise?* Fanni erscheint in der Küche.

„Es ist wirklich idyllisch hier, oder? Auf der einen Seite kannst du den Sonnenaufgang hinter den Vulkanbergen sehen und auf der anderen runter bis zum Meer blicken und den Sonnenuntergang beobachten. Solche Häuser können sich nur die Einheimischen leisten oder aber die superreichen Ausländer, die zwischenzeitlich in Massen her strömen und ganze Inselteile aufkaufen", meint Fanni.

„Geld regiert nun mal."

„Du hast aber gestern auch ganz schön mit Geld um dich geworfen!" Fanni tätschelt Monas Arm.

„Ich? Wieso das denn?"

„Im Auto hast du lauter Geldscheine aus der Tasche genommen, damit rumgewedelt und gesagt, du brauchst unbedingt noch welche von den gelben Pillen, weil es dir damit am besten geht."

„Ich hab nach gelben Pillen gefragt?"

„Du kannst dich wirklich an nichts erinnern? Wir hatten dich auf dem Musikfest aus den Augen verloren." Mona denkt zurück.

„Mir war es zu laut, zu voll und ich bin zum Ufer gelaufen, hab meine Sachen hingelegt und mich ins Wasser gestürzt, um die Musik unter Wasser zu hören, was herrlich war. Doch dann bin ich abgetrieben und musste zurückschwimmen. Um meine Sachen zu finden, lief ich nackt eine ganze Strecke am Ufer zurück. Als ich sie fand, hatte ich Durst. Nirgendwo konnte ich mir was zu trinken holen, weil alles übervoll und laut war. So bin ich zum Supermarkt und dort hat mich ein junger Canario angesprochen. Er meinte, er könne mir ganz schnell etwas Gutes zu trinken besorgen und ich bin mit ihm im Auto mitgefahren. Er brachte mich zu einer großen Villa, in der eine Menge gut gekleideter Leute im Keller in einem Casino spielten. An der Bar traf ich auf ein italienisches Ehepaar. Warte, ich muss doch deren Visitenkarte haben." Mona kramt in ihrer Tasche.

„Hier ist die Karte von Camilla und ihrem Mann Lorenzo", ruft sie erleichtert.

„Ich habe also nicht halluziniert. Dann hat mir der junge Mann alkoholfreien Champagner spendiert, wir sind zu ihm aufs Zimmer und hatten eine heiße Liebesnacht. Ich hatte mich allerdings gewundert, warum das Getränk so süß schmeckt."

„Mensch Mona, in deinem Alter? Einfach einem wildfremden Kerl vertrauen. In dem Schampus war bestimmt was drin."

„Davon gehe ich zwischenzeitlich auch aus. Anders kann ich mir das alles nicht erklären."

„Wer war dieser Typ und was war das für ein Haus?"

„Ich kann mich nur erinnern, dass er gesagt hat, er sei Miguel, der Sohn des Freundes des Eigentümers der Villa und der soll Cesaro heißen. Den Namen habe ich mir gemerkt, weil jemand aus meiner Vergangenheit so heißt."

„Das sagt mir nichts. Nur gut, dass du von dort wieder weggekommen bist."

„Aber ich weiß nicht, wie, kann mich an nichts erinnern, hab totalen Filmriss. Nachdem die alte Frau mir ein Glas Orangensaft gab, war ich völlig weg, bis ich drüben im Stall aufgewacht bin."

„Das hört sich echt abenteuerlich an. Und das viele Geld in deiner Tasche?"

„Geld in meiner Tasche? Ich hatte nicht viel mitgenommen." Mona kramt in ihrer Tasche und findet in der Seitentasche tatsächlich 500 Euro.

„Das ist nicht mein Geld!"

„Vielleicht hat dich der Miguel für deine Liebesdienste bezahlt."

„Das glaube ich nicht!" Mona verzieht entsetzt das Gesicht.

„Er hat bestimmt etwas in mein Getränk gemischt. Ich weiß ja, dass man unter dem Einfluss dieser Substanzen unglaublich leistungsfähig und euphorisch wird. Vielleicht habe ich deswegen danach gefragt. Ich war nämlich vor vielen Jahren mal davon abhängig und das Gefühl nach der Einnahme war immer berauschend."

„Ach ehrlich? Wir nehmen die Dinger schon länger, aber ich hatte noch nie so eine extreme Wirkung."

„Was, ihr nehmt die auch? Im Spielcasino habe ich eine Frau gesehen, die sich so eine Pille in den Mund geschoben hat."

„So, wie ich weiß, ist das eine gängige und völlig harmlose Partydroge."

„Ich habe da ganz andere Erfahrungen."

„Das interessiert mich jetzt, erzähl mal."

„Ein anderes Mal, Fanni. Ich bin noch ziemlich kaputt. Ihr wisst also, wie man an die Dinger rankommt?"

„Ich nicht, aber Ernesto. Der hat immer welche bei."

„Okay. Danke, dass ihr mich mitgenommen habt. Mir ist das total unangenehm und ich muss das erst einmal verdauen."

„Das verstehe ich."

„Wo sind wir, ich meine, welcher Ort ist das hier? Ich sehe keine anderen Häuser."

„Das gehört zu Esquinzo. Hinter dem Vulkan ist Tindaya."

„Echt jetzt. Hier war ich schon mal. In Esquinzo weit ab in Alleinlage ist ein Gnadenhof. Dorthin hatte ich vor Jahren meine Ziege gebracht. Weißt du, ob der noch existiert?"

„Du, das kann ich dir nicht sagen. Ich habe mit Tieren nichts weiter zu tun außer mit meiner Katze. Aber die ist noch jung und braucht keinen Gnadenhof."

„Vielleicht können wir online schauen, wo wir uns genau befinden und wie weit es bis dorthin ist. Ich habe nämlich vor kurzem meinen Hund verloren, besser gesagt, er ist verschwunden und ich hoffe noch immer, ihn irgendwo wiederzufinden. Das ist die einzige Stelle, an der ich noch nicht nachgefragt hatte."

„Kannst du da nicht anrufen?"

„Die Nummer habe ich nicht mehr. Außerdem ist mein Handy entladen."

„Dann wird es wohl schwierig. Hier gibt es kein Internet und du kannst nicht auf gut Glück durch die Wüstenlandschaft laufen und weißt nicht genau, wohin."

„Einen Moment lang habe ich schon daran gedacht."

„Du überschätzt dich. Das sind wahrscheinlich noch die Nachfolgen von den Drogen. Ich kenne das. Die

Sonne steht schon ziemlich hoch und es wird heute wieder heiß."

„Ihr habt doch ein Auto. Kannst du mit mir nicht mal rumfahren? Vielleicht finden wir den Gnadenhof. Vielleicht ist er direkt dort hinter den Hügeln."

„Ne du, das ist nicht mein Auto und ich weiß nicht, wann Ernesto wieder los muss. Außerdem will ich jetzt noch mal zu ihm ins Bett kriechen. Wer weiß, wann er wieder Zeit für mich hat."

„Okay." Mona gibt sich geschlagen.

„Kann ich mir noch Obst und eine Flasche Wasser nehmen?"

„Nimm nur." Mona reicht Fanni fünfzig Euro.

„Als Dank, dass ihr mich mitgenommen und hier habt schlafen lassen." Fanni hat kein Problem damit, das Geld anzunehmen.

„Ich werde mich jetzt zu Ernesto legen. Am besten, du legst dich auch noch mal aufs Ohr. Wir nehmen dich später mit und Ernesto fährt dich zu deinem Auto." Sie verschwindet aus der Küche. *Tja, was tun? Gehe ich den Gnadenhof suchen? Aber ich habe weder ein funktionierendes Handy noch einen Sonnenhut. Der ist sicher in der Villa geblieben. Wenn ich zum nächsten Ort laufe, komme ich bestimmt schneller wieder nach Hause zurück.* Mona möchte nicht länger warten, schnappt sich eine Flasche Wasser, nochmal zwei Bananen und schaut sich um. Am Küchenschrank hängt ein Geschirrhandtuch. Aus dem bastelt sie eine Kopfbedeckung und macht sich auf den Weg nach Tindaya. Hinter dem Vulkan soll der Ort sein, hat Fanni gesagt. Dort wird sie jemanden finden, der sie nach Hause bringt. *Das Auto kann ich später immer noch holen.* Heute nochmal die weite Strecke bis nach Gran Tarajal und wieder zurückzumüssen, kann sie sich nicht vorstellen.

Die letzten Tage waren für Mona die absolute Hölle. Nach Tindaya schaffte sie es zu Fuß nicht, musste umkehren, weil die Hitze schon zu groß war und ihr schwindlig wurde. Sie hatte sich im zweiten Zimmer des Hauses von Ernesto auf den Fußboden gelegt und dort ruhend abgewartet, bis Fanni und ihr Liebhaber endlich aufgewacht sind. Die brachten Mona zu ihrem Auto, doch sie war nicht in der Lage, an dem Tag nach Hause zu fahren. Ihr ging es schlecht, ständig musste sie aufs Klo und ihr Körper zitterte. Da sie genügend Geld in der Tasche hatte, checkte sie für drei Nächte in eine kleine Pension ein. Dort schlief sie fast die ganze Zeit.

Vor dem Losfahren kaufte sie Ernesto vier von den gelben Pillen ab. Warum ist ihr ein Rätsel. Möglicherweise aus Angst vor Entzugserscheinungen, denn was sie mit Miguel erlebt hatte, konnte nur ein Drogentrip gewesen sein. In den letzten Tagen nahm sie die Pillen, welche pro Stück fünfundzwanzig Euro gekostet hatten, öfter kopfschüttelnd in die Hand.

Mona sitzt am Küchentisch, auf dem die vier gelben Pillen liegen und starrt sie an.

„Nun sitze ich vor Naranjas und es fühlt sich an, als ob ich in der Zeit zurückgereist bin. Soll ich bezüglich der Pillen noch einmal anfangen zu recherchieren? Vielleicht bringe ich doch noch mehr Licht in die Angelegenheit von damals? Das könnte der Grund sein, weshalb ich wieder in Kontakt damit gekommen bin", redet sie leise vor sich hin.

Sie ist felsenfest davon überzeugt, dass der Schampus von Miguel mit einer ähnlichen Substanz versetzt war, wie Rafael ihr damals mit den Ampullen verabreicht hatte. Sie überlegt, mit den Italienern in Kontakt zu treten. Die hatten sie ja sowieso eingeladen. Wie Miguel sagte, sind sie langjährige Gäste in dieser Villa. Möglicherweise erfährt sie von den beiden etwas, was ihr weiterhilft.

Wie konnte ich nur so blöd sein, für diese Pillen Geld auszugeben. Sie steht auf, holt einen Hammer, legt die vier Stück auf ein Küchentuch, klappt es um und hämmert mit voller Wucht drauf.

„Das war das letzte Mal, dass ich mich von solchen Kräften manipulieren lassen habe!" Etliche Male schlägt sie zu. Als sie das Tuch aufklappt, ist von den Dragees nur noch Molekularstaub übrig. *Wohin damit?* Ins Abwasser möchte sie die Überreste nicht schütten. Sie nimmt einen Suppenlöffel, geht mit diesem hinaus, gräbt ein kleines Loch im Garten und beerdigt gedanklich alles, was die gelben Pillen in ihrem Körper und ihrem Leben angerichtet haben.

„Ab sofort habe ich Ruhe davor!" Wieder in der Küche, fällt ihr Blick auf den Platz neben der Tür, wo Bilan gerne gelegen hatte. Sie fühlt den Hund, beginnt zu weinen. Jetzt wäre es an der Zeit, einen ausgiebigen Spaziergang mit ihm zu machen. Die zehn Tage sind lange um. Wenn ihn nicht irgendjemand aufgenommen hat, wurde er sicher eingeschläfert. Auch wenn ihr bewusst ist, dass alles, was passiert, einen sinnvollen und notwendigen Grund hat, bereitet ihr das Verschwinden des Hundes schmerzhaften Kummer. Sie vermisst es, mit ihm zu reden, zu kuscheln, über ihn zu lachen. Sie wischt sich mit der vom Hämmern schmerzenden Hand die Tränen ab, da klingelt ihr Handy. Es ist die Nummer von Fanni.

„Wie geht es dir? Ich dachte, du meldest dich mal."

„Mir ging es nicht gut, hatte noch kräftige Nachwirkungen. Drei Tage war ich noch in Gran Tarajal in einer Pension."

„Am Samstag findet in Corralejo bei einer Bekannten eine Party statt. Willst du mitkommen?"

„Nein danke, Fanni. Ich mag nicht.“

„Da kommen nicht viele Leute, nur zehn oder so. Vielleicht lernst du da deinen Traummann kennen.“

„Kommt dein Ernesto auch mit?“

„Ne, er hat diesmal keine Zeit. Wir treffen uns erst in der nächsten Woche. Er will anfangen, das Haus auszubauen, und ich soll ihm mithelfen. Ach komm doch mit, ich will nicht alleine fahren.“

„Ich muss mich noch regenerieren, will demnächst nach Gran Canaria rüber. Ein alter Freund erwartet mich und eine Bekannte hat mich zu einer Veranstaltung dort eingeladen.“

„Na du bist ja gut. Dahin willst du, aber mit mir kommst du nicht mit.“ Fanni legt auf. *Eingeschnappte Leberwurst. Geht mal nicht alles nach ihren Wünschen, wird sie komisch.*

Mona schaut in ihre Geldbörse. Von den 500 Euro sind noch 250 übrig. *Ich werde davon den Flug nach Gran Canaria und meinen Aufenthalt dort bezahlen.* Für Residenten sind die Flüge preiswert.

Sie kramt die Karte von Camilla und Lorenzo aus der Tasche und wählt deren Nummer. Nach zehnmal Klingeln meldet sich Lorenzos tiefe und etwas sonore Stimme.

„Ciao, con chi sto parlando?“

„Hola, hier ist Mona“, spricht sie auf Spanisch.

„Ihr hattet mir eure Karte gegeben, als wir uns in der Villa an der Bar kennen gelernt hatten.“

„Mona, schön dass du anrufst. Wann kommst du uns besuchen?“ Mit solch einer Direktheit hat Mona nicht gerechnet.

„Das habe ich mir noch nicht überlegt.“

„Du kannst auch über Nacht bleiben. Wir haben ein großes Haus mit Gästeschlafzimmern. Allerdings passt es uns erst ab Sonntagmorgen.“ Mona überlegt. Sonntag ist schon der 6. November. Eigentlich will sie einige Tage vor dem elften auf die Insel des ewigen Frühlings fliegen.

„Ich muss nächste Woche nach Gran Canaria."

„Was willst du dort?"

„Ich hatte da mal ein paar Jahre gelebt und möchte alte Freunde besuchen."

„Komm am Sonntag gegen zehn, dann kannst du uns auch von deiner Zeit auf Gran Canaria erzählen."

„Sehr gerne. Wie finde ich zu euch?" Lorenzo beschreibt ihr die Anfahrt.

„Am besten ist, du gibst mir einfach die Adresse und ich fahre mit dem Navi."

„Unsere Adresse ist per Navigationsgerät nicht zu finden." Mona soll ein kleines Fischerdorf eingeben und von dort würde sie den Weg finden.

„Wir freuen uns auf dich." Lorenzo hat aufgelegt.

Freitag und Samstag verbrachte Mona damit, Körperpflege zu betreiben, zu meditieren, den Flug nach Gran Canaria für den 9. November zu buchen, mit Walter zu telefonieren. Er konnte für sie das Apartment von Tamara organisieren. Allerdings hatte Mona den Eindruck, dass mit ihm irgendetwas nicht stimmt. Er kam anders rüber, verhalten, nicht so locker und lustig, wie sonst. Sie hatte während des Gesprächs nicht nach seinem Befinden gefragt, das möchte sie persönlich tun, wenn sie ihn real auf Gran Canaria trifft. Den Rückflug hat sie noch nicht gebucht, weil noch unklar ist, was sich auf Gran Canaria alles ergeben wird. Ein Flug zwischen den Inseln ist schnell organisiert.

Es ist Sonntagmorgen und Mona packt ihre Tasche mit Wasch– und Badezeug und ein paar Wechselklamotten ins Auto. Der neue Sonnenhut liegt schon auf der

Rückbank. Sie hat mehrfach im Internet versucht, zu recherchieren, wo Lorenzos Haus sein könnte, aber sie findet in der Nähe des Fischerdorfs nur eine große Touristenanlage. *Vielleicht sind die Karten veraltet.* Die beiden haben das Haus erst seit zweieinhalb Jahren, erinnert sich Mona.

Sie macht sich auf den Weg. Wie Lorenzo sagte, braucht sie von ihrem Wohnort nur fünfzehn Minuten fahren. Nur gut, dass auf der Insel die Supermercados auch am Sonntag geöffnet haben, so besorgt sie Obst, eine Schachtel Pralinen und eine Flasche Wein für ihre Gastgeber. Nach ihrem Einkauf fährt sie die von Lorenzo beschriebene Straße, welche schnurgerade nach Nordwesten Richtung Atlantik führt. Auf der rechten Seite verändert der mächtige rote Vulkan ständig seine Form und Farbnuance.

Von weitem sieht sie eine Kamelsafari zum Gipfel reiten. *Das wollte ich auch immer mal machen.* Aber jedes Mal, wenn Mona vor den Kamelen stand, hatte sie wieder kehrtgemacht. Die Tiere taten ihr leid. Sie trugen einen engen Maulkorb aus Drahtgeflecht, der teilweise in die Lippen, die Nasen und hinter den Ohren einschnitt. Am liebsten hätte sie allen diese Körbe abgenommen, die Leinen gelöst und sie frei gelassen. Es fällt ihr immer schwerer, eingesperrte Tiere zu ertragen. Warum müssen Menschen Lebewesen zu ihrem Vergnügen benutzen oder wegsperren. Es gibt doch zwischenzeitlich über die Medien genügend Möglichkeiten, sich die Fauna per Film oder Video anzuschauen.

Mona denkt an Jagadish, weil sie mit ihm viele ihrer Sichtweisen in Bezug auf das Handeln der Menschheit, die Umweltverschmutzungen, Tierquälerei, den Luxuswahn, die Spaßgesellschaft und die Kriegstreiberei teilen konnte. Das empfand sie als sehr wertvoll. Noch immer gefällt ihr die Vorstellung, in einer Gemeinschaft zu leben, in der Menschen mit solchem Gedankengut zusammenfinden und friedlich miteinander alt werden. *Vielleicht ergibt sich ja etwas durch Luna.*

Die schnurgerade, asphaltierte Straße ist abrupt zu Ende. Nach links geht es weiter durch ein großes Tor mit einem Hinweisschild auf eine Anlage. Die kreisförmig angelegte, mitten in der Geröllwüste befindliche Hotelanlage, hatte sie schon während ihrer Fahrt auf der linken Seite gesehen. Geradeaus führt ein Schotterweg noch etwa fünfzig Meter weiter bis zu dem kleinen Fischerdorf direkt am Atlantik. Im Moment ist Ebbe, so dass die Bucht, an der weiße, flache, kanarischen Häuser stehen, kaum mit Wasser gefüllt ist. Nach rechts schlängelt sich ein steiniger Weg ins Niemandsland, denn die Vulkanberge versperren die Sicht auf das, was dahinter liegt. Sie ruft bei Lorenzo an.

„Hola Mona, wo bist du?"

„Ich stehe hier an einem Punkt, an dem es links durch ein Tor in die Hotelanlage „Farfalla" geht, geradeaus ist ein Fischerdorf und nach rechts führt ein Schotterweg."

„Fahr einfach durch das Tor. Nach etwa einhundert Metern teilt sich der Weg. Links kommt man in die Anlage, aber du fährst einfach geradeaus weiter. Hinter einem der Geröllberge macht die Straße einen leichten Bogen und du triffst auf eine Mauer mit Toreinfahrt. Dort werde ich dich erwarten." Mona folgt der Beschreibung und nach etwa zwei Minuten Fahrt sieht sie das beschriebene Tor, welches sich öffnet und Lorenzo erscheint. Er winkt Mona hinein. Hinter ihr schließt sich das Tor gleich wieder.

„Folge mir einfach."

„Vale." Lorenzo steigt in einen großen SUV mit abgedunkelten Scheiben und fährt los. Sie folgt ihm einige

Minuten auf dem staubigen Weg, der rechts und links durch diese große Mauer begrenzt ist. Als sie über einen Hügel fahren, erblickt Mona eine große Villa, welche von kleinen Häuschen, die an Finnhütten erinnern, umgeben ist. Neben jedem stehen zwei Dattelpalmen, deren Wedel sich im Wind kräftig bewegen. Lorenzo stoppt auf dem Platz vor der Villa, sie hinter ihm. Er kommt er auf sie zu, hilft ihr, auszusteigen, und küsst ihre Hand.

„Schön, dich bei uns begrüßen zu können. Camilla hat uns ein erfrischendes Getränk bereitet. Du bist bestimmt durstig bei der Wärme." Mona nimmt ihre Tasche aus dem Auto und betrachtet das imposante Gebäude mitten in der Wüste, um welches herum Sukkulenten, Kakteen, verschiedene Palmen, Bananenpflanzen, Bougainvillea, Hibiskus und Oleander stehen. Sie folgt Lorenzo hinein und nachdem die Eingangstür hinter ihr geschlossen ist, fröstelt sie ein wenig. Das Haus ist klimatisiert. Alles ist mit edlen, glänzenden Fliesen ausgestattet, die hohe Bauweise lässt gut atmen, stellt Mona fest. Camilla kommt in einem langen, durchsichtigen Spitzenkleid barfuß die weit ausladende Marmorsteintreppe hinunter.

„Ich freue mich sehr, dass du so schnell zu uns gefunden hast." Sie eilt auf Mona zu und umarmt sie herzlich. Mona ist angenehm überrascht über die Wärme und positive Energie, die sie bei dieser Umarmung empfindet. Dann hört sie Lorenzo fragen:

„Camilla, du hast du uns die Erfrischung bereitet?"

„Selbstverständlich Lorenzo, wir nehmen sie auf der Terrasse ein." Camilla greift Monas Hand und zieht diese durch eine zweiflügelige Tür einen langen Flur entlang, bis sie auf eine Terrasse so groß wie ein Saal kommen. Sie ist komplett verglast, doch erstaunlicherweise angenehm temperiert. *Da hat die Klimaanlage enorm zu arbeiten, damit sich so ein Glaskasten in der Wüsten-*

sonne nicht aufheizt. Das schräge Dach der Glasterrasse ist abgedunkelt, damit die Sonne nicht blendet.

„Ihr lebt wirklich im Luxus und dieser Blick in die Vulkanwelt, einfach fantastisch." Da die Villa auf einer leichten Anhöhe steht, kann Mona weit über die Insel auf die nächsten Vulkane schauen. Dazwischen ist nicht ein einziges Haus zu sehen, nur in einiger Entfernung die Mauer, die das Grundstück wohl komplett umgibt. Von der Glasfront aus auf der rechten Seite schimmert weit entfernt der Atlantik.

„Wir können jeden Abend hier einen herrlichen Sonnenuntergang beobachten. Wenn wir auf die Azotea gehen, ist es noch schöner. Aber da oben ist meistens heftiger Wind. In der Nacht kann man dort, wenn der Wind sich legt, hervorragend schlafen und einen phantastischen Sternenhimmel beobachten."

„Toll." Mona ist überwältigt.

„Wir wohnen erst seit zweieinhalb Jahren hier. Es hat gedauert, bis Lorenzo die Genehmigungen für dieses Projekt bekam. Und langsam füllt es sich auch mit Leben."

„Was meinst du damit?"

„Lass uns später darüber reden.", unterbricht Lorenzo das Gespräch und reicht Mona ein Cocktailglas mit einer grünen, milchigen Flüssigkeit.

„Danke Lorenzo, aber ich mag keinen Alkohol."

„Darin ist kein Alkohol. Es ist ein gesunder Gemüse- und Obstcocktail. Alles aus unserem Anbau." Mona nippt daran und trinkt dann größere Schlucke.

„Das ist wirklich sehr lecker. Was ist alles drin?"

„Das ist eins meiner Geheimrezepte," antwortet Camilla fröhlich.

„Lorenzo liebt meine ausgefallenen Kreationen, nicht wahr mio amato?"

„Sì, Camilla, du bist wieder einmal über dich hinausgewachsen. Ich denke, diese Schöpfung konnte ich noch nicht genießen, oder?"

„Nein, ich habe heute noch ein paar besondere Zutaten hineingetan. Ich weiß ja, was du magst. Wir haben genügend Obst, Gemüse und Kräuter bei uns im Garten", wendet sie sich wieder an Mona.

„Ihr habt einen Garten hier mitten in der Wüste?"

„Auf der anderen Seite des Hauses ist eine weite Fläche, auf der wir alles für die Selbstversorgung anbauen. Wir haben auch einige Gewächshäuser für Tomaten, Gurken, Zucchini, Bananen, usw.. Weiter hinten ist eine Plantage mit Orangen-, Zitronen-, Oliven- und anderen Bäumen."

„Klasse. So etwas habe ich mir immer gewünscht. Das macht doch wahnsinnig viel Arbeit und braucht enorm viel Wasser. Wo nehmt ihr das her?"

„Wir haben eine eigene Wasseraufbereitungsanlage, so dass wir das Wasser auch trinken können."

„Ich bin fasziniert. Ist diese Wasseraufbereitung auch für die Allgemeinheit zugelassen?" Lorenzo schüttelt nur kurz den Kopf und wechselt wieder das Thema.

„Geht es dir so weit gut?"

„Ja, jetzt wieder."

„Wieso? War etwas?"

„Ich hatte einige seltsame Tage nach unserer Begegnung in der Villa und habe deswegen auch ein paar Fragen an euch. Es sind Dinge abgelaufen, die ich mir nicht erklären kann."

„Lass uns später darüber reden. Wir wollen jetzt ans Meer fahren und baden gehen." Lorenzo legt den rechten Arm um Monas Taille.

„Nicht wahr?" Er blickt erst seine Frau und dann Mona an, indem er sie leicht zu sich dreht.

„Gibt es dort irgendwo Schatten?"

„Nein, hier an der Nordwestküste gibt es keine Vegetation, keine Bäume, keinen Schatten. Camilla, lauf doch mal zu Andrea und sage ihm, er solle den großen Sonnenschirm mit ins Auto packen." Camilla macht sich auf den Weg, Mona bleibt mit Lorenzo im Raum zurück.

„Möchtest du noch etwas?"

„Nein, ich bin einfach nur hingerissen ob eures Lebensbereiches."

„Das freut mich." Lorenzo streicht Mona durchs Haar und schaut sie mit hypnotischem Blick an. Man kann ihm nicht direkt in die Augen sehen, denn er hat eine leichte Schielstellung. Ihr läuft ein Schauer durch den Körper. Um aus der Situation zu kommen, die sie verwirrt, dreht sie sich aus seinem Arm.

Mona sitzt bei Lorenzo und Camilla im Auto. In diesem großen Gefährt gibt es sieben Sitzplätze. Sie fahren zum Fischerdorf und biegen auf die Küstenstraße ab, die vom Grunde nur eine Schotterpiste ist. Mona schaut aufs Meer. Der Wellengang ist heute enorm. Sie sieht einige Surfer und Kiter, die mit Wind und Wellen spielen.

„Wow, so riesige Wellen habe ich selten gesehen."

„Ja, heute ist straffer Nordwestwind." Die Wellen krachen mit enormem Getöse, um dann am steinigen Strand auszulaufen.

„Am Ufer kann man es hier kaum aushalten, denn da vorne gibt es so viel Salzgischt, die einem rasch die Luft zum Atmen raubt und den Körper mit einer Salzschicht überzieht."

„Verrückt. Und trotzdem surfen welche."

„Ja, manche sind so süchtig nach diesem Kick, die surfen auch bei Extremwetter."

„Und wo wollen wir baden?"

„Wir fahren an eine geschützte Lagune. Das ist sozusagen unser Privatstrand. Dort gibt es keinen Wellengang. Wenn die Flut kommt, füllt sich das Naturbecken mit Wasser, so dass wir schwimmen können. Vor ungefähr einer Stunde war der Wechsel von Ebbe zu Flut."

Nach einer Viertelstunde Fahrt kommt der Leuchtturm in Sicht. Lorenzo biegt vom Weg in die Wüstenlandschaft ab und hinter einem der Sandberge bleibt er stehen. Umrahmt von Sand- und Geröllhügeln ergibt sich der Blick aufs offene Meer, welches hier recht weit entfernt ist und in eine hellblaue Lagune mit weißem Sandstrand ausläuft. Keine Menschenseele ist zu sehen.

„Das ist ja wie im Paradies hier", ruft Mona, springt ausgelassen aus dem Auto und rennt barfuß durch den Sand bis hin zum glasklaren Wasser. Sie fühlt sich gelöst und glücklich. Die Begegnung mit Camilla und Lorenzo scheint ein wahrer Glücksfall zu sein.

„Bringt ihr mir bitte noch meine Tasche mit den Badesachen."

„Hier können wir nackt baden." Mona schaut fasziniert zu, wie behänd Camilla und Lorenzo ihre Sachen ausziehen, in den SUV legen und dann Hand in Hand nackt in die Lagune laufen. Sie juchzen und spritzen sich gegenseitig voll. Auch Mona zieht alles aus und läuft den beiden hinterher. Mona sieht, wie Camilla ihre Arme um den Hals von Lorenzo schlingt, und beide küssen sich. Das Wasser umspült sie, es scheint, als wollen sie miteinander untergehen. Wie gerne hätte Mona jetzt auch einen Mann, mit dem sie heiße Liebesspiele im Wasser treiben kann. Sie legt sich ins seichte Nass, so dass nur ihr Kopf herausschaut, und beobachtet die Liebenden, welche weiter raus schwimmen. Eine Welle strömt vom offenen Meer über die Felsen in die Lagune hinein und verschlingt beide. Sie tauchen wieder auf und rufen:

„Komm zu uns, hier ist eine warme Strömung." Camilla winkt. Mona hat Respekt vor dem Ozean und seinem Sog. Ihr steckt noch immer das exzessive Bad vor Gran Tarajal in den Gliedern. Vorsichtig bewegt sie sich tiefer in die Lagune bis sie den Boden unter den Füßen verliert und schwimmen muss. Nach ein paar Schwimmzügen erreicht sie die Italiener.

„Ich wusste nicht, dass es hier so herrliche, menschenleere Wasserstellen zum Baden gibt", ruft Mona und hustet, weil sie etwas Atlantikwasser in den Mund bekommt. Die beiden lösen sich voneinander und als Mona direkt neben ihnen ist, greift von der einen Seite Lorenzo, von der anderen Camilla nach ihr und beide legen ihre Arme um sie. Sie wiegen sich zu dritt wie tanzend hin und her.

„Du weißt, was mir gefällt", flüstert Lorenzo und schwimmt etwas abseits. Camilla legt beide Arme um Mona und zieht sie dicht an sich heran. Dann presst sie ihren Mund auf Monas und küsst sie, als wären sie innig ineinander verliebt. Mona versucht, sich zu lösen, doch Camilla ist um einiges kräftiger und stärker als sie. Die Italienerin hat eine etwas korpulente, aber für ihr Alter dennoch sehr straffe, frauliche Figur. Ihre langen blonden Haare sind auf dem Kopf als Dutt gesteckt. Camilla schaut Mona mit feurigen, dunklen Augen an.

„Gefällt dir das?"

„Grundsätzlich schon, aber ich bin überrascht." Sie schwimmen ins seichte Wasser. Dort legt sich Camilla so, dass ihre Brüste leicht hin und her schaukeln. Ihr Kopf ist nach hinten geneigt, ihre Beine sind etwas angestellt. *Ein sehr aufreizendes Bild,* denkt Mona gerade, da bemerkt sie Lorenzo, der hinter einem Felsen mit einer Fotokamera hantiert. Er hat wahrscheinlich die ganze Zeit schon fotografiert. Mona setzt sich auf eine warme

Felsplatte und schaut auf den in der Ferne tobenden Ozean. Sie hört Lorenzo auf Italienisch rufen:

„Sai cosa fare!" Auf einmal spürt sie, wie sich kühle Hände über ihre Brüste legen. Rote Fingernägel graben sich ein wenig in ihr Fleisch, kühle Lippen liebkosen ihren Nacken und ihren Hals.

„Du bist wunderschön", raunt Camilla Mona ins Ohr, dreht sie zu sich, setzt sich zwischen ihre Schenkel und beginnt mit ihren Fingern, Monas Bauch und Venushügel zu streicheln. Lorenzo, nur wenige Meter entfernt, fotografiert das Spiel der beiden nackten Frauen.

„Lorenzo, für wen machst du diese Fotos? Ich dachte, du willst nur deine schöne Frau Camilla aufnehmen."

„Ich bin leidenschaftlicher Erotikfotograf, die Fotos sind nur für uns", antwortet der Italiener.

„Lass uns vorne ans Ufer gehen, wo das Wasser ganz flach ist." Die beiden Frauen stehen auf und Lorenzo fotografiert die ganze Zeit. Sie rennen durch das seichte Wasser und ihre Brüste schwingen auf und ab. Am Ufer angekommen, bittet Camilla Mona, sich entspannt hinzulegen. Sie kniet sich zwischen ihre leicht geöffneten Beine. Mona weiß, was nun kommt, schließt die Augen und spürt Camillas zärtliche Zunge. Es dauert nicht lange, da durchzucken sie heiße Schauer und sie stöhnt in Erlösung.

Als sie sich aufsetzt, spürt sie Lorenzo hinter sich stehen. Er krault ihr das Haar. Jetzt hat Camilla den Fotoapparat in der Hand. Lorenzo kommt vor die sitzende Mona und präsentiert seinen nackten, wohlgeformten Körper, dessen Erregung unübersehbar ist. Er zwinkert ihr zu, dreht sich um, läuft ins Wasser und schwimmt bis fast zur Felsenbarriere, hinter der das offene Meer tanzt.

Camilla lässt sich neben Mona nieder.

„Bist du glücklich?"

„Jetzt im Moment oder insgesamt?"

„Dass du im Moment glücklich bist, habe ich an deinem Blick gesehen. Mein Lorenzo kann Frauen verzaubern."

„Und das macht dir nichts aus?"

„Wir sind uns da einig. Ganz ehrlich, ich habe mir schon immer gewünscht, für meinen Lorenzo eine passende, leidenschaftliche Gespielin zu finden. Du gefällst ihm sehr." Mona geht nicht weiter darauf ein.

„Aber ich hatte dich gefragt, ob du glücklich bist."

„Eigentlich schon, aber irgendetwas fehlt mir."

„Und was ist es?"

„Ich denke, dass es vor allen Dingen liebevolle Berührungen sind. Ich lebe schon sehr lange alleine."

„Wie kommt das, so süß, wie du bist?"

„Ich hatte mich vor vielen Jahren in einen sehr attraktiven, leidenschaftlichen Spanier verliebt. Doch nach der anfänglichen Verliebtheit habe ich mit ihm ungute Dinge erlebt und mich von ihm getrennt. Die Jahre vergehen schnell. Ich komme allein gut zurecht und habe zwischenzeitlich völlig andere Bedürfnisse in Bezug auf männliche Berührung und Miteinander. Wie lange seid ihr schon zusammen?"

„Lorenzo war mein erster Mann. Wir sind über vierzig Jahre verheiratet."

„Kompliment, eine lange Zeit. Das sieht man euch gar nicht an. Und ihr seid immer noch glücklich?"

„Ich bin 59 und Lorenzo ein paar Jahre älter als ich. Mein Mann hat mich damals aus einer strengen, katholischen Familie in Italien rausgeholt, mich regelrecht gerettet. Ich bin ihm unendlich dankbar für alles. Er hat sich all die Jahre sehr gut um mich gekümmert, mir mangelt es an nichts, obwohl er sich seine Freiheiten nimmt."

„Toll, dass du das nach so vielen Jahren noch sagen kannst. Bis jetzt habe ich euch tatsächlich nur liebevoll und harmonisch miteinander erlebt. Ich finde es wunderbar, wenn zwei eine funktionierende, liebevolle Partnerschaft leben. Und wenn sie sich einig sind, sich sexuell zu öffnen, ist das ein großes Glück. Ich bin davon überzeugt, dass ein Mensch niemals all die Bedürfnisse eines anderen erfüllen kann. Die meisten Paare, die ich kennengelernt hatte, waren unglücklich, weil sie sexuell unzufrieden waren und dennoch eifersüchtig aneinander festhielten. Das finde ich sehr ungesund. Wenn ich einen Mann liebe und ihm nicht alles, was er möchte, geben kann, lasse ich los und gönne ihm, dass er seine Bedürfnisse anderweitig befriedigt und dann glücklich nach Hause kommt. Und genau so lässt er mir meine Freiheit, weil er mich liebt. Das bedeutet Liebe mit Vertrauen und ohne Eifersucht. Ich habe mich schon sehr intensiv mit Tantra und freier Liebe auseinandergesetzt. Da gibt es die Sichtweise, wenn du treu sein willst, sei treu. Wenn du mehrere Partner lieben willst, ist das auch in Ordnung. Es gibt immer solche und solche Zeiten. Alles kommt mit der Liebe und dem passenden Partner. Bei euch sieht es so aus, als ob es funktioniert." Camilla bestätigt das nicht, sondern fragt:

„Was ist Tantra? Darüber möchte ich bitte mehr erfahren. Sag Mona, wie lange kannst du bei uns bleiben?"

„Am Neunten fliege in nach Gran Canaria."

„Das sind nur zwei Nächte."

„Eigentlich wollte ich heute wieder zurückfahren, aber eine Nacht kann ich schon bleiben. Danach muss ich noch einiges regeln, bevor ich rüber fliege."

„Was willst du dort?"

„Ich möchte einen guten, alten Freund und eine Bekannte besuchen. Die will eine Gemeinschaft von spirituellen Menschen aufbauen."

„Das hört sich interessant an. Mona, ich glaube, wir haben uns eine Menge zu erzählen." Camilla steht auf.

Sie winkt dem noch immer schwimmenden Lorenzo zu. Der kommt mit langen gleichmäßigen Zügen wieder ins seichte Wasser und läuft langsam ans Ufer. *Wirklich ein faszinierender, anziehender Körper.* Braun gebrannt und schwarz behaart, genau wie Mona es liebt.

Auf dem Rückweg zur Villa überlegt Mona fieberhaft, was sie als Ausrede nehmen kann, um nicht dort übernachten zu müssen. Sie findet die beiden zwar ausgesprochen sympathisch und anregend, kann sich aber in etwa vorstellen, wie die Nacht verlaufen wird. Irgendetwas warnt sie davor. Grundsätzlich ist die Vorstellung, die Gespielin eines reichen italienischen Ehepaars zu sein, nicht übel, doch sie weiß nichts über diese beiden Menschen, die ein riesengroßes Anwesen mitten in der Wüste haben. *Ich werde sie noch eine Menge ausfragen, mir alles zeigen lassen, damit das Bild ein wenig runder wird. Dann entscheide ich spontan.*

Camilla führt Mona in ein Gästezimmer.

„Hier kannst es dir bequem machen. Das Zimmer hat eine eigene Dusche. Du möchtest sicherlich das Salzwasser und den Sand von dir abspülen. Komm danach runter auf die Terrasse. Wir haben uns viel zu erzählen." Camilla umarmt Mona und gibt ihr einen leidenschaftlichen Kuss. Als die Italienerin das Zimmer verlassen hat, setzt sich Mona erst einmal auf das breite Doppelbett. *Soll ich doch hierbleiben?* Die Power dieser Frau ist schon berauschend. So viel Energie hat Mona bisher nur bei Männern erlebt. Sie duscht, zieht sich um. Dann geht sie langsam barfuß die Marmortreppe hinunter und setzt sich auf der Terrasse in einen Schaukelstuhl. Es ist Mittagszeit und sie hat enormen Hunger. Ein afrikanischer Mann erscheint und deckt den auf der anderen Seite des Raums befindlichen Tisch.

„Hola, ich bin Mona und wer bist du?" Der junge Schwarze verlässt ohne zu antworten die Terrasse. Lorenzo kommt herein.

„Gleich wird das Essen serviert."

„Ich wollte mit dem jungen Schwarzen ein Gespräch anfangen, er hat aber fluchtartig den Raum verlassen."

„Tayo ist ziemlich schüchtern. Er ist noch nicht lange bei uns. Ich glaube, er will einfach nur nichts falsch machen." Tayo bringt eine große Terrine, die er mitten auf den Tisch stellt. Dann richtet er noch einmal die Teller und Löffel aus und sagt zu Lorenzo etwas auf Italienisch. Lorenzo bemerkt wohl Monas fragenden Blick.

„Er hat nur gesagt, dass der Nachtisch noch ein wenig braucht. Das Eis sei zu tiefgefroren." Lachend hilft er Mona hoch und führt sie zu Tisch.

„Lass uns Platz nehmen." Lorenzo betätigt eine auf dem Tisch stehende Messingklingel und sofort erscheint eine junge Schwarze.

„Leila, bring doch bitte noch Weißbrot." Sie knickst und eilt davon.

„Zwei Bedienstete", staunt Mona.

„So ein großes Anwesen braucht viele Menschen, die mithelfen."

„Das kann ich mir gut vorstellen. Zeigst du mir bitte nach dem Essen euer Haus und das Grundstück?"

„Gerne. Camilla wird nicht mitkommen, sie hat nachher einen auswärtigen Termin." Beide nehmen am Tisch Platz und Leila bringt das gewünschte Brot. Mona greift sich ein Stück, beißt rein und bemerkt kauend:

„Endlich essen. Das Bad im Atlantik hat richtig Appetit gemacht." Lorenzo gießt Mona eine orange Flüssigkeit ins Glas.

„Was ist das?"

„Orangensaft, frisch gepresst. Wir haben einige Orangenbäume, welche zweimal im Jahr tragen. Es gibt also immer ausreichend frische Früchte." Mona nimmt einen Schluck und strahlt.

„Der schmeckt wunderbar und erinnert mich an den, welchen ich mal bei mir im Haus auf Gran Canaria getrunken hatte."

„Ach, du hast ein Haus auf Gran Canaria?"

„Nicht mehr. Ich hatte zusammen mit einem Spanier, den ich vor über dreizehn Jahren im Urlaub kennenlernte und in den ich mich verliebte, ein Haus gekauft."

„Ja die Spanier, die sind richtig heiß auf ausländische Frauen. Und, was ist aus ihm geworden?"

„Aus dem Spanier oder aus dem Haus?"

„Aus beiden."

„Das ist eine sehr problematische Geschichte, die kann ich nicht in zwei Sätzen erzählen. Jedenfalls habe ich beide nicht mehr."

„Das ist schade. Und wie lebst du jetzt?"

„In einem kleinen gemieteten Häuschen bei Lajares. Allerdings laufen meine Geschäfte nicht so gut."

„Was machst du?"

„Ich bin Entspannungscoach und mache Beratungen und Massagen. Doch meine Angebote werden nicht gut angenommen. Ich muss meine kleine Praxis wohl demnächst schließen."

„Du bist bestimmt eine hervorragende Masseurin. Das kannst du mir bei Gelegenheit gerne beweisen." Er greift sanft in Monas Nacken, zieht ihren Kopf zu sich heran und küsst sie seitlich auf die Stirn. Dieser Kuss lässt Mona erbeben. Sie nimmt noch einen Schluck vom Orangensaft, um sich abzulenken.

„Das ist purer Orangensaft und nicht mit irgendetwas versetzt oder?"

„Was meinst du mit versetzt?", fragt Lorenzo zurück.

„Als ich euch in dieser Villa getroffen habe, war ich mit einem Miguel zusammen. Er hatte mir irgendetwas in den Champagner gemischt, was wie Orangensaft geschmeckt hat, aber eine Droge war. Ich bekam einen Filmriss, so dass ich mich an eine geraume Zeit in der Villa und danach nicht mehr erinnern kann." Lorenzo schüttelt den Kopf.

In dem Moment erscheint Camilla auf der Terrasse. Sie trägt ein dunkelrotes Kleid, welches ihre Figur schmeichelnd betont. Ihre Lippen sind im selben Rotton geschminkt.

„Wir haben schon auf dich gewartet." Mona hört eine gewisse Strenge in Lorenzos Stimme.

„Tut mir leid mio amato, Maria aus Palermo hatte angerufen, ich habe mich ein wenig verplaudert." Sie setzt sich auf die andere Seite von Mona. Lorenzo klingelt, Leila erscheint, füllt die Teller und eilt mit den Worten:

„Ich bringe gleich die Eisbecher," hinaus.

„Ich liebe Eis."

„Wir essen nur selbst hergestelltes, italienisches Eis."

„Was ist das für eine Suppe, die schmeckte köstlich."

„Das ist ein Rezept meiner Oma. Italienische Minestrone." Genüsslich speisen die drei.

Leila stellt opulente Eisbecher auf den Tisch und Mona macht sich gleich über einen her, denn die Suppe hatte sie regelrecht verschlungen. Lorenzo und Camilla leeren ihren Nachtisch in Ruhe, sie nascht nur einen Löffel davon.

„Lorenzo teilt mir öfter mit, ich soll auf meine Figur achten", flüstert sie in Monas Ohr.

„Lass uns jetzt auf der Couch einen Digestivo nehmen. Und dabei erzählst du uns, was für Probleme du mit Miguel hattest."

Mona berichtet über diese seltsame Nacht, intime Details lässt sie weg. Sie fragt die beiden, wie sie Kontakt mit Miguel aufnehmen kann, wo die Villa ist und ob sie den Eigentümer Cesaro kennen.

„Miguel ist immer mal dort, aber wir wissen sonst nichts von ihm. Cesaro trafen wir nur einmal im Zusammenhang mit dem Kauf eines Grundstücks. Wieso fragst du nach ihm?"

„Ich kenne einen Cesaro von früher, der ist mir noch einige Antworten schuldig." Mona möchte am liebsten fragen, wie er aussieht, überlegt aber, dass er sich nach den viele Jahren bestimmt verändert hat.

„Hast du noch seine Kontaktdaten?"

„Nicht dass ich wüsste. Komm, ich zeige dir jetzt unser Anwesen. Camilla, wir sehen uns später zum Abendessen." Die Italienerin küsst Lorenzo und verlässt die Terrasse. Mona trinkt ihr Glas aus.

„Ist sehr süß."

„Feigenlikör."

Lorenzo führt sie durch einen Großteil der Villa. Das Ehepaar bewohnt sechs Räume. Die Küche im Erdgeschoss ist so riesig wie die eines Restaurants.

„Auf die Dachterrasse gehen wir heute Abend, im Moment ist es zu heiß da oben." Dann schlendern sie über das Gelände, welches enorme Ausmaße hat. Zuerst zeigt er ihr die Pflanzungen und Felder, danach die Gewächshäuser, in denen gefühlt um die 50 Grad herrschen. Überall sind vereinzelt Erntehelfer zu sehen oder Menschen, die gärtnerische Arbeiten erledigen.

„Sind die alle angestellt?"

„Teils, teils", antwortet Lorenzo und führt Mona an den kleinen Häusern vorbei.

„Wer wohnt in diesen Häuschen?"

„Bis jetzt sind zehn davon vergeben. Möchtest du mal hineinschauen?"

„Ja gerne."

„Immer wieder kommen Menschen zu uns, die sich hier ansiedeln und arbeiten wollen." Lorenzo öffnet eins der kleineren Häuser. Im unteren Bereich befinden sich ein Salon mit integrierter Küchenzeile und ein kleines Badezimmer, im oberen das Schlafzimmer. Jedes der Häuser hat eine kleine überdachte Terrasse vor der Eingangstür.

„Es gibt auch einige mit zwei oder drei Schlafzimmern."

„Verkauft ihr diese Häuser oder vermietet ihr sie?"

„Es gibt verschiedene Möglichkeiten, sich hier einzubringen. Darüber können wir später genauer reden." Alle Menschen, denen sie begegnen, winken ihnen freundlich zu. *Das scheint hier alles sehr entspannt zu laufen.* Lorenzo führt Mona zu einer großen Poolanlage, welche sie noch nicht wahrgenommen hatte.

„Wow, das ist ja ein Wasserparadies." Mehrere Becken reihen sich aneinander, es gibt einen Springbrunnen, eine Wasserrutsche, einen Whirlpool.

„Da bekomme ich Lust, gleich ins Wasser zu springen. Können alle, die hier wohnen, diesen Pool benutzen?"

„Weiter hinten gibt es noch einen Poolbereich." Mona gibt sich mit der Antwort zufrieden. Als sie wieder in die Villa kommen, ist sie ziemlich erschöpft von der Sonne und dem heißen Wind. Zwischenzeitlich ist es fast vier Uhr.

„Wann kommt Camilla wieder?"

„Zum Abendessen. Wir werden auf der Terrasse speisen und von da den Sonnenuntergang genießen."

Es ist dunkel und die drei sitzen bei gemütlichem Licht, welches einige, die Terrasse säumende Fackeln spenden. Lorenzo bietet Mona Wein an, aber sie lehnt ab.

„Ich möchte keinen Alkohol trinken, denn ich bin immer noch dabei, diese eine Nacht in der Villa nach dem Musikfest zu verarbeiten. Habt ihr schon mal was von gelben Pillen oder Ampullen gehört?" Eigentlich wollte Mona nicht danach fragen und ärgert sich im selben Moment über sich. Camilla und Lorenzo schauen sich nur schweigend an, antworten nicht, sondern wechseln das Thema.

„Du hast gesagt, dass du auf Gran Canaria eine Bekannte triffst, die eine Gemeinschaft aufbauen will?"

„So lautet meine Einladung, die ich von ihr per Brief erhalten habe. Mir ist allerdings schleierhaft, wie sie an meine Adresse kam, wir hatten über zehn Jahre keinen Kontakt. Aber zwischenzeitlich wundert mich gar nichts mehr. Die Inseln sind tatsächlich wie Dörfer und man findet Menschen immer wieder. Die Einzige, der das nicht gelingt, bin wohl ich."

„Wie meinst du das?"

„Ich habe damals ziemlich extreme Dinge erlebt und noch immer offene Fragen. Eigentlich hatte ich gedacht, es ist erledigt, aber nun werde ich seltsamerweise wieder damit konfrontiert."

Plötzlich beginnt Musik zu spielen und Camilla bewegt sich im Rhythmus der Klänge. Sie hat sich unbemerkt von Mona umgezogen, trägt nun ein durchsichtiges Top und einen ebensolchen Rock. Darunter hat sie nichts an. Lorenzo in weißer Leinenhose zieht, als er seine Frau erblickt, sein Oberteil aus.

„Mona, möchtest du auch etwas ablegen?" Indem er das sagt, zieht er sie dicht an sich heran und beginnt, mit ihr zu tanzen. Es ist eine getragene, innige Musik und genauso bewegt er sich an Monas Körper. Sie spürt jeden seiner Muskeln. Er streift die Träger ihres Oberteils herunter, bis ihre Brüste frei liegen, beugt ihren Kopf nach hinten und liebkost zärtlich ihren gestreckten Hals, dass ihr prickelnde Schauer durch den ganzen Körper laufen. Camilla kommt hinter sie und streichelt sacht ihre Brüste, während er weiter ihren Hals liebkost. Jetzt ist Mona glasklar, worauf dieser Abend und diese Nacht hinauslaufen werden. Sie ist nicht bereit dafür, die Geliebte eines italienischen Ehemanns zu sein. Dennoch kann sie nicht umhin, diesen Tanz weiter geschehen zu lassen. Dann wird die Musik schneller und die beiden gehen feurig aus sich heraus. Sie tanzen barfuß auf dem Terrassenboden umeinander herum und schauen sich wie ein frisch verliebtes Paar enorm leidenschaftlich an.

„Komm Mona, sei nicht so schüchtern!"

„Ich schaue euch gerne zu." Doch Camilla greift ihre Hand und dreht Mona mehrfach um sich herum. Die Musik wird immer schneller. Die beiden sind schon fast in Trance, bewegen sich mit geschlossenen Augen in einem lasziven Tanz.

Mona entfernt sich unbemerkt, verzieht sich in ihr Bad, setzt sich zitternd vor Erregung und Anspannung auf die Toilette. Den Kopf in die Hände gestützt, genießt sie die Faststille, die sie umgibt, denn sie kann die Klänge der Musik noch leise hören. Je länger sie sitzt, desto mehr Zweifel entstehen. *Soll ich hierbleiben oder nach Hause fahren?* Sie kommt zu keinem Entschluss und begibt sich, nachdem sie ein anderes T-Shirt angezogen hat, wieder nach unten. Die beiden empfangen sie im weiträumigen Vestibül.

„Mona, der Wind hat aufgefrischt. Wir setzen unseren Abend im Salon fort." Camilla nimmt Monas Hand und zieht sie in einen edel eingerichteten Raum, der bestimmt fünfzig Quadratmeter misst. Das Licht ist gedämpft, eine wohlige Wärme umfängt sie. Lorenzo hantiert an einer Musikanlage und sanfte Gitarrenklänge beginnen zu spielen. Mona blickt sich um. An einer Wand hängt ein großes Gemälde in Rottönen, auf dem der Teide in seiner ganzen Pracht zu sehen ist. Das Bild erinnert Mona sofort an die Energie des Vulkans, der sie an ihre Grenzen geführt hat.

„Wart ihr schon mal auf dem Teide?"

„Ist lange her. Camilla, hol bitte die Schlummertrunks." Sie entfernt sich. Lorenzo hat sein Hemd wieder angezogen und sieht mit der weißen Kleidung im Schummerlicht verführerisch aus. Mona muss an Cesaro denken, der sie damals mit seiner Erscheinung regelrecht um den Finger gewickelt hat.

„Kannst du mir sagen, von wem das Gemälde ist? Ich finde es toll."

„Ein Bekannter von mir, der auf Teneriffa lebt, hat es malen lassen. Aber jetzt wollen wir weiter tanzen." Er schnappt sich Mona und zieht sie wieder dicht an seinen warmen, kräftigen Körper.

„Du hast ein gutes Rhythmusgefühl, das gefällt mir." Sie tanzen bestimmt zehn Minuten und Mona schließt dabei die Augen. Die aufwühlende Nähe dieses Mannes, die Wärme, die sein Körper ausstrahlt, die angenehme Musik und die wohlige Atmosphäre im Raum lassen sie jede Bewegung genießen.

Als Camilla zurückkommt, trägt sie ein weißes Kleid und eine Stola um die Schultern.

„Hier mio amato, wie du gewünscht hast." Sie stellt ein Tablett mit drei Gläsern auf einen der Couchtische, und legt sich auf die Ledercouch. Dabei rutscht ihr kurzes Kleid verführerisch hoch. Mona bemerkt, dass sie keinen Slip trägt. Lorenzo tanzt weiter mit Mona und Camilla beobachtet die beiden von der Couch aus. Als der Titel zu Ende ist, löst sich Mona von ihrem Tanzpartner.

„Ich habe ewig nicht in so angenehmen Armen geschwebt." Lorenzo legt den Arm um ihre Hüfte und führt sie zur Couch. Camilla setzt sich auf und gibt ihm ein kleines Schnapsglas mit gelber Flüssigkeit. In Mona klingeln sofort wieder die Alarmglocken. Camilla reicht auch Mona eins von den Gläschen, doch die schüttelt den Kopf.

„Nein, danke."

„Du brauchst keine Sorge haben. Es ist ganz harmloser Orangenlikör. Wir machen den selbst. Koste einfach mal. So ein winziger Vitamintrunk wird dir sicherlich nicht schaden."

„Aber ich muss noch Auto fahren." Camilla schaut Mona mit erstaunten Augen an. Lorenzo stellt sein Glas aufs Tablett zurück und wendet sich an Mona.

„Camilla hatte mir gesagt, dass du über Nacht bleiben wirst."

„Es ist wirklich toll bei euch, aber ich habe noch so viel zu erledigen, bevor ich nach Gran Canaria fliege."

„Mona, wenn wir morgen gegen neun gemeinsam frühstücken, wirst du gegen elf zu Hause sein und hast noch den ganzen Tag, um deine Vorbereitung zu erledigen." Mona nickt und überlegt. Es ist schon gemütlich hier.

„Vale, ich bleibe bis morgen früh." Sie schiebt das Gläschen mit Orangenlikör von sich weg.

„Lasst uns ein kleines Nachttanzritual zelebrieren." Lorenzo schaltet die Musikanlage wieder an und nun spielt sphärische, meditative Musik. Das Paar führt Mona in die Mitte des Salons.

„Lass uns die Arme gen Himmel strecken und uns langsam auf der Stelle drehen." Lorenzo beginnt, Mona und Camilla folgen nach. Dann nimmt er Mona fest in den Arm und wiegt sich mit ihr. Camilla stellt sich hinter Mona und bewegt sich mit den beiden im gleichen Rhythmus. Es fühlt sich an, als würden die drei Körper miteinander verschmelzen. Der Titel dauert eine kleine Ewigkeit und als die Musik verstummt, schwingt zwischen ihnen eine intensive prickelnde Energie. Sie verharren umarmt, atmen im gleichen Rhythmus und Mona fühlt sich, als würde sie schweben.

„Nun haben wir die richtige Stimmung, um uns zu Bett zu begeben." Lorenzos sanfte, tiefe Stimme lässt Mona erbeben. Zwischenzeitlich ist es halb eins, wie sie auf der Kaminuhr sieht. Lorenzo nimmt Mona an die linke und Camilla an die rechte Hand. Langsam steigen alle drei nebeneinander die breite Marmortreppe hinauf, laufen einen langen Flur entlang, bis sie vor eine große Doppeltür kommen. Lorenzo öffnet und Mona betritt ein geräumiges luxuriös eingerichtetes Schlafgemach, welches in dezentes Licht getaucht ist. Ein rundes Bett auf einem Podest mit zwei Stufen steht mitten im Raum. Darüber ist ein Baldachin mit einem Gazevorhang. Auf kleinen Beistelltischchen brennen Kerzen und auf einem Servierwagen stehen ein Sektkühler mit einer Flasche und drei Gläser. Camilla lässt Monas Hand los und Lorenzo dreht sie zu sich. Er küsst sie leidenschaftlich, während Camilla sich auszieht und sich nackt aufs Bett legt. Mona lässt den Kuss geschehen. Er ist einfach nur göttlich. *Kein Vergleich zu den Küssen von Miguel.* Sie kann nicht umhin, seine Leidenschaft zu erwidern, und so küssen sie sich immer intensiver. Doch diese gierigen Liebkosungen erinnern sie plötzlich an etwas längst Vergessenes, die ersten hungrigen Küsse von Rafael. Das lässt sie schlagartig innerlich erstarren und sie löst sich abrupt von Lorenzo.

„Lo siento. Ihr habt mir einen der schönsten Abende meiner Zeit hier auf der Insel geschenkt. Es ist alles sehr erregend, und ihr seid ein liebevolles Paar. Doch ich möchte nichts überstürzen und werde nun in mein Zimmer gehen und dort allein übernachten." Lorenzo blitzt Mona mit seinen schwarzen Augen an.

„Wie du wünschst. Camilla, bring Mona zu ihrem Zimmer." Er küsst Monas Hand und dreht sich weg. Camilla wirft sich einen seidenen goldfarbenen Morgenmantel über und begleitet Mona zu ihrem Schlafgemach.

Als die Tür geschlossen ist, atmet Mona auf und legt sich in das herrlich kühle Bett. Sie fühlt sich erleichtert. *Das ist glimpflich abgelaufen.* Mit diesem Gedanken schläft sie sofort ein.

Es klopft an die Tür und Mona öffnet die Augen. *Ach ja, ich bin noch bei Lorenzo und Camilla.*

„Ja bitte?"

„Das Frühstück ist fertig!", ruft eine Stimme, die sie an die von Leila erinnert. Mona duscht und kleidet sich an. Dann nimmt sie ihre gepackten Taschen und begibt sich nach unten.

„Sie werden auf der geschlossenen Terrasse erwartet", teilt Leila mit, welche ein Tablett voller Obst trägt. Mona folgt ihr und betritt den Raum, der einerseits Licht durchflutet, gleichzeitig angenehm temperiert ist. Der Frühstückstisch ist opulent gedeckt.

„Ciao Mona, wie hast du geschlafen?" Lorenzo steht auf, kommt auf sie zu und küsst ihr die Hand.

„Camilla wird gleich kommen." Er weist auf den Stuhl neben seinem, Mona setzt sich und er beginnt, mit seiner rechten Hand ihren Nacken zu streicheln.

„Ich habe den Abend mit uns sehr genossen", sagt er leise. Mona blickt ihn an.

„Das kann ich nur bestätigen. Es war traumhaft schön. Ich habe mich wohl gefühlt und vom Grunde war ich auch erregt, aber." Er legt einen Finger auf ihre Lippen.

„Du brauchst nichts erklären." Camilla betritt die Terrasse, gibt Mona einen Kuss auf den Kopf und setzt sich neben Lorenzo.

„Wir haben folgendes Angebot an dich. Da wir drei augenscheinlich prima harmonieren, laden wir dich, wenn du aus Gran Canaria zurück bist, für eine Woche ein. Dann können wir uns näher kennenlernen. Ich werde in der Zwischenzeit Erkundungen über Miguel und Cesaro einholen, zu denen du offene Fragen hattest. Was sagst du dazu?" Mona ist so überrascht, dass sie spontan zusagt:

„Gerne nehme ich eure Einladung an. Ich kann aber noch nicht genau sagen, wann ich von dieser Reise zurück sein werde."

„Du erzählst uns, wenn du wiederkommst, was es mit dieser Gemeinschaft auf sich hat." Mona nickt und kaut genüsslich ein Stück Mango. Das Frühstück verläuft bei angenehmer Musik und lockeren Plaudereien. Lorenzo erzählt einiges über seine Heimat Italien. Beim Abschied umarmen sich die drei so innig, als wären sie schon ewig miteinander verbunden.

„Wir haben noch ein kleines Geschenk für dich. Lauf mal Camilla und hol es aus meinem Arbeitszimmer!"

„Ach, da fällt mir ein, ich habe euch auch etwas mitgebracht. Das habe ich total vergessen." Mona übergibt Lorenzo die zwischenzeitlich von der Hitze im Auto weichen Trauben und die Flasche Wein.

„Eine Kleinigkeit, sie kommt von Herzen." Lorenzo nimmt das Geschenk entgegen und küsst Mona auf die Stirn. In dem Moment erscheint Camilla und überreicht Mona eine kleine Holzplatte.

„Das ist eine Lithografie unseres Gemäldes, welches dir so gut gefallen hat." Mona ist sprachlos und fällt erst Camilla, dann Lorenzo um den Hals.

Kapitel 4: Lunas Veranstaltung

Mona steht angespannt vor dem Haus, in dem Walter wohnt. Sie hat schon mehrfach geklingelt doch ohne Erfolg.

Es war mit ihm abgesprochen, dass er sie am neunten November um halb fünf vom Flughafen Gran Canaria abholt. Doch Mona hatte umsonst auf ihn gewartet, ein Taxi genommen und Walter immer wieder angerufen. Jedes Mal kam die Ansage, dass diese Nummer nicht erreichbar ist. Jörgs neue Adresse kennt sie nicht, die Werkstatt fand sie geschlossen vor. Geplant war auch, dass Walter sie zu Tamaras Wohnung bringt.

Was mache ich jetzt? Sie läuft durch El Tablero, setzt sich in ein kleines Café, bestellt sich einen Cappuccino und sieht, dass es ihr Lieblingsgebäck gibt. Sie kann nicht widerstehen, holt sich zwei Stück davon und verzehrt langsam die extrem zuckerlastigen Kuchenstücke. *Irgendwann wird er das Telefon wieder anschalten.* Im Café gibt es einen Internetzugang per Computer und sie recherchiert über eine Suchmaschine nach Privatunterkünften. Die Verfügbaren sind so kurzfristig ziemlich teuer. Außerdem muss sie entscheiden, wie lange sie bleiben will. Letztendlich bucht sie über einen regionalen Anbieter ein kleines Studio in San Agustín. Das ist immer noch ihr Lieblingsort, weil sie direkt am Meer sein und über die lange Strandpromenade laufen kann, die zwischenzeitlich von dort bis zum Hotel Palacio Grande führt. Trotz des Unterkunftsdilemmas fühlt sie sich enorm glücklich und nimmt sich vor, heute Abend unbedingt den ganzen Weg hin und zurück laufen.

Sie verlässt das Café. Der Trubel in den engen Straßen von El Tablero, der Lärm, der stickige Geruch aus einer Mischung von Abgasen, Küchendünsten, Zigarettenqualm vermischt mit Ozon setzen ihr zu und die Straßenschluchten mit den hohen Wohnhäusern erdrücken sie regelrecht. Zwischenzeitlich hat sie sich an leere Weite, Stille und frische Ozeanluft gewöhnt.

Sie ruft bei der Vermieterin an und das Telefonat mit der Spanisch sprechenden Frau mit kanarischem Akzent verläuft ausgesprochen freundlich. Sie verabreden sich für 19 Uhr vor dem Studio. Die eine gebuchte Woche kostet 600 Euro ohne Verpflegung, dabei besteht das Objekt nur aus einem Raum mit einer Schlafnische und Kochecke. Dennoch ist sie zufrieden mit ihrer Wahl, denn sie braucht nur die Fenster aufmachen und hat sofort die Meeresbrise in der Nase. Ein paar Treppen hinunter und sie ist in einer Minute am letzten Strandabschnitt von San Agustín. Die Unterkunft wird sie vor Ort bar bezahlen. Das bedeutet allerdings, dass sie nun die 5000 Euro anreißen muss, von denen sie 2000 mitgenommen hat. *Ein Auto brauche ich.* Sie erinnert sich, dass in San Agustín oben am letzten Kreisel in einer Sackgasse eine kleine Autovermietung ist, bei der es günstige Mietwagen gibt. *Hoffentlich haben die noch auf.* Sie ruft an und hat Glück. Ein Kleinwagen ist zwar nicht mehr zur Verfügung, sie erhält einen Mittelklassewagen, der für die Woche 170 Euro in bar kostet.

Immer wieder versucht sie, Walter telefonisch zu erreichen, doch es ertönt weiterhin nur der Anrufbeantworter. Sie hat mindestens schon zehn Nachrichten hinterlassen.

Die Übergabe des Studios ging reibungslos. Mona hat die Miete bezahlt, die Frau ihr die Schlüssel gegeben und schwupp war sie weg. Die vordere Front des Wohnbereichs der Unterkunft besteht aus einer großen Glasschiebetür. Der Schlafbereich hat eine Wand, in der oben ein kleines schmales Fenster eingelassen ist, welches man in der Nacht zum Lüften auflassen kann. Sie legt sich erst einmal auf das Doppelbett und atmet durch. *Wie herrlich das hier ist!* Sie genießt bei offener Tür das Meeresrauschen im dunklen Zimmer. Mit geschlossenen Augen schlendert sie gedanklich über die von orange leuchtenden Laternen beschienene Strandpromenade und fühlt die Energie von damals, als sie bei einem Flamenco- abend zum ersten Mal den Abend mit Rafael verbracht hatte. Noch immer entstehen in ihr sehnsuchtsvolle Ge- fühle, so tief haben sich die gemeinsamen Kennenlern- stunden in ihre Seele gebrannt.

Das Miteinander mit Camilla und Lorenzo hat in ihr den Wunsch nach liebevoller Begegnung, Zusammensein mit einem Partner enorm aufblühen lassen. Es macht ihr nichts aus, dass ihre Gedanken bei Rafael sind, obwohl sie schon jahrelang nicht mehr so intensiv an ihn gedacht hatte. *Ob die entstandenen Gedankenkreise um Rafael damit zusammenhängen, dass ich vor kurzem in Kontakt mit den gelben Pillen gekommen bin und immer heftiger mein Bedürfnis wächst, vielleicht doch noch etwas auf- klären zu können?*

Eigentlich wollte sie meditieren, aber es zieht sie ma- gisch nach draußen ans Meer. Sie schließt ab und geht barfuß über die Treppe bis zum Sandstrand. Der Ozean umspült leicht ihr Füße mit weiten, seichten Zungen. Kein Mensch ist zu dieser Zeit am Ufer und sie blickt hinaus in die stille Dunkelheit der Atlantikweite. Geläch- ter von jungen Leuten lässt sie ins Hier und Jetzt zurückkommen. So macht sie sich auf den Weg und läuft beschwingt, einen leichten Sommermantel über den Schultern, im warmen Abendwind die Strandpromenade entlang. Immer wieder hält sie inne und schaut auf das vom Laternenschein glitzernde Meer.

Nachdem sie eine Pizza in einem Restaurant direkt an den Dünen verspeist und festgestellt hat, dass es das alte

Flamencolokal nicht mehr gibt, überlegt sie, was sie nun noch machen könnte. Sie hat ihr altes Handy eingesteckt, weil darin noch einige Nummern früherer Bekannter aus Gran Canaria abgespeichert sind. *Ich habe bestimmt noch die Nummer von Claire.* Mit ihr hatte sie schon eine kleine Ewigkeit nicht gesprochen. Mona fühlt immer stärker, dass sie offen für die endgültige Verarbeitung vergangener Angelegenheiten ist. Dazu gehört auch der Kontakt zu Claire. Sie findet deren Nummer, aber wieder hat sie Pech, es geht niemand ran. Sie läuft zu dem Einkaufszentrum, in dem damals Claire ihre Bar hatte, doch diese existiert nicht mehr. In einem Restaurant im Obergeschoss bekommt sie den Hinweis, dass Claire sich vergrößert hat und sich ihr neues Etablissement im Centro Comercial Dunas befindet. Mona nimmt ein Taxi, denn zum anderen Ende der großen Dünen nahe dem Faro von Maspalomas ist es ihr zu weit zum Laufen. Zwischenzeitlich zeigen die Uhren am Straßenrand zehn, aber Mona ist kein bisschen müde.

An der Bar angekommen, klingelt sie voller Vorfreuden und tatsächlich, es wird geöffnet. Da steht sie, diese imposante Frau mit einer noch edleren erotischen Ausstrahlung als damals. Die beiden schauen sich an und fallen sich in die Arme.

„Menschenskind, ich habe glatt deinen Namen vergessen." Claire küsst Mona rechts und links auf die Wange.

„Mona."

„Ja, stimmt. Wir haben uns ja ewig nicht gesehen. Sprich, was treibt dich zu mir? Wie geht es dir? Du musst mir alles erzählen." Mona betritt die recht geräumige, edel ausgestattete und dennoch gemütliche Erotikbar.

„Wow, Claire, du hast ja richtig was geschafft in den letzten Jahren."

„Ja, der Laden lief gut. Und da die alte Bar so klein war und ich zusätzlich zum Bar- und Tanzbetrieb noch ein paar Séparées einrichten wollte, habe ich mich vergrößert. Jetzt im November ist nicht so viel los, aber ab Advent wird das wieder richtig bunt hier. Auf jeden Fall nehme ich mir ein wenig Zeit für dich, damit wir miteinander plaudern können." Mona erzählt von ihren letzten Jahren auf Fuerteventura, aber auch, dass sie zwischenzeitlich dort nicht mehr erfolgreich ist.

„Am Anfang lief es ganz gut, doch jetzt stagniert alles. Ich hab schon darüber nachgedacht, wieder nach Gran Canaria umzusiedeln, aber das muss natürlich langfristig organisiert und vorbereitet werden. Übermorgen treffe ich eine alte Bekannte, die will eine spirituelle Gemeinschaft gründen. Ich möchte mich gerne in solch ein Projekt einbringen, obwohl ich nicht weiß, ob das für mich was ist. Deswegen höre ich mir deren Pläne mal an."

„Für mich wäre das nichts. Ich lebe zwischenzeitlich mit einem tollen Lebensgefährten. Wir haben ein herrliches Haus gemietet, er kümmert sich um alles dort und ich um meine Bar. Alles ist so richtig am Laufen und uns geht es gut."

„Das freut mich für dich."

„Ich kann mich noch erinnern, dass du damals mit deinem Macholebensgefährten Zoff und irgendwelche Drogenprobleme hattest. Und, alles in den Griff bekommen?"

„Vom Grunde ja. Aber erstaunlicherweise hat mich vor ein paar Tagen die Vergangenheit eingeholt. Aufgrund dessen habe ich das Gefühl, noch etwas zu recherchieren. Ich habe damals nie alle Zusammenhänge verstanden."

„Wo wohnst du hier?"

„Ich habe ein Apartment in San Agustín gemietet. Mein Freund Walter wollte mich eigentlich vom Flughafen abholen, ist aber nicht gekommen, ans Telefon geht er auch nicht. Ich bin etwas beunruhigt."

„Bleib locker, morgen ist er bestimmt wieder erreichbar. Lass uns den Abend genießen. Ich komme gleich zu dir. Jetzt muss ich mich erst einmal um die Gäste kümmern." Zwischenzeitlich haben zwei braun gebrannte, spärlich bekleidet, schon etwas angesäuselte Pärchen die Bar betreten.

„Was willst du trinken?" Claire reißt Mona aus ihren Gedanken. Sie hatte die fröhlichen Leute eine ganze Weile beobachtet. Die Frauen kichern und werfen sich den beiden Männern regelrecht an den Hals.

„Gib mir bitte ein Wasser."

„Was denn, keinen Cocktail. Ich wollte dir heute meine neueste Kreation spendieren."

„Ich möchte einen klaren Kopf behalten." Die Tür geht auf und zwei weitere Pärchen und ein Mann kommen in die Bar. Die Paare begrüßen sich ziemlich lautstark und innig, sie scheinen sich zu kennen. Claire zwinkert Mona zu und raunt:

„Die haben seit drei Wochen Urlaub und sind jeden Abend hier. Mir ist es recht." Der einzelne Herr setzt sich ans andere Ende der Bar. Die gesamte Barsituation erinnert Mona an damals, als sie sich von Kurt hatte einladen lassen und mit ihm aufs Hotelzimmer gegangen war. Sie schüttelt sich. So etwas käme für sie nicht mehr in Frage.

Nachdem Claire alle Gäste bedient hat, gesellt sie sich zu Mona, doch so richtig kommt kein Dialog zustande. Claire erzählt die ganze Zeit detailliert über ihren Lebensgefährten Pascal, was er für ein super Typ ist, was er alles drauf hat und dass er der absolute Hammer im Bett ist. Mona kommt nicht dazu, irgendetwas zu erwidern oder von sich zu berichten. Als Claire kurz innehält, weil sie etwas trinkt, fragt Mona nur:

„Kennst du den Typen dort an der Bar?"

„Er ist Spanier, kommt ab und zu allein her, sagt nichts weiter, trinkt sein Bier, schaut sich die Leute an und geht wieder. Ich weiß nichts über ihn." Die angeheiterten Pärchen winken Claire zu.

„Zeig uns deinen geilen Stangentanz. Das macht uns richtig an."

„Ich muss jetzt. Du kommst klar?" Mona nickt. Die Pärchen wünschen sich Schlager und Claire beginnt ihren Ohneobentanz, als der erste Titel läuft. Der einzelne Mann steht von seinem Barhocker auf und setzt sich neben Mona.

„Sprichst du Spanisch?"

„Ja, aber nicht perfekt."

„Bist du öfter hier?"

„Nein, ich war lange nicht in der Bar. Früher wohnte ich auf Gran Canaria, da lernte ich Claire kennen. Aber seit einigen Jahren lebe nicht mehr hier."

„Wo wohnst du?"

„Im Moment auf Fuerteventura." Sie betrachtet den Mann von der Nähe und stellt fest, dass er nun attraktiver auf sie wirkt. Er wird um die Fünfzig sein, hat graues, ganz kurzes Haar und hellbraune, friedliche Augen. Sie bekommt das Bedürfnis, ihn auszufragen, wo er wohnt, was er so treibt. Er sei in Deutschland aufgewachsen, habe dort studiert, wohne auf Gran Canaria, habe Familie und befasse sich seit einigen Jahren mit detektivischen Recherchen.

„Was kann ich mir darunter vorstellen?"

„Ich nehme private Aufträge von Leuten an, die irgendetwas herausfinden wollen, sei es das Fremdgehen eines Ehepartners, Betrug in der Firma oder eine verschollene Person suchen."

„Sie sind also Detektiv, wie aufregend." Die Worte verschollene Person setzen bei Mona etwas in Gang.

„Kannst du mir mehr darüber erzählen?", fragt sie den Mann, welcher eine Gegenfrage stellt.

„Was möchtest du trinken?" Auf einmal ist Mona so euphorisch, dass sie sich einen Cocktail wünscht.

„Welcher soll es denn sein?"

„Such du aus. Ich bin Mona und wie heißt du?"

„Alvaro." Claire stellt kurz später einen riesigen bunten Cocktail vor Mona hin.

„Das ist meine neue Eigenkreation. Ich war nicht untätig in den letzten Jahren und habe viele neue Cocktails entwickelt. Der ist extra für dich Mona, damit du mal richtig genießen kannst."

„Dankeschön." Sie prostet Alvaro zu, steckt sich den bunten Trinkhalm in den Mund und saugt die ersten Schlucke. Das Getränk schmeckt fantastisch, erinnert sie aber an den Orangensekt, den sie bei Miguel getrunken hatte.

„Da ist jetzt nicht irgendetwas drin, wovon ich wissen sollte?"

„Was meinst du?"

„Ach vergiss es. Ich sehe schon Gespenster." Mona lacht und saugt ein Drittel ihres Getränks in sich. Der Alkohol und das rasche Trinken haben eine extreme Wirkung und sie wird vertrauensselig und gesprächig. So erzählt sie Alvaro ihre gesamte Liebesgeschichte mit Rafael, das Dilemma mit dem Drogenboss, über den Verlust ihres Hauses, vom Betrug mit dem geerbten Höhlenanwesen und wie und vom wem sie betrogen und ausgenutzt wurde. Alvaro nippt ab und zu an seinem Bier und schaut sie an, ohne sie zu unterbrechen. Der Redeschwall von Mona dauert eine halbe Stunde.

„Das alles ist jetzt schon über zehn Jahre her. Doch vor kurzem bin ich wieder in Kontakt mit diesen gelben

Pillen gekommen und nun will ich doch noch mehr Licht in die Angelegenheit bringen. Ich hatte damals keine Kraft mehr, mich weiter damit zu befassen, hab einfach alles verdrängt. Doch unerledigte Dinge holen einen wieder ein." Mona trinkt den Rest ihres Cocktails langsam und überlegt krampfhaft, ob es Sinn macht, diesen Detektiv zu beauftragen.

Was möchte ich am dringendsten erfahren?

„Hast du je wieder von Rafael bzw. Giorgio gehört?"

„No. Er hat mir im letzten Gespräch vor über zehn Jahren verboten, über irgendetwas mit irgendjemand zu reden. Ich habe mich all die Jahre daran gehalten. Es ist das erste Mal, dass ich etwas preisgebe. Ich weiß auch nicht, wie es kommt, es ausgerechnet dir anzuvertrauen. Die ganzen Jahre habe ich geschwiegen. Möglicherweise auch aus Angst, weil er mich erpresst hat. Ich würde mein blaues Wunder erleben, wenn ich je etwas davon erzähle."

„Hast du kein Interesse daran, zu erfahren, was aus ihm geworden ist?"

„Könntest du das rausfinden?"

„Ich denke schon, allerdings nur, wenn er auf der Insel geblieben ist." Nun fängt es in Mona heftig an zu arbeiten. Sie möchte schon wissen, was aus Rafael geworden ist. Er hatte damals gesagt, dass ihm Cesaro das Haus zurückgegeben und das Höhlenanwesen überschrieben hat. Das teilt sie Alvaro ergänzend mit.

„Aber du hast doch vorhin gesagt, dass ihr das Haus gemeinsam gekauft hattet?"

„Das ist schon richtig, aber dieser einflussreiche Cesaro hatte es über seine weitreichenden Beziehungen in sein Eigentum gebracht."

„Hat er dir gesagt. Hast du das je nachgeprüft?"

„Nein, er hat mich ja abgefunden."

„Das ist kein Indiz dafür, dass alles stimmt, was er dir aufgetischt hat. Der Verkauf und die Eigentumsumschreibung müssten im Grundbuch zu sehen sein."

„Daran habe ich nicht gedacht. Ich war so verzweifelt, wollte nur noch meine Ruhe und nichts mehr damit zu tun haben, mit dem Vergangenen abschließen."

„Bist du später nochmal am Haus oder Höhlengrundstück gewesen?"

„Nein."

„Du kannst mir den Auftrag erteilen, Rafael und diesen Cesaro ausfindig zu machen oder etwas anderes in Erfahrung zu bringen." Mona überlegt. Da sie zwischenzeitlich den gesamten Cocktail ausgetrunken hat, schwirrt ihr schon mächtig der Kopf. Gleichzeitig wächst ihr Wunsch, endgültige Aufklärung zu bekommen.

„Es wäre natürlich auch interessant zu wissen, was aus Cesaro geworden ist. Aber da traue ich mich weniger ran. Er hatte viele Kontakte bei der Polizei und Einfluss bis in die Regierung. Rafael war ein misanthropischer Alleinkämpfer."

„Du musst wissen, was du willst."

„Die Vorstellung reizt mich, aber ich kann solch eine Investigation sicher nicht bezahlen."

„Wir können ein sogenanntes Erfolgshonorar vereinbaren."

„Aha und wie hoch wäre das?"

„Normalerweise nehme ich pro Suche 500 Euro."

„Das übersteigt meine Möglichkeiten."

„Ich mache dir einen Vorschlag. Wenn ich herausfinde, wo sich Rafael und Cesaro aufhalten, zahlst du mir für beide 700 Euro." *Was für eine Stange Geld. Will ich das wirklich wissen?* Mona denkt an die 3000, die sie noch zu Hause in der Schatulle hat. Vielleicht ist das Geld genau deswegen zu ihr gekommen.

„So viel habe ich nicht bei."

„Du brauchst es mir erst geben, wenn ich Ergebnisse liefere, und das kann Tage, Wochen, Monate dauern."

„Abgemacht!" Das Wort kommt aus Monas Mund wie aus der Pistole geschossen, obwohl sie zwischenzeitlich schon eine schwere Zunge hat. *Das wird mir dabei helfen, endgültig einen Schlussstrich ziehen können. Dieser Mann wurde mir nicht umsonst vom Universum hierher geschickt.* Sie blickt in ihr leeres Glas und bemerkt nicht, wie sich Alvaro verabschiedet und entfernt.

„Es ist gleich zwei. Ich möchte langsam schließen. Die Gäste sind alle weg." Claire wischt den Bartresen ab.

„In dem Cocktail war wohl eine Menge hochprozentiger Alkohol?", fragt Mona, weil ihre Zunge so schwer ist.

„Nein, nur etwas Wodka."

„Wohnt ihr weit entfernt von hier?"

„Vom Grunde kann ich zu Fuß gehen, aber mitten in der Nacht mag ich das nicht. Fünf Minuten mit dem Auto, das ist sicherer."

„Was bekommst du denn von mir?"

„Der Herr, mit dem du dich so anregend unterhalten hast, hat alles bezahlt. Ich hatte gehofft, dass ihr euch näher kommt und du noch eine tolle Nacht mit ihm verlebst." Mona erwidert nichts dazu, denkt an Miguel und dass solche One-Night-Stands nicht mehr ihr Ding sind.

„Ich mach mich auf den Weg. Taxen gibt es ja sicherlich draußen genug, oder?"

„Um diese Uhrzeit auf jeden Fall." Claire löscht das Licht.

„Hasta luego, Claire." Die beiden verabschieden sich. Als Mona in die laue Nachtluft kommt, schwankt sie ein wenig. *Eigentlich wollte ich keinen Alkohol mehr trinken. Was hat mich wieder dazu gebracht?*

Sie winkt ein Taxi heran und lässt sich zur ersten Strandbucht von San Agustín fahren. Über eine Fußgängerbrücke und die menschenleere Promenade läuft sie an den Strand, setzt sich auf eine Liege und schaut auf den schwarzen Ozean.

In ihrem Kopf kreisen alle Gedanken enorm rasant. *Habe ich jetzt dem Detektiv einen Auftrag erteilt, Rafael zu finden? Gab ich Alvaro meine Nummer oder er mir seine?* Die Vorstellung, nochmal mit Rafael reden zu können, findet sie spannend, andererseits fühlt sie unangenehme Schauer, wenn sie sich an seine drohenden Worte von damals erinnert. *Das ist über zehn Jahre her, was soll mir schon passieren.* Sie wird müde und macht sich auf den Weg zu ihrer Unterkunft. Der Alkohol lässt ihren Puls rasen und hält sie wach. Sie denkt an Claire. Irgendwie hatte Mona gehofft, dass diese sie mit in ihr Haus einlädt oder ihr wenigstens anbietet, eine gewisse Zeit bei ihr zu wohnen.

Am nächsten Morgen fühlt sich Mona etwas matt. *Ich mache komische Sachen, trinke Alkohol, denke nicht darüber nach, was ich sage, erzähle einem Wildfremden intime Details aus meinem Leben. Ist das der Einfluss dieser Insel?* Sie scheint in die Zeit vor über zehn Jahren versetzt, in der eine Hiobsbotschaft und ein Dilemma nacheinander ihr Leben durcheinanderbrachten.

„Hoffentlich erreiche ich heute endlich Walter." Sie zieht sich nach einer kurzen Wäsche an und begibt sich in ein nahe gelegenes Restaurant, um zu frühstücken. Von dort aus ruft sie wieder bei Walter an und welch eine Freude, es wird abgenommen. Doch es ertönt eine weibliche Stimme, die Mona kaum versteht. *Das wird wohl Tamara sein.* Mona erkennt den russischen Akzent, versucht, sich mit ihr zu verständigen, fragt nach Walter. Er sei im Krankenhaus, aber in welchem, erfährt sie nicht, Tamara hat einfach aufgelegt. Mona ruft noch einmal an, aber das Handy ist scheinbar ausgeschaltet. Sie überlegt, wie sie rausfinden kann, in welchem Hospital Walter liegt. Leider kann sie sich nicht an seinen Nachnamen erinnern. *Wenn ich nur wüsste, wie ich Jörg erreiche.* Bei dem Gedanken fällt ihr auf, dass sie von Luna keine Telefonnummer hat, sondern nur den Termin und die Adresse des Treffs morgen in La Aldea de San Nicolas de Tolentino.

Alles fühlt sich irgendwie komisch an. Die sie umgebende Energie scheint ihr immer chaotischer.

Mona öffnet ihre Tasche, holt das Portmonee heraus, um zu zahlen. Dabei fällt eine Visitenkarte auf den Fußboden. Als sie die aufhebt, stellt sie fest, dass es eine Karte von Alvaro ist.

„Er hat mir also doch seine Kontaktdaten dagelassen. Wahrscheinlich habe ich sie gedankenverloren eingesteckt.", brabbelt sie vor sich hin.

Der Fund der Karte bedingt, dass sie sich einen zweiten Cappuccino bestellt und doch noch nicht zahlen will. *Vielleicht sollte ich Alvaro anrufen und einen Auftrag erteilen. Aber möglicherweise habe ich das gestern Abend schon getan und weiß es nur nicht mehr.* Mona überlegt, ob sie ihn engagieren sollte, nach Walter zu suchen. An ihm hängen ihre Pläne, wieder auf Gran Canaria Fuß fassen zu können. Er war immer ihr zuverlässiger Ansprechpartner.

„Er wollte mir das Haus zeigen", murmelt sie.

„Ich möchte nicht in irgendeiner kleinen Mietwohnung hausieren. Das ertrage ich nicht." In dem Moment erinnert sich Mona an ihre Wohnung in Berlin und an die von Ilka. Deren Todestag jährt bald zum zwölften Mal. Eng und trostlos erscheint ihr nun das Leben in

solchen Neubaublocks. Mona kann sich nicht mehr vorstellen, in solch ein Umfeld zurückzukehren.

„Ich muss irgendwie die Kurve kriegen!" Sie ruft bei
Alvaro an und der nimmt sofort ab.

„Hola, hier ist Mona. Wir hatten uns gestern Abend
in der Bar von Claire getroffen. Es tut mir leid, dass ich
so abwesend war und nicht mal gemerkt habe, wie du
weggegangen bist. Aber meine Erzählung über die Vergangenheit hat wohl dazu geführt, dass ich mich in Gedanken verloren hatte."

„Na wenigstens hast du meine Karte gefunden."

„Ja. Habe ich dir gestern einen Auftrag erteilt?"

„Wir sprachen darüber, Rafael und Cesaro ausfindig
zu machen."

„Was bekommst du dafür?"

„Bei Erfolg 700 Euro, so hatten wir es besprochen."
Mona schluckt. *Verdammt, ich hätte mir vor dem Telefonat mit ihm überlegen sollen, was ich will.*

„Vale. Aber vielleicht kannst du noch etwas warten,
denn im Moment ist eine andere Sache viel wichtiger. Ich
werde möglicherweise wieder nach Gran Canaria zurückkehren. Das kostet eine Menge Geld, der Umzug usw.
Und ich möchte etwas mieten. Mein langjähriger Freund
Walter wollte mich eigentlich vom Flughafen abholen
und mir ein Haus zeigen. Doch ich kann ihn nicht erreichen und seine Freundin sagte, welche Russin ist und
nicht richtig Spanisch sprechen kann, er liegt im Krankenhaus. Ich weiß aber nicht in welchem."

„Möchtest du, dass ich diesen Walter finde?"

„Ja. So ein kleiner Auftrag ist doch bestimmt nicht so
teuer, oder?"

„Ich mach dir das inklusive, wenn dein Auftrag bezüglich Rafael und Cesaro bestehen bleibt."

„Perfecto, aber jetzt muss ich erst mal wissen, wo
Walter ist."

„Wie heißt er mit Nachnamen?"

„Das kann ich dir leider nicht sagen. Ich weiß nur, dass er Ende fünfzig ist. Er war vor bestimmt 35 Jahren aus Deutschland eingewandert, führt mit seinem Sohn Jörg eine Kfz-Werkstatt in El Tablero." Nachdem Alvaro Mona weitere Details zu Walter und Sohn ausgefragt hat, verspricht er ihr, sofort mit der Suche zu beginnen. Beruhigt legt Mona auf, trinkt ihren Cappuccino aus, zahlt und verlässt das Restaurant.

Den Rest des Tages verbringt sie damit, im Ozean zu schwimmen und im Studio zu relaxen. Sie ist todmüde nach dem gestrigen Abend. Kurz vor dem nächtlichen Einschlafen freut sie sich auf den morgigen Tag, denn sie wird Luna treffen und ist gespannt, was es mit dieser spirituellen Gemeinschaft auf sich hat.

Mona fährt die vielen Serpentinen von Mogán Richtung nach La Aldea de San Nicolas de Tolentino. Sie weiß nur, dass das Treffen um 14 Uhr im italienischen Restaurant des Ortes stattfindet. Sie erinnert sich, dass sie in dieser Gaststätte schon einmal war und dort auf einen Kellner traf, der eine enorme erotische Ausstrahlung hatte. Sie hatten später ein Date in Maspalomas am Strand aber keinen Sex.

„Na ich bin mal gespannt, ob der gut aussehende Mann von damals dort noch arbeitet und immer noch dieses Charisma hat."

In La Aldea angekommen ist noch etwas Zeit. So beschließt sie, vor ans Meer zu fahren. Von der erhöhten Straße aus hat sie einen weiten Blick über den Hafen und den Strand an der schroffen Westküste von Gran Canaria. Die Bucht wird begrenzt von einer Mole mit einem alten, kleinen Leuchtturm und auf der anderen Seite von einer imposanten Felsformation. Es ist ein Steinstrand, der etwas Faszinierendes ausstrahlt. Mona stellt das Auto ab und schlendert langsam zum Ozean. Sanft laufen kleine Wellen mit Schaumkronen über die runden Steine am Ufer und erzeugen dabei die typischen Klirrgeräusche. Sie setzt sich auf einen größeren Stein und schaut aufs Meer, den Blick genau gen Westen gerichtet. Da wird nachher die Sonne im Atlantik untergehen. Mona kann sich durchaus vorstellen, in diesem Örtchen zu leben, in dem es nicht so touristisch überlaufen wie im Süden ist. Doch abseits vom Trubel ist es vom Grunde ähnlich, wie auf Fuerteventura in ihrem kleinen Häuschen mitten in der Wüste bei Lajares. Kaum jemand wird den weiten Weg auf sich nehmen, um zu ihr zu kommen. *Vielleicht ist es besser, ich suche mir eine Arbeit als Rezeptionist oder in der Gastronomie?* Aber den Gedanken verwirft sie sofort wieder. Sich vorzustellen, mit lauten, alles beschallenden Massenmedien, eine Menge Alkohol konsumierenden und überwiegend touristischen Menschen konfrontiert zu sein, verschafft ihr ein beklemmendes Gefühl. *Es wird sich eine Tür öffnen, aber jetzt wird es Zeit, zum Event zu fahren.* Sie möchte ein wenig früher da sein, um vorab mit Luna reden zu können.

Mona trägt ein weißes langes Kleid. Zwischenzeitlich hat sich ihr Temperaturempfinden um einiges verändert, ist wesentlich feiner geworden. Auch wenn sie lieber schwarze Sachen anzieht, heute ist sie froh, weiß gewählt zu haben, denn die Sonne meint es auch in diesem Ort richtig gut.

Endlich am Restaurant angekommen, schaut sie sich auf der weiträumigen Terrasse um. Einige Leute speisen, die meisten davon scheinen Touristen zu sein, denn es sind verschiedene Sprachen zu hören. Ein Kellner eilt auf sie zu, es ist aber nicht der von damals. Dieser ist ziemlich korpulent und um die sechzig. Schweißperlen stehen auf seiner Stirn und sein schon schütteres Haar ist feucht nach hinten gekämmt. Er begrüßt Mona auf Italienisch und fragt auf Englisch, ob sie einen Platz wünscht.

„Nein, ich komme zum Treffen von Luna." Er wischt sich mit einer Serviette den Schweiß von der Stirn.

„Komm mit, die Veranstaltung findet hinten im Saal statt." Diesmal hat er Spanisch gesprochen und führt Mona durch den geräumigen Restaurantinnenbereich zu einer Tür. Er öffnet sie und Mona bleibt verdutzt stehen. In einem abgedunkelten Raum sitzen etwa dreißig Leute meditierend um fünf flackernde Kerzen im Kreis. Sie tritt ein, schließt die Tür leise, zieht die Sandalen aus, begibt sich in eine Raumecke, setzt sich auf den Fußboden und meditiert mit. *Seltsam, ich erinnere mich genau, dass Veranstaltungsbeginn 14 Uhr sein sollte und es ist jetzt mindestens dreißig Minuten vor zwei.*

Während der Meditation fällt ihr auf, dass sie, seit sie auf Gran Canaria ist, nicht regelmäßig meditiert hat. So genießt sie diesen Moment besonders und auch die befruchtende Energie der Gruppe. Dann erhebt sich ein Mann mit Rastazöpfen, streckt die Arme gen Himmel und spricht in einer Sprache, die Mona kennt. Es ist Sanskrit. Sie fühlt sich zurückversetzt in den letzten Abend, an dem sie beschwörende Worte in einer derartigen Massivität gehört hat. Das war auf Teneriffa in der tantrischen Gemeinschaft mit Majstro G., allerdings auf Esperanto.

Je länger sie dem Mann zuhört, desto unbehaglicher wird ihr ob seiner Stimmlage. Sie kann nicht erkennen, ob Luna unter den Anwesenden ist, es ist zu dunkel. Plötzlich beginnt leise Musik zu spielen, alle stehen auf und fangen an, sich zu bewegen. Mona tanzt mit. Die Bewegung und die Musik lassen sie relativ schnell in eine gewisse Trance sinken. Sie genießt das Tanzen in Gemeinschaft und spürt, wie sehr ihr so etwas gefehlt hat.

Die Klänge enden, alle setzen sich wieder hin und Mona nimmt mit im Kreis Platz. Die Vorhänge sind zugezogen, die Fenster verdunkelt, kein Lichtstrahl fällt hindurch. Jemand steht auf und schaltet gedämpftes Licht ein. Die Anwesenheit der dreißig Personen lässt die Luft immer stickiger werden. Der Rastamann steht wieder auf und bittet alle, nun in einer bestimmten Art und Weise ein und wieder aus zu atmen.

Mona findet solche Atemrituale in einer Menge von Menschen in einem geschlossenen Raum schrecklich, weil das Einatmen des Atems von anderen für sie ein Gräuel ist.

Jeder soll tief einatmen und beim Ausatmen alles raus blasen, was er loslassen will. Das bedeutet, alle atmen den losgelassenen Müll des anderen wieder ein. Mona schüttelt sich und atmet flach. Der Atem der beiden Personen, die neben ihr sitzen, riecht wie von Leuten, die den ganzen Tag noch nichts gegessen haben und sie röcheln regelrecht beim Ausatmen. Mona wird es fast übel von dem Gestank, deswegen bedeckt sie ihren Kopf mit dem weiten Rockteil ihres Kleides und ihr ist völlig egal, dass nun ihr Slip zu sehen ist. Gerade werden die letzten Atemzüge gemacht, da öffnet sich die Tür. Der Mann eilt aus dem Kreis und ruft euphorisch auf Spanisch:

„Luna, meine Göttin, wir haben dich schon erwartet." Die Angebetete wird von dem Mann umarmt, dann fällt er ihr zu Füßen und küsst diese. Mona entfährt ein Ton der Erleichterung. Luna ist da, somit ist sie nicht umsonst hergekommen.

„Danke für die innige Begrüßung, Atmaprem. Und ich grüße euch alle", sagt Luna, hilft ihm hoch und beide setzen sich nebeneinander.

Dann beginnt, womit Mona nicht gerechnet hat. Jeder der Teilnehmer darf in die Mitte treten, über sich selbst, seine gegenwärtigen Problematiken, sein Befinden, seine

Motivationen oder irgendetwas reden, was ihn bewegt, was er mit anderen teilen will. Danach darf es Stimmen aus der Gruppe geben, die beschreiben, was sie gehört haben. Für Mona ist das nicht stimmig, sie ist zu einer Informationsveranstaltung bezüglich eines Gemeinschaftsprojekts gekommen. Grundsätzlich findet sie es gut, wenn sich jemand vorstellt, mitteilt, warum er da ist und was er sich wünscht oder erhofft. Doch sie weiß von einigen tantrischen Events, dass viele diese Plattform nutzen, um ihre Probleme abzuladen. *Na mal abwarten, was das hier wird. Niemand anderes als ich selbst ist in der Lage, alle Problematiken aufzuarbeiten, aufzulösen oder in mehr Energie und Schöpferkraft zu transformieren.* Als sie an der Reihe ist, tritt sie in die Mitte und sagt Folgendes:

„Hola, mein Name ist Mona. Ich bin hier auf Einladung von Luna, die mir schon seit über zehn Jahren bekannt ist. Sie hatte mir geschrieben, dass dies eine Veranstaltung zur Gründung einer spirituellen Gemeinschaft ist. Daran habe ich großes Interesse und möchte gerne mehr darüber erfahren." Während sie redet, schaut sie immer wieder zu Luna, doch die würdigt sie keines Blickes. Auf die Worte von Mona gibt es keinerlei Resonanz, nachdem sie sich wieder hingesetzt hat. Nach ihr sind noch zehn Leute an der Reihe und danach wird eine Pause angekündigt. Mona schwirrt der Kopf von den Problemen der anderen, die sie ungefragt anhören musste. Um ihrem Unmut Luft zu machen, flüstert sie leise vor sich hin:

„Wie irgendjemand mich sieht, hat überhaupt nichts mit mir zu tun, sondern mit ihm. Und wie ich jemand anderen sehe, hat nichts mit dem anderen zu tun, sondern mit mir. Jeder hat seine Wirklichkeit."

Plötzlich steht eine junge Frau auf, wendet sich Mona zu und fragt, warum sie ihre Probleme nicht offen und ehrlich hier anspricht. Mona fühlt sich provoziert, lässt sich aber nicht aus der Fassung bringen. Also steht sie noch einmal auf und erwidert:

„Und selbst wenn ich welche hätte, ist es ganz allein meine Angelegenheit, sie zu teilen oder nicht. Meine Sichtweise ist, dass Unstimmigkeiten, die man mit sich und möglicherweise mit anderen hat, oftmals selbst gemacht sind. Ich bin sehr wohl willens und in der Lage, Probleme selbst zu lösen und nicht darauf angewiesen, mein Heil durch andere zu suchen oder zu bewirken. Denn das Wissen um die Lösung von allem und die Heilkraft liegen in mir." Sie setzt sich wieder und ein Raunen geht durch die Gruppe, aber niemand erhebt sich, um etwas dazu zu sagen.

Als alle fertig sind, ist endlich Pause. Die meisten Teilnehmer begeben sich auf die Terrasse. Mona hat den Eindruck, dass sich viele schon kennen. Sie schaut, wo Luna abgeblieben ist, und entdeckt sie zusammen mit Atmaprem an einem Zweiertisch. Die Frau hat sich völlig verändert, einiges zugenommen, ihre Haare sind fast weiß und liegen in etlichen Zöpfen um den Kopf gewickelt. Sie trägt enorm viele Ringe an der Hand, Ketten um den Hals. Der gesamte Schmuck ist mit Ornamenten verziert, die Mona von früher kennt. Sie geht auf Luna zu.

„Hola Luna, schön, dich nach so langer Zeit wieder zu sehen. Du hast mir einen Brief geschrieben und ich möchte dich noch ein paar Sachen dazu fragen. Wann können wir darüber reden?" Luna antwortet abweisend, so wie es Mona von ihr gewöhnt ist.

„Wie du sicher bemerkt hast, bin ich im Gespräch mit Atmaprem. Du solltest mehr Geduld haben. Frage mich dasselbe bitte noch einmal, nachdem die Veranstaltung zu Ende ist." Mona fühlt sich zurechtgewiesen wie ein kleines Kind, sagt sich aber im gleichen Augenblick, dass dieses Gefühl ihr eigenes ist und Luna wahrscheinlich nur etwas angespannt im Flow ihrer Veranstaltung steckt. Also transformiert sie ihr Fühlen in freudige Erwartung auf das, was sie von Luna erfahren wird. Gleichzeitig überlegt sie sich aber auch, dass Erwartungen Quatsch sind, denn es gibt nichts zu erwarten, einfach nur im Moment neugierig zu sein.

Ich muss mir unbedingt eine neue Hypnose erschaffen, in der ich diese meine Sichtweisen als Suggestionen einfüge. Dann werde ich langfristig solche Gedanken wie zum Beispiel: sich fühlen wie ein zurückgewiesenes Kind, Erwartungshaltung und so weiter gezielter transformieren können.

Sie setzt sich an einen Tisch, an dem sich sechs Teilnehmer angeregt auf Englisch unterhalten, bestellt sich ein Wasser und ist immer noch gespannt, ob der interessante Kellner von damals auftaucht. Die Leute, die bei ihr am Tisch sitzen, schätzt sie so um die dreißig. Dabei wird ihr bewusst, dass sie sich nicht vorstellen kann, in einer Lebensgemeinschaft zu wohnen, in der überwiegend Menschen dieser Altersgruppe residieren. Die jungen Leute haben völlig andere Ideen vom Miteinander, andere Motivationen und Sichtweisen auf die Welt. Die wollen Familien gründen, Häuser bauen, ökologische Superleistungen vollbringen, Kinder ohne Schule aufziehen. Das ist prima, aber nicht das, was ihr vorschwebt.

Nach der Pause wird jeder Anwesende gebeten, seine Vision über eine spirituelle Gemeinschaft vorzustellen. Diese Runde findet Mona spannend, aber sie zeigt, dass sie mit ihren Gedanken von vorhin gar nicht so falsch liegt. Es sind überwiegend junge Menschen, die noch in der grobstofflichen, vom Mainstream geprägten und infiltrierten Welt leben und daraus aussteigen wollen. Als Mona an der Reihe ist, beschreibt sie, was sie sich unter einer spirituellen Gemeinschaft auf der Insel Gran Canaria vorstellt, als ein junger Mann dazwischen ruft:

„Wieso auf Gran Canaria? Ich denke, die Gemeinschaft soll auf Teneriffa sein?"

„Über Details reden wir später", unterbricht ihn Luna. Mona ist irritiert und beendet ihre Ausführungen. Nachdem alle zu Wort gekommen sind, erhebt sich Luna und stellt das Projekt in wenigen Worten vor. Allerdings erfährt Mona nicht, wo genau gegründet werden soll, wie viele Mitglieder geplant sind, ob es eine Führung geben wird, wie die einzelnen Aufgaben verteilt werden, wie die Finanzierung aussehen soll usw.. Sie hat aber auch nicht das Bedürfnis, danach zu fragen, weil sie sich zwischenzeitlich sicher ist, dass dieses Event nur am Rande eine Informationsveranstaltung ist, die überhaupt nicht ins Detail geht. Deswegen meldet sie sich noch einmal, während Luna spricht. Als ihr das Wort erteilt wird, fragt sie:

„Hat die neu zu gründende Gemeinschaft etwas mit der tantrischen zu tun, die ich vor zehn Jahren auf Teneriffa besucht hatte? Wird es überhaupt tantrische Inhalte geben?"

„Diese Fragen kann ich im Moment nicht beantworten. Wir sind in der Phase der Ideensammlung. Das nächste Mal werden wir die gesammelten Vorstellungen auswerten. Es ist sicherlich klar, dass nicht jeder mit seinen Wünschen Einzug finden wird. Außerdem sind nicht alle Interessenten anwesend. Insgesamt hatten sich fünfzig Teilnehmer gemeldet, wir sind heute aber nur zweiunddreißig."

So ist das mit den Erwartungen. Sie hatte wirklich gedacht, dass das Projekt schon mehr Hand und Fuß hat, es einen Ort und ein Konzept gibt. Doch dann kommt etwas, was sie noch mehr verwirrt. Luna bietet im Anschluss an diese Veranstaltung Einzelsitzungen an, natürlich gegen Entgelt. Alle Teilnehmer, die das in Anspruch nehmen wollen, können sich in eintragen. Wie damals an dem Abend mit Majstro G. auf Teneriffa stürmen die Leute zur Liste und wie immer ist Mona die letzte. Sie überlegt:

Soll ich mich wirklich für einen Termin einschreiben? Ich will keine Sitzung, einfach nur mit Luna reden. Vorsorglich trägt sie sich doch ein und zählt sich an 31. Stelle.

Sphärische Musik spielt und viele Teilnehmer fangen an zu tanzen. Luna verzieht sich mit Atmaprem und nimmt gleich den ersten Kandidaten für eine Einzelsitzung mit. Mona schaut sich um, ob es nicht ein paar Leute gibt, die aufgeschlossen scheinen. Sie entdeckt ein Ehepaar, welches in den Vierzigern ist. Auf das geht sie zu, stellt sich vor und fragt:

„Wohnt ihr hier auf der Insel?"

„Ja, wir leben seit einem Jahr in Playa del Inglés."

„Wie schön. Habt ihr schon Erfahrung mit Gemeinschaftsleben?"

„Nein. Wir wissen von dieser Veranstaltung durch einen Handzettel, der überall im Playa del Inglés in Restaurants und Läden rumliegt. Da dachten wir, das schauen wir uns einfach mal an, kann ja nicht schaden."

„Und, wie ist euer Eindruck?" Bisher hat nur der Mann geantwortet, die Frau schaut Mona etwas skeptisch an und fragt:

„Bist du alleine hier?" und unterbricht dabei ihren Mann, der gerade antworten wollte.

„Ja, ich lebe auch allein."

„Dann bist du wohl einsam und suchst Kontakte?" Mona ist verwundert ob dieser Frage.

„Nein, ich bin nicht einsam, will einfach nur die Qualität meines Daseins verbessern, verändern, bewusster leben, mich mit anderen austauschen."

„Aha." Die kühle Art und Weise dieser Frau veranlasst Mona folgende Frage zu stellen:

„Wie lange meditiert ihr schon?" Die beiden schauen sich an.

„Meditieren? So etwas brauchen wir nicht." Die Frau steht auf und sagt:

„Rudolf, lass uns gehen. Wir rauchen noch eine, bevor wir dran sind." Die beiden drehen sich um und lassen Mona stehen. Die möchte nun unbedingt so einen Handzettel sehen. So fragt sie mehrere Teilnehmer, ob sie vielleicht solch einen Handzettel für diese Veranstaltung bei sich haben. Und sie wird tatsächlich fündig. Ein Mann, der vielleicht gerade mal zwanzig ist, zückt sein Smartphone.

„Ich habe das Ding fotografiert. Kannst du dir in meinem Handy angucken." Er öffnet das Foto und Mona schaut sich den Werbeflyer an. Auf dem wird mitgeteilt, dass ein spiritueller Meister und seine Gefährtin Antworten auf alle Fragen des Lebens geben, Selbstheilkräfte angeregt werden, Geistheilung praktiziert wird. Außerdem wird darüber informiert, wie auf Gran Canaria energetisiertes und gereinigtes Leitungswasser getrunken werden kann.

Da hat doch bestimmt Francoise ihre Finger mit im Spiel. Das Wasser haben die beiden ja vor zehn Jahren schon unter die Leute bringen wollen. Hier geht es also vorrangig um eine Werbeveranstaltung, um neue Klienten zu bekommen, sowohl was Geistheilung, als auch Wasseraufbereitung betrifft. Am liebsten würde Mona sofort verschwinden, doch sie entscheidet, zu bleiben, weil sie mit Luna ins Gespräch kommen und wissen will, woher die ihre Adresse hat.

Als Mona endlich an der Reihe ist, zeigt die Uhr halb acht. Beim Betreten des Raums kommt ihr der Gedanke, dass sie ungern im Dunkeln die Serpentinen bis Mogán und zur Autobahn fährt. Mona setzt sich auf den angebotenen Meditationshocker und Luna sagt:

„Du bist ganz schön angespannt, Mona."

„Bin ich das? Das schaut nur so aus, denn ich hatte gerade an etwas anderes gedacht."

„Bevor wir beide uns unterhalten, wird Atmaprem erst einmal deine Aura abtasten. Das wird bei jedem gemacht, der unseren Raum betritt und eine Beratung in Anspruch nimmt." Mona will das eigentlich nicht, dennoch ist sie neugierig und lässt es zu. Atmaprem bittet Mona, aufzustehen, und geht dann um sie herum. Seine Hände streichen über ihren Kopf, an ihrem Körper entlang, vorne, an den Seiten, hinten. Er legt die Hände auf ihren Kopf, die Brust, den Rücken, den Bauch, die Füße und Hände und murmelt immerzu irgendwelche Worte auf Sanskrit. Das dauert ungefähr fünf Minuten, dann setzt er sich wieder hin und bittet Mona, dasselbe zu tun.

„Deine Aura ist extrem in Unordnung. Dein Wurzelchakra ist trüb, dein Halschakra dreht zu schnell und außerdem ist dein Solarplexus gestört. Über deinem Stirnchakra habe ich einen Schleier gesehen, der den Blick in dein Inneres versperrt. Ich empfehle dir, umgehend einen Aurareinigungstermin in Anspruch zu nehmen. Du kannst ihn mit Luna ausmachen, denn ich werde euch nun allein lassen, weil ich heute Abend noch einige Aurareinigungen vollziehen werde." Atmaprem erhebt sich, faltet die Hände, verbeugt sich und verlässt den Raum. Mona lässt seine Worte einfach mal so stehen, kann aber den Gedanken nicht unterdrücken, dass das, was jemand anderes in ihr und an ihr sieht, seine Sicht ist. *Was ich in einem anderen sehe oder fühle, hat etwas mit mir und meinem Universum zu tun, aber nicht mit demjenigen selbst.* Sie muss an Cordula und deren seltsame Aurareinigung denken. Während Mona diese Gedankengänge hat, ist Luna noch damit beschäftigt, sich Notizen zu machen. Dann klappt die Heilerfrau das Heft zu und legt ihren Stift beiseite.

„Was kann ich für dich tun?“

„Schön, dass ich noch mit dir reden kann. Wie ich sehe, geht es dir sehr gut. Es ist für mich ausgesprochen faszinierend, wie du mit Atmaprem harmonierst. Seid ihr ein Paar?“ Luna antwortet nicht auf Monas Frage.

„Du hast gehört, was Atmaprem bezüglich deiner Aura gesagt hat, und das solltest du sehr ernst nehmen. Ich weiß nicht, ob dir bewusst ist, dass solche Problematiken schlimme Folgen haben können.“

„Luna, ich bitte dich, aufzuhören, mir in irgendeiner Weise Angst zu machen. Das funktioniert bei mir nicht.“

„Ich mache dir doch keine Angst, ich führe dir nur vor Augen, dass mit dir etwas nicht stimmt und dass du Hilfe brauchst. Die solltest du unbedingt rasch in Anspruch nehmen.“ Jetzt wird Mona langsam wütend.

„Hilfe, so wie früher bei euch mit Francoise und den gelben Pillen oder was?“

„Ich weiß nicht, wovon du sprichst.“

„Ach, das glaube ich kaum. Du hast damals meiner Freundin Ilka diese gelben Pillen aufgezwungen und sie ist süchtig danach geworden.“

„Dafür kann ich nichts. Es waren reine Vitaminpräparate, wie du weißt. Und wer danach süchtig wird, verträgt sie eben nicht.“

„Genauso süchtig wie nach dem gereinigten Wasser oder wie? Ich habe euren Einladungsflyer vorhin gesehen. Die Veranstaltung hat vom Grunde mit der Gründung einer spirituellen Gemeinschaft kaum etwas zu tun.“

„Als ich dir den Brief schrieb, das ist ja nun schon eine Weile her, hatten wir ein bestimmtes Projekt im Auge. Doch das hat sich zwischenzeitlich zerschlagen, weil sich mit den örtlichen Gegebenheiten etwas anders entwickelt hat."

„Warum hast du mir das nicht mitgeteilt? Dann wäre ich nicht extra hergekommen."

„Es geht noch um die spirituelle Gemeinschaft, aber es wird sich zeitlich etwas verschieben. Diverse Punkte müssen neu besprochen werden."

„Ehrlich Luna, ich war in den letzten zehn Jahren nicht inaktiv, was tantrische und spirituelle Energien und Gemeinschaften betrifft. So etwas kann man nicht aufgrund eines Ortes aufbauen. Es geht doch erst einmal darum, die passenden Menschen dafür zu finden, die eine ähnliche Vision haben, stimmige Sichtweisen, die sich gegenseitig befruchten und verstehen."

„Das wird sich schon alles fügen. Aus unserer Sicht braucht es die richtige Führung. So wird sich eine Gemeinschaft auch gründen und leiten lassen." *Aha, die richtige Führung also. Jemand, der das Sagen und die Macht hat und alle anderen kuschen.*

„Luna, woher hattest du meine Adresse?"

„Francoise hat sie mir gegeben."

„Und woher hatte sie meine Adresse?"

„Das weiß ich doch nicht. Das musst du sie selber fragen. Ich habe seit Jahren keinen Kontakt mehr zu ihr."

„Du hattest geschrieben, dass ihr euch getrennt habt. Weißt du, wie ich sie erreichen kann?"

„Nein. Ich habe vor kurzem all ihre Kontaktdaten hinter mir gelassen. Atmaprem hat mir dabei geholfen. Mit manchen Personen im Leben muss man konsequent aufräumen, so auch mit dieser Frau. Wenn du irgendetwas von ihr erfahren willst, musst du selber schauen, wie du sie findest. Meine letzte Information war, dass sie sich in Las Palmas niedergelassen hat."

„Vertreibt sie immer noch dieses gereinigte Wasser?"

„Das kann durchaus sein, hat aber mit uns nichts zu tun, denn unsere Wasserfilterung basiert auf einem völlig anderen, wesentlich besseren Prinzip. Ich kann dir nur empfehlen, dir das anzuschaffen." Mona ist sprachlos über die Kälte, die aus dieser Frau ausstrahlt und auch die vielen Worte, die aus ihr sprudeln, denn damals hatte sie kaum den Mund aufbekommen.

„Du hast dich ganz schön verändert, Luna. Ich kenne dich nur als schweigsame und zurückhaltende Frau."

„Tja, so ist das, wenn man sich mit dem falschen Menschen umgibt. Dann hat man nichts mehr zu sagen." Das ist alles, was sie auf Monas Worte erwidert.

„Nun, dann weißt du sicher auch nichts von dem Päckchen, welches ich einige Zeit später nach deinem Brief erhalten habe. Auf diesem war genau so ein Ornament aufgedruckt wie auf dem Briefumschlag von dir."

„Ich habe einen Vertrieb für Ornamentstempel. Die kann man auf allen Esoterikseiten und Flohmärkten kaufen. Jedes Ornament hat eine bestimmte Bedeutung. Hast du dir meine Homepage im Internet nicht angeschaut?"

„Nein. Mir war nicht bekannt, dass du eine Homepage hast und ich hätte auch nicht gewusst, wie ich danach suchen soll. Auf der steht bestimmt deine Telefonnummer im Impressum und ich hätte dich anrufen können." Mona ärgert sich über ihre Worte. *Hätte, hätte! Hätte der Hund nicht geschissen, hätte er den Hasen gekriegt. So ein blödes Gerede.* Im Inneren spürt sie deutlich, wie aggressiv sie durch Luna wird und dass sie so schnell wie möglich wegwill.

„Ja, da steht eine Telefonnummer, aber das ist die vom Webmaster. Ich gebe meine nicht öffentlich preis, will ja nicht, dass ich pausenlos von irgendwelchen Leuten belästigt werde. Man kann mich anschreiben und um einen

Termin bitten. Während diesem biete ich all meine Leistungen an."

„Was hast du denn für Leistungen anzubieten?"

„Wie du weißt, bin ich ein Medium und kann auch jedem Menschen seine Lebensberufung als Ornament malen. Außerdem gebe ich dazu wegweisende Ratschläge. Wenn du so etwas möchtest, kannst du gerne bei mir einen Termin buchen. Aber zuerst solltest du dich um die Reinigung deiner Aura kümmern. Das ist dringend notwendig. Soll ich mal schauen, wann Atmaprem einen Termin frei hat?"

„Nein, lass mal, Luna. Hast du vielleicht eine Visitenkarte oder gibst mir deine Telefonnummer, damit ich dich erreichen kann, wenn ich das Bedürfnis verspüre? Ich muss bald wieder zurück, bin nicht lange auf Gran Canaria. War extra wegen dir hergekommen, um etwas über diese spirituelle Gemeinschaft zu erfahren, weil mich das wirklich interessiert."

„Ich kann dir nur sagen, dass die Gemeinschaft wahrscheinlich auf Teneriffa gegründet wird. Dort ist es ruhiger, abgelegener und intimer. Unser Projekt hat nichts mit einer tantrischen Gemeinschaft zu tun und auch nicht mit dieser, von der du gesprochen hast. Die existiert zwar immer noch, aber letztlich ist da nur ein Kommen und Gehen. Die bieten alle möglichen tantrischen Seminare und Retreats an, ein Gemeinschaftsleben findet da nicht wirklich statt. So wie ich gehört habe, leben dort nur noch drei oder vier Leute. Wir wollen eine wirklich große Gemeinschaft mit 60 bis 80 Leuten gründen, ein Dorf aufbauen, in dem Kinder zur Welt kommen, in unsere eigene Schule gehen und wir werden uns selbst versorgen. Auch dazu ist Teneriffa von den Gegebenheiten besser geeignet."

„Die Idee ist nicht schlecht. Wer ist wir?"

„Atmaprem und ich haben da einen sehr reichen italienischen Sponsorenhintergrund. Es wird eine Stiftung gegründet." Mona horcht auf. *Italienischer Sponsor.*

„Hat der Sponsor auch einen Namen?"

„Er will anonym bleiben, finanziert das Ganze aus dem Hintergrund und wird letztendlich die Fäden von dort aus ziehen. Möglicherweise bringt er sich auch irgendwann mit ein, aber bis dahin hält er sich bedeckt."

Das ist ja mysteriös. Mona muss sofort an Rafael bzw. Majestro G. denken. Vielleicht ist er der italienische Sponsor, der eine Riesengemeinschaft gründen will, um dort seine Macht ausüben zu können und gelbe Pillen zu verkaufen. Chaotische Bilder schwirren durch ihren Kopf und erinnern sie an die massive Energie, die dieser Mann auf sie ausgeübt hat. Es ist ihr schleierhaft, wie es manche Menschen schaffen, andere so an sich zu ziehen und von sich abhängig zu machen.

„Vale Luna, ich werde mich jetzt verabschieden." Sie fragt noch einmal nach einer Visitenkarte, doch Luna teilt ihr mit, dass es keine gibt, sie solle einfach im Internet schauen, da gäbe es eine Mailadresse.

„Wie heißt eure Seite?"

„Auradioso".

„Toller Name, Kompliment. Ich wünsche euch viel Erfolg." Mona faltet die Hände vor dem Körper, verbeugt sich vor Luna und verlässt den Raum.

Als sie herkam, war sie davon ausgegangen, auf eine liebevolle, herzensgute, in sich ruhende, freundliche, gelassene Frau zu treffen. Doch diese ist steinhart, verschlossen, überheblich und abweisend. *Nein, so stelle ich mir die Initiatoren einer liebevollen Lebensgemeinschaft nicht vor!*

Auf der Straße angekommen, fällt ihr die Info von Luna ein, dass es auf Teneriffa noch immer diese Tantrische Gemeinschaft gibt, welche Seminare anbietet. *Ob ich dahingehend noch mal recherchieren soll? Irgendwie läuft auf Gran Canaria alles in Sackgassen.* Trotz alledem ist Mona noch immer gewillt, auch Francoise zu finden. Sie will unbedingt wissen, woher die ihre Adresse hatte und ob sie eventuell weiß, wer ihr dieses Päckchen mit dem Geld geschickt hat. All diese Gedanken begleiten sie auf der mühseligen Rückreise über die schmale, stock-finstere Straße, die sich an tiefen Schluchten und steilen Felshängen entlang schlängelt. Endlich in Puerto de Mogán angekommen, atmet Mona auf, denn nun geht es auf der Autobahn bis nach San Agustín flott weiter.

Gerade als Mona von der Autobahn nach San Agustín abfährt, klingelt ihr Handy. Da zu dieser späten Stunde nicht viel Verkehr ist, hält sie und schaltet die Warnblinkanlage an.

„Ja bitte?"

„Mona, hier ist Jörg." Ihr fällt vor Freude fast das Handy aus der Hand.

„Mensch Jörg, endlich! Was ist mit Walter los, er wollte mich vom Flughafen abholen? Wie geht es dir?" Alles sprudelt aus ihr heraus.

„Nun mal der Reihe nach. Walter hat mich gebeten, dich anzurufen. Er liegt im Krankenhaus. Ihm geht überhaupt nicht gut. Irgendeine Virusinfektion hat ihn erwischt und er liegt in Quarantäne. Deswegen darf ihn niemand außer mir besuchen. In Vollschutz und mit Maske muss ich zu ihm rein. Das ist grauenhaft, aber was soll ich tun."

„Oh je, der Arme. Ich hatte vor Tagen doch noch mit ihm telefoniert."

„Das ging von heute auf morgen. Deswegen konnte er dich auch nicht anrufen. Irgendwie bekommen die das nicht in den Griff. Er hat Atemnot und kann sein Essen nicht drin behalten."

„Das ist ja furchtbar. Ich bin aber froh, dass du mich informierst. Mir war es schon richtig unheimlich, euch nicht erreichen zu können."

„Ja, und ich wollte dir auch noch erzählen, dass Daniel mit Frau und Kind schon ein paar Wochen auf Gran Canaria ist. Ich habe ihm eine Wohnung vermittelt."

„Das erstaunt mich. Ich dachte, er wollte nur Urlaub hier machen?"

„Hatte ich auch gedacht. Doch der Junge scheint völlig durchgeknallt. Er war mehrfach am sogenannten

Grab seiner Mutter und nachdem seine zwei Wochen Urlaub um waren, hat er zu mir gesagt, er wird nicht mehr zurück nach Deutschland gehen, er will hierbleiben."

„Er hat doch Wohnung und Arbeit in Berlin."

„Klar, er hat sich für ein halbes Jahr freistellen lassen und will in der Zeit Fuß fassen, hat er gesagt. Seine Frau ist sowieso im Mutterschutz. Die beiden hatte vor ein paar Monaten ein Baby bekommen."

„Und die Miete läuft in Deutschland weiter. Wie will er das alles bezahlen?"

„Keine Ahnung. Sag mal Mona, bist du in der Nähe, können wir uns treffen?"

„Ich habe mir ein Studio in San Agustín gemietet. Im Moment sitze ich im Auto."

„Komm doch mit in die Kneipe, wir sind alle verabredet. Da triffst du auch Daniel und wir können noch ein wenig plaudern. Persönlich ist es doch besser."

„Warum eigentlich nicht. Sonst sitze ich den Rest des Abends doch wieder alleine."

„Ich verstehe gar nicht, wieso du jetzt in einem Studio wohnst. Du solltest doch bei Tamara in der Wohnung übernachten. Das hat wohl nicht geklappt?"

„Ich hatte mit ihr per Telefon geredet, aber sie hat mich nicht verstanden."

„Ja, die ist komisch und Spanisch spricht sie immer noch schlecht. Die Wohnung steht leer. Ich kann das leider nicht vermitteln, denn die kann mich überhaupt nicht leiden."

„Macht nichts, ich habe jetzt erst mal was. Wo soll ich denn hinkommen?"

„Wir gehen ins Jumbo. Ganz unten gibt es eine tolle Musikkneipe. Davor ist eine große Gitarre. Die findest du sofort. So gegen elf sind wir da."

„Das ist ganz schön spät", erwidert Mona.

„Du bist doch keine alte Oma, das schaffst du, oder?"

„Klar Jörg, dir zuliebe komme ich gern. Bis später." Mona ist auf einmal richtig euphorisch. Sie freut sich unglaublich, endlich etwas von Jörg und Walter gehört zu haben. All das, was sie in den letzten Stunden dieser seltsamen Veranstaltung erlebt hat, ist wie weggeblasen. Allerdings fängt sie an, über Daniels Verhalten zu grübeln. *Mutig, einfach seine Arbeiten zu schmeißen, hat eine Frau und ein Baby. Wie wollen die denn hier alle durchkommen?*

Mona stellt das Auto unweit ihres Studios ab und macht sich auf den Weg zum Jumbocenter. Sie geht zu Fuß, um in Ruhe auf der abendlichen Strandpromenade entlang zu laufen. Immer wieder schaut sie auf den stillen schwarzen Ozean, auf dem die Lichter von den Laternen gespiegelt werden und schwankend flimmern. Sie läuft ein Stück am Ufer entlang, setzt sich in den nun schon kühlen Sand und atmet den Ozean. Noch ein kleines Stück weiter, dort hatte Rafael sie einst heiß geliebt. Trotz aller Geschehnisse kribbelt ihr Leib bei dieser Erinnerung. Wie gerne würde sie jetzt umarmt und geküsst sein.

Das Jumbocenter ist voller Menschen an diesem Abend, wahrscheinlich wie immer, aber Mona war nie um diese Uhrzeit dort. Sie findet die Kneipe mit der Gitarre auf Anhieb. Von weitem winkt Jörg ihr zu, springt auf, läuft ihr entgegen und sie fallen sich in die Arme.

„Ach ist das schön, dass du endlich mal wieder hier bist, Mona." Er küsst sie auf beide Wangen und will sie gar nicht mehr loslassen. Dann dreht er Mona um und sagt:

„Das ist meine Frau Lydia. Ihr habt euch noch nie kennen gelernt, oder?"

„Nein, das ergab sie nie. Ihr hattet immer etwas anderes zu tun, wenn ich auf Gran Canaria war. Wo sind eure Kinder?" Mona schenkt Jörgs Frau zwei übliche Wangenküsse.

„Bei der Mutter von Lydia."

„Und wo sind Daniel und seine Frau?"

„Die sind noch kurz was essen, kommen gleich. Hier gibt es nur zu trinken und ein paar Tapas." Die drei nehmen an einem runden Tisch Platz, Jörg setzt sich neben Mona. Er tätschelt immer wieder ihren Arm und schaut sie von der Seite an.

„Ich kann mich gar nicht sattsehen, du wirst immer schöner." Lydia sagt kein Wort, blickt Mona aber unentwegt an.

„Du brauchst nicht eifersüchtig sein, Lydia. Mona ist eine uralte Freundin von Walter, meine natürlich auch. Wir haben vor mehr als zehn Jahren eine Menge komische Sachen erlebt, die teilweise sogar etwas kriminell waren." Mona nippt an ihrer Apfelschorle, die sie zwischenzeitlich bestellt hatte.

„Bevor Daniel kommt und ich nicht mehr daran denke, wollte ich dich was fragen. Weißt du, ob Walter Kontakt mit meiner damaligen Freundin, einer Französin namens Francoise, hatte. Ich habe vor ein paar Wochen einen Brief bekommen und das hatte mich sehr gewundert, weil niemand außer Walter und dir meine Adresse auf Fuerteventura kennt."

„Die Frau war vor drei Jahren mal bei uns in der Werkstatt. Da kann es schon sein, dass Walter ihr deine Adresse gegeben hat. Soll ich ihn mal fragen?"

„Mach das aber nur, wenn es ihn nicht zu sehr anstrengt." In dem Moment fällt Mona ein, dass sie Alvaro unbedingt mitteilen muss, dass der nicht mehr nach Walter suchen braucht. *Ich werde ihn nach Francoise re-*

cherchieren lassen. Am besten rufe ich gleich an. Sie steht auf.

„Ich muss mal kurz telefonieren. Hier ist es zu laut." Sie verlässt den Barbereich und geht in die oberste Etage, wo es etwas ruhiger ist. Trotz der späten Stunde ruft sie Alvaro an und der nimmt das Gespräch tatsächlich an.

„Tut mir leid, dass ich um diese Zeit anrufe, aber es ist wichtig."

„Was hast du denn für ein Problem?"

„Ich muss meinen Auftrag ändern, denn Walter habe ich gefunden. Sein Sohn hat sich bei mit gemeldet. Nun habe ich aber eine andere Bitte. Such mir stattdessen meine ehemalige französische Freundin Francoise. Mit der muss ich dringend sprechen. Ich weiß nur, dass sie zwischenzeitlich in Las Palmas wohnt."

„Hast du einen Nachnamen?"

„Ja, Narras."

„Ich denke, dass ich das bis morgen hinbekomme."

„Perfecto, Alvaro. Dann bis morgen." Sie legt auf und kehrt zurück an den Tisch, an dem nun auch Daniel und seine Frau sitzen.

„Daniel, du bist ja gar nicht wieder zu erkennen." Mona geht auf den jungen Mann zu. Er hat zwischenzeitlich lange Haare, die zu einem Pferdeschwanz gebunden sind und ist alternativ gekleidet. Seine Frau trägt ein langes, weites Kleid, welches augenscheinlich aus einem Naturladen stammt. Daniel steht auf und umarmt Mona. Von ihm gibt es die zwei Wangenküsse nicht, er hat die spanische Tradition noch nicht verinnerlicht. Mona reicht Daniels Frau die Hand.

„Wo habt ihr euer Baby gelassen?"

„Das ist bei Lydias Mutter."

„Jörg hat erzählt, ihr wollt länger auf der Insel bleiben?" Da Daniel nicht gleich antwortet, redet Mona weiter:

„Daniel, ich habe dich damals oft angerufen und du hast nicht reagiert oder zurückgerufen. Ich mag keine Missverständnisse oder unausgesprochenen Probleme. Lass uns das jetzt ein für alle Mal klären."

„Ach Mona, ich bin nur etwas durch den Wind, weil meine Frau Mirjam sich vorhin von so einer komischen Hexe die Karten hat legen lassen. Und die hat was erzählt von Todesfall und Fehlgeburt."

„Echt jetzt?", ruft Mona entsetzt.

„Ihr solltet nicht darauf hören. Manchmal vermischen sich die Energien bei solchen Wahrsagerinnen, wenn sie in belebten Gegenden Karten legen oder aus der Hand lesen. Das sind alles nur Augenblicksenergien. Versucht es einfach, wegzuwischen. Was hast du denn gefragt Mirjam?"

„Ich habe eigentlich gar nichts gefragt, war nur neugierig und wollte wissen, ob sie irgendetwas in den Karten sieht."

„Wie gesagt, macht ein Haken drunter und nehmt das nicht so ernst. Mir hat, als ich achtzehn war, jemand gesagt, dass ich nur zweiunddreißig Jahre alt werde. Und ich bin noch immer da. Wenn du willst Mirjam, kann ich dir morgen oder übermorgen auch die Karten legen. Du wirst sehen, das wird dir ein völlig anderes Gefühl vermitteln."

„Wirklich?" Die junge Frau scheint erleichtert. Mona nimmt ihre Hand und schaut ihr in die Augen.

„Mach dir keine Sorgen." Mirjam steht spontan auf und umarmt Mona.

„Nun erzählt mal. Ihr wollt also nicht wieder zurück nach Deutschland? Wie hast du dir das vorgestellt, Daniel?"

„Du, ich hab die Schnauze voll von diesem dämlichen deutschen Getue, der Politik und diesem ganzen Wahnsinn. Hier lebt es sich viel lockerer. Ich steige aus und werde das schaffen." *Der Junge hat sich mächtig verändert.*

„Das Wichtigste ist, dass du zuallererst eine Arbeit findest. Ich gehe davon aus, dass du Tischler bist?" Daniel nickt.

„Dann wird es sicherlich nicht schwierig sein. Handwerker sind meistens gefragt. Hier werden so viele Häuser gebaut, da wirst du als Tischler bestimmt etwas finden. Du musst nur aufpassen, dass dein Gehalt ausreicht, euch alle zu ernähren. Denn solange euer Baby klein ist, wird Mirjam nicht arbeiten können."

„Ach, das kriege ich schon hin. Außerdem habe ich ein bisschen Geld geerbt. Mein Erzeuger hat das Zeitliche gesegnet und mir 8000 Euro hinterlassen."

„Mein Beileid. Das ist natürlich keine große Summe. Was denkst du, wie schnell die 8000 ausgegeben sind, wenn du hier noch länger Urlaub machst und keine Einnahmen hast. Und eure Miete in Berlin läuft auch weiter?"

„Die Wohnung muss ich zeitnah kündigen. Mal doch nicht alles schwarz. Wir fühlen uns hier sehr wohl. Ich schaffe das, und wenn ich erst mal ein Job als Kellner annehme."

„Ich will nicht schwarzmalen, ich möchte nur, dass ihr vorsichtig seid. Hier wird immer viel versprochen und wenig gehalten. Außerdem ist es wichtig, dass du die Sprache lernst, sonst wirst du sehr schnell über den Tisch gezogen."

„Dafür habe ich doch Jörg. Stimmt's Jörg?"

„Klar Daniel, ich werde dich unterstützen." Sie prosten sich mit Bier zu.

„Ich will jetzt mit meiner Frau tanzen." Daniel steht auf, schnappt sich seine Mirjam und zieht sie auf die Tanzfläche. Mona und Jörg schauen den beiden zu. Jörgs Frau ist noch immer schweigsam.

„Wie läuft es bei euch?"

„Ich weiß nicht, was ich mit der Werkstatt machen soll. Alleine schaffe ich das nicht. Ich habe sie erst einmal geschlossen, weil ich nicht klar komme. Lange halte ich das allerdings nicht durch, denn wir müssen für die Werkstatt massig Miete zahlen."

„Nimm doch wenigstens ein paar Aufträge an, die du allein schaffen kannst."

„Hast wahrscheinlich recht, Mona."

Als Mona aus dem Taxi steigt und zum Studio läuft, ist es nach drei. Sie wurde an diesem Abend mehrfach animiert, mit Alkohol anzustoßen, doch diesmal hat sie eisern abgelehnt und nur Apfelschorle getrunken. *Morgen werde ich erfahren, wo Francoise ist, und das erste Rätsel wird sich lösen. Wieso eigentlich morgen? Es ist ja schon heute.* Sie setzt sich hin, meditiert und schläft sofort ein.

Mona ist Richtung Las Palmas unterwegs. Sie hat tatsächlich am Vormittag von Alvaro die Adresse von Francoise erfahren und sich sofort auf den Weg gemacht. Aus dem Internet weiß sie, dass das Haus, in dem die Französin wohnt, direkt am herrlichen Strand von Playa de Las Canteras liegt. Diese Wohngegend der Hauptstadt war für Mona schon immer anziehend. Wie oft war sie über die ewig lange Strandpromenade geschlendert und hatte sich den stürmischen Ozean angeschaut. Leute, die dort wohnen, genießen das ganze Jahr die herrliche Ozeanluft und das Wellenrauschen, wenn sie das Fenster öffnen. *Wahrscheinlich hat es Francoise deswegen dort-*

hin verschlagen. Mona ist gespannt, was ihre ehemalige Freundin zu berichten hat.

Wie immer sucht sie sich einen Parkplatz im Parkhaus des großen Einkaufszentrums Centro Comercial El Muelle. Von dort aus läuft sie zu Fuß von der einen Seite der Stadt zur anderen. Es ist ihr eine Freude, auf der Promenade zu spazieren. Die Nordwestküste ist für sie traumhaft. Meist ist dort reger Wellengang und die Luft ist herrlich zum Atmen. *Das ist die einzige Gegend, in der ich in Las Palmas würde leben wollen. Hier wird der Lärm der Großstadt durch das Rauschen des Ozeans überdeckt und der gesamte Dunst der vielen Autos, Gaststätten, Läden und Menschen durch den meist stürmischen Wind weggetrieben.* In einem Haus zu wohnen, von dem man direkt aufs Meer schaut, war schon immer einer ihrer Träume.

Allerdings ist Las Palmas in den letzten zehn Jahren regelrecht explodiert, stellt Mona fest. Die Berghänge sind fast komplett zugebaut, die immer weiter ausgebaute Autobahn ist zwischenzeitlich teilweise vierspurig. Es gibt nur einige Parks und wenige Straßen, in denen Bäume stehen. Ansonsten bestehen die Straßenschluchten aus Haus an Haus, Betonklotz an Betonklotz.

Das Auto ist geparkt und Mona begibt sich sofort auf den Weg zur Playa de Las Canteras. Als sie die ersten Straßen überquert hat, kommt sie an einer Eisdiele vorbei und kann nicht widerstehen, sich an einen der Tische zu setzen, um sich ein Schwedeneisbecher zu bestellen. Genüsslich lässt sie sich Zeit, ihre Eisportion zu verspeisen, und macht sich dann weiter auf den Weg.

Edificio Imperator steht an dem Haus, in dem die Französin wohnt, hat sie recherchiert. Hoffentlich sind die Klingeln beschriftet, denn sie weiß nicht, in welcher Etage Francoises Wohnung liegt. So schlendert sie bei herrlichem Sonnenschein, einer sanften Brise und heute nicht ganz so großen Wellen über den Paseo Las Canteras. Sie setzt sich auf eine Bank und schaut aufs Meer. Der Blick von dort aus ist fantastisch. Auf der rechten Seite sieht sie die Halbinsel La Isleta und auf der linken beendet das Auditorium die Promenade. Auch heute ist es von der Gischt leicht vernebelt, was immer mystisch aussieht. Mona hat nie geschafft, je dort ein Konzert zu besuchen. Sie hört gerne klassische Musik verschiedener Komponisten, aber sich stundenlang in einen Konzertsaal zu setzen, in dem auch Stücke gespielt werden, die überhaupt keine Resonanz zu ihrer Energie haben, kann sie sich nicht mehr vorstellen.

Resonanz zu ihrer Energie hat dieser Teil von Las Palmas auf jeden Fall. Gerade will sie sich erheben, da setzt sich ein älterer Herr neben sie und spricht sie auf Englisch an. Er hätte sie schon in der Eisdiele gesehen und wäre ihr gefolgt, denn sie sähe so aus, als würde sie sich Gesellschaft wünschen.

„Ach, das ist ja interessant", antwortet Mona lachend auf Spanisch, denn auf Englisch fallen ihr diese Worte nicht ein.

„Tut mir leid, ich kann nur wenige Worte auf Englisch. Verstehen tue ich auch nicht alles." Ihr fällt das Wort holiday ein und sie fragt den Mann, ob er hier im Urlaub ist.

„Ja, ich mache Urlaub im Hotel Gran Canaria ganz oben mit einem herrlichen Blick über Las Palmas und den Ozean." Das konnte Mona alles verstehen und sofort muss sie an Ilka und ihren damaligen Verehrer denken, denn die beiden hatten dort ein Zimmer gemietet und eine herrliche Nacht miteinander verbracht. Dann fällt ihr aber ein, dass die Nacht wohl doch nicht so berauschend war, denn sie erinnert sich, dass dieser Mann eigentlich einen flotten Dreier wollte, Mona aber nicht darauf eingegangen war, weil sie den heißen Spanier Antonio kennengelernt hatte. Sie lässt die Bilder noch ein wenig in ihrem Kopf tanzen, bevor sie zu dem Engländer sagt:

„Sorry, ich muss nun weiter, eine Freundin wartet auf mich." Sie erhebt sich und läuft noch etwa einen halben Kilometer, bis sie an dem Haus, in dem Francoise wohnen soll, angekommen ist. Es ist ein Eckhaus, welches in eine Gasse und an die Promenade gebaut ist, hat drei Etagen und sieht ziemlich ungepflegt aus. Die Fenster sind, außer im obersten Stock, gardinenlos. Mona stellt sich vor, dass es im Dachgeschoss bei dieser Verglasung bestimmt extrem heiß wird. Da hier aber immer eine Brise vom Meer weht, ist die Hitze möglicherweise besser auszuhalten als unten im Süden.

Sie tritt an die Tür und schaut auf die Klingeln, von denen es sechs gibt. Nur die zwei unteren sind beschriftet. Die betätigt sie, doch nichts rührt sich. Letztendlich drückt sie alle, aber selbst da erfolgt keinerlei Reaktion. *Habe ich wirklich gedacht, ich finde auf Anhieb Einlass? Was nun?*

Mona entscheidet, sich in eine nahe gelegene Bar zu setzen und etwas zu essen, denn der Eisbecher war zwar lecker, hat sie aber nicht gesättigt. Sie wird schnell fündig und bestellt sich Tortilla. Nachdem sie ihre Bestellung aufgegeben hat und noch an ihrem Tonic nippt, schaltet sie mobile Daten ein und recherchiert nach Francoise. *Warum habe ich das nicht schon früher gemacht?* Sie überlegt, dass es besser ist, in ein Internetcafé zu gehen, die es auch in Las Palmas immer noch gibt, denn auf dem Handy hat sie nur wenige Apps und keine sozialen Netzwerke. In die kann sie sich nur über einen Computer einloggen. Also steckt sie das Smartphone wieder ein, doch in dem Moment klingelt es.

„Si?"

„Mona, hier ist Daniel."

„Daniel, ach schön, dass du mich anrufst. Was hast du denn auf dem Herzen?"

„Wir hatten gestern nicht so viel Zeit, miteinander zu reden. Ich würde dich gerne treffen, nur wir beide."

„Meinst du wirklich, das ist eine gute Idee?"

„Das ist mir völlig egal, meine Frau ist ständig eifersüchtig. Seit wir hier sind, kommt sie aus ihrer Eifersucht gar nicht mehr raus."

„Das ist mir gestern nicht aufgefallen. Warum bringst du sie nicht einfach mit, wenn du mich besuchen kommst. Sie wollte sich doch sowieso noch mal die Karten legen lassen."

„Ach weißt du, ich will mit dir etwas bereden, was sie einfach nichts angeht."

„Machen wir es doch so. Du sagst ihr, dass du mich besuchst und wir dann zu euch kommen, damit ich ihr noch die Karten legen kann. Ist das eine gute Idee?"

„Prima. Wann kann ich kommen?" Mona überlegt. Ihr Studio ist bis zum 16. November gebucht, also hat sie noch zwei Tage.

„Wenn du willst schon morgen gegen elf Uhr?"

„Dann musst du mir nur noch deine Adresse schicken. Du hast doch WhatsApp?"

„Ja, habe ich und jetzt auch wieder deine Nummer."

„Dann bis morgen." Er legt auf. Hoffentlich gibt es mit ihm nicht wieder Probleme. Mona erinnert sich an einige Katastrophen, die sie mit Daniel auf der Insel erlebt hatte. Er war damals heftig in sie verschossen und gerade mal sechzehn Jahre alt. Dazu kamen noch der Tod der Mutter und seine Aufdringlichkeit. Aber jetzt ist er ein erwachsener Mann und hat eine Familie. Mona kann sich nicht vorstellen, dass er anzüglich wird, ist aber gespannt, was er mit ihr bereden möchte.

Nachdem Mona bezahlt hat, macht sie sich auf den Weg zu einem Internetcafé. Sie streift durch viele verschiedene Gassen, findet eine kleine Bar, in der es Internetzugang über Computer gibt. Sie loggt sich ein und tippt den Namen von Francoise in eine Suchmaschine. Und siehe da, die Französin ist in einer Unternehmenssuchmaschine und einem Social Media gelistet. In das Unternehmensprofil kommt Mona nicht rein, dazu müsste sie sich erst registrieren. So meldet sie sich in dem sozialen Netzwerk an, über das sie vor einiger Zeit eine Suchanfrage bezüglich Bilan eingestellt, aber keine Antworten erhalten hatte. Sie tippt ins Suchfeld Francoises Namen ein und kann tatsächlich auf deren Profil zugreifen, denn die meisten ihrer Blogs sind öffentlich. Das Profilfoto ist uralt. Sie sieht darauf jünger aus, als Mona sie in Erinnerung hat. Alle anderen Fotos zeigen nur verschiedene Varianten davon, mit Lichtstrahl, mit Engeln, in Schwarz-Weiß, mit Kerzen. Ihre Beiträge beziehen sich auf eine spirituelle Seite von einem bulgarischen Medium. Mona stöbert weiter auf dem Profil herum, findet aber keine Telefonnummer. *Ich könnte sie über diese Plattform als Freund hinzufügen und dann anschreiben. Vielleicht sieht sie es zeitnah.* Genau das tut Mona und hinterlässt auch ihre Handynummer. Als sie das Internetcafé verlässt, ist sie guter Dinge. Da klingelt das Handy wieder.

„Si?" Es ist Luna.

„Mona, ich soll dich erinnern. Atmaprem hat nicht umsonst gesagt, dass du dringend eine Aurareinigung brauchst. Da du demnächst wieder wegwillst, so wie ich verstanden habe, solltest du dich vorher unbedingt noch in seine Hände begeben."

„Luna, ich habe im Moment keine Zeit und weiß nicht, wie meine nächsten Tage verlaufen. Ich werde die Nummer speichern, mit der du mich anrufst, denn ich hatte von dir noch keine." Sie legt auf, mag sich Weiteres von Luna nicht anhören. *Na bitte, du hast doch eine Telefonnummer, also hast du mich angelogen,* denkt Mona, speichert Luna ab und steckt das Handy wieder in die Tasche. In dem Moment klingelt es wieder. Eine unbekannte Nummer. Sie nimmt dennoch ab.

„Si?"

„Mona, hier ist Francoise. Du hattest mich gerade über Social Media angeschrieben. So lange habe ich nichts von dir gehört. Wo bist du? Was machst du? Können wir uns treffen?"

„Hola Francoise, toll dass du mich gleich zurückrufst. So schnell hatte ich nicht damit gerechnet. Ich stehe hier am Strand von Las Canteras, und da war mir die Idee gekommen, mal nach dir im Netz zu suchen." Mona will Francoise nicht erzählen, dass sie extra jemanden engagiert hat, um ihre Adresse herauszufinden. Sie atmet auf, als die Französin Folgendes antwortet:

„Na das passt gut, ich wohne in Las Palmas. Jetzt hab ich eine Sitzung, die dauert noch anderthalb Stunden, danach bin ich frei. Du kannst mich gerne besuchen." Francoise gibt ihr die Adresse, welche Mona schon bekannt ist.

„Wo soll ich klingeln?"

„Die Klingeln sind alle abgestellt. Du rufst einfach wieder an und ich öffne dir."

„Perfecto, das mache ich. In anderthalb Stunden melde ich mich, wenn ich vor deinem Haus stehe." Als Mona aufgelegt hat, ist sie noch hochgestimmter als vorher. Die Stimme von Francoise kam ihr so vertraut vor. Auf einmal fühlt sie überhaupt keinen Groll mehr gegen die Frau, sondern eher Vorfreude, einen Menschen zu treffen, mit dem sie eine Weile befreundet war. Sie erinnert sich daran, wie Francoise sie damals unterstützte, als sie hinter dem Rücken von Rafael auf dem Ball war, auf dem sie Cesaro getroffen hatte. Das waren spannende Zeiten. Doch zurück möchte Mona auf keinen Fall mehr. *Das Hier und Jetzt an diesem Strand, ein Telefonat mit einer Frau, der ich bestimmt vergeben kann, aber von der ich noch einige Informationen haben möchte, das fühlt sich viel besser an.*

Mona sitzt in Francoises Wohnzimmer und schaut sich um. Die Französin ist in der Küche und bereitet etwas zu Trinken vor.

„Möchtest du in dein Wasser irgendeinen Geschmack?" Da Mona nicht genau weiß, was sie damit meint, steht sie auf und begibt sich zu ihr. Auch hier lässt sie kurz ihre Blicke schweifen und stellt fest, dass die Küche für ihren Geschmack ziemlich unhygienisch ist. Unabgewaschenes Geschirr steht herum, das Spülbecken ist schon ewig nicht geputzt, über einem offenen Bioabfalleimer schwirren hunderte Obstfliegen, das Gerät zur Trinkwasserfilterung sieht alt, verstaubt und verkalkt aus.

„Was meinst du mit Geschmack?"

„Ich habe für meinen Wasseraufbereiter zwischenzeitlich die unterschiedlichsten Zusätze. Du kannst aus verschiedenen Früchten, Kräutern oder Gewürzen wählen. Das sind kleine Aromatropfen."

„Danke, nein." Francoise füllt ein Glas mit Wasser aus dem Spender und reicht es Mona. Die sieht im Lichtschein, dass das Trinkgefäß verschmiert, das Wasser nicht wirklich klar ist und schüttelt sich innerlich. *Das trinke ich nicht*, denkt sie und geht mit dem Getränk ins Wohnzimmer zurück. Dort setzt sie sich auf einen Sessel, der mit bunten Decken belegt ist. Das Zimmer macht einen schmuddeligen und ungepflegten Eindruck. Auf der Couch liegen etliche Kissen und auf dem anderen Sessel lauter Kleidungsstücke. Auf dem Tisch vor der

Couch stehen ein verstaubter, bekleckerter Laptop, daneben drei Kaffeetassen, die wohl schon länger dort verweilen. Das gesamte Wohnzimmer ist voller spiritueller, esoterischer und christlicher Accessoires und Devotionalien, die dick verstaubt sind. Die Vorhänge sind beige, scheinen aber schon ewig nicht gewaschen zu sein. Mona steht auf und schaut aus dem Fenster. Der Blick geht in einen geschlossenen Innenhof. Sie setzt sich wieder. Francoise kommt aus der Küche zurück und lässt sich auf der Couch nieder. Ihr Busen ist zwischenzeitlich noch mächtiger geworden. Sie trägt ein weites Kleid, welches über der Brust einige Flecken hat. Sie scheint Monas Blick zu bemerken und sagt nur:

„Ich hatte überhaupt noch keine Zeit, mich umzuziehen, habe so viel zu tun."

„Das freut mich für dich. Erzähl mal, was hast du denn alles zu tun?"

„Ich bin seit einiger Zeit Medium von einem spirituellen Meister. Jeden Tag schreibe ich lange Texte im Internet, um ihm gerecht zu werden. Das nimmt viel Zeit in Anspruch. Aber es ist wichtig, um den Menschen seine Weisheiten nahe zu bringen. Das trägt zur Heilung der Welt bei."

„Du hattest vorhin etwas von einem Termin erzählt. Gibt es Klienten, die zu dir kommen? Hast du einen Massage- oder Beratungsraum?"

„Du weißt doch, dass ich schon viele Jahre die Wasseraufbereitungsanlagen anbiete. Mehr Zimmer als zwei kann ich mir nicht leisten", antwortet Francoise ausweichend.

„Außerdem mache ich auch noch Geistheilung."

„Hier in dem Zimmer?"

„Was spricht dagegen? Mein Schlafzimmer ist nur so breit wie mein Bett, also zu klein für Klienten." Mona ist versucht, sie mit dem vielen Geld zu konfrontieren, was sie einst von Rafael zur Verbreitung der gelben Pillen und für ihren verlogenen Verrat bezüglich des Höhlenanwesens erhalten hat, beißt sich aber auf die Zunge. Ihr ist bewusst, dass es keinen Zweck hat, diese Frau nach vergangenen Angelegenheiten zu fragen.

„Das ist interessant. Erzähl mal, was kann ich mir unter Geistheilung vorstellen?"

„Die meisten Menschen haben irgendein Thema aus der Vergangenheit, Probleme, Beziehungssorgen, Krankheiten, Ängste, was auch immer. Die kommen zu mir, wir reden darüber und dann verbinde ich mich mit Gott dem Vater, gehe in Liebe, mache Aura- und Chakrenreinigung, manchmal auch Aufstellungen, bekomme von Gottvater Botschaften, die ich weitergebe, und nachfolgend geschehen immer Wunder. Die Leute gehen geheilt von mir weg und sind glücklich."

„Das hört sich wirklich toll an. Wenn das so gut funktioniert, müsste es überhaupt keine kranken und verzweifelten Menschen mehr geben." Die Worte hat Mona ganz bewusst so formuliert, aber Francoise ist plötzlich so abwesend, dass sie die nicht gehört zu haben scheint. Mona registriert, dass die Französin vom Grunde dasselbe wie Luna und Atmaprem macht. Mit diesen Heilern müssten die Insel und all ihre Bewohner vor Gesundheit, Liebe, Harmonie und Freude nur so überfließen. Tun es aber nicht.

„Was ich dich fragen wollte, hattest du meine Adresse an Luna weitergegeben?"

„Das ist schon ewig her, wieso?"

„Sie hatte mich angeschrieben und zu einer Veranstaltung eingeladen, auf der ich vorgestern war. Da ging es um die Gründung einer spirituellen Gemeinschaft."

„Das glaube ich jetzt nicht. Ist dieses verlogene Weib mit ihrem Guru schon so weit, dass sie eine Gemeinschaft gründen will?" Francoise scheint sichtlich entrüstet und stürmt aus dem Wohnzimmer. Was für eine Reaktion von einer Frau, die das Medium eines Meisters der Heilung und mit Gottvater in liebevoller Verbindung ist. Für Mona passt das alles nicht zusammen. Nach gefühlten zehn Minuten erscheint Francoise wieder im Zimmer.

„Ich musste kurz telefonieren. Soll ich dir noch schnell eine Botschaft des Meisters mitgeben?" Sie nimmt einen der handbeschriebenen Zettel vom Tisch und beginnt, ohne Monas Antwort abzuwarten, zu lesen:

`Un Maestro debe ser capaz de manifestar mucho amor y ternura, pero para el progreso de sus discípulos..."`

„Tut mir leid, Francoise, ich kann zwar gut Spanisch, aber so schnell konnte ich das nicht verstehen."

„Vale, ich übersetze für dich und lese auf Deutsch: `Ein Meister muss in der Lage sein, viel Liebe und Zärtlichkeit zu manifestieren, aber für den Fortschritt seiner Jünger muss er auch wissen, sich streng zu zeigen. Und wenn die Jünger diese Härte nicht akzeptieren, haben sie nichts an meiner Initiationsschule zu suchen. Ein Meister braucht Arbeiter für den Himmel, und wenn die Jünger sich nur um ihre kleine Persönlichkeit kümmern, wenn sie sich immer verärgert zeigen, sind sie nutzlos. Wahre Jünger müssen ihre Persönlichkeit loslassen und sich im Geist und in Intelligenz zeigen. Dann kann ihr Meister sich auf sie verlassen, um göttliche Arbeit zu machen."` Mona kann den Worten auch auf Deutsch nicht wirklich folgen.

„Du solltest meine täglichen Botschaften auf meinem Blog lesen. Diese steht dort auch. Nur so wirst du den Weg zu Heilung, Licht und Liebe finden." Mona nickt still. *Ich war aus einem anderen Grund hergekommen.* Sie spürt, dass ihre Bedürfnisse auch hier überhaupt nicht befriedigt werden, und will plötzlich nichts mehr von der Frau wissen, die in einem Medium aufgeht oder gefangen ist, je nachdem, wie man es betrachtet. Sie fragt deswegen:

„Hast du mir irgendwann ein Päckchen geschickt?"

„Ich ein Päckchen? Zu dir nach Fuerteventura? Nein. Das kann ich mir gar nicht leisten."

„Kennst du den Guru von Luna?"

„Lass mich bloß zufrieden. Ich will mit den beiden nichts zu tun haben. Sie haben mich komplett hintergangen und mir ganz viele Kunden weggeschnappt." Francoise steht wieder auf, streicht sich nervös durchs Haar und sagt plötzlich zu Mona:

„Ich muss jetzt dringend weg. Kannst du mir für ein paar Tage 200 Euro leihen? Mein Konto ist am Limit, aber ich brauche das Geld heute. Du bekommst es auf jeden Fall wieder" Mona ist fassungslos.

Ich komme nach so vielen Jahren zu ihr und sie will von mir Geld geliehen haben. Die Frau, die mich damals so hintergangen hatte und die mitverantwortlich war, dass ich finanziell ruiniert wurde! Mona fehlen komplett die Worte. Sie ist einfach nur froh, dass die Französin wegmuss. Das Wasser, welches in dem verschmierten Glas vor ihr steht, hat sie nicht angerührt.

„Kann ich schnell noch deine Toilette benutzen?"

„Ja sicher." Das Bad ist in einem genauso grauenvoll verschmutzten und unhygienischen Zustand wie die Küche. *Wie kann man nur so leben?* Mona setzt sich nicht hin, pinkelt im Hocken. Es stinkt erbärmlich nach Urin. Wieder im Flur, fragt Francoise noch einmal:

„Monalein, ich brauche dringend 200 Euro, weiß sonst nicht ein noch aus. Muss in der nächsten Stunde eine Schuld begleichen, sonst bekomme ich richtig Probleme." Die korpulente Frau fällt Mona um den Hals und weint. *Verdammter Mist, was mache ich bloß?* Sie löst sich sanft von der schluchzenden Französin.

„Ich brauch das Geld aber unbedingt wieder. Mir geht es finanziell auch nicht so rosig."

„Natürlich bekommst du es zurück. Anfang Dezember habe ich wieder Geld auf dem Konto. Mir fällt sonst niemand ein, den ich fragen könnte", jammert sie weiter. Mona entnimmt ihrer Tasche vier Fünfzigeuroscheine und gibt sie Francoise. Trotz allem, was vorgefallen war, ist sie davon überzeugt, eine gute Tat zu tun. Ob sie das Geld irgendwann zurückbekommt ist ihr in dem Moment egal. Dennoch sagt sie:

„Du kannst es auch in Raten zahlen, wenn dir das lieber ist. Wir bleiben in Kontakt."

„Du bist ein Schatz." Francoise umarmt Mona noch einmal heftig, dass ihr fast die Luft wegbleibt.

„So, jetzt muss ich aber schnell los." Ruckzuck hat sie sich ihre Tasche und den Autoschlüssel geschnappt und drängt Mona aus der Tür. Als beide das Haus verlassen, winkt sie nur noch flüchtig und läuft flott davon.

Mona wandelt langsam in Richtung Strandpromenade. Ihr Körper surrt von der Massivität dieser Frau, die bewirkt hat, dass sie ihr mal schnell 200 Euro lieh. Sie schüttelt über sich selbst den Kopf. *Nur eine einzige Frage wurde beantwortet und alles andere, was ich aus der Vergangenheit aufarbeiten wollte, bleibt weiterhin im Dunklen.* Mona registriert dennoch ohne Ärger, dass der Besuch bei Francoise auch eine Sackgasse war. Sie setzt sich an den Strand, schaut aufs Meer und versucht, die Schwingungen dieser Begegnung in mentale Stärke und positive Visionen zu wandeln. Doch so richtig gelingt ihr das nicht. Sie fühlt sich in einer seltsamen Energie gefangen, welche sie plötzlich dazu treibt, noch einmal ein Internetcafé aufzusuchen. Wie fremdgesteuert öffnet sie die Seite von Francoise und beginnt, diverse Botschaften deren spirituellen Meisters zu lesen, bis sie zu der kommt, die Französin ihr vorgelesen hatte. Die Formulierungen entsprechen im ersten Moment überhaupt nicht dem, was Mona für eine Sicht auf die Welt hat. Sie liest weiter und auch der nachfolgende Text beinhaltet Sichtweisen und Termini, die für sie nicht stimmig sind:

"Ihr habt immer noch nicht verstanden, warum das Gehirn am höchsten Teil eures Körpers liegt. Wenn ihr es verstanden hättet, anstatt immer unten im Herzen zu bleiben, in den Emotionen, leidend und weinend, wenn ihr in Schwierigkeiten stolpert, würdet ihr euch bemühen, euch zur Vernunft, zur Intelligenz, zum Licht zu erheben.

Wenn euch eine Trauer oder Enttäuschung zum Weinen bringt, sagt euch selbst: „Okay, ich werde mich zufriedenstellen, ich werde sogar Taschentücher vorbereiten. Aber warte, ich werde zuerst darüber nachdenken." Also denkt ihr nach, sucht und findet viel schneller eine Lösung, als wenn ihr euch von eurer Trauer mitreißen lasst. Im Gegenteil, ihr bedauert euch drei, vier Stunden lang. Endlich hört ihr auf, weil ihr müde seid, und am nächsten Tag fangt ihr wieder an. Tränen und Klagen lösen nichts. Also, anstatt immer mit euren Gefühlen beschäftigt zu sein, warum bewegt ihr euch nicht in die spirituelle Region der reinen Vernunft, reinen Weisheit, des reinen Lichts?

Mona lehnt sich zurück und schließt die Augen. Sie lässt das Gelesene auf sich wirken. *Es hat einen Sinn, dass ich genau diesen Text jetzt und hier gelesen habe. Wir haben uns in den letzten zehn Jahren alle entwickelt, verändert. Ein Zusammentreffen hat immer etwas mit einer gewissen Resonanz zu tun.* Sie liest die Zeilen mehrmals und bekommt eine Eingebung:

Er meint als reine Vernunft und reine Weisheit das All-Urwissen, welches in jedem Wesen, jeder Zelle, jedem Atom steckt. Und wenn ein Mensch in der Lage

ist, darauf zu zugreifen, wird er von störenden, kraftrau-
benden Emotionen nicht mehr weggerissen, fehlgeleitet.
Diese Gedanken geben ihr augenblicklich einen Kraft-
und Motivationsschub. Auch wenn sie sich überhaupt
nicht wohlfühlt mit all diesen Informationen und Erleb-
nissen, die sie bisher auf Gran Canaria hatte, sie sind
dafür da, zu verstehen, weise in lichtvolles Handeln zu
führen. Nach diesen Einsichten bekommt sie plötzlich
den Impuls, sich nicht noch einmal mit Daniel und seiner
Frau zu treffen. Also greift sie zum Handy und ruft
Daniel an, welcher gleich abnimmt.

„Mona, wir sind verabredet, oder?"

„Nein, morgen."

„Ach so. Ich weiß gar nicht mehr, was für ein Tag ist
und wie spät ist es eigentlich?"

„Das kann ich dir nicht sagen. Ich muss unser Treffen
absagen."

„Oh nee, das kannst du doch nicht machen. Ich brauche dringend deinen Rat. Seit meine Frau das Kind hat,
will sie keinen Sex mehr. Ich bin komplett genervt, weiß
nicht mehr, was ich machen soll. Ich könnte jedes Weib
flach legen."

„Sag mal Daniel, hast du getrunken?"

„Ein bisschen."

„Ich dachte, du warst trockener Alkoholiker?"

„Ach na ja, seit ich auf der Insel bin, geht es mir viel
besser. Ich habe mit Jörg immer mal ein Bierchen ge-
zischt. Das ist ja nicht so schlimm. Aber ich wollte dich
was fragen. Du hattest doch mal diese Stimmungsauf-
heller. Vielleicht habe ich einfach nur Depressionen, weil
das mit dem Baby schon ziemlich anstrengend ist, und
unsere ganze Situation und ich weiß noch nicht so richtig, wie es weitergeht und…" Mona unterbricht ihn.

„Daniel, sei mir nicht böse, aber ich kann dir wirklich
nicht helfen. Es ist dein Leben, deine Verantwortung.

Dass sich Frauen nach der Geburt eines Kindes sexuell anders verhalten, ist normal. Du musst einfach Geduld mit ihr und all deinen Angelegenheiten haben. Wenn sie unbedingt die Karten von mir gelegt haben will, kann ich das auch per Telefon machen. Sag ihr das. Ich werde umgehend wieder zurückkreisen, denn ich habe einige Sachen auf Fuerteventura zu klären. Bestell einen Gruß an Jörg, ich werde mich bei ihm auf jeden Fall noch melden, bevor ich wieder wegfliege." Sie lässt Daniel nichts erwidern, sondern legt auf. *Meine Intuition hat mich also nicht getäuscht, dass durch ihn wieder Probleme auf mich zukommen. Wenn er wieder angefangen hat, Alkohol zu trinken, und nach Psychopharmaka fragt, ist der Weg zum Rückfall in die Drogenabhängigkeit nicht weit. Ich muss hier weg*, hämmert es in ihrem Kopf. Sie macht sich auf den Weg zurück zum Auto und fährt nach San Agustín. Den Rest des Tages verbringt sie am Strand und geht früh schlafen.

Den Morgen und Vormittag verbringt Mona damit, einen Flug nach Fuerteventura für den nächsten Tag zu buchen und zu telefonieren.

Mit Jörg hatte sie gesprochen, bei Walter gab es keine Veränderung. Er durfte noch immer keinen Besuch empfangen. Sie hatte Jörg gebeten, ihr sofort Bescheid zu geben, wenn Walter wieder ansprechbar ist, damit sie mit ihm telefonieren kann.

Gerade will sie ihr Handy aufladen, doch es lädt nicht. Am Übergang zum Stecker ist das Kabel gebrochen. *So ein Mist, jetzt muss ich mir auch ein noch ein neues Ladekabel kaufen. Wo am besten?* In das Shoppingcenter San Agustín will sie nicht gehen, dort werden technische Accessoires völlig überteuert angeboten. Also schlendert sie gemütlich bis nach San Fernando de Maspalomas zu einem großen asiatischen Laden. In diesem gibt es vom

Grunde über zwei Etagen alles zu kaufen. Sie findet, was sie braucht recht schnell und begibt sich zur Kasse. Mit dem Rücken zu ihr steht ein dünner, braungebrannter Mann mit Igelschnitt. Er trägt kurze Hosen und ein lockeres, zerknittertes Hemd. Sie hört, wie er eine Menge Kleingeld auf den Tresen schüttet. Er redet mit dem Kassierer und als Mona seine Stimme vernimmt, bekommt sie weiche Knie. Vor ihr steht Rafael.

Hitzewellen durchfahren ihren Körper, ihr Puls rast, das Blut schießt ihr ins Gesicht.

Das Zählen des Kleingelds dauert ewig. Mona ist hin und hergerissen. *Soll ich mich bemerkbar machen oder zwischen den Regalen verschwinden?*

All die Jahre hatte sie, wenn sie auf Gran Canaria zu Besuch war, immer das bange Gefühl, dass Rafael ihr irgendwann über den Weg läuft und bei der Vorstellung jedes Mal Herzklopfen bekommen.

Sie bleibt wie angewurzelt stehen, bis der Kassierer das gesamte Geld gezählt hat, Rafael seine gekaufte Ware in eine Tüte steckt und sich umdreht. Gesenkten Hauptes will er an ihr vorbei aus dem Laden eilen, da tritt sie auf ihn zu und spricht ihn an:

„Hola Rafael." Abrupt bleibt er stehen, hebt seinen Kopf, sieht Mona und erwidert:

„Kindchen, was machst du denn hier? Ich habe gedacht, du bist schon lange tot." Kaum die Worte ausgesprochen, verlässt er das Geschäft. Mona folgt ihm.

„Warte bitte. Wie kommst du denn darauf?" Er bleibt stehen und antwortet:

„Du hast dich all die Jahre nicht gemeldet, obwohl du mich ja so sehr geliebt hast. Ich habe wirklich gedacht, dass du tot bist, weil du damals schon krank warst." Mona ist verwirrt ob der Worte von Rafael, welcher spindeldürr ist und alte, abgetragene Sachen trägt. Seine Schuhe sind kaputt, ein schmutziger Zeh schaut heraus.

„Ich wundere mich über deine Erscheinung und Reaktion", erwidert Mona, die sich langsam fängt und nicht auf seine Worte eingeht.

„Als wir uns das letzte Mal sahen, warst du steinreich und hast mich geschniegelt und gebügelt in einem Fünfsternehotel empfangen."

„Vieles ist nur äußerer Schein."

„Also machst du deine Geschäfte nicht mehr?" Mona weiß nicht, was sie noch sagen soll. So lange hat sie darauf gewartet, von ihm Antworten zu bekommen, und nun ist ihr Kopf so leer, dass ihr nichts weiter einfällt.

„Ach Kindchen, du musst nicht immer alles glauben, was du siehst, hörst, was dir gesagt wird. Ich muss weiter."

„Wo wohnst du jetzt? Was machst du?"

„Wie gesagt Kindchen, ich habe es eilig. Wenn du etwas von mir willst, weil du mich liebst, darfst du dich bei mir melden."

„Ich habe oft angerufen, aber es geht immer nur eine Ansage an."

„Bei unbekannten Anrufern gehe ich nicht ans Telefon, das weißt du doch." Mona ist sprachlos. Sie tritt an ihn heran und umarmt ihn spontan. Er lässt es geschehen, steht aber wie ein Stock mit herunter hängenden Armen. Als sie sich von ihm löst, schauen sie sich in die Augen.

„Na siehst du Kindchen, du liebst mich noch immer." Er dreht sich um und eilt schnellen Schrittes davon.

Mona ist wie in Trance. Rafaels Blicke, seine Nähe, seine Stimme, seine Energie, das Fühlen der Umarmung haben eine enorme Wirkung auf sie. Langsam wird ihr bewusst, was eben passiert war. Sie kann einzig daran denken, sofort Alvaro anzurufen und ihm mitzuteilen, dass sie Rafael getroffen hat und er augenscheinlich auf

Gran Canaria lebt. Doch das geht nicht, denn sie muss erst ihr Handy aufladen.

Entrückt läuft Mona nach San Agustín zurück. *Warum bin ich nicht hinter ihm her gerannt, habe ihn geschüttelt, ihm alle Fragen gestellt?*
Diese Chance ist vertan. Die kurze Umarmung hat eine Menge in ihr ausgelöst. Sie hat sich völlig anders angefühlt, als sie sich kennengelernt hatten.

Mona spürt eine gewisse Leichtigkeit und Liebe in ihrem Herzen, aber gleichzeitig Rafaels nach außen gezeigte Kälte, seine Härte, seine Unnachgiebigkeit, die sie schon damals in die Knie gezwungen hatten. Sie ist sich sicher, und wenn sie ihn tausend Mal schütteln und mit Fragen bombardieren würde, sie bekäme keine Antworten, die sie zufrieden stellen könnten. Er würde genau das sagen, was für ihn passend ist, oder gar nichts. Sie bekommt immer mehr das Gefühl, dass diese zufällige Begegnung eine Bedeutung hat, die sie noch nicht ergründen kann.

Im Studio angekommen, steckt sie mit noch immer zittrigen Händen ihr Smartphone ans Ladegerät, setzt sich aufs Bett und meditiert. Während der Meditation fließen Tränen, das hatte sie schon lange nicht mehr. Dann legt sie sich hin und begibt sich in eine Selbsthypnose. Blockadenlösung, Loslassen, Leichtigkeit, Unbeschwertheit, Lebensfreude, Unabhängigkeit und Freiheit sind die Signalworte und Suggestionen, die sie dabei verinnerlicht. Als sie sich wieder erhebt, fühlt sie sich besser. Sie nimmt das Handy und ruft bei Alvaro an, der sich gleich meldet.

„Ich habe vorhin Rafael durch Zufall in einem Laden getroffen", sprudelt sie los.

„Mona, bist du das?"

„Perdona, ja."

„Vale, wenn er hier auf der Insel ist, finde ich ihn auf jeden Fall."

„Ich bin mir nicht ganz sicher, ob ich das überhaupt noch will."

„Und was ist mit dem Haus, welches ihr einst zusammen gekauft hattet?"

„Das hatte Cesaro konfisziert oder von Rafael übernommen, was auch immer."

„Hört sich seltsam an."

„Cesaro hatte mir damals etwas Geld als Abfindung gegeben, aber ich kenne keine weiteren Hintergründe."

„Was soll ich tun?"

„Okay, such weiter nach Rafael."

„Ich melde mich, wenn ich mehr weiß." Alvaro hat aufgelegt.

Mona begibt sich an den Strand und stürzt sich in die heute heftigen Wellen. Der Wind hat auf Ost gedreht und schickt schon wieder Calimaschwaden von Afrika rüber. Dadurch wird die Luft schwer und der Horizont des Meeres verbindet sich mit dem Dunst, der über ihm liegt. Mona taucht und lässt unter Wasser alles, was in ihr an unangenehmen Empfindungen, Gedanken, Erinnerungen und Energien tobt, los und transformiert es in klare, freudige, kraftvolle Impulse und Schöpferkraft. In der letzten Nacht im Studio schläft sie hervorragend.

Im Flughafengebäude von Las Palmas sitzend beobachtet Mona die Menschen. Es scheint, als wären die Leute extrem nervös, noch lauter und genervter als sonst. Ob das am Calima liegt? Vielleicht haben sie Angst, dass die Flüge gestrichen werden. Während sie darüber grübelt, fällt ihr ein, dass sie Jörg noch einmal anrufen wollte und tut es.

„Wie geht es Walter?"

„Unverändert. Ich verstehe nicht, warum die nicht in der Lage sind, irgendetwas zu machen, damit er besser atmen kann. Das beunruhigt mich."

„Ich kann nur die Daumen drücken, dass sie Walter schnell auf die Beine bringen. Richte ihm aus, wenn er wieder in der Lage ist, zu telefonieren, ich möchte unbedingt mit ihm reden."

„Ja klar. Wo bist du gerade, ich höre viele Menschen im Hintergrund?"

„Ich bin auf dem Flughafen. Mein Flieger geht in einer Stunde."

„Ach, du fliegst schon wieder weg? Ich dachte, wir können uns noch mal treffen."

„Tut mir leid Jörg, ich muss zurück und einige Angelegenheiten umgehend klären. Hier auf der Insel ist nicht alles so gelaufen, wie ich mir das vorgestellt hatte. Aber du weißt ja, ich falle immer wieder auf die Füße und werde etwas finden, mit dem ich zufrieden bin. Dessen bin ich mir sicher."

„Das hört sich gut an."

„Daniel macht mir etwas Kopfweh. Hab ein Auge auf ihn und verführ ihn nicht zu Alkohol und Betäubungsmitteln."

„Claro. Wir bleiben in Kontakt."

„Hasta luego, Jörg."

Als Mona wieder in ihrem Haus bei Lajares ankommt, fühlt sie sich erschöpft. Die zwei Briefe aus dem Briefkasten legt sie auf den Tisch, wirft ihre Taschen in die Ecke und stellt sich erst einmal unter die kalte Dusche. Die Bananen, die auf dem Küchentisch stehen, sind braun und kleine Fliegen tanzen drum herum. Sie öffnet den Kühlschrank und weicht erschrocken zurück. Ein recht unangenehmer Geruch entweicht ihm. Da war bestimmt zwischendurch wieder mal einige Stunden Stromausfall. Das bestätigt sich, als sie das Gefrierfach öffnet. Die darin befindlichen Tüten mit Brötchen und die eine Spinatpackung sind dick mit Eis beschichtet. Sie greift sich eine Packung Kekse aus dem Küchenschrank und setzt sich an den Tisch. Die zuckerreduzierten Vollkornkekse schmecken so lecker, dass sie gar nicht aufhören kann, davon zu essen. Kauend nimmt sie sich die beiden Briefe vor.

Der eine ist in Fuerteventura abgestempelt, der große Umschlag kommt von? Als sie liest, dass er von der Rentenkasse ist, wird ihr mulmig. Zuerst öffnet sie den kleinen Brief. Er ist von einem Rechtsanwalt, der den Vermieter ihrer Praxisräume vertritt. Er teilt mit, dass aufgrund von Rekonstruktionen und Eigenbedarf der Mietvertrag vorfristig zum 31. Dezember gekündigt ist. Das erschüttert Mona nicht, denn sie will die Praxis sowieso aufgeben. So muss sie wenigstens nicht noch mehrere Monate Miete bezahlen.

Ihr Geld reicht hinten und vorne nicht. Von den 5000 Euro aus dem Umschlag sind nur noch 3300 übrig. Der Privatdetektiv ist davon zu bezahlen, die Hausmiete für November ist überfällig und die Miete für ihre Praxis muss sie auch noch überweisen. Sie bekommt zwar etwas mehr Rente, die deckt aber nicht die enorm gestiegenen Lebenshaltungskosten ab und schon gar nicht eine Gewerbemiete. *Ich werde versuchen, bereits zum 1. Dezember aus dem Vertrag zu kommen.*

Sie verspeist gedankenverloren weitere fünf Kekse, bevor sie den zweiten Brief öffnet. In diesem wird ihr mitgeteilt, dass sie versäumt hat, ihre Einkünfte in Spanien zu melden. Die Rentenkasse bezieht sich auf Informationen der Inselbehörde für gewerbliche Angelegenheiten und fordert Mona auf, ihre Einnahmen der letzten zehn Jahre offen zu legen. Dafür wird ihr als

Termin der 18. Dezember genannt. Das ist in fast genau vier Wochen. Mona sitzt wie versteinert auf ihrem Stuhl.

Wieso habe ich das nicht gemeldet? Na ja, ich dachte, dass ausländische Einkünfte mit der Rente nichts zu tun haben. Doch wieso wissen die, dass ich hier gewerbliche Einnahmen habe? Am liebsten würde sich Mona jetzt ein paar Cocktails genehmigen, um all das zu verdrängen. Doch genau das macht sie nicht. *Ich muss das vor Ort besprechen.* Ihr Kopf ist auf einmal völlig klar.

„Wegen Silvester will ich sowieso nach Deutschland reisen. Doch wenn ich schon im Dezember hinfliege, wo soll ich die ganze Zeit wohnen? Mutters Wohnung gibt es nicht mehr, Ilkas auch nicht. Daniel ist auf Gran Canaria." In dem Moment ärgert sich Mona, dass sie Daniel beim letzten Telefonat einfach abserviert hat.

„Ich muss noch mal mit dem Jungen reden. Vielleicht überlässt er mir seine Wohnung. Dann müsste ich aber wieder nach Gran Canaria fliegen, damit er mir den Schlüssel gibt. Oder vielleicht hat er einen bei Nachbarn hinterlassen. Ach verdammt noch mal. So ein Elend. Ich will nicht so lange im Winter in Berlin sein und schon gar nicht, wegen solch einer Angelegenheit." Sie läuft unruhig in der Küche umher. *Wie soll ich das nur alles stemmen?* Sie richtet ihre Gedanken auf den Glücksumstand der Kündigung ihres Geschäftsraumes und dankt dem Himmel dafür.

Obwohl Bilan nun schon so lange weg ist, gibt es bei ihr den Automatismus, dass sie zu einer bestimmten Tageszeit nach der Leine sucht, um mit dem Hund raus zu gehen. Die Spaziergänge fehlen ihr mächtig. Sie sehnt sich nach tierischer Gesellschaft, ist sich aber dessen bewusst, dass ein Hund nicht mehr in ihr Leben passt, weder praktisch noch finanziell. So sieht sie das Verschwinden von Bilan plötzlich als vorteilhaften Umstand.

Mona setzt sich wieder an den Küchentisch und trinkt zwei Gläser Wasser hintereinander. Dann knabbert sie weitere Kekse, nimmt sich ein Blatt Papier und schreibt auf:

```
   1. den Vermieter der Praxis fragen, ob ich
ab 1. Dezember aus dem Vertrag komme
   2. mit Daniel sprechen, ob er mir seine Woh-
nung überlässt, solange ich in Berlin bin
```

Mona legt den Stift beiseite und lehnt sich mit geschlossenen Augen zurück. *Wen könnte ich diesbezüglich noch fragen?* Sie denkt an Falk, der von der Insel verwiesen wurde. Ansonsten fallen ihr in Berlin nur Menschen ein, zu denen sie nie gerne Kontakt hatte, für die sie keine positive Resonanz fühlte.

Eine Wohnung anzumieten ist zu teuer, im Hotel übernachten auch. Eine billigen Pension will sie nicht buchen, denn die Vorstellung, mit irgendwelchen Leuten Bad und Küche zu teilen, ekelt sie. Mona erinnert sich daran, wie oft sie in fremden Unterkünften meist erst einmal das Klo putzen musste, bevor sie es benutzen konnte. Ihr ist es rätselhaft, warum sich Menschen, in dem Falle bei Frauentoiletten Weiber, so dermaßen ekelhaft verhalten und das Klo bepisst, mit Kackespuren und runter geschmissenem Klopapier hinterlassen. Nein, sie hat keinen Nerv, mit fremden Menschen ein Bad zu teilen.

```
   3. die Rentenkasse anrufen und den Sachver-
halt genau erfragen
   4. gleich morgen das Gewerbe abmelden
```

Dafür muss sie nach Puerto del Rosario fahren. *Wie sind die bloß drauf gekommen, dass ich hier einem Gewerbe nachgehe? Vielleicht durch meine neue Webseite. Warum war ich auch so blöd und habe mir eine Homepage erstellt. Die hat sowieso nichts gebracht. Nur ein einziger Mensch ist aufgrund dieser zu mir gekommen, niemand hat mich angeschrieben. Alles sinnlos. Und jetzt habe ich den Salat. Ich muss die Page umgehend löschen!*

5. Lorenzo und Camilla anrufen, die hatten
mich für eine Woche eingeladen
6. bei Alvaro nach den Recherchen fragen

Mona legt den Stift wieder beiseite. *Ich könnte Jagadish anrufen. Vielleicht hat er eine Idee, wo ich die ganze Zeit bleiben kann.* Sie sitzt bis spät in den Abend über ihrem Zettel. Immer wieder stiert sie auf den Brief von der Rentenkasse. Ihr schwant, dass da eine Menge Ärger und finanzielle Belastungen auf sie zukommen werden. Sie nimmt das Handy und ruft Lorenzo an.

„Mona, bist du wieder zurück aus Gran Canaria? Wir sind schon gespannt auf deinen Bericht."

„Ja, Lorenzo. Ihr hattet doch gesagt, dass ich eine Woche zu euch kommen kann."

„Wir haben ab Samstag ein kleines Begegnungsfest organisiert und einige interessante und liebe Bekannte eingeladen. Du kannst gerne dazukommen und eine Woche bei uns bleiben oder auch länger, wie du möchtest." Mona sagt zu, bedankt sich und legt erleichtert auf. Abstand von ihren Problematiken wird eine Wohltat sein.

Eine Woche ist vergangen und die hatte sie damit zugebracht, ihre Angelegenheiten in Bezug auf ihr Gewerbe zu klären. Der Vermieter stimmte der Auflösung des Mietvertrages zum ersten Dezember unter der Bedingung zu, dass sie innerhalb von zehn Tagen alles beräumt. Sie konnte eine Menge Inventar über einen Kontakt loswerden, den ihr Maria Pilar vermittelte. Zwar musste sie das meiste verschenken, aber sie war froh, ihre Räume fast übergabefertig zu haben. Gestern wollte sie sich von all dem ausruhen, da begannen Bauarbeiten auf dem Nebengrundstück, welche Baulärm und -staub den ganzen Tag bedingen.

Im Moment ist Ruhe, denn zur Mittagszeit ist scheinbar Arbeitspause. Mona verlässt das Haus, um sich die

Baustelle anzuschauen und jemanden zu fragen, wie lange sich das noch hinziehen wird. Das gesamte Bauareal reicht bis weit in die Wüste. Mona ist es ein Rätsel, wieso immer wieder Investoren Genehmigungen erhalten, in dieser herrlichen Wüstenlandschaft zu bauen. Doch sie kann sich erinnern, als sie mit Bilan dort spazieren war, dass es auf dem Gelände bereits viele vorbereitete Stromanschlüsse und ein paar Straßen gibt, die vor Jahren dort gebaut worden waren und zwischenzeitlich verwittert sind.

Als sie die Baustelle fast umrundet hat, kommt sie an ein großes Schild, auf dem angekündigt wird, dass hier eine Vier-Sterne-Suiten-Hotelanlage entsteht.

Ein Auto kommt angefahren und hält direkt vor dem Schild. Drei Männer in Anzügen steigen aus und setzen sich einen Bauhelm auf. Mona begibt sich etwas abseits und hört ihrem Gespräch zu. Da die Herren sehr schnell mit kanarischem Akzent reden, kann Mona nicht alles verstehen. Die spanische bzw. kanarische Sprache hat außerhalb der Alltagssprache die unterschiedlichsten Fachbegriffe je nachdem, ob es sich um rechtliche Angelegenheiten, medizinische oder bautechnische handelt. Die meisten dieser Vokabeln kennt sie nicht. Sie geht langsam an den Männern vorbei, um den Rückweg anzutreten, da bekommt sie plötzlich seltsames Gefühl.

Die Stimme des einen Mannes hört sich an, wie die von Cesaro, nur kräftiger und genervt. Mona dreht sich um und schaut sich die Herren nun doch genauer an. Die diskutieren gestikulierend weiter über einem großen Bauplan, der zwischenzeitlich auf der Motorhaube des Autos ausgebreitet wurde. Doch sie kann niemanden erkennen, denn alle drei tragen schwarze Anzüge, einen gelben Bauhelm und eine dunkle Sonnenbrille. Sie überlegt krampfhaft, ob sie es wagen sollte, zu fragen, wie lange diese Bautätigkeiten hier dauern werden. Auf dem

Schild steht nicht geschrieben, wann Bauende sein wird. Doch es ist zu spät, die drei steigen ins Auto und fahren mit einer Staubwolke davon.

Mona kehrt in ihr Haus zurück, in dem alles mit Staub überzogen ist, schlimmer als bei jedem Calima. *Wie soll ich das bloß aushalten? Vielleicht wissen die Nachbarn mehr als ich.* Sie begibt sich zum nächstgelegenen Grundstück. Dort wohnt seit kurzem eine junge Familie mit zwei Kindern. Deren Haus liegt zwar etwas weiter weg von der Baustelle, aber auch hier sind die Pflanzen total verstaubt. Da der Garten nicht eingezäunt ist, gelangt sie ungehindert bis zur Haustür. Als sie davor steht, kommt ein riesiger Bardino um die Ecke gerast. Im ersten Augenblick hofft Mona, dass es Bilan ist, aber die Hoffnung erfüllt sich leider nicht. Der Hund bemerkt, dass Mona ihm freundlich gesonnen ist, tänzelt schwanzwedelnd um sie herum und bellt laut. Da wird die Tür geöffnet und eine Frau in einem zerknitterten Männerhemd und strubbeligen Haaren fragt:

„Hello?" Mona versucht, ein paar englische Vokabeln zusammen zu bekommen, aber die junge Frau ruft nach James, welcher sofort im Türrahmen erscheint. Ein stattlicher, stattlicher junger Mann in Shorts schaut Mona fragend an.

„Sprichst du Spanisch oder Deutsch?" James kann ein wenig Spanisch. Mona fragt ihn, ob die beiden wissen, wie lange diese Arbeiten auf der Baustelle andauern werden. Doch James schüttelt den Kopf.

„Keine Ahnung. Wir verschwinden hier sowieso wieder."

„Wieso das denn?" James antwortet nicht und schließt die Tür. *Bestimmt habe ich sie beim Mittagsschlaf gestört.* Bei dem Gedanken wird ihr bewusst, wie sehr sie körperliche Nähe, Streicheleinheiten und Kuscheln mit einem geliebten Mann vermisst. Zurück im Haus, versucht sie, Daniel zu erreichen, doch der geht nicht an sein Handy. Sie ruft Jörg an, der ist in Eile.

„Ich wollte nur kurz wissen, was mit Daniel ist. Ich muss ihn dringend was fragen. Er geht nicht an sein Handy.“

„Irgendwie ist er sauer auf dich. Aber die beiden sind viel unterwegs und außerdem fliegen sie in ein paar Tagen nach Deutschland. Die müssen da einiges klären.“

„Kann ich mir gut vorstellen. Sag doch bitte Daniel, dass ich ihn dringend sprechen möchte. Es ist wirklich wichtig.“

„Alles klar Mona. Tschüss.“ *Wenn die beiden zurück nach Deutschland gehen und dort länger bleiben, hat sich erledigt, dass ich seine Wohnung benutzen kann, wenn ich in Berlin bin.*

Mona setzt sich hin und überlegt. In zwei Tagen ist der Übergabetermin für ihre Praxis. Bis dahin muss sie noch einiges regeln, räumen und putzen. Ab Samstag ist das Fest bei Lorenzo und Camilla. *Ich werde in Ruhe das Anwesen der Italiener auf mich wirken lassen und schauen, wie die beiden mit den anderen umgehen. So lerne ich sie besser kennen.* Sie ist sich sicher, dass das Pärchen irgendwelche Erwartungen an sie hat, die sie vielleicht nicht erfüllen kann.

Ihren Flugtermin nach Deutschland lässt sie noch offen. Sie hofft, dass sich Daniel zeitnah melden wird. Kurz entschlossen setzt sie sich ins Auto und fährt nach Corralejo, um ihre Praxis übergabebereit zu machen.

Mona ist auf dem Weg zu Lorenzo und Camilla und muss während der Fahrt an die letzte Begegnung mit Fanni vor ein paar Tagen denken. Sie war dabei, die letzten Sachen aus ihrer Praxis zu räumen und zu putzen, als Fanni hinein stürmte.

„Mona, wieso machst du denn hier zu?“

„Es trägt sich nicht mehr."

„Warum hast du dich nie bei mir gemeldet? Ich habe so viel zu erzählen. Komm, wir gehen was trinken." Mona ging auf Fannis Bitte ein und so schlenderten sie bis zur Promenade und setzten sich in ein Restaurant mit Blick aufs Meer. In der Ferne sah Mona die Fähre nach Lanzarote ablegen. *Da würde ich gerne wieder mal hin, auch nach La Graciosa und Lobos*, dachte sie, als Fanni sie anstieß.

„Was ist denn mit dir Mona, du guckst so komisch."

„Ich war in Gedanken." Fanni hatte in der Zwischenzeit Sekt bestellt.

„Lass uns anstoßen. Stell dir mal vor, mein Ernesto hat mich tatsächlich gefragt, ob ich sein Haus betreuen kann. Er ist fleißig am Arbeiten und hat noch keinen Wachhund. Deswegen meinte er, es müsse dort regelmäßig jemand vor Ort sein. Er kommt meist nur am Wochenende, arbeitet und wohnt noch immer in Morro Jable. Das Haus steht ja ziemlich abseits, wie du weißt. Heutzutage muss man mit allem rechnen, deswegen habe ich natürlich zugesagt. Das Gute an der Sache ist, dass ich ihn dadurch öfter sehen kann. Nächste Woche gehe ich zu einem Musikfest in Morro Jable. Willst du mitkommen?"

„Ne lass mal Fanni, von solchen Events habe ich die Nase voll." Dass sie zu einem Fest bei den Italienern eingeladen ist, wollte sie Fanni nicht wissen lassen. Letztendlich war sie durch die Begegnung mit ihr wieder an die gelben Pillen gekommen.

Ich muss grundsätzlich all meine Kontakte überprüfen. Einige sind definitiv nicht die Richtigen.

„Mona, du guckst schon wieder in die Luft. Wir wollten doch anstoßen."

„Alkohol am Nachmittag, nein danke."

„Das ist doch langweilig. Was ist mit dir los?"

„Nichts weiter. Ich freue mich für dich, wenn du glücklich bist mit deinem Ernesto und ihr es euch schön machen könnt." Dann wusste Mona nicht mehr, was sie mit Fanni noch erzählen sollte und stellte sich innerlich die Frage, warum sie überhaupt mit dieser Frau mitgegangen war.

„Trink du mal die beiden Gläser Sekt aus. Ich esse jetzt einen Eisbecher. Demnächst fliege ich nach Deutschland, weil ich dort unter anderem eine finanzielle Sache zu erledigen habe."

„Was, im Winter? Zu der Jahreszeit kriegen mich keine zehn Pferde nach Deutschland."

„Mir bleibt nichts anderes übrig. Habe einen Termin am 18. Dezember in Berlin. Es ist für mich nicht einfach, hier zu leben. Ich muss für meine Existenz was verdienen, zumal ich auch doppelt Miete hatte, für die Praxis und das Haus."

„Jeder ist seines Glückes Schmied." Diese Bemerkung von Fanni machte Mona ungehalten. Grundsätzlich hatte die Bekannte recht, doch ihr Erbe und der damit zusammenhängende Zugewinn durch den Verkauf eines großen Hauses in Süddeutschland, dieses Glück hatte sie nicht selbst geschmiedet. Aber Mona sagte nichts weiter dazu und verabschiedete sich rasch.

Mona steht mit dem Auto vor dem Tor des Grundstücks der Italiener. Sie nimmt ihr Telefon und ruft Lorenzo an.

„Mona, du hast gar nicht nochmal Bescheid gesagt,
dass du kommen wirst." Das Tor öffnet sich. *Wir hatten
doch darüber geredet. Was für eine komische Begrüßung.* Mona fährt kopfschüttelnd bis zum Parkplatz an
der herrlichen Villa, auf dem schon etliche Autos stehen.
Ein kleines Begegnungsfest also. Sie steigt aus dem
Wagen, greift sich ihre Reisetasche, die Tüte mit einem
Blumenstrauß und einer Flasche Sekt, und steuert aufs
Haus zu. Camilla eilt ihr entgegen.

„Mona, ich grüße dich. Hoffentlich macht es dir nichts
aus, dass zu unserem Fest ausschließlich Pärchen ge-
laden sind. Aber du bist trotzdem willkommen." Mona
wird von Camilla umarmt und geküsst. Dann kommt sie
dazu, der edel gekleideten und perfekt frisierten Italienerin ihre Mitbringsel zu überreichen.

„Danke, Mona. Die meisten Gäste sind schon da und
haben ihre Zimmer bezogen."

„Ich habe die vielen Autos gesehen."

„Einige übernachten in der Villa, andere in den kleinen Häusern draußen. Wir waren in den letzten Wochen
nicht untätig. Es sind nun alle bezugs- und verkaufs-
fertig." Ein Schwarzafrikaner tritt aus dem Haus.

„Numbo, nimm doch mal Mona die Tasche ab und
bring sie in Zimmer sieben."

„Ihr habt wohl einen neuen Bediensteten?"

„Bei so vielen Gästen braucht es schon ein paar Helfer
mehr."

„Wie viele Leute sind denn eingeladen?"

„Warte, ich muss überlegen. Ich glaube dreiundzwan-
zig Paare. Mit uns und dir sind wir neunundvierzig. Das

wird eine richtig prickelnde Pärchenparty. Ich bin dermaßen glücklich, dass so viele liebe Menschen unserer Einladung gefolgt sind."

„Das sehe ich dir an. Du strahlst richtig."

„Du kannst erst einmal auf dein Zimmer gehen, die Treppe hoch und dann links. Nummer sieben wie gesagt. Erfrisch dich, zieh dich um, was auch immer du möchtest."

„Wann geht die Party los? Kann ich vorab noch kurz mit euch reden? Ihr wolltet doch wissen, was auf Gran Canaria war und für mich etwas recherchieren."

„Um sechs ist die Eröffnung unseres Abends. Dann versammeln wir uns alle hier unten im Vestibül. Lorenzo wird die Gäste begrüßen und den Ablauf des Festes bis übermorgen bekannt geben." Camilla geht nicht auf Monas andere Frage ein.

„Ach, die Party zieht sich über zwei Tage?"

„Eigentlich drei, bis Sonntagabend und die meisten Pärchen haben anschließend Urlaub für eine oder mehrere Wochen hier gebucht."

Mona ist überrascht und begibt sich in ihr Zimmer, welches gemütlich ist und ein separates Bad hat. Im Verhältnis zu dem Raum, in dem sie das letzte Mal genächtigt hatte, ist es winzig. Sie setzt sich leicht frustriert aufs Bett. *Ich werde wahrscheinlich überhaupt keine Gelegenheit haben, mit den beiden über meine Fragen zu reden. Sie hatten doch versprochen, einiges für mich in Erfahrung zu bringen. Sei geduldig, dankbar, reiß dich zusammen und genieß einfach!*

Der Sektempfang ist vorbei und alle Anwesenden verteilen sich wieder in der Villa oder draußen in den Häusern. Halb acht wird das Buffet eröffnet, danach gibt es einen Tanzabend und eine erotische Vorführung. Lorenzo hat keine Details verraten, es wird eine Überraschung. Wenn der Gong drei Mal erschallt, sollen sich alle im Vestibül einfinden. Außerdem hat er mitgeteilt, dass die besonderen Leckereien, die es bisher jedes Jahr gab, morgen auf jeden Fall eintreffen.

Von den anwesenden Paaren sind die meisten Italiener. Es gibt zwei Englisch sprechende und ein schweizerisches Paar. *Ich werde mich an die Schweizer halten, die sehen sehr sympathisch aus und reden bestimmt Deutsch.* Als Mona zu ihrem Zimmer läuft, sieht sie Camilla am Ende des Flures und ruft:

„Camilla, warte bitte, ich möchte dich etwas fragen."

„Was ist denn? Ich habe es eilig."

„Spricht jemand von den Gästen Deutsch oder Spanisch?"

„Ich muss überlegen. Unsere Freunde aus Italien, die noch Bekannte mitgebracht haben, können nur Italienisch. Wir machen diese Pärchenwochenenden seit vielen Jahren."

„Und die Schweizer? Kennst du die auch?"

„Der attraktive Mann mit der Glatze, er heißt Leo, welcher mit der jungen Frau mit den vielen weißen Bändern in den langen, blonden Haaren hier ist, die sprechen Deutsch. Die beiden sind neu und werden am Sonntagvormittag eine tantrische Infoveranstaltung geben, für alle die interessiert sind natürlich."

„Und was sind das für Leckereien, von denen Lorenzo gesprochen hat?"

„Ich muss jetzt los, hab noch eine Menge zu tun. Mach dir einen schönen Abend." Camilla dreht sich um und läuft davon. *Tolle Antwort und die Einzigen, die ich kenne, haben zu tun.* Dieser Leo, von dem Camilla sprach, war Mona schon aufgefallen. Er hat extrem strahlende Augen und lächelt pausenlos. Seine Freundin hatte ihn die ganze Zeit während Lorenzos Eröffnungs-

162

rede angehimmelt und immer wieder auf die Wange geküsst. *Ich halte mich an Leo.*

Das Abendessen ist vorbei und Mona sucht nach Lorenzo. Ihn hatte sie seit der Eröffnung überhaupt nicht wieder gesehen.

Camilla tanzt im Vestibül vor einem Mann, welcher zwischen zwei jungen Frauen auf einer Couch sitzt. Die drei streicheln und küssen sich. Mona schaut diesem zärtlichen Miteinander ein Weilchen zu und gibt dann die Suche nach Lorenzo auf.

An der Poolbar bestellt sie sich einen alkoholfreien Cocktail. Das Getränk schmeckt ihr nicht, es ist viel zu süß. Doch immer nur Wasser trinken, ist auf Dauer trist und Alkohol will sie nicht konsumieren.

Eine geraume Zeit beobachtet sie diverse Pärchen. Manche tanzen ausgelassen, andere baden nackt im Pool. Einige haben sich auf die mit weißen Stoffen verhangenen Matratzen zurückgezogen und sind in Liebesspielen versunken. Es ist ein erotisches und frivoles Treiben. Doch Mona kommt irgendwie nicht in Stimmung. Vielleicht hat das was damit zu tun, dass sie überall in der Villa, auch auf der Terrasse, wo die Tanzfläche ist, nicht wahrgenommen wird. Es kommt ihr vor, als wäre sie überhaupt nicht anwesend. Die Paare sind alle mit sich beschäftigt.

Die meisten trinken Alkohol, stellt sie fest und verhalten sich völlig hemmungslos. Sie beobachtet, wie eine junge, barbusige Frau feenhaft um einen reiferen Herren tanzt. Er schaut ihr zu, berührt sie nicht. Sie bewegt mit dem Po an ihn, beugt sich nach unten, so dass ihre Brüste hin und her schaukeln. Da greift er in ihre langen schwarzen Haare, zieht sie hoch, dreht sie um und liebkost ihren Hals. Dann bedeutet er ihr, sich mitten auf der Tanzfläche vor ihn hinzuhocken. Er öffnet seine Hose, sie den Mund und beide bewegen sich im Rhythmus der Musik weiter, während sie an ihm nascht. Diese Szene findet Mona sehr prickelnd, denn die Macht des Mannes und Gierigkeit der Frau erreichen sie energetisch mit voller Kraft.

Als die beiden die Tanzfläche verlassen, nimmt Mona ihren Cocktail und schlendert übers Gelände. An einem der aufgestellten Matratzenbetten sind die Vorhänge zurückgezogen und sie sieht zwei Pärchen, die miteinander in sexueller Vereinigung sind. Wohin sie auch schaut, entdeckt sie hemmungsloses, erotisches Miteinander.

Sie nippt an ihrem Getränk, da wird sie von einer großen rothaarigen Frau auf Italienisch angesprochen. Doch sie versteht nicht, was diese von ihr möchte, signalisiert das gestikulierend und auf Spanisch. Da greift die Frau einfach Monas Hand und zieht sie zu einem dieser Matratzenbetten hinter sich her. Auf dem sitzt ein etwas älterer Herr und lächelt Mona süffisant an. Seine im Schein der Solarlampen gelb leuchtenden Augen heften sich auf Mona und saugen sich an ihr fest. Ihr ist dieser Blick dermaßen unangenehm, dass sie sich von der schweißigen Hand der Rothaarigen losreißt, lächelnd den Kopf schüttelt und sich entfernt.

Nein, auf erotische Spielchen mit unbekannten Paaren hat sie keine Lust und deswegen war sie nicht hergekommen. Die ganze Zeit hält sie Ausschau nach Leo und seiner Freundin, doch die beiden kann sie nirgends entdecken.

So macht sie sich wieder auf den Weg in die Villa, um dort weiter nach Lorenzo und Leo zu schauen. Unterwegs trifft sie wieder Camilla und fragt, wo Lorenzo abgeblieben ist. Er hätte Geschäftliches zu tun, antwortet sie und entfernt sich sofort. Mona geht zur Terrasse, auf der mehrere Paare tanzen. Da gerade einer ihrer Lieblingstitel läuft, bewegt sie sich zu den Klängen und verfällt in einen regelrechten Tanzrausch. Nach sechs Titeln ist sie so verschwitzt, dass sie das Bedürfnis bekommt, sich zu duschen und umzuziehen. Sie läuft zu einer Pooldusche, zieht ihr schwarzes kurzes Kleid und den Slip aus, duscht sich kalt und springt in den Pool. Mona schwimmt ein paar Runden und taucht immer wieder unter. Dabei beobachtet sie zwei Pärchen am Beckenrand, die in eindeutige Spiele verwickelt sind.

Nach Verlassen des Pools trocknet sie sich mit ihrem Kleid ab und wickelt es um ihren Unterleib. Mit dem Slip in der Hand läuft sie zur Villa, um sich in ihrem Zimmer umzuziehen.

Die Musik auf der Terrasse ist verstummt, es erschallen nur noch an der Poolbar heiße Klänge.

Wenn ich wieder angezogen bin, gehe ich auf die Dachterrasse und schau mir das Spektakel von oben an.

Umgezogen macht sie sich auf den Weg, steigt eine schmale Wendeltreppe hinauf zur Azotea. Da die Villa auf einer leichten Anhöhe steht, hat sie von dort einen herrlichen Blick über das gesamte Gelände. An den Mauern, die das Grundstück umgrenzen, sind in Abständen Solarlampen angebracht. Die am weitesten Entfernten sind so winzig, dass Mona eine Ahnung von der Dimension dieses Anwesens bekommt. Von unten steigen Musikklänge, Lachen und auch ein paar Lustlaute nach oben. Mona ist allein auf dem Dach und schaut eine ganze Weile dem Treiben der Gäste von oben zu. Sie fühlt sich als Beobachter ausgesprochen wohl. Der Abend ist lau, der Wind hat sich gelegt, es ist sternenklar.

Nach einer gefühlten Stunde der Kontemplation wird es ihr dennoch ein wenig frisch und sie verlässt die Dachterrasse. Wieder im Flur angekommen, hat sie die

Orientierung verloren. *Muss ich jetzt nach rechts oder links?* Sie wendet sich nach links und läuft an einigen Türen vorbei. Der mit Läufern belegte Flur ist durch flackernde Kerzen erleuchtet. Es ist still in der Villa und die Geräusche von draußen reichen nicht bis in diesen Flurbereich. Plötzlich hört sie Stimmen. *Vielleicht finde ich Lorenzo hier.* Eine Tür ist spaltbreit offen, dahinter reden mehrere Männer auf Spanisch. Und da ist sie wieder. Genau diese Stimme hatte sie vor ein paar Tagen unterhalb des Bauschildes an der Baustelle gehört. Mona bleibt stehen.

Wenn das tatsächlich Cesaro ist, was macht er hier in diesem Haus? Habe ich ihn vorhin beim Empfang übersehen? Bestimmt nicht. Dieser Mann wäre mir auf jeden Fall aufgefallen. Aber Lorenzo hatte gesagt, er kenne einen Cesaro nur flüchtig. Was also haben sie hier an diesem Abend, während dem ein Fest stattfindet, dessen Gastgeber Lorenzo ist, zu bereden? Sie kann nicht umhin, noch ein Stück näher an die Tür zu treten, um das Gespräch belauschen zu können. Doch sie hat wie auch am Bauschild Probleme, die Männer zu verstehen. Am besten gelingt es ihr bei Lorenzo, weil sein Spanisch am klarsten ist. Doch das Gerede von Cesaro und eines weiteren Mannes ist enorm schnell und emotionsgeladen. Sie versteht, dass es um ein Bauprojekt geht.

Lorenzo regt sich auf, dass es mit den Bauarbeiten nicht vorangeht. Cesaro erwidert, dass es unvorhergesehene Problematiken mit den Behörden gibt. Lorenzo hält dagegen, dass es seine Angelegenheit sei, diese zu klären. Cesaro wirft ein, dass das vorgestreckt Geld nicht ausreicht und Lorenzo noch weitere drei Millionen vorfinanzieren muss. Der empört sich mächtig und haut wohl mit der Faust auf einen Tisch.

„Du sagtest mehrfach, dass alles perfekt durchkalkuliert ist."

„Ist es, aber wir brauchen die Gelder für die Insel-regierung." *Höchstwahrscheinlich Bestechungsgelder*, denkt Mona. Dann geht es um irgendeine Lieferung, die eigentlich schon da sein sollte. Mona hört Cesaro sagen, dass es Lieferprobleme von Gran Canaria aus gibt und der Kurier morgen früh um zehn erscheinen wird. Die Männer stehen auf. So schnell kann Mona nicht reagie-ren, da schwingt die Tür auf und Cesaro tritt auf den Flur. Jetzt hat es keinen Sinn mehr, wegzulaufen. Sie kann gerade noch einen Meter beiseite hüpfen. Cesaro schaut sie erstaunt an.

„Was machst du denn hier?"

„Sie erkennen mich?" Er sieht über zehn Jahre älter noch anziehender aus. Grau meliert, braun gebrannt, mit hellem Anzug wirken sein Charme und seine Aura sofort auf Mona.

„Warum so förmlich?" Er tritt an Mona heran und greift ihr Kinn.

„Wirklich schade, dass du damals auf mein Angebot nicht eingegangen bist. Wie ich sehe, hast du dich eini-germaßen gehalten." Er lässt sie los. Mona fängt sich, löst sich aus dem momentanen Bann und erwidert:

„Da ich Sie gerade treffe, ich habe ein paar Fragen."

„Nun, wie war nochmal dein Name? Du glaubst doch wohl nicht wirklich, dass ich dir irgendwelche Fragen beantworte." Er lächelt sie überheblich an. In dem Moment kommen Lorenzo und der andere Mann aus dem Zimmer.

„Mona, was machst du denn hier oben?"

„Ich hatte nach dir gesucht, Lorenzo." Mehr fällt ihr nicht ein.

„Geh nach unten, nachher gibt es die Überraschungs-vorführung. Sag Camilla, dass es bei mir noch dauert."

„Gehen wir in den Rauchsalon", wendet sich Lorenzo an die zwei Männer. Die drei entfernen sich und Mona bleibt verdattert zurück. *Ich werde morgen Lorenzo direkt nach Cesaro fragen und bin ich gespannt, was er mir antworten wird.*

Nachdem Mona endlich den Weg nach draußen gefunden hat, schlendert sie in Gedanken an die Begegnung mit Cesaro übers Gelände, bis dreimal der Gong ertönt. Sie ist die Erste, die im Vestibül erscheint. In der Mitte liegen eine runde Matratze, Matten und Kissen drum herum. Peu à peu trudeln alle Pärchen ein und lassen sich auf dem Boden um die Matratze nieder. Camilla erscheint und teilt mit, dass nun von Leo und seiner Freundin Inaya eine tantrische Vereinigung vorgeführt wird. Das Licht wird abgedunkelt, nur die Mitte wird beleuchtet.

Zwei Gestalten in weißen Gewändern scheinen regelrecht durch die Dunkelheit zur Raummitte zu schweben. *Lichtvolle Wesen*, denkt Mona und findet den Anblick wunderbar. Ihr wird klar, warum sie Leo und seine Freundin nicht gefunden hat. Die beiden haben sich sicher auf ihre Vorführung eingestimmt. Nun stehen sie sich gegenüber, verneigen sich voreinander. Leo richtet ein paar Worte an die Gäste.

„Wir möchten euch an diesem Abend Tantra näher bringen. Tantra ist eine indische Philosophie, in der es um erwartungsfreie und absichtslose Liebe geht. Sie beinhaltet viele einzelne Facetten, von denen wir natürlich heute Abend nicht alle darstellen können. Ich praktiziere mit meiner tantrischen Gefährtin schon einige Zeit die tantrische Liebe. Wir lassen euch an diesen zärtlichen energetischen Schwingungen, körperlichen Berührungen und einer ekstatischen Vereinigung teilhaben."

Wow, da bin ich gespannt.

Leo, er wird so Ende vierzig zu sein, ist ein gut durchtrainierter Mann. Seine tantrische Gefährtin Inaya ist ziemlich jung, schlank und gelenkig. Sie tanzen umeinander, miteinander, sie liebkosen sich, liegen eng umschlungen in Berührung. Es ist sanft, erotisch prickelnd und energetisch anregend, was die beiden zeigen. Mona sieht, dass einige Pärchen anfangen, sich zärtlich zu berühren und zu küssen. Andere sitzen und schauen gebannt dem Liebesspiel auf der Matratzenbühne zu. Zwischenzeitlich sind Leo und seine Freundin nackt. Sie umgarnen sich, massieren sich, spielen miteinander, ziehen sich aneinander und schieben sich wieder voneinander weg. Es ist ein leichtes, hingebungsvoll fließendes Spiel, welches in einer Vereinigung endet, in der er sie auf seinen Schoß zieht und beide ohne Bewegung eng umschlungen sitzen. Bestimmt fünf Minuten ist absolute Ruhe, nur eine sanfte sphärische Musik spielt leise. Dann erzittert Inaya auf seinem Schoß mit entzückenden kleinen Schreien und das Licht erlischt.

Was für eine Vorführung! Mona weiß plötzlich glasklar, was sie am morgigen Tag unbedingt möchte, und zwar mit Leo und seiner Freundin in Kontakt kommen. Was die beiden hier gezeigt haben, ist genau das, wovon Mona schon immer geträumt hat. Sie dankt dem Universum, dass sie das miterleben durfte.

Obwohl Mona an diesem Abend nicht einen einzigen Schluck Alkohol getrunken hat, wird ihre Nacht turbulent. Jedes Mal wenn sie einschläft, wird sie von einem intensiven Traum heimgesucht. Sie träumt von Cesaro, sieht sich in der Villa, in der sie zuletzt mit Miguel im Gange war. In edle Kleidung gehüllt findet sie sich in einem luxuriösen Zimmer mit vergitterten Fenstern eingesperrt. Die Tür geht auf und Cesaro erscheint in seiner ganzen Pracht und Männlichkeit, um über sie herzufallen, sie danach sofort zu verlassen und die Tür zu verschließen. Schweißnass und beunruhigt wacht Mona auf.

Im nächsten Traum sieht sie sich in ihrem Haus, welches sie mit Rafael gekauft hatte. Sie sitzt am Pool, der eine riesige Badelandschaft mit Whirlpool, Springbrunnen, Wasserfall und Steg ist und sich hinter dem Haus befindet. Alles ist gepflegt und frisch renoviert. Rafael hat einen weißen Leinenanzug an, kniet vor ihr nieder und schaut sie mit liebevollen und zärtlichen Augen an. Er streichelt sanft über ihr Gesicht und ihre Arme, küsst jeden ihrer Finger einzeln.

‚Verzeih mir, ich bin jetzt ein Anderer. Heirate mich!'.

Mit Tränen in den Augen wacht Mona auf. Woher kommt solch ein Traum, nachdem sie Rafael zuletzt so mager und ungepflegt gesehen hatte? Sie liegt ewig wach und es scheint, als würde sie durchs offene Fenster Stöhnlaute von lustvollen Paaren hören.

Wieder schläft sie ein und sieht sich in einem großen Wald. Sie hat sich verirrt, es wird immer dunkler und kälter und sie trägt nur einen Bikini. Irgendwann ist es so stockfinster, dass sie sich zitternd an einen großen Baum setzt. Doch als sie sich anlehnt, öffnet sich dieser und verschlingt sie in sein Inneres. Der Baumstamm verschließt sich, ihr Körper wird zusammengedrückt.

Keuchend wacht sie auf und schaut auf die Uhr, es ist halb sieben. Obwohl sie nur viereinhalb Stunden im Bett lag, an Schlaf ist nicht mehr zu denken. Sie wirft sich einen Bademantel über, verlässt die Villa und begibt sich zum hinteren Pool. Nach einer ausgiebigen Dusche stürzt sie sich in den Pool, taucht unter, um sich die Träume wegzuwaschen. Als sie das Becken verlässt, ist ihr Kopf kühler und sie kann wieder besser atmen. Langsam schlendert sie zur Villa. Da hört sie ein Auto kommen, späht um die Hausecke und sieht Lorenzo im Bademantel auf einen Wagen zugehen.

„Um zehn hieß es. Warum weckt ihr mich so früh?"

„Perdona Señor Lorenzo. Die Lieferung war in der Nacht doch noch eingetroffen. Deswegen dachte ich, wir bringen sie so früh, wie möglich." Ein Mann steigt aus dem Auto, geht zum Kofferraum und entnimmt diesem einen schwarzen Koffer.

„Momento", hört sie Lorenzo sagen, „ich will den Inhalt begutachten." Der Mann legt den Koffer auf die Motorhaube und öffnet ihn. Mona kann nicht sehen, was sich darin befindet, aber dass Lorenzo dem Inhalt zwei kleine Tütchen entnimmt. Er steckt diese in die linke Bademanteltasche, und entnimmt der rechten einen Umschlag, den er dem Mann überreicht. Mona lässt sich langsam mit dem Rücken an der Wand nach unten gleiten. *Lorenzo macht wohl Drogengeschäfte mit Cesaro. Unfassbar!*

Sie zieht sich zurück und entscheidet, Lorenzo nur über Cesaro zu befragen und das Gesehene nicht zu erwähnen, denn sie geht davon aus, dass es sich sowieso wieder nur um Vitaminpräparate handelt. Sie läuft in ihr Zimmer, zieht sich Jeans und T-Shirt an, begibt sich nach unten und setzt sich ins Vestibül. *Irgendwann wird er mir schon über den Weg laufen.* Und tatsächlich, sie braucht gar nicht lange warten, da erscheint Lorenzo. Nun ist er in einen beigefarbenen Anzug gekleidet und dabei, die Villa zu verlassen.

„Lorenzo!"

„Mona, was machst du denn so früh schon hier unten?"

„Ich konnte nicht mehr schlafen. Du musst weg? Wie schade."

„Ich habe noch etwas zu erledigen."

„Ach bitte, gib mir nur fünf Minuten. Ich muss euch wahrscheinlich früher verlassen, denn bei mir hat sich viel ereignet. Habe nur eine Sache."

„Also gut."

„Du wolltest mehr über diesen Cesaro herausfinden und ob es der ist, den ich kenne." Lorenzo schaut sie erstaunt an.

„Wollte ich das?"

„Ja, wir hatten darüber gesprochen, als ich das erste Mal bei euch war."

„Sorry, das muss mir wohl entfallen sein. Ich kenne keinen Cesaro."

„Ach wirklich nicht? Und wer war der Mann mit dem weißen Anzug und der Goldkette mit dem Goldkreuz auf der Brust gestern Abend oben im Flur?"

„Meine Geschäftspartner gehen dich nun wirklich nichts an." Lorenzo dreht sich weg und verschwindet. Mona bleibt enttäuscht zurück. *Hier komme ich nicht weiter.* Sie überlegt, gleich abzufahren, aber sie möchte unbedingt mit Leo sprechen und die tantrische Infoveranstaltung erleben.

Zwischenzeitlich ist es nach sieben. Mona hat Hunger und begibt sich auf die Terrasse, auf der sie vor ein paar Wochen mit Lorenzo und Camilla Frühstück gegessen hatte. Eine junge Frau deckt gerade die Tische ein.

„Gibt es schon Kaffee?" Sie nickt, eilt Richtung Küche, Mona folgt ihr und bekommt eine Kanne Kaffee in die Hand gedrückt.

„Milch und Zucker stehen schon auf dem Tisch. Wenn du etwas essen möchtest, um die Ecke hinten haben wir angefangen, das Frühstücksbuffet aufzubauen. Bediene dich einfach."

Mona gönnt sich ein opulentes Frühstück. Der Kaffee weckt ihre Lebensgeister und so langsam verschwinden die letzten Traumsequenzen aus ihrem Kopf. Gerade als sie dabei ist, den Frühstücksraum zu verlassen, erscheint Camilla.

„Mona, du bist schon wach?" Die Italienerin eilt auf Mona zu, umarmt sie und küsst sie auf die Wangen.

„Ich bin Frühaufsteher und hatte Hunger. Ach so, ich soll dir von Lorenzo ausrichten, dass er noch mal weg-musste."

„Nein, schon wieder." Camilla schaut ärgerlich.

„Probleme?"

„Lorenzo hat im Moment wegen einer Baustelle eine Menge um die Ohren. Er will unser Gelände erweitern."

„Was soll denn noch gebaut werden?"

„Er will am anderen Ende des Grundstücks eine Hotel-Suiten-Anlage errichten lassen." *Ich fasse es nicht, das Baustellengelände neben meinem Haus gehört also auch Lorenzo.*

„Ich sagte oft zu ihm, wir haben doch hier schon genug. Aber er muss ständig neu investieren. Das ist halt sein Leben. Übrigens wurde die Infoveranstaltung von Sonntag auf heute Nachmittag verlegt. Die Schweizer müssen früher abreisen." *Klasse*, freut sich Mona.

„Wo findet sie statt?"

„Am vorderen Poolbereich. Dort sind genug Sonnen-segel. Heute scheint es die Sonne wieder richtig gut zu meinen. Ich war vorhin schon mal draußen, weil ich es liebe, frühmorgens in den Pool zu springen und in die Sonne zu blinzeln." Die Italienerin wirft Mona einen Luftkuss zu und entfernt sich Richtung Küche.

Mona hatte den Vormittag damit verbracht, zu baden, das Gelände zu erkunden und zu meditieren.

Kurz nach dem Mittagessen erklingt der große Gong. Das ist das Zeichen, um sich draußen am überdachten Pool zur Veranstaltung einzufinden. Jetzt ist sie ge-spannt, was Leo und seine Freundin Inaya vorzustellen haben. Sie ist eine der ersten, die es sich auf einer der rund um den Pool gestellten Liegen bequem macht. Ihren Sonnenhut, den sie trotz Sonnensegel trägt, hatte sie mit Wasser nass benässt, das kühlt angenehm. Zwanzig Leute gruppieren sich um den Pool, Leo und seine Freundin setzen sich an die Stirnseite.

Der attraktive Schweizer erhebt sich. Eine junge Frau mit schwarzen Haaren stellt sich neben ihn.

„Wir freuen uns, dass ihr Interesse an unserer tantrischen Infoveranstaltung habt." Beginnt er auf Deutsch und die Schwarzhaarige übersetzt auf Italienisch, Spanisch und Englisch.

„Wir sind Leo und Inaya, kommen aus der Schweiz und haben über die letzten zwei Jahre ein neues Konzept entwickelt, um den Menschen die tantrische Leichtigkeit nahe zu bringen und erleben zu lassen. Wir bieten Begegnungsabende, Eroticsoftexperience und tantrische Wochenretraets „LeichtesDasein" an. Unsere Veranstaltungen fanden bisher nur in der Schweiz statt. Nun sind wir intensiv auf der Suche, um auf Teneriffa einen Ort zu finden, an dem wir mitten in der Natur mit zwanzig bis dreißig Teilnehmern abseits vom Touristentrubel unsere entspannenden Tantraretreats durchführen können. Teneriffa deswegen, weil in unserem Konzept große Bäume eine Rolle spielen. Die gibt es hier auf Fuerteventura leider nicht, außer Palmen." Er zwinkert den Zuhörern zu. Die ruhige Stimme von Leo wirkt auf Mona sehr angenehm.

Sie findet es toll, dass die Veranstaltungen der beiden auf Teneriffa stattfinden sollen. Diese Insel hat auf Grund ihrer Größe und Bewaldung tatsächlich die meisten Rückzugsorte. Leo spricht nun über den Inhalt von LeichtesDasein, bei dem es darum geht, Bewusstsein mit aller Freude und Leichtigkeit zu erleben.

„Wir laden ein zu einer Woche der Auszeit und werden dich dabei unterstützen, eingefahrene Muster in Beobachtung zu bringen und sie zu verändern. Du kannst erfahren, welche Schlüssel es gibt, um aus einem eventuellen Hamsterrad auszusteigen, lernst, in einen lustvollen Flow zu kommen, und findest Klarheit in Wahrnehmung, Gedanken und Gefühlen. So wirst du dir selbst viel bewusster. Wir werden deine Fähigkeiten und Talente, deine Visionen und Wünsche gemeinsam entdecken und entwickeln. Mit offenen Herzen begegnen wir uns und lassen Mauern fallen. Ihr werdet erfahren, was es bedeutet, euch selbst und eurem Leben zu vertrauen. In dieser Woche nutzen wir kreativ intuitiv verschiedene Elemente aus der Meditation, Achtsamkeit, der Atem- und Körperarbeit, dem Yoga, auch Massagetechniken und Heilarbeit. Alles hat genügend Raum, um auf die individuellen Bedürfnisse jedes einzelnen einzugehen und sich möglicherweise auch bestimmten individuellen Themen, die sich akut zeigen, zuzuwenden.

Du kommst neu in Kontakt mit dir selbst, kannst dich an deine wahre Präsenz erinnern, dein Potenzial entfalten, dich in neuer Kraft erfahren. Tägliche Sharings verbinden uns mit unseren Herzen und als Gemeinschaft. Eine ayurvedische Köchin wird uns frisch und vegan verwöhnen und dafür sorgen, dass wir für unser Miteinander gestärkt und gut genährt sind. Es geht darum, nach dieser Woche das Leben mit viel mehr Leichtigkeit zu meistern." Leo schaut in die Runde.

„Gibt es Fragen?" Eine Frau meldet sich:

„Warum dauert es eine ganze Woche?"

„Vieles braucht Wiederholung und ein achtsames Umfeld, damit du in diese Leichtigkeit hineinkommst. Eine Woche ist gut dafür geeignet, um wirklich anzukommen, loszulassen und einzutauchen in die Welt der Freude, Gelassenheit und Leichtigkeit." Eine weitere Frau meldet sich.

„Kann man Leichtigkeit überhaupt lernen?"

„Sie ist in dir. Wir sind nur dafür da, gemeinsam etwas aufblühen zu lassen, die Leichtigkeit neu zu entdecken. Die Lösung ist recht simpel, doch der Weg dahin braucht viel Herz und Durchhaltevermögen. Es gibt auch Massageangebote, um ein leichtes, völlig neues Körpergefühl kennen zu lernen."

„Kannst du noch bitte etwas darüber erzählen, wie ein vergangenes Retreat abgelaufen ist?"

„Unsere letzte Erfahrungswoche war Anfang September in der Schweiz. Wir hatten ein Haus weit abseits in der Natur angemietet, sorgten für eine insgesamt minimalistische Struktur, viele Naturbegegnungen, Stille und Meditation, damit das sinnliche Zusammensein gut gedeihen konnte. Eine große Terrasse gab uns jeden Tag die Gelegenheit, inmitten einer idyllischen Landschaft Yoga zu praktizieren, zu meditieren, zu essen, weitere Ideen zu kreieren oder einfach nur zu sein. Auch in dem großzügigen Aufenthaltsbereich konnten wir Dinge entstehen lassen, für welche diese geschützte ruhige Umgebung von Vorteil war. Ein ähnliches Objekt haben wir auf Teneriffa im Auge. Deswegen werden wir früher abreisen."

„Wird ständig meditiert?"

„Nein, natürlich meditieren wir, aber auch das ist freiwillig. Wer möchte kann, wer nicht, braucht nicht. Es gibt Berührungszeiten, immer wieder Tanz, jeder kann sich auch mit irgendeinem kreativen Talent einbringen. Spaziergänge in der Natur, gemeinsame Saunabesuche, Einzelgespräche, wenn irgendjemand ein Problem besprechen will, was er nicht unbedingt in der gesamten Runde teilen möchte, sind geplant. Auch ein Spielenachmittag und sportliche Betätigungen sind Teile des Programms. An einem Abend zelebrieren wir eine Kakaozeremonie und bereiten uns auf Breathworks vor."

„Was ist das?"

„Das ist eine entwickelte Methode, die Atemübungen, Bewegungen, Yoga und verschiedene Entspannungsmethoden kombiniert. Bei Breathworks geht es darum, einen wesentlichen Bereich von uns selbst wieder in den Fokus unserer Wahrnehmung zurückzubringen: unser Atembewusstsein. Dies erfolgt durch eine sich wiederholende Abfolge mehrerer Atemübungen, die im Stehen geübt werden und Bewegungen des Körpers integrieren. Danach folgen Yogasequenzen. Im Anschluss gibt es meist eine Meditation mit Visualisierung und anschließend ausreichend Zeit zur Reflexion und zum Journaling, um die erlebten Gedanken, Ideen, Emotionen und Erfahrungen niederzuschreiben. Es ist in einem Satz gesagt über den Atem geführte geballte Bewusstseinsarbeit."

„Das hört sich toll an", ruft jemand.

„Ihr müsst unbedingt eure Kontaktdaten hierlassen, damit wir in Verbindung bleiben können. Ich möchte so etwas auf jeden Fall erleben." Mona freut sich, dass die Dolmetscherin auch die Fragen der Gäste übersetzt. Leo bedankt sich für die Aufmerksamkeit und beendet die Veranstaltung.

„Ich werde unsere Visitenkarten im Vestibül auslegen. Auf unserer Homepage könnt ihr alle News und die kommenden Termine einsehen." Die meisten Zuhörer springen sofort in den Pool, denn die Luft steht unter dem Sonnensegel. Mona duscht sich kurz ab und lässt dabei Leo und seine Freundin nicht aus den Augen. Erfrischt von der Dusche begibt sie sich zu den beiden.

„Danke für die interessanten Informationen. Ist es möglich, dass ich mit euch kurz reden kann, bevor ihr abreist?"

„Ja, lass uns reingehen. Wir haben nicht mehr so viel Zeit. Der letzte Flieger nach Teneriffa geht gegen halb neun und den müssen wir schaffen, denn unser erster Termin mit einem Vermittler ist schon morgen früh neun Uhr. Das hat sich erst heute ergeben", plaudert Leo vor sich hin, während Mona und Inaya hinter ihm herlaufen. Im klimatisierten Vestibül angekommen, lässt sich die junge Frau in einen der beigen Ledersessel fallen.

„Kannst du mir bitte ein Glas Wasser besorgen, Leo. Mir ist es etwas schwummrig. Ich habe zu wenig getrunken, während ich deiner lieben Stimme gelauscht hatte."

„Kommt sofort." Er küsst sie auf den Kopf, eilt Richtung Küche davon, um kurze Zeit später mit einem Tablett zurückzukehren, auf dem drei Gläser stehen, welche eine orange Flüssigkeit beinhalten.

„Hier bitte, dein Getränk", und er reicht nach Inaya auch ein Glas an Mona, bevor er sich selbst das letzte nimmt.

„Danke Leo", flötet Inaya.

„Ist das frisch gepresster Orangensaft?"

„Genau. Als ich in die Küche kam, hatten sie gerade eine neue Saftmaschine in Betrieb genommen. Du brauchst keine Sorge haben, die Küchenkräfte hatten schon gekostet und den Saft für gut befunden."

„Danke, das ist sehr aufmerksam von dir." Mona trinkt ihr Glas langsam aus, kann aber nicht umhin, dabei an die von Lorenzo angekündigten Leckereien zu denken. Nach ein paar Schlucken stellt sie ihr Glas aufs Tablett zurück.

„Wir haben jetzt leider keine Zeit mehr, lange zu plaudern", wendet sich Leo, der sich die Mundwinkel vom Orangensaft ableckt, an Mona.

„Leo, wann müssen wir los?"

„In etwa einer Stunde kommt unser Taxi zum Flughafen."

„Oh, das ist ja wirklich nicht mehr lange hin. Ich muss noch packen, mich duschen, schminken, umziehen." Inaya ist auf einmal ziemlich nervös.

„Das schaffst du. Aber ich denke, zehn Minuten haben wir noch für Monas Fragen." Inaya setzt sich wieder, allerdings mit einem etwas säuerlichen Gesichtsausdruck.

„Was möchtest du denn wissen?"

„Mehr über euer LeichtesDasein-Retreat auf Teneriffa und die Objekte dort."

„Von den Bildern her gefällt uns das in Guía de Isora am besten. Es hat vierzehn Schlafzimmer und ist für bis zu siebenunddreißig Leute geeignet. Vom Pool blickt man während des Schwimmens bis runter zum Atlantik. Es ist auch abseits vom Tourismus gelegen. Allerdings gibt es dort keinen Wald in direkter Nähe. Der ist Bestandteil des Wochenablaufs."

„Aber wir können doch Ausflüge in den Wald machen", wirft seine Freundin ein.

„Das andere Objekt ist etwas kleiner, für etwa zwanzig Teilnehmer geeignet und befindet sich in der Nähe von Las Abiertas. Da gibt es rundherum Wald."

„Ich glaube, das ist irgendwo in der Nähe von Las Llanadas, wo ich vor Jahren eine tantrische Gemeinschaft besucht hatte. Der Ort liegt fast 1000 Meter über dem Meeresspiegel, da wird es abends und nachts richtig kalt."

„Ach, von solch einer Gemeinschaft habe ich noch gar nichts gehört?"

„Die letzte Info zu ihr war, dass da nur noch wenige Leute leben, die immer mal Seminare anbieten. Es spielen wohl auch Betäubungsmittel eine Rolle." Mona kann nicht umhin, das mitzuteilen.

„Ach wirklich?" Inaya schaut plötzlich interessiert.

„Ich gehe davon aus, dass es bei euch so etwas nicht gibt."

„Auf keinen Fall." Beide heben beschwörend die Hände.

„Wir wollen bei vollem Verstand, klarem Bewusstsein sein. Wenn wir uns in ekstatische Tänze oder in tiefe

Meditationen begeben, erreichen wir auch Trancezustände."

„Da bin ich beruhigt. Guía de Isora liegt südwestlich, da soll es um einiges wärmer sein. Wenn du davon ausgehst, dass die Villa dort eventuell 700 Meter über normal liegt, befindet sich die in Las Llanadas bestimmt schon auf mindestens 1200 Meter Höhe. Dort kann es auch im Sommer sehr kalt werden und feucht. Es ist oft bewölkt und die Wolken reichen bis auf den Erdboden. Ich kenne das von Teror auf Gran Canaria, und der Ort liegt nur 800 Meter über dem Meeresspiegel."

„Ich werde unseren Veranstaltungsort nicht vom Wetter abhängig machen. In der Schweiz ist es im Sommer nicht immer warm, dort wo wir sind. Und ich gehe davon aus, dass diese großen Villen über eine Heizmöglichkeit verfügen, vielleicht sogar Kamine. Das wäre perfekt. Und wenn wir uns noch mehr erwärmen wollen, fahren wir in den Süden und springen ins Meer. Oder wir wandern zum Teide, dabei kommen wir auch ins Schwitzen."

„Warum habt ihr euch Teneriffa und nicht Gran Canaria ausgesucht? Dort gibt es auch waldige Gebiete, eine riesige Dünenlandschaft und alles ist besser zu erreichen."

„Wir hatten auch einige Objekte auf Gran Canaria ins Auge gefasst. Doch die Insel ist zu klein, als dass man wirklich etwas findet, was abseits vom Touristentrubel und in Waldnähe ist. Die waldigen Gebiete auf Gran Canaria sind nicht so groß und ziemlich licht. Auf Teneriffa gibt es dichte Wälder. Wir brauchen die Begegnung mit Bäumen, das Fühlen und Reden. Das gehört alles mit dazu."

„Das verstehe ich. Euer Konzept gefällt mir und ich möchte gerne an einem eurer LeichtesDasein-Retreats teilnehmen. Was meint ihr, wie lange werdet ihr brauchen, alles zu organisieren?"

„Das Erste ist im nächsten Sommer, im August oder September, geplant."

„Super, dafür melde ich mich schon mal an." Mona lacht.

„Alleine oder mit Partner?", fragt Inaya.

„Ich lebe allein. Es ist zwar ein Pärchenwochenende, aber Camilla und Lorenzo hatten mich trotzdem eingeladen. Können sich bei euch nur Pärchen anmelden?"

„Nein, wir achten nur darauf, dass das Verhältnis von Frauen und Männern stimmt. Aber mir fällt gerade etwas ein. Wir werden einige Tage auf Teneriffa weilen, um genug Zeit zu haben, die Objekte anzusehen, und eventuell ergeben sich noch weitere Besichtigungen. Hast du Lust, uns dort zu besuchen und zu begleiten? Eine dritte Meinung ist auf jeden Fall wertvoll. Wir haben ein Haus gemietet, das drei Schlafzimmer und eben so viele Bäder hat. Du kannst also bei uns übernachten, auch mehrere Tage." Mona ist überrascht ob Leos Angebot und überlegt kurz.

„Bis wann werdet ihr dort sein?"

„Am 16. Dezember fliegen wir in die Schweiz zurück." Da sich Mona nicht so schnell entscheiden kann und will, bittet sie Leo um seine Telefonnummer.

„Euer Angebot nehme ich gerne an, werde mich telefonisch melden und Bescheid geben, wann ich kommen kann."

„Toll, wir freuen uns. Nicht wahr, Inaya?" Die schaut etwas betreten. Vielleicht ist sie einfach nur nervös, weil sie noch packen muss und Leo die absolute Ruhe hat.

„Komm jetzt Leo, sonst verpassen wir den Flug." Sie eilt davon. Leo umarmt Mona zum Abschied. Diese Umarmung ist innig und dauert bestimmt eine halbe Minute. Mona empfindet seine Nähe als sehr angenehm, leicht und dennoch kraftvoll. Er löst sich, zwinkert Mona zu und entfernt sich langsam.

Nachdem Leo und seine Freundin verschwunden sind, begibt sich Mona zum Abendessen. Sie packt sich einen Teller voller Obst, Gemüse und diversen Tapas, geht damit nach draußen, setzt sich unter eine Palme und speist genüsslich. Dabei überlegt sie, ob es besser ist, nun nach Hause zu fahre oder noch hierzubleiben. Doch da sie neugierig ist, was es mit den Leckereien auf sich hat, entscheidet sie sich für Letzteres.

Gut gesättigt schlendert sie durch die Villa und hofft, Camilla oder Lorenzo zu treffen, um zu fragen, was heute Abend ansteht. Doch beide laufen ihr nicht über den Weg. Also nimmt sie im Vestibül Platz. Nach einer Weile beobachtet sie, dass immer wieder Leute hinter einer Ecke verschwinden und geraume Zeit nicht wiederkommen. So beschließt sie, zu erforschen, was dort ist und entdeckt eine Treppe nach unten, die ihr noch nicht aufgefallen war.

„Stand dort nicht sonst ein großer Schrank? Es gibt hier also einen Keller", murmelt sie vor sich hin, steigt langsam die Stufen nach unten und betritt einen langen Kellergang. Ein Pärchen kommt laut lachend und scherzend auf sie zu und verschwindet nach oben. Mona geht bis zu einer Metalltür, öffnet diese, tritt ein und bleibt sprachlos stehen. Sie befindet sich am Beginn eines exotischen Gewächshauses, welches wie ein Dschungel anmutet. Dicht gedrängt füllen Pflanzen aller Größen und Arten den Raum vom Boden bis zur Decke. Ein schmaler Weg schlängelt sich durch die Pflanzenpracht, auf dem bewegt sich Mona langsam weiter. Nasse Blätter streichen sie sanft, überall tropft es und es ist schwül warm. Sie hört ein leichtes Plätschern und kommt zu einem kunstvoll gestalteten Springbrunnen, hinter dem sie Lorenzo auf einer Rattanbank sitzen sieht. Er lächelt sie breit an.

„Mona, meine Liebe. Ich habe geahnt, dass du Leckereien magst."

„Natürlich mag ich Leckereien." Mona lässt sich nicht anmerken, dass sie keine Ahnung hat, worum es geht. Ihr Vorteil ist, er weiß das nicht.

„Setz dich. Wie gefällt dir unser Wochenende bisher?"

„Ich bin begeistert, insbesondere von den Beiträgen des Schweizer Paares."

„Die waren zum ersten Mal hier. Allerdings sind sie vorfristig abgereist. Sie sollten heute Abend noch etwas vorführen, nun müssen wir improvisieren. Wie wäre es Mona, du könntest doch eine erotische Showeinlage bieten? So wie du zuletzt bei uns getanzt hast, wirst du alle Gäste begeistern und animieren, sich zu lieben."

„Danke für das Kompliment, aber ich habe so etwas noch nie vor Publikum gemacht. Ich bin ja keine Profitänzerin."

„Du kannst das. Camilla hat mir berichtet, dass du dich nicht wirklich in die Gemeinschaft der Gäste einbringen konntest. Du denkst einfach zu viel nach, bist zu angespannt. Dagegen werden wir nun etwas tun. Wenn du erst einmal von den Leckereien probiert hast, wirst du merken, dass alles viel lockerer und entspannter wird."

„Kommt nur darauf an, von welchen?", erwidert Mona ausweichend und lächelt Lorenzo an.

„Woran hattest du denn gedacht?" *Mist, was soll ich jetzt antworten.* Sie zögert, tut so, als würde sie nachdenken, setzt sich neben Lorenzo auf die Bank und schmiegt sich an ihn.

„Lorenzo, ich erinnere mich so gerne an unseren gemeinsamen Abend. Es war so berauschend, mit euch zu tanzen."

„Ja, leider kann ich mich diesmal nicht um dich kümmern. Du siehst ja, ich habe hier viele Gäste glücklich zu machen."

„Das verstehe ich, Lorenzo."

„Du wirst heute Abend nach deiner Tanzvorführung auf jeden Fall ein Pärchen finden, mit dem du genauso berauschend tanzen und noch mehr kannst. Elsia und Alfredo hatten sich schon interessiert nach dir erkundigt."
Mona schüttelt sich innerlich bei der Vorstellung, zugedröhnt mit irgendwelchen Pärchen rumzumachen.

„Was kannst du mir denn anbieten?" Vor Lorenzo stehen drei Dosen auf dem Tisch, eine rote, eine gelbe und eine schwarze.

„Wir könnten knobeln, wie wäre das?" Mona wird es unheimlich.

„Bevor ich jetzt knobel oder mich für irgendetwas entscheide, möchte ich schon fragen, was die besonderen Leckereien kosten. Die gibt es doch sicher nicht geschenkt."

„Die finanziellen Dinge regelt Camilla. Das wird sozusagen auf deine Rechnung gesetzt. Du brauchst hier natürlich ansonsten nichts bezahlen, bist unser Gast wie versprochen."

„Dann interessiert mich, was ich dafür zu zahlen habe, denn du weißt ja, ich bin finanziell nicht so gut aufgestellt."

„Mach dir mal keine Sorgen. Du wirst ja nicht einen ganzen Lkw davon haben wollen, oder?" Er lacht laut schallend und schlägt sich dabei auf den Schenkel.

„Also, was kann ich dir anbieten?" Als er dabei ist, die rote Dose zu öffnen, unterbricht ihn Mona.

„Ich bin an diesen gelben Perlen interessiert. Die wurden früher als Naranjas angeboten, wie sie jetzt heißen, weiß ich nicht."

„Ich habe etwas viel Besseres. Ampullen. Die sind weiterentwickelt neu auf dem Markt." *Echt jetzt, die hatte doch Rafael damals schon.*

„Was bedeutet weiterentwickelt."

„Du, ich bin doch kein Produttore di Dolcetti."

„Was heißt das auf Spanisch?"

„Ich stelle die Leckereien nicht her, ich bestelle sie nur."

„Vale." Mona überlegt krampfhaft, was sie tun soll.

„Die wiederverschließbaren Ampullen sind klasse. Man gibt ein paar Tropfen in sein Getränk und hat dann noch genügend über für den ganzen Abend."

„Ach, man muss nicht den kompletten Inhalt auf einmal trinken?"

„Kannst du gerne tun, aber ich würde es dir nicht raten." Lorenzo lacht wieder schallend. Mona findet das alles gar nicht lustig und ihr fallen keine weiteren Fragen mehr ein, um ihn hinzuhalten.

„Was kostet eine Ampulle? Ich gehe davon aus, sie enthält ein Vitaminkonzentrat?"

„Selbstverständlich. Ich mache dir einen Sonderpreis. Du bekommst sie für 150 Euro." Mona schluckt.

„So viel Geld habe ich nicht bei."

„Macht nichts, du musst erst zahlen, wenn du uns verlässt. Du kannst sie ja abarbeiten." Er grinst süffisant und tätschelt Monas Arm.

„Wenn du uns heute Abend mit einer heißen, erotischen Show überraschst, hast du sie dir verdient." Mona wird es übel.

„Du Lorenzo, ich hab mir wohl vorhin beim Abendessen den Magen verdorben. Ich muss jetzt ganz schnell aufs WC. Melde mich später noch mal, tut mir leid." Sie springt auf und stürzt, sich den Magen haltend, davon. Lorenzo ruft ihr hinterher:

„Camilla bringt die Ampulle auf dein Zimmer. Deine Showeinlage erwarten wir um Mitternacht." Sie rast durch die Pflanzen zurück, den Kellergang entlang, hoch ins Vestibül, die Treppe hinauf in ihr Zimmer und schließt die Tür von innen ab. Auf dem Bett sitzend, atmet sie auf, ist aber total entsetzt. Solche Machenschaften hatte sie von Lorenzo und Camilla nicht erwartet. Großer Reichtum hat wohl tatsächlich meist mit zwielichtigen Geschäften zu tun. Sie kann sich nun genau vorstellen, was hier immer so abgeht und warum die beiden in der Villa waren, in die sie Miguel mitgenommen hatte.

Unter dem Einfluss der Dolcetti werden die Leute heute Abend noch lockerer drauf sein. Es wird wahrscheinlich in der Nacht eine richtige Orgie stattfinden und ich soll mit einer erotischen Showeinlage alle zusätzlich anregen. Mal im Mittelpunkt stehen, polarisieren, anregen, provozieren, ist für Mona eine geile Vorstellung. Außerdem merkt sie seit der Umarmung von Leo, dass sie sexuell dauererregt ist. Aber sie weiß, dass dieser Zustand nicht verschwindet, wenn sie wahllos kalten Sex praktiziert. Sie braucht ein männliches „Subjekt der Begierde" und zwar bei vollem Bewusstsein. Doch woher nehmen? Lorenzo hatte eindeutig gesagt, dass er keine Zeit hat. Leo, der für sie in Frage käme, ist abgereist. Und von den Gästepärchen war ihr kein Mann mit einer sie anregenden, erotischen Ausstrahlung aufgefallen. *Klar, unter dem Einfluss einer Droge findet man Leute geil, die man vorher nicht bemerkt hatte.* Je länger Mona darüber nachdenkt, diese Erotikshow zu machen, desto mulmiger wird ihr. *Soll ich das wirklich tun? Oder ich passe auf, dass ich weder Camilla noch Lorenzo begegne, und verschwinde heimlich. Und wenn ich zu Fuß laufen muss, im Dunkeln, durch die Wüste.* Mona wird auf einmal enorm wütend. Aufgebracht packt sie eilig ihre paar

Sachen in die Tasche, streicht das Bett glatt, öffnet die Tür und späht hinaus. *Hoffentlich kommt jetzt nicht Camilla, um mir die Ampulle zu bringen.* Es ist niemand zu sehen. Langsam schleicht sie sich durch den Flur die Treppe hinab. Auch im Vestibül ist kein Mensch. So schnell sie kann, läuft sie aus dem Haus zum Parkplatz. Gerade will sie losfahren, da fällt ihr mit Entsetzen ein, dass das Grundstück mit einem Tor verschlossen ist. *Verdammter Mist, wie komme ich hier weg, ohne dass es bemerkt wird?*

Wieder will sie starten, da kommt eine schwarze Limousine angefahren und hält direkt vor dem Eingang der Villa. Sie duckt sich im Auto und beobachtet, wie ein Chauffeur aussteigt, die hintere Tür öffnet und einer Frau in einem engen, glitzernden Kleid aus dem Auto hilft. Sie wird dabei vom Licht des Villeneingangs direkt beleuchtet. *Irgendwie kommt sie mir bekannt vor*, denkt Mona noch, als aus dem Wagen ein Mann im weißen Anzug aussteigt. *Das gibt es nicht!* Es ist Cesaro und die Frau jene, welche Mona damals sah, als sie in seinem Haus in San Fernando de Maspalomas auf Gran Canaria den Kuriervertrag unterschrieben hatte. Ein seltsames Gefühl beschleicht Mona. Lorenzo erscheint im Eingang und umarmt die beiden, als ob sie sich schon ewig kennen. Mona schüttelt pausenlos den Kopf. *So viel Lügerei und Scheinheiligkeit!* Lorenzo geht mit seinen Gästen ins Haus, der Chauffeur steigt ein, parkt aber nicht, sondern fährt mit dem Auto wieder los. Das ist Monas Gelegenheit. Sie folgt dem Wagen, das Tor öffnet sich und Mona könnte hinter der Limousine das Grundstück der Italiener verlassen. Doch plötzlich tritt sie hart auf die Bremse, denn es durchfährt sie ein erregender Schauer. Das Subjekt ihrer Begierde befindet sich nun in Lorenzos Villa.

Wieder in ihrem Zimmer angekommen, stellt Mona die Tasche ab und lässt sich aufs Bett fallen. Ihr ganzer Körper summt, sie ist hochgradig erregt. Einerseits ist es wohl die Aufregung bezüglich der Showeinlage, die nachher von ihr erwartet wird. Andererseits und das spürt sie ganz genau, ist es die Anwesenheit dieses Mannes hier im Haus. Seine Energie scheint durch alle Wände zu kriechen und ballt sich in ihrer Mitte zusammen, dass sie schier explodieren möchte, es aber nicht kann. *Wieso hat er so eine heftige Wirkung auf mich?*

Sie denkt zurück und überlegt, wann sie das letzte Mal heißen Sex hatte. Mit Miguel, aber irgendwie war sie in der Nacht nicht bei Sinnen. Ihr fallen Antonio und Rafael ein. *Verdammt noch mal, warum habe ich über zehn Jahre so gut wie keinen und wenn, dann nur profanen Sex gehabt? Vielleicht hat es doch etwas damit zu tun, dass ich einen ganz bestimmten Reiz brauche, um so gierig zu werden, wie ich jetzt bin. Und das ausgerechnet auf jemanden, der unerreichbar ist.*

Cesaro ist zwar in der Villa, doch sie überlegt krampfhaft, wie sie an ihn herankommen kann. Er hat seine Frau dabei und ist bestimmt nicht Gast dieses Pärchenwochenendes. Vielleicht gibt es einen versteckten Partykeller, in dem die Geschäftspartner feiern.

Mona bekommt immer mehr das Gefühl, dass ihre Kurzschlussreaktion, wieder zurückzukehren, ein Fehler war. Ein Blick auf die Uhr lässt sie aufatmen. Es sind noch anderthalb Stunden Zeit bis zu ihrem Auftritt.

Sie kleidet sich aus, stellt sich unter die Dusche und legt sich abgetrocknet nackt aufs Bett. Dabei fällt ihr Blick auf den kleinen runden Tisch an der Wand. Dort liegt tatsächlich die Ampulle. Camilla war also im Zimmer. Mona kann den Blick nicht davon wenden.

Es wäre einfach, sich jetzt in eine euphorische Alles-egalstimmung zu versetzen, indem ich die sie nehme, etwas vom Inhalt in ein Glas Wasser tropfe und es austrinke. Ich könnte in eine Scheinwelt tauchen, alles wäre ganz leicht. Hätte, könnte, wäre. Sarkastisches Gedenke!

Je länger sie die Ampulle anstiert, desto giftiger erscheint ihr der Inhalt. Bilder von Rafael und seinen Ampullen, seinem seltsamen Verhalten an ihr und mit ihr im Keller des Hauses steigen in ihrem Kopf auf. Sie schüttelt sich. Es ist ihr bis heute ein Rätsel, wie sie einen Mann so dermaßen lieben und anhimmeln konnte, der solche Dinge mit ihr tat.

Auch jetzt fühlt sie sich wie besessen, wie besetzt von Cesaros Energie, die eine unerklärliche Kraft auf sie ausübt. Am liebsten würde sie durch alle Wände stürmen, bis sie ihn findet.

Sie sieht den begehrten Mann nackt unter der Dusche und allein diese Vorstellung lässt sie wieder fast explodieren. Doch es ist eben nur fast und die Erregung bleibt, wird immer stärker. *Warum ausgerechnet dieser Macho? Er hat mich belogen, mir Drogen gegeben, mich ausgenutzt, mir mein Haus weggenommen. Das ist doch unfassbar, dass der mich so derart erregt. Es war auch prickelnd, mit Lorenzo und Camilla zu tanzen, aber es ist überhaupt kein Vergleich zu der Energie, die dieser kanarische Geschäftsmann ausstrahlt. Niemand, außer Rafael, hatte je eine solche magische Anziehungskraft. Es ist wohl die mystische Ausstrahlung, die diese Männer haben, derer ich mich noch immer nicht erwehren will.* Das bemerkt sie jetzt ganz deutlich. Die Magie dieses Mannes hat sich über all die vergangenen Jahre gehalten. Aber vielleicht hat es auch etwas damit zu tun, dass er immer nur eine Vision war. Mit Rafael hatte sie über eine längere Zeit erlebt. Das einzige Mal, als es zu sexueller Annäherung mit Cesaro kam, wurden sie durch das Klingeln des Telefons gestört. Mona kann sich noch genau an die Situation erinnern.

Es war im Salon in der edlen Villa von Cesaro in San Fernando. Er hatte ihr irgendetwas zu trinken gegeben und ohne richtig zu lesen, hatte sie den Vertrag und die Bedingungen unterschrieben. Und dann kam der Moment, in dem sie vor ihm kniete und er seine Hose öffnen wollte. Doch dabei blieb es.

Das der Grund, warum er für mich so extrem erregend ist. Selbst im Moment, in dem er ihr später anbot, ein unbeschwertes Luxusleben als seine Zweitfrau zu führen, was für sie nicht in Frage kam, hatte sie ein prickelndes Gefühl gespürt. In Rafael war sie verliebt, wollte eine Beziehung und gefallen. Cesaro, der unerreichbare Machomachthaber mit extrem starker erotischer Aura lässt sie sexuelle Energien fühlen, die sie dazu bringen, erobern zu wollen.

Um sich abzukühlen, redet sie sich ein, dass er ein absoluter Versager im Bett ist. Wahrscheinlich kriegt er keinen hoch oder ist winzig gebaut. Doch diese Vorstellungen bringen nicht den gewünschten Effekt.

Interessant, wie triebgesteuert ich bin. Was, wenn ich ihn nicht finde oder er überhaupt kein Interesse an mir hat? Dann erinnert sie sich an seine Berührung am gestrigen Abend, als er mit halb offenem Hemd vor ihr stand. Sie konnte seine behaarte Brust sehen, unbewusst deren Duft aufnehmen. Sein Griff nach ihrem Kinn löste prickelnde Impulse in ihrem Körper aus. Seine Augen schienen in sie hinein zu fließen und sie erbebte innerlich.

Ich muss jetzt eine Entscheidung treffen!

Mona springt auf, zieht sich einen Slip und ein kurzes schwarzes Kleid an, schlüpft in ihre Sandalen und verlässt das Zimmer. Auch jetzt begegnet ihr niemand. Sie läuft durch die Villa und stellt mit Erstaunen fest, dass sie den Flur und die Treppe zum Dachgeschoss nicht finden kann. Zwischenzeitlich schlägt die Uhr im Vestibül elf. *Eine Stunde Galgenfrist*, denkt Mona und versucht, in den Keller zu kommen, doch die Treppe dorthin ist verschwunden.

Hatte ich Halluzinationen? Nein. Ich war im Keller bei Lorenzo und die Ampulle liegt auf meinem Tisch. Sie läuft nach draußen, begegnet einigen Pärchen, die in eines der Häuschen verschwinden. An der Poolbar angekommen, fragt sie den Barmann, wo die Gäste sind und ob es um Mitternacht eine Show gibt. Doch der schaut sie fragend an und schüttelt mit dem Kopf. Er wisse nichts davon und die meisten Leute hätten sich schon zurückgezogen.

Das gibt es doch nicht. Hat Lorenzo ihren Auftritt erfunden, damit sie scheinbar die Ampulle bezahlen kann? Oder soll die vor den Geschäftspartnern stattfinden? Dieser Gedanke macht sie sofort wieder heiß und sie stellt sich vor, wie Cesaro ihren erotischen Tanz mit seinen magischen Augen verfolgt und seine sexuelle Energie sie derart beflügelt, dass sie vor allen einen wahrhaftigen Höhepunkt bekommt.

„Schluss jetzt!", schimpft sie mit sich, zieht sich nackt aus, stellt sich unter die eiskalte Dusche und springt in den Pool.

Ich muss den Kopf frei, diese manipulierende Anziehungskraft losbekommen. Wie bin ich überhaupt auf die Idee gekommen, mir vorzustellen, dass dieser Mann irgendetwas von mir will. Das ist völlig absurd. Ich werde diese Showeinlage nicht machen. Sollen sie sich die Ampullen sonst wohin stecken! Nachdem sie mehrere Runden geschwommen ist, steigt sie aus dem Wasser und läuft nass und nackt in die Villa, ihre Sachen in der Hand haltend. Es ist ihr egal, ob sie jetzt so gesehen wird. Als sie kurz vor ihrem Zimmer ist, öffnet sich eine Tür daneben und Lorenzo tritt heraus.

„Mona, du bereitest dich wohl auf deinen Auftritt vor? Heiß siehst du aus. Ich habe dich ja noch nie ganz nackt gesehen."

„Doch, hast du Lorenzo, als wir zusammen in der Nähe des Leuchtturms in den Lagunen baden waren."

„Das habe ich wohl vergessen."

„Kommst du bitte kurz in mein Zimmer? Ich möchte dich was fragen."

„Ich habe jetzt wirklich keine Zeit. Wir erwarten dich null Uhr am hinteren Pool", erwidert er und entfernt sich rasch. Mona stürzt in ihr Zimmer, greift sich die Ampulle und hetzt Lorenzo nackt hinterher. Der ist so schnell unterwegs, dass sie zwei Treppen und zwei Flure braucht, um ihn endlich zu einzuholen. Gerade will sie ihm die Ampulle zurückgeben, da wird eine Flügeltür geöffnet und Lorenzo betritt einen Salon, in dem ein Kamin brennt. Mona bleibt wie angewurzelt stehen, denn es heften sich schwarze, neugierige Augen auf sie. In ihnen flackert der Feuerschein und sie schicken augenblicklich eine unfassbare Glut in ihren Körper. Cesaro steht am Kamin und schaut Mona an.

„Sei pünktlich," hört sie Lorenzo sagen, der schließt die Tür und sie bleibt allein auf dem Flur zurück. Mona zittert, nicht vor Kälte, sondern vor Erregung. Dieser Moment hat sie völlig wehrlos gemacht.

Lorenzo meint es tatsächlich ernst mit meinem erotischen Auftritt. Aber wieso am hinteren Poolbereich, wenn die hier am Kamin sitzen? Langsam will sie zu ihrem Zimmer zurückkehren, da bemerkt sie, dass sie sich wieder nicht zurechtfindet. Sie läuft nach rechts und gelangt in einen unbekannten Flur, wieder zurück und nach links, aber da geht es nicht weiter. *Er lässt mich einfach hier nackt im Flur stehen und macht mir die Tür vor der Nase zu.* Sie wird wütend. *Das lasse ich mir nicht bieten!* In ihrer Rage klopft sie an die Tür des Kaminzimmers und öffnet sie. Doch im Zimmer ist niemand, nur der das brennende Holz knistert leise vor sich hin.

Was für ein Wahnsinn, e*in klimatisiertes Zimmer, in dem ein Kamin brennt. So ist perfekt vorstellbar, wie die Ressourcen der Welt für Luxusdasein und Dekadenz immer mehr verschwendet werden.* Doch im Moment kommt ihr die Wärmequelle recht. Sie stellt sich daneben, um sich aufzuwärmen. Auf dem Diwan liegt eine Decke, die greift sie sich und hüllt sich damit ein.

Es muss in dem Zimmer eine Tür geben. Stück für Stück tastet sie die Wände ab, doch sie findet nichts, was darauf hindeutet.

Sind die alle verschwunden, während ich kurz durch die Gänge lief? Sie geht wieder auf den Flur und wendet sich nach links. Er endet mit einem großen Spiegel.

Vielleicht ist dahinter eine Tür. Mona dreht und wendet sich vor dem Spiegel, öffnet die Decke ein wenig, um ihren nackten Körper zu betrachten, tanzt hin und her. Sie findet sich mit ihren über fünfzig noch sehr attraktiv. In dem Moment wird hinter ihr eine Tür geöffnet, sie dreht sich um und erstarrt. Cesaro betritt den Flur. *Diese, vielleicht letzte Gelegenheit kann ich mir nicht entgehen lassen.* Mona eilt auf ihn zu und fragt etwas komplett Sinnloses:

„Wohin sind denn alle verschwunden?"

„Woher soll ich das wissen?", antwortet Cesaro kurz angebunden.

„Ich soll hier eine erotische Aufführung machen."

„Du und erotische Aufführung?" Cesaro lacht hämisch.

„Schau dich doch mal an. Damals vielleicht, aber heute wirst du niemanden mehr vom Hocker reißen." Mona ist schockiert und wird noch wütender.

193

„Sie könnten wenigstens so viel Schneid haben, mir jetzt zu sagen, warum sie Rafael das Haus wieder zurückgegeben und auch noch das Höhlenanwesen überschrieben haben." Cesaro war schon im Begriff zu gehen, bleibt wieder stehen und dreht sich um. Er betrachtet Mona in ihrer Decke von oben bis unten.

„Wie naiv bist du eigentlich? Du glaubst diesem Versager wirklich ein Wort?"

„Was heißt Versager. Als ich ihn zuletzt traf, war er steinreich und residierte in einem opulenten Luxuszimmer auf Teneriffa. Er hatte ein eigenes Labor, einen florierenden Handel mit seinen Präparaten und außerdem ein Kind mit ihrer Frau." Sie vermeidet absichtlich, das Wort Drogen, erwähnt den letzten Kontakt mit Rafael nicht und der Name der Frau fällt ihr vor Aufregung nicht ein. Cesaro bricht in lautes Gelächter aus.

„Das hat er dir erzählt. Der Kerl ist wirklich fantasievoll, das muss ich ihm lassen. Schau ihn dir heute an, dann weißt du, was mit ihm los ist." Er dreht sich auf dem Absatz um und entfernt sich.

Die gesamte prickelnde Erregung auf Monas Subjekt der Begierde zerplatzt augenblicklich wie eine Seifenblase. Aufgewühlt läuft sie in die Richtung, in welche Cesaro verschwunden war, kommt zur Treppe, steigt ein paar Stufen hinab und dabei fällt ihr auf, dass es dahinter eine Wendeltreppe gibt, die sie vorhin nicht bemerkt hatte. Die nimmt sie und gelangt über die Azotea und einen weiteren Gang zur großen Treppe ins Vestibül. Die Uhr dort zeigt viertel vor Mitternacht.

Nichts wie weg hier. Mona stürmt zu ihrem Zimmer, legt die Ampulle auf den Tisch und kramt in ihrer Handtasche nach Stift und Papier. Sie findet einen alten Kassenzettel und schreibt auf dessen Rückseite: *Das ist nichts für mich. Alles Gute euch. Mona* und legt ihn unter die Ampulle. Rasch zieht sie sich an, schnappt die

Tasche und hastet, ohne dass ihr jemand begegnet, zu ihrem Auto. Sie startet und fährt Richtung Ausgang. Gut, dass es nur eine Straße gibt, denn im Dunkeln sieht die Anlage völlig anders aus. Nach ein paar Minuten kommt Mona am verschlossenen Tor an. Irgendwann wird ein Auto kommen und das Tor sich öffnen, dessen ist sie sich sicher. Doch das Warten zieht sich lange durch die Nacht.

Mona ist froh, die Decke von Bilan zum Schutz der Sitzpolster noch im Auto zu haben, denn ihr wird extrem kalt. Sie kuschelt sich auf die Rückbank, deckt sich mit der behaarten Decke zu, kommt aber nicht zum Schlafen. Viel zu unruhig ist sie und muss immerzu an die letzten Worte von Cesaro denken. *Ob es wahr ist, was er über Rafael gesagt hat? Was ist Wahrheit?*

Bei der Frage muss sie daran denken, dass Lorenzo und Camilla sie im Bezug auf Cesaro und die gelben Pillen und Ampullen belogen haben. Mona fängt an, vor sich hin zu brabbeln:

„Ich glaube doch tatsächlich in meinem Alter immer noch, dass Menschen mir die Wahrheit sagen." Mit fortschreitender Nacht ist sie immer weniger darüber frustriert, dass sich ihr Subjekt der Begierde so schnell in Luft aufgelöst und sie das Pärchenwochenende bei den Italienern abrupt abgebrochen hat.

„Es hatte einen Grund, dass ich dort sein sollte, aber es ist definitiv nicht der richtige Umgang für mich." Sie grübelt sie darüber nach, dass die Reize, das Charisma und die erotische Energie spanischer Machomänner sie immer noch anziehen. Sie denkt an die vielen erotischen Begegnungen mit Männern in ihrem Leben, doch das erregende Prickeln entsteht in ihr bei den Erinnerungen an Rafael, Antonio und Cesaro.

„Ich muss unbedingt meine Energien gezielter kanalisieren, um mich zukünftig vor solchen Situationen zu bewahren, die dazu führen, dass ich mich solch einem Mann hemmungslos zu Füßen werfen will." Doch dieser Vorsatz fühlt sich für sie momentan so an, als ob damit ihre erotisch prickelnden Abenteuer für immer aufhören und sie nie mehr diese berauschenden Ekstasen erleben wird.

„Ich will beides. Doch dazu muss ich mich in die Lage versetzen, diese enorme Sexualkraft zu genießen, ohne mich zu verlieren, ohne mich abhängig von solch einem charismatischen Mann zu machen. Das bedeutet, noch besser zu trainieren, Energien in Selbstliebe, Selbstschutz und Schöpferkraft zu transformieren!" Mit diesem Vorsatz ist sie zufrieden und kommt in eine gewisse ruhevolle Zuversicht. Augenblicklich verändert sich ihr Fokus und sie nimmt sich vor, ihre sexuellen Bedürfnisse regelmäßig zu befriedigen, um nicht wieder so ausgehungert zu sein. Außerdem fühlt sie eine angenehme Neugier auf die Begegnung mit Leo und seiner Freundin auf Teneriffa und redet leise vor sich hin:

„Morgen früh werde ich Leo anrufen und mitteilen, wann ich zu den beiden nach Teneriffa komme. Wenn ich von dort aus nach Deutschland fliege, ist es noch vor Weihnachten. Was mache ich die ganze Zeit bis Silvester in Berlin? Vielleicht bleibe ich auch viel länger, wenn ich erst einmal in der Altmarkgemeinschaft bin. Aber wie finanziere ich das alles. Ich muss hier Miete zahlen, in Deutschland irgendwelche Unterkünfte und wahrscheinlich auch Gebühren für Tantraevents oder was ich sonst noch machen will. Was von den 5000 Euro übrig ist, reicht alle Mal nicht. Und außerdem muss ich an Alvaro 700 zahlen. Ich werde meine Mutter bitten, ob sie mich noch einmal finanziell unterstützen kann. Es ist am besten, wenn ich meinen Hausstand hier auflöse, meinen Mietvertrag kündige und die paar Sachen, die ich habe, in einem Lager unterstelle. Das müsste bezahlbar sein. Das Auto muss ich auch verkaufen. So könnte ich unbeschwert einige Wochen oder Monate in Deutschland verbringen, ohne dass mir hier irgendetwas anbrennt. Der Abstand wird mir gut tun und möglicherweise bekomme ich dort die richtige Eingebung für einen Neubeginn."

Mona freut sich auf Impulse und Inspirationen durch Leo. Gerade ist sie dabei, sich vorzustellen, wie es sich anfühlt, mit ihm in tantrische Vereinigung zu gehen, da streift plötzlich ein Lichtschein über ihr Gesicht. Sie springt auf, klettert behänd auf den Fahrersitz und startet das Auto. Ein Wagen war hinein gefahren und sie schafft es gerade noch, das Gelände der Italiener durch das sich schließende Tor zu verlassen.

Mona sitzt am Pool des Anwesens, was Leo und seine Freundin gemietet haben und plätschert verträumt mit den Füßen im Wasser. Sie nippt an einem alkoholfreien Cocktail, stellt das Glas beiseite, legt sich hin, um die Sonne über Teneriffa ihren Körper streicheln zu lassen. Sie biegt ihren Kopf nach hinten und blickt auf die herrliche Villa, welche sich auf einem Grundstück unweit von Guía de Isora befindet. Vor drei Stunden war Mona angekommen und ist seit dem allein. Die beiden machen Besorgungen und sind in das Einkaufszentrum Centro Comercial Siam Mall gefahren. Das kennt Mona nicht, denn als sie vor zehn Jahren hier war, gab es das noch nicht.

Wie so vieles auf Teneriffa liegt das Anwesen, auf dem die drei die nächsten Tage verbringen werden, am Hang und vom Pool aus kann man direkt zum Atlantik schauen. Das Wetter ist im Moment super, ein paar kleine weiße Wölkchen ziehen von Südwest nach Nordost, ansonsten herrschen strahlend blauer Himmel und wenig Luftbewegung. Schon während des Fluges hatte Mona gesehen, dass der Atlantik sehr still ist, denn bei starkem Wind erkennt man die Schaumkronen der Wellen, die vom Flugzeug aus wie kleine weiße Strichtupfer auf dem Ozean aussehen.

Die zweistündige Fahrt vom Flughafen Teneriffa Nord nach Guía de Isora steckt Mona noch in den Knochen. Die Autobahn war extrem voll. Eigentlich wollte sie von Fuerteventura nach Teneriffa Süd fliegen, aber für diese Strecke gibt es keine Direkt-, sondern nur Umsteigeflüge mit längerem Zwischenstopp auf Gran Canaria. Darauf hatte sie keinen Nerv.

Die Fahrt über Teneriffa erinnerte sie an ihren letzten Aufenthalt, als sie in Costa del Silencio wohnte und öfter

zur tantrischen Gemeinschaft in die Berge nach Las Llanadas unterwegs war. Sie merkt deutlich, dass zehn Jahre
enorme Unterschiede sowohl in der Kraft, als auch der
Motivation über lange Strecken einer gebirgigen Insel
zu fahren, ausmachen. Auch hat sie den Eindruck, dass es
damals nicht so viel Verkehr gab.

Ja, der Blick hier ist traumhaft und die Villa auch,
doch diese ist zu klein, um für ein tantrisches Retreat in
Frage zu kommen. Mona lässt sich wieder in den beheizten Pool gleiten. Er ist fast zwei Meter tief und so groß,
dass sie mehrere Bahnen schwimmen kann. Auch wenn
die Sonne brennt, die Luft ist hier bei etwa 500 Metern
Höhenlage um einiges kühler als unten im Süden an der
Touristenküste. Das hatte sie über eine Wetterapp ge-
checkt. Sie taucht unter und schwimmt komplett durch.
Noch immer freut sie sich wie ein Kind, wenn sie eine gesamte Bahn tauchen kann, wobei diese nur um die acht
Meter hat. Nach zwei weiteren Tauchgängen spürt sie
Hunger und das produziert bei ihr einen abrupten Ener-
gieabfall. Sie steigt aus dem Pool, hüllt sich in einen
weißen Bademantel, der zur Villa gehört und setzt sich in
die Sonne. Denn trotz des beheizten Wassers ist ihr kalt.
Hoffentlich kommen die beiden bald zurück, denkt sie
gerade, da hört sie Leos Freundin rufen:

„Mona, wir sind da. Hat etwas länger gedauert. Dieses
Einkaufszentrum ist so riesig und wir mussten noch
ewig nach dem Mietwagen suchen, weil wir vergessen
hatten, wo er geparkt war. Du glaubst ja gar nicht, wie
viele Autos dort auf diesem Parkplatz standen." Mona erhebt sich und läuft den beiden entgegen.

„Schön, dass du gekommen bist, Mona." Leo trägt fünf
vollgepackte Beutel und betritt nach den Frauen durch
eine große Glasschiebetür den großzügigen Wohnbereich der Villa, an welchen sich eine amerikanische

Küche anschließt. Leo stellt die Tüten ab und begrüßt Mona mit einer Umarmung.

„So, jetzt haben wir genügend Lebensmittel und Getränke für die Woche hier."

„Noch eine ganze Woche", freut sich Leos Freundin und fällt ihm um den Hals.

„Kann ich euch etwas helfen?"

„Lass uns die Tüten auspacken und die Lebensmittel in die Schränke und den Kühlschrank verteilen. Leo kümmert sich derweil um die Getränke, nicht wahr, mein Liebster."

„Ich hatte dir schon öfter gesagt, dass du mich nicht Liebster nennen sollst. Ich mag das nicht. Das ist eine Bewertung und im Tantra soll es so etwas nicht geben. Die Bezeichnung Liebster stellt einen Menschen auf einen Thron, aber wir lieben doch alle gleich!" Inaya schaut ziemlich betreten.

„Tut mir leid, das hatte ich vergessen. Ich bin einfach so glücklich hier und mit dir." Mona wundert sich innerlich über Leos Sichtweise. *Ich liebe nicht alle gleich. Kriegsverbrecher, Kinderschänder, Vergewaltiger und solche Menschen haben alle eine bestimmte Erziehung, Beeinflussung oder Veranlagung, die sie zu dem gemacht haben, aber ich liebe sie in der realen Dualität nicht. Und einen geliebten Menschen Liebster zu nennen, finde ich wunderbar. Deswegen ist Liebe doch nicht auf einen Menschen begrenzt.* Mona nimmt sich vor, dieses Thema zu einer anderen Gelegenheit noch einmal aufzugreifen, denn sie empfindet Leo als etwas bedrückt und angespannt.

Nachdem die Tüten ausgepackt sind, begibt sich Mona in ihr Zimmer und zieht sich Jeans und T-Shirt an. Wieder im Wohnbereich angekommen, hat Leos Freundin bereits den Tisch fürs Abendbrot gedeckt. Verschiedene Sorten Brot, Käse, Obst und Gemüse, Wasser, Bier und Wein sind auf dem Esstisch platziert.

„Lass uns essen, ich habe Hunger. Leo, wo bleibst du denn? Komm Mona, wir setzen uns schon hin. Ich weiß nicht, was Leo hat. Er ist seit einem Telefonat, welches er unterwegs abseits geführt hatte, in sich gekehrt. Aber es hat keinen Zweck, ihn danach zu fragen. Er redet selten über seine Befindlichkeiten oder was auch immer ihn beschäftigt. Einmal sagte er zu mir, dass es ihm unangenehm sei, wenn er gefragt wird, was er denn hätte. Wenn es etwas zu sagen gibt, würde er es mitteilen. Seitdem halte ich mich zurück und warte ab."

„Das kenne ich. Die meisten Männer, mit denen ich zu tun hatte, waren auch nicht bereit oder in der Lage, offen über ihre Probleme, Sorgen, Gefühle oder auch Freuden zu kommunizieren. Es ist dadurch ganz schwierig, miteinander die Schönheiten eines Tages zu teilen, wenn die Kommunikation an manchen Stellen einfach nicht stattfindet oder gestört ist."

„Das stimmt."

„Mir ist auch aufgefallen, dass Leo in sich gekehrt ist. Ich kenne euch ja nur durch eure tantrischen Vorführungen auf Fuerteventura. Dort schien mir Leo sehr motiviert, offen und kommunikativ zu sein."

„Ja, wenn er seine Seminare machen kann, wächst er über sich selbst hinaus. Ich liebe das, wenn ich ihn reden höre." Die beiden Frauen beißen von ihren belegten Broten ab und kauen bedächtig vor sich hin. Mitten in der Gesprächspause kommt Leo ins Zimmer und gesellt sich zu ihnen.

„Tut mir leid, dass wir dich gleich so lange allein gelassen haben. Wie war deine Reise hierher?"

„Ich muss ehrlich gestehen, etwas durchwachsen. Vom Flughafen Teneriffa Nord bis hier runter war viel Stau."

„Stimmt, uns ging es ähnlich. Und ich habe festgestellt, dass auf dieser Insel enorm viel los ist. Als wir in diesem Einkaufszentrum waren, hat es mich bald umgehauen vor Menschen und Autos. Ich habe nicht gewusst, dass es auf Teneriffa so voll ist."

„Ich gehe davon aus, dass die Anzahl der Touristen in den letzten Jahren um einiges gestiegen ist. Diese Insel hat auch die meisten Urlauber. Als ich zuletzt hier war, hörte ich von um die fünf Millionen pro Jahr. Aber ich muss gestehen, ich hatte damals meinen Fokus auf ganz andere Dinge gerichtet, deswegen war mir das nicht aufgefallen. Außerdem war ich zehn Jahre jünger. Auf Gran Canaria ist es weniger voll, aber auch schon ganz schön überlaufen. Ich liebe Fuerteventura, denn dort gibt es noch einsame, menschenleere Strände und Gegenden."

„Nichtsdestotrotz werden wir uns morgen ein paar Objekte anschauen. Eine Besichtigung habe ich fest vereinbart, der Termin ist 10 Uhr, die anderen muss ich noch organisieren."

„In welcher Region werden wir uns umschauen?"

„Also das erste Objekt ist in der Nähe. Das ist die Villa mit vierzehn Schlafzimmern. Ich hatte auf Fuerteventura schon mal kurz davon berichtet."

„Stimmt, ich erinnere mich."

„Es ist keine Einzelvilla, sondern ein Komplex mit mehreren aneinandergebauten Villen. Weißt du noch, für wie viele Leute der angeboten wird?", wendet sich Leo an seine Freundin.

„Nein, ich hab da nicht hingehört. Das Geschäftliche überlasse ich lieber dir."

„Ein weiteres Objekt soll im Nordwesten auf einer Höhenlage von 1200 Metern sein. In der Nähe von Las Abiertas. "

„Ich glaube, wir hatten das Thema schon einmal angerissen. Willst du wirklich wagen, in dieser Höhenlage ein Retreat zu machen auf einer Insel, die man wegen ihres warmen Klimas besucht?" Dort oben kann man nicht nackt draußen sein, ohne zu frieren."

„Das muss man sich ansehen. Wir sind ja Berge gewöhnt. Natürlich hast du recht, wenn wir schon auf einer Sonneninsel sind, es ist sicher besser, diesen Vorteil zu nutzen, sonst könnten wir in der Schweiz bleiben."

„Mona hat recht", wirft Leos Freundin ein. „Ich möchte lieber ein Objekt in einer warmen, kuscheligen Gegend."

„Warten wir es ab, ich habe so meine Vorstellungen. Hier fehlt mir auf jeden Fall der Wald. Du weißt ja, wir brauchen für unser Retreat Bäume."

„Ich kann mich erinnern, dass in der Region, in der es auf Teneriffa Bäume und Wald gibt, die Wolken oftmals bis auf dem Boden hängen und die Temperatur enorm abnimmt, je höher man kommt. Wenn unten im Süden, 26° sind, sind da oben nur noch 16. Es wäre doch schade, sich auf so einer schönen Insel wegen des Wetters nur im Haus aufzuhalten oder sich dick anziehen zu müssen. Wir wollen uns doch outdoor und am Pool auch berühren."

„Wir schauen uns das einfach mal an. Entscheiden können wir dann immer noch." Leo bleibt unnachgiebig.

„Leo, du hast noch gar nichts gegessen?"

„Ich habe keinen Appetit. Lass uns in den Garten gehen, dort können wir den Sonnenuntergang beobachten. Bring mir bitte einen Cognac mit." Er begibt sich nach draußen und Inaya eilt an die Küchenzeile, um die mitgebrachte Cognacflasche zu öffnen.

„Wo gibt es hier Cognacgläser?"

„Du kannst doch ein normales Trinkglas nehmen."

„Ne, Mona, da ist Leo eigen. Er möchte ein passendes Glas für sein Cognac haben."

„Okay, ich geh schon mal raus." Mona setzt sich neben Leo, welcher seinen Liegesessel direkt Richtung Westen positioniert hat.

„Es ist wirklich fantastisch hier."

„Ja", antwortet Leo einsilbig.

„Sag Leo, ich habe dich auf Fuerteventura so fröhlich und unbeschwert erlebt. Gibt es irgendetwas, was wir bereden können? Ich bin auch Lebensberater und Entspannungscoach."

„Ich hatte vorhin mit meiner Frau telefoniert. Ihr geht es im Moment nicht so gut und unseren zwei Söhnen dadurch natürlich auch nicht. Meine Schwiegermutter kümmert sich, aber ich mache mir da schon ein wenig Gedanken."

„Willst du nicht lieber zu deiner Familie zurückfliegen?"

„Das ist nicht notwendig und meine Gattin will das auch nicht. Ich hatte kurz mit ihr reden können. Außerdem möchte ich nicht umsonst hierher gekommen sein." Mona fragt nicht weiter nach, weil das Thema ihn augenscheinlich belastet. Seine Freundin kommt und überreicht ihm den Cognac.

„Hier ist dein Getränk." Sie setzt sich auf den Rand seiner Liege und küsst ihn auf den Kopf.

„Wollt ihr nichts trinken?"

„Nein, ich hatte schon zwei Glas Wein, mir reicht es."

„Und du Mona?"

„Ich trinke nur Wasser." Die drei schweigen. In einem eher rasanten Tempo nähert sich die Sonne dem Horizont des Atlantiks, um dann strahlend darin unterzugehen. Heute ist das Farbspiel nicht so märchenhaft, wie bei vorhandenen Wolken, wenn sich in denen das Licht bricht und verteilt, denn es herrscht klarer Himmel. Als die Sonne im Ozean verschwunden ist, fragt Inaya Mona:

„Wie kommt es, dass du alleine lebst? Hast du keine Sehnsucht nach einem Partner?"

„Das ist nicht mit wenigen Worten beantwortet. Natürlich habe ich Sehnsucht nach Nähe, nach Berührung, nach Miteinander. Ich habe auch den einen oder anderen Mann in meinem Leben kennengelernt, aber es hat sich nie das ergeben, womit ich rundherum glücklich bin, womit ich mich wirklich wohl fühle. Und je länger ich mich mit Tantra befasse, desto schwieriger wird es. Nicht jede Berührung von jedem Mann löst in mir wohlige Schauer aus."

„Ja, aber wenn du davon ausgehst, dass alle Menschen miteinander verbunden sind und sich lieben?"

„Nun, das hat sicherlich alles einen Sinn, dennoch kann ich nicht, nur weil ich mit allen verbunden bin und energetisch alle Menschen aus dem Herzen liebe, von jedem die Berührung als angenehm empfinden. Es sind alles unterschiedliche Energien. Wir haben alle verschiedene Resonanzen zu irgendetwas oder irgendjemanden. Und da ich ein sehr feinfühliges Wesen bin, braucht es eine Energie, die mit meiner in angenehme Schwingung geht."

„Das mag wohl sein."

„Wie lange kennt ihr euch?"

„Wir sind seit zwei Jahren miteinander im Gange."

„Und vorher?"

„Leo ist verheiratet, aber seine Frau hat nichts für all das Schöne, was er tut, übrig. Sie ist in ihrer katholischen Erziehung verhaftet geblieben. Ich lernte Leo auf einem seiner ersten Seminare kennen. Wir haben uns langsam angenähert, lieben uns innig, harmonieren und ergänzen uns."

„Das ist wundervoll. Was sagt seine Frau dazu?"

„Zwischenzeitlich hat sie sich damit abgefunden", klinkt sich Leo in das Gespräch der Frauen ein, umarmt seine Freundin und dann küssen sich beide. Leo löst sich, trinkt einen Schluck und wendet sich an Mona:

„Was ich dir noch sagen wollte, ich entwickle gerade ein Konzept für ein Sinnen-Dating."

„Was kann ich mir darunter vorstellen?"

„Ich muss das alles noch genau überdenken und überarbeiten. Vom Grunde geht es darum, ein Format zu entwickeln, um den passenden Partner zu finden. Jemanden, mit dem du wirklich durchs Leben gehen möchtest. Die existierenden Partnervermittlungen bringen oftmals nicht den Erfolg. Wir möchten etwas erschaffen, bei dem man einen Partner auf eine ganz andere Art kennen lernen kann. Ein wichtiger Punkt ist, dass alle, die sich dort bewerben und erscheinen, keine Parfüms oder Aftershaves benutzen. Denn jeder Mensch hat eine einzigartige Duftnote und die entscheidet letztendlich auch darüber, ob man jemand riechen kann oder nicht. Zu Beginn begegnen sich die Teilnehmer erst mal komplett ohne Worte und auch, ohne sich zu sehen."

„Spannend."

„Ich stelle mir vor, zwei Kreise zu bilden, innen die Männer und außen die Frauen. Alle bewegen sich langsam mit verbundenen Augen durch den Raum und begegnen sich, schnuppern aneinander. Im zweiten Teil dürfen sie sich umarmen und eine Weile aneinander verweilen. Natürlich muss man das begleiten, denn sie sehen sich ja nicht und irgendjemand muss registrieren und aufschreiben, wer wen riechen konnte. Dann wird getanzt, jeder mit jedem. Es soll sechsunddreißig Fragen geben, aber die kommen erst ins Spiel, wenn sich zwei nach dem Riechen und Tanzen brennend füreinander interessieren."

„Du hast noch den Teil mit den Berührungen vergessen, sich an den Händen halten, das Gesicht mit den

Händen erkunden, ohne zu sehen, den Körper ein wenig zu streicheln, liebevoll abzutasten", wirft Inaya ein.

„Stimmt. Wir sind ja noch dabei, alles in Form zu bringen. Letztendlich sollte jeder von jedem Fragen beantworten. Die werden ausgewertet und man schaut, was am besten passt. Und wenn das Berühren und der Geruch auch harmoniert haben, ist das schon fast ein Volltreffer." Inaya klatscht in die Hände und tanzt spontan über die Terrasse. Mona muss lachen.

„Ich kann mir das gut vorstellen, da gilt es aber noch einiges zu überlegen. Spontan fällt mir ein, dass auch die Stimme ein wichtiger Faktor bei der Partnerwahl ist. Außerdem sollte auch das Suchalter abgestimmt werden. Es gibt in dem Zusammenhang die unterschiedlichsten Wünsche und Begehrlichkeiten. Es ist übrigens ganz toll, was ihr alles auf die Beine stellt. Ich habe schon immer gemerkt, dass man sich als motiviertes Paar gegenseitig enorm befruchten kann und geniale Dinge daraus entstehen können. Für mich ist es schon jetzt ein großes Geschenk, euch kennen gelernt zu haben. Ich möchte gerne das tantrische Retreat und das Sinnen-Dating erleben." Leo und Mona stehen auf und umarmen sich. Die Berührung von Leo ist für Mona wieder angenehm, aber anders als das letzte Mal, verhalten.

„Gute Nacht, Mona. Wir ziehen uns zurück. Frühstück gegen acht?"

„Gerne. Schlaft gut." *Schade, dass Leo so bedrückt ist.* Mona hatte sich auf tantrische Berührungen mit ihm gefreut, aber unter diesen Umständen finden die natürlich nicht statt.

Mona sitzt neben Leo im Auto, Inaya auf dem Rücksitz. Heute ist sie wortkarg und schaut aus dem Fenster.

„In zehn Minuten sind wir an der Villenanlage." Mona genießt es, nicht fahren zu müssen, denn das gibt ihr die Gelegenheit, in Ruhe die Landschaft zu betrachten.

Ich muss unbedingt zum Roque Cinchado und die Gegend rund um den Teide erkunden, bevor ich abreise.

„So, das ist es schon." Leo parkt vor einem geschlossenen Holztor und ruft jemanden an.

„Er kommt gleich öffnen." Sie steigen aus und warten. Von ihrem Standort aus kann Mona nur Tor, Mauer und Palmen sehen. Dann wird die Tür im Tor geöffnet und ein gebräunter Mann in Jeans und weißem Hemd erscheint. Das ist kein Einheimischer oder Spanier, stellt Mona sofort fest.

„Kommen Sie bitte herein". Der Mann spricht mit einem süddeutschen Akzent. Er schüttelt Leo, Inaya und Mona die Hand.

„Sehr erfreut, Jakob mein Name. Ich zeige Ihnen die Anlage." Der Händedruck von Jakob ist warm, fest, aber angenehm. Mona folgt und hält sich während der Besichtigung weitgehend im Hintergrund. Sie ist total fasziniert von der Größe des Objekts. Es sind insgesamt zehn Villen, die auf einem weitläufigen, mit vielen Bäumen und Büschen bewachsenen, terrassenförmigen Gelände angeordnet und alle miteinander verbunden sind. Es gibt zwei Poolanlagen und von der oberen kann man während des Schwimmens zum Atlantik schauen. Alles ist luxuriös eingerichtet. Nachdem die Besichtigung beendet ist, bittet Jakob darum, auf der oberen Terrasse Platz zu nehmen.

„Bedienen Sie sich!" Er weist mit der Hand in Richtung eines Beistellwagens, auf dem verschiedene Getränke, Gläser und ein Obstteller stehen. Mona nimmt sich ein Glas und eine Flasche Appletiser. Dieses Getränk hatte sie in den letzten Wochen auf Fuerteventura neu für sich entdeckt. Während Leo und Jakob miteinander kommunizieren, schweifen Monas Gedanken ab. Eine Woche kann sie auf Teneriffa bleiben, dann geht ihr Flug nach Berlin. Ihr gemietetes Haus auf Fuerteventura hat sie vorfristig kündigen, das Auto für achthundert Euro verkaufen können. Ihre Sachen sind in einem gemieteten Lager in Gran Tarajal untergestellt. Diese Adresse konnte sie, da der Vermieter kulant war und es auch einen Briefkasten gibt, als neue Meldeadresse auf Fuerte-ventura angeben, denn komplett abmelden wollte sie sich nicht. Bis jetzt ist ihr allerdings nicht gelungen, güns-tigen Wohnraum in Berlin zu finden. Für die ersten Tage buchte sie ein Hotelzimmer und will von dort aus weiter suchen. Da sie in Deutschland nicht gemeldet ist, kann sie nichts dauerhaft anmieten. Es bleiben also nur private Ferienwohnungen. Dafür gibt es zwischenzeitlich einige Portale im Internet.

„Wie gefällt dir das Objekt in Bezug auf unsere Vor-haben?" Die Frage von Leo reißt Mona aus ihren Ge-danken, aber sie ist an Inaya gerichtet.

„Einsame Spitzenklasse. So etwas habe ich noch nie gesehen. Da brauchen wir doch nichts anderes ansehen, oder?" Leo antwortet darauf nicht, sondern fragt Jakob:

„Was soll denn eine Woche hier kosten?"

„Achtzehntausend Euro."

„Was?", schreit Inaya mit schriller Stimme.

„Beruhige dich! Wenn der Mietpreis durch zwanzig Leute geteilt wird, ist er durchaus machbar und sogar günstig."

„Stimmt." Inaya schlägt sich mit der flachen Hand an die Stirn.

„Ist es möglich, dass ich mit meiner Freundin noch einmal alleine ganz in Ruhe alles anschauen kann? So schnell konnte ich mir nicht genügend Details merken."

„Aber natürlich. Lassen Sie sich Zeit." Da Leo nur von seiner Freundin gesprochen hat, bleibt Mona bei Jakob, als die beiden sich entfernen.

„Kann ich Ihnen noch etwas anbieten?"

Der Mann hat wirklich eine angenehme Stimme.

„Danke, nein. Wohnen Sie hier oder sind Sie der Eigentümer?"

„Nein, ich makle immer mal für Bekannte. Dieses Anwesen gehört einem langjährigen Freund, welcher die meiste Zeit seines Jahres auf den Malediven verbringt."

„Und wo wohnen Sie?"

„In der Nähe von San Juan de la Rambla. Ich habe dort ein kleines Haus ganz nach meinem Geschmack eingerichtet."

„Wo ist das denn?"

„An der Nordküste, etwa fünfzehn Minuten von Puerto de la Cruz entfernt."

„Leben Sie schon lange auf Teneriffa?"

„Seit vier Jahren. Ich bin glücklicher Privatier, habe meinen stressigen Arztberuf mit sechzig aufgegeben und genieße nun mein Dasein hier auf der Insel."

„Was macht Ihre Frau?" Mona will mehr über ihn wissen, denn so ein gut aussehender, gebildeter und sympathischer Mann ist bestimmt verheiratet.

„Ich bin seit zehn Jahren geschieden und lebe allein."

„Wie verbringen Sie Ihre Tage auf dieser Insel?" Jakob lächelt Mona an und trinkt einen Schluck aus seinem Glas.

„Sie sind ganz schön neugierig, ich finde das allerdings nicht aufdringlich, sondern eher schmeichelhaft."

„Freut mich. Ja, ich bin immer wissbegierig ins Leben, liebe es, offen zu kommunizieren und neue Kontakte zu knüpfen. Macht es Ihnen etwas aus, wenn wir uns duzen? Ich bin Mona."

„Ganz und gar nicht. Sag Mona, ist es ein Geheimnis, oder kannst du offen darüber reden, wozu die beiden so ein großes Anwesen mieten wollen?"

„Leo und Inaya organisieren in der Schweiz mehrmals pro Jahr Retreats. Dabei geht es um Meditation, Entspannung, Entschleunigung, Yoga und Tantra. Nun wollen sie es erstmals unter der afrikanischen Sonne auf Teneriffa stattfinden lassen. Ich bin auch daran interessiert, denn ich praktiziere Tantra schon eine ganze Weile und es ist schwierig, dafür passende Menschen zu finden. Viele Jahre lebe ich schon auf den Kanaren, habe aber in der Zeit hier noch nie so ein stimmiges Konzept mit so motivierten und liebevollen Menschen kennen lernen dürfen."

„Auf welcher Insel wohnst du?"

„Die letzten zehn Jahre auf Fuerteventura, bin aber gerade dabei, mich noch einmal zu verändern. Ich hatte dort eine kleine Praxis für Lebensberatung und Entspannungsmassage, aber die lief nicht mehr. Auf Fuerteventura ist wesentlich weniger los, als hier."

„Ich las über Tantra bisher nur im Zusammenhang mit Sex. Was kann ich mir denn unter solch einer Veranstaltung vorstellen?"

„Nun, es geht dabei nicht um eine Massenorgie, sondern um herzgeführtes Miteinander und zärtliche Berührungen. Bist du schon mal mit Tantra in Berührung gekommen?"

„Ich hatte einmal hier auf der Insel eine professionelle Tantramassage in Anspruch genommen. Die hat mich nicht wirklich berührt, war halt eine erotische Massage. Deswegen habe ich mich mit dem Thema auch nicht weiter befasst. Vielleicht hast du Lust, mich etwas in dieses Metier einzuführen? Du scheinst ja für Tantra regelrecht zu brennen, habe ich den Eindruck. Wie lange bleibst du auf Teneriffa?"

„Geplant ist eine Woche, also noch sechs Tage. Wir wollen uns noch ein paar andere Objekte anschauen. Kannst du etwas empfehlen?"

„Ich kann mich mal umhorchen. Aber die beiden scheinen ja von diesem Anwesen schon recht beeindruckt zu sein." Leo und Inaya erscheinen, sie strahlt übers ganze Gesicht.

„Am liebsten würde ich gleich hierbleiben. Es gibt sogar einen überdachten, beheizten Pool."

„Unser Pool in der Villa hier ist auch beheizt." Leo scheint nachdenklich.

„Wir müssen das nochmal überschlafen und ich möchte mir noch andere Objekte ansehen. Danke für Ihre Zeit." Er geht auf Jakob zu, der erhebt sich und die Männer schütteln sich die Hand. Dann zieht Jakob ein paar Visitenkarten aus seiner Hemdtasche.

„Sie können mich jederzeit anrufen." Mona würde gerne noch bleiben, aber Leo drängt zum Aufbruch.

„Wohin fahren wir jetzt?"

„Lass uns erst einmal zum Auto gehen." Mona trinkt ihr Glas aus und erhebt sich in Zeitlupe.

„Schade, ich hätte gerne noch weiter mit dir geplaudert, aber ich bin mit den beiden im Auto gekommen. Mein Mietwagen steht in Guía de Isora."

„Wenn du einen Mietwagen hast, kannst du mich doch besuchen kommen." Jakob reicht Mona seine Karte.

„Estupendo. Wenn du möchtest, schenke ich dir eine Tantramassage."

„Dazu werde ich nicht nein sagen."

„Jetzt muss ich aber los, die beiden warten auf mich." Jakob umarmt Mona sehr warm und ruhig zum Abschied, das gefällt ihr.

„Ich melde mich."

Es ist gegen halb neun, als die drei nach der Besichtigungstour in der Villa ankommen. Mona ist heilfroh, dass sie nicht fahren musste. Nach dem Sonnenuntergang ging es nur noch über stockfinstere, schier endlose Gebirgsstraßen und Serpentinen. Leo fuhr und hatte die ganze Zeit kein Wort mehr gesagt. Wahrscheinlich aber auch, weil die zwei weiteren Objekte, die sie noch besichtigt hatten, nicht seinen Vorstellungen entsprachen. Auch Inaya war still während der Rückfahrt.

Das eine Objekt lag an der Nordküste, war aber in einem jämmerlichen, verwahrlosten Zustand. Das Objekt bei Las Abiertas konnten sie nicht besichtigen, weil zum vereinbarten Termin niemand erschien, obwohl sie eine Stunde länger gewartet hatten. Ein weiteres Objekt hatten sie sich im Nordosten der Insel in einem herrlichen Waldgebiet des Anaga-Gebirges angeschaut. Doch dort oben war es im Verhältnis zu Guía de Isora eiskalt und die einzige Heizmöglichkeit in der großen Villa war ein Kamin im Salon. Die Schlafzimmer waren alle nicht beheizbar. Sonst war die Lage herrlich, direkt im Wald und nach fünfzehn Minuten Wanderung hatte man einen herrlichen Blick von einer Bergspitze bis tief runter zum Atlantik. Sie hatten überlegt, extra Elektroheizkörper anzuschaffen, diesen Gedanken aber gleich wieder verworfen. Für die eine Woche wäre das viel zu aufwendig und vor allem unsicher, ob die gesamte Elektroanlage das Anschalten von zehn Heizkörpern überhaupt aushalten würde. Zwischendurch hatte Leo immer mal wieder Abstand genommen und telefoniert, aber er sprach nicht darüber.

„Bin ich geschafft." Inaya lässt sich auf die große Couch im Salon fallen, Mona setzt sich auf einen der Sessel. Trotzdem sie nicht der Fahrer war, ist sie matt.

„Bin ich durstig. Das Essen war dermaßen salzig." Unterwegs hatten sie im Touristengebiet an einem italienischen Restaurant Rast gemacht und zu Abend gegessen.

„Wahrscheinlich war der Koch verliebt, so sagt man doch oder Mona?"

„Diese Redewendung hat meine Mutter früher auch gerne benutzt."

„Erzähl, was macht deine Mam?"

„Sie ist eigentlich noch ganz gut drauf und lebt in einem Seniorenheim in Berlin."

„Da könnte ihr euch nicht oft sehen?"

„Das stimmt, aber wir hatten nie so ein inniges Verhältnis. Wenn ich jetzt nach Deutschland fliege, besuche ich sie."

„Du hast es gut, du hast noch eine Mutter."

„Du nicht?"

„Nein, meine ist kurz nach meiner Geburt abgehauen. Ich kenne sie überhaupt nicht, sie hat sich nie wieder gemeldet. Mein Vater hat mich groß gezogen, ihr Verschwinden nie verwunden und ist Alkoholiker geworden."

„Das ist bitter."

„Hast du Kinder?"

„Ich hatte einen Sohn. Er starb mit fünfzehn bei einem Motorradunfall."

„Das tut mir leid.".

„Möchtest du Kinder haben?"

„Ich weiß nicht. Und Leo ist viel älter als ich, verheiratet und hat schon zwei Söhne. Ich würde nur von ihm ein Kind wollen, sonst nicht. So wie sich die Welt entwickelt, habe ich diesbezüglich ein ungutes Gefühl. Es ist eine große Verantwortung, die man einem Kind gegenüber hat."

„Damit hast du recht. Das muss jeder für sich entscheiden. Ich bin jedenfalls glücklich, Mutter gewesen zu
sein." Leo kommt in den Salon und setzt sich neben Inaya.

„So ihr beiden, Folgendes. Ich habe heute mehrfach
mit meiner Frau, der Schwiegermutter und meinen
Söhnen telefoniert. Meine Gattin leidet an etwas, was
noch nicht diagnostiziert werden konnte. Sie klagt über
Fieber und Atemnot." Mona muss an Walter denken,
dessen Krankheitsbild ähnliche Symptome zeigt.

„Die Schwiegermutter ist überfordert und deswegen
habe ich schweren Herzens beschlossen, unseren Aufenthalt hier vorfristig zu beenden."

„Oh nein, ich hatte mich so gefreut, diese Woche auf
Teneriffa mit dir zu verbringen." Inaya laufen sofort die
Tränen.

„Inaya, du musst mich verstehen und weißt, die Familie geht vor."

„Ja, das ist mir bewusst und das war auch schon
immer so. Aber trotzdem bin ich traurig." Mona kann
nichts dazu sagen, sich aber genau vorstellen, was in der
jungen Frau jetzt vorgeht.

„Ich habe vorhin zwei Tickets gebucht. Wir fliegen
morgen Mittag in die Schweiz zurück." Mona beobachtet, wie Inaya regelrecht in sich zusammensackt, dann
aufsteht, zur Küchenzeile läuft, sich ein Glas Cognac ein-
gießt und den Inhalt mit einem Mal austrinkt. Leo bemerkt das nicht, denn er ist in Gedanken versunken.

„Ich denke, das ist eine gute Entscheidung, auch wenn
es insgesamt schade ist."

„Du kannst natürlich hierbleiben, Mona. Die Villa ist
bis zum 16. Dezember gebucht. Es ist alles bezahlt."
Mona steht auf, stellt sich hinter Leo und legt ihm die
Hände auf die Schultern. Dann beginnt sie, sanft seinen
Nacken und seinen Kopf zu massieren. Inaya eilt aus dem

Zimmer auf die Terrasse. Leo genießt Monas Nacken- und Kopfmassage, welche über zwanzig Minuten dauert. Danach bedankt er sich und umarmt Mona herzlich.

„Es ist bedauerlich, dass wir uns nicht näher kommen konnten. Ich spüre in dir eine starke positive Energie und Weisheit, die ich sehr gerne genießen möchte. Wir bleiben auf jeden Fall in Kontakt. Du kannst uns natür- lich auch in der Schweiz besuchen. Im Mai ist das nächs- te Retreat geplant. Vielleicht hast du Lust und Zeit, daran teilzunehmen.“

„Danke Leo, du bist mir sympathisch und nach der kurzen Zeit unseres Kennenlernens sehr vertraut. Auch deine Energie ist für mich angenehm. Und tausend Dank, dass ich hierbleiben darf. Wir werden auf jeden Fall in Kontakt bleiben, egal was kommt. Unabhängig von meinen seltsamen Begebenheiten in den letzten Monaten habe ich so das Gefühl, dass irgendetwas im Kommen ist, was vieles verändern wird. Ich weiß aber nicht was, habe oftmals unbestimmte Vorahnungen. An allen Ecken und Enden meines Universums und der Menschen, die darin vorkommen, ergeben sich Proble- matiken. Es fühlt sich an, als ob sich ein Unwetter zu- sammenbraut.“

„Wer so energiefühlig ist wie du, der spürt wesentlich mehr als die meisten Menschen. Gehen wir mal davon aus, dass ein kommendes Unwetter reinigt und danach alles wieder klarer und neu strukturiert sein wird.“ Leo und Mona umarmen sich und stehen bestimmt fünf Minuten miteinander. Inaya kommt dazu und fragt:

„Was ist nun Leo, soll ich jetzt packen gehen?“ Leo löst sich langsam, küsst Mona die Hände und antwortet ruhig:

„Ja, das ist eine gute Idee. Ich begleite dich und helfe dir. Gute Nacht Mona.“

Nachdem Mona Leo und seine Freundin am Flughafen verabschiedet hat, überlegt sie, was sie mit dem halben Tag anfängt. Sie setzt sich ins Auto und fährt nach Adeje. Bei ihren Recherchen über Teneriffa hatte sie gesehen, dass es dort eine Strandpromenade und einige Strandabschnitte gibt, die sie an die lange Promenade auf Gran Canaria von San Agustín bis in die Dünen erinnert. Die will sie sich anschauen, denn sie erhofft sich dort ein Heimatgefühl, was sich bei ihr auf Teneriffa bisher noch nicht eingestellt hat.

Es ist schwierig für sie, in der Nähe von Playa de Fañabé einen Parkplatz zu finden, das Touristengebiet ist absolut zugeparkt. Weit ab vom Strandbereich kann sie parken und macht sich auf den Weg runter zum Strand. Hier sind ein Hotel und eine Anlage an der anderen gebaut und eine Menge Touristen unterwegs. Mona hört die unterschiedlichsten Sprachen, von denen sie Französisch, Russisch, Italienisch, Polnisch und natürlich Deutsch erkennt. Sie kommt an einem luxuriösen Einkaufszentrum vorbei, in dem es ausschließlich hochpreisige Marken zu kaufen gibt. Ein Stück weiter bergab beginnt endlich die Promenade. Nach rechts der Strand unterhalb der teuren Hotels ist total überfüllt. Mona macht sich lieber auf den Weg Richtung Las Americas. Der Paseo ist zweigeteilt, man kann im oberen Bereich an Restaurants vorbei laufen oder im unteren an diversen Läden und Bars. Überall werden Massagen angeboten und die asiatischen Frauen versuchen, sie zu animieren, eine Maniküre, Pediküre oder Massage in Anspruch zu nehmen. Mona geht weiter und kommt an einem großen Restaurant vorbei, von welchem aus man über den Strand zum Meer schauen kann. Zwischenzeitlich ist es früher Nachmittag und sie hat enormen Hunger. So setzt sie sich an einen Zweiertisch. Das Lokal ist gut besucht und angenehm temperiert, denn es weht ein leichtes

Lüftchen über die Terrasse. Sie bestellt sich kanarische Kartoffeln mit Mojosoße und einen Appletiser. Der Preis ist phänomenal und ihre Bestellung steht innerhalb von fünf Minuten auf ihrem Tisch. Diesmal gibt es sogar drei Soßen und sie isst alles komplett auf. Dabei schaut sie aufs Meer und stellt fest, dass schon wieder Calima beginnt, denn eigentlich müsste man von hier aus La Gomera sehen. Doch die Insel ist im Dunst nicht zu erkennen. Sie bezahlt ihre Rechnung, die gerade mal zehn Euro ausmacht und bummelt durch diesen und jenen Laden, schaut sich die Aushänge der Veranstaltung an.

Wie gerne würde sie wieder einmal einen Flamencoabend erleben. Ihr fällt auf, dass es enorm viele Büros für die Vermittlung von Exkursionen, Veranstaltungen und Ausflügen gibt. Sie erkundigt sich nach einer Tour zum Roque Cinchado, doch so richtig zufrieden ist sie mit den Angeboten nicht. Eins geht über neun Stunden, das ist ihr zu lange. Ein Halbtagesausflug beinhaltet den Teleferico, die Touristen werden zur Seilbahnstation gefahren, um mit dieser auf den Gipfel des Teides zu gelangen.

Doch Mona will nicht noch einmal dorthin. Das schnelle Überwinden von 1500 Meter auf 3500 Meter, denn die Seilbahnstation steht ungefähr auf 2000 Metern Höhenlage, war ihr nicht bekommen. Sie fühlt noch immer, wie schwindlig es ihr dort oben war. Außerdem stellt sie sich mit Grauen vor, in einem Touristenbus mitzufahren und vielleicht an den Roques García nur eine halbe Stunde Zeit zu haben und zu einer nächsten Station zu fahren, an der sie kein Interesse hat.

Seit sie die Lithografie von Lorenzo und Camilla hat, auf dem der Teide und der Roque García abgebildet sind, spürt sie, dass es sie zu diesem Ort zieht. Sie holt ihr Handy aus der Tasche und öffnet das Foto, welches sie vom Bild gemacht hatte. Sie gelangt an ein weiteres Büro und kommt ins Gespräch mit einem holländischen Mann, welcher Exkursionen verkauft und nach seinen Worten über dreißig Jahre auf Teneriffa wohnt. Sie zeigt ihm das Foto.

„Dorthin möchte ich, suche dafür eine Ausflugsmöglichkeit", und fragt ihn, ob der Calima bis über 2000 Meter reicht.

„Das kann ich dir nicht sagen, da musst du einfach mal hinfahren."

„Mir macht es nicht wirklich Freude, diese engen Gebirgsstraßen und Serpentinen zu fahren. Das hatte ich vor Jahren schon mal, hatte den Weg über Vilaflor wie die Touristenbusse genommen."

Dieser Mann ist ungefähr Ende fünfzig und hatte wohl mal einen Schlaganfall, denn sein rechter Arm hängt bewegungslos und sein eine Gesichtshälfte scheint gelähmt. Er ist aber sehr motiviert und erklärt Mona mit leuchtenden Augen, wie sie am besten zur Ebene der Felsen unterhalb des Teides kommt, ohne viele Serpentinen fahren zu müssen.

„Die Strecke hab ich früher immer mit dem Rad genommen."

„Klasse und danke für den Tipp. Ich werde selber hochfahren." Allerdings hat sie mit ihrem Mietauto kein gutes Gefühl, denn zeigt ständig eine Fehlermeldung, dass mit dem Reifendruck etwas nicht stimmt und es hat überhaupt keine Power.

Sie schlendert weiter und in einem kleinen Café gönnt sie sich einen Eisbecher mit Erdbeeren und Sahne. Auf dem Weg zurück zu ihrem Auto kommt sie an einem Büro ihrer Autovermietung vorbei und teilt den Mitarbeitern die Fehlermeldung mit. Ein junger Mann schnappt sich ein Gerät, winkt ihr, sie solle ihm folgen und fährt mit ihr zum parkenden Auto. Er gibt Luft auf die Reifen und verschwindet wieder. Nach achtzehn Uhr kommt sie an der Villa an, die sie nun allein bewohnt.

Das Anwesen hat auf einmal ein völlig andere Ausstrahlung, als sie auf der Terrasse sitzt, um den Sonnenuntergang zu betrachten. Mona hatte so die Hoffnung, eine Massage von Leo zu empfangen. Nach seinen Umarmungen fühlte sie, seine Berührungen genießen zu können.

„Was mache ich die letzten fünf Tage noch bis zu meinem Abflug? Soll ich tatsächlich Jakob besuchen? Auf jeden Fall werde ich den Ausflug zu den Roques am Teide machen. Baden möchte ich auch gerne, wenigstens einmal. Am besten ist, ich rufe gleich bei Jakob an und frage, wann es ihm passt. Dann kann ich meine Touren planen." Sie nimmt die Karte von Jakob und wählt seine Nummer.

„Hola, hier ist Mona. Wir hatten gestern die große Villa mit den vierzehn Schlafzimmern angeschaut. Ich wollte fragen, ob es bei deiner Einladung bleibt? Leo und Inaya sind schon abgereist und ich würde dich gerne besuchen."

„Aber klar doch Mona, du kannst zu mir kommen. Wann passt es dir denn?"

„Das wollte ich dich gerade fragen."

„Am besten, du kommst gleich morgen. Übermorgen habe ich einige Termine, morgen passt es mir besser."

„Welche Uhrzeit?"

„Nach elf ist eine gute Zeit."

„Deine genaue Adresse steht nicht auf der Visitenkarte." Jakob nennt ihr diese.

„Wie lange brauche ich etwa bis zu dir?"

„Fünfzig Minuten. Was kann ich dir zu essen und zu trinken anbieten?"

„Ich brauche nur stilles Wasser und werde mir ein belegtes Brot und etwas Obst mitbringen."

„Wie du willst. Mach dir einen schönen Abend, wir sehen uns morgen gegen elf." Als das Telefonat beendet ist, setzt sich Mona an ihren Laptop und schaut sich die

Route von Guía de Isora bis zu Jakobs Haus an, welches sich in Las Aguas befindet. Auch dieser Weg besteht aus gebirgigen Straßen.

Bei mir dauert die Fahrt sicher über eine Stunde. Wie sie sieht, ist an Jakobs Adresse ein Anwesen direkt am Meer. Mit vorfreudigen Gedanken, morgen einen sympathischen Mann in einem Haus am Atlantik zu besuchen, schläft sie kurze Zeit später ein.

Mona ist so aufgeregt, dass sie bereits um fünf aufwacht. Nach einem Bad im Pool und einem ausgiebigen Frühstück ist es noch immer dunkel.

Dreiviertel acht geht die Sonne auf, dann werde ich losfahren. Sie hat sich die Strecke noch mal genau angesehen und festgestellt, dass sie durch einige Bergdörfer führt. Bevor sie zu Jakob fährt, will sie in San Juan de la Rambla eine Rast machen, dort ein wenig herumbummeln, damit sie pünktlich bei ihm ankommt. Die Aufregung über die Fahrt mischt sich mit Vorfreude. Ihre Morgenmeditation dauert diesmal enorm lange, denn als sie die Augen aufschlägt, sind vierzig Minuten vergangen. Nach acht sitzt sie im Auto.

Die Fahrt gestaltet sich genauso, wie sie befürchtet hat. Sie ist enge kurvige Gebirgsstraßen nicht gewöhnt. Wie hat sie es all die Jahre geliebt, auf Fuerteventura die breiten Straßen von Nord nach Süd oder von Ost nach West zu fahren, ohne pausenlos aufpassen zu müssen, ob Gegenverkehr ist und ständig zu bremsen, weil es bergab geht. Die einzigen Serpentinen auf Fuerteventura sind bei und um Betancuria und Richtung Pájara. Aber selbst die sind ein Kinderspiel im Vergleich zu den Straßen hier. Sie ertappt sich dabei, beim Fahren in die Gegend und immer mal wieder steil nach unten Richtung Atlantik zu schauen. Endlich kommt sie in San Juan de la

Rambla an. Das Städtchen mit enormer Hanglage ist beschaulich. Einige Straßenzüge erinnern sie aufgrund der Bauweise der Häuser mit ihren Holzbalkonen an Teror, gleichzeitig wird sie an Betancuria erinnert, und wiederum an Vecindario auf Gran Canaria vor dreizehn Jahren.

Es gibt verschiedene Fußwege, die direkt an der Steilküste entlang führen. Über eine Treppe steil nach unten gelangt sie zu einem Naturschwimmbecken, in dem ein Mann seine Runden dreht. Kräftige Wellen klatschen immer wieder an die vorgelagerten Felsen und spritzen Fontänen in das Becken. Es sieht so aus, als würde der Schwimmer mit dem nächsten Sog über einen kleinen Klippenriss in den Ozean gespült. Von Monas Position aus wird ihr besonders bewusst, wie gewaltig die Kräfte der Natur sind und wie klein und ausgeliefert doch die Menschen.

Sie setzt sich auf einen Stein und schaut zum Horizont, welcher diesig mit dem Himmel verbunden ist. Die Sonne scheint zwar, ist aber nur als riesengroßer heller Ball mit verschwommenem Rand hinter Calimaschwaden auszumachen. Selbst hier an der Küste fällt ihr das Atmen schwerer als sonst.

Ich muss unbedingt in höhere Lagen. Über 2000 Meter sind die Luftverhältnisse bestimmt besser. Je häufiger Calima ist, desto mehr spürt sie, wie sehr ihre Atemorgane dadurch belastet werden.

Sie verspeist ein belegtes Brötchen und eine Banane und macht sich, als es zwanzig vor elf ist, auf den Weg zurück zum Parkplatz und fährt nach Las Aguas.

Dieser Ort ist kleiner und die Häuschen erinnern sie an die in Antigua. Das Dorf liegt direkt an der Steilküste und einige der Straßen sind extrem steil. Sie hat auf der Karte gesehen, dass sich das Haus von Jakob in einer

Sackgasse befindet. Da sie nicht weiß, ob sie dort parken kann, stellt sie das Auto auf einem Platz in der Nähe ab. Von dort führen zwei Wege, einer hinunter zu einem steinigen Strand, der andere hinauf in die Straße, in der sich Jakobs Haus befindet.

Kurz vor elf ist sie an seiner Adresse und bleibt erst einmal stehen. Vom Haus ist wenig zu sehen, denn es ist von einer großen Mauer umgeben. Eine Klingel findet sie nicht, also ruft sie an.

„Hola, hier ist Mona, ich bin jetzt vor deiner Eingangstür."

„Ich komme und öffne dir." Nach etwa zwei Minuten wird die Tür von innen geöffnet und Jakob steht in schwarzer Hose und gleichfarbigem Hemd vor ihr. Er bittet sie herein, nimmt seine Pfeife aus dem Mund und lächelt sie an. Sie geben sich die üblichen zwei Wangenküsse.

„Schön, dass du da bist, Mona. Ich führe dich durch mein kleines Anwesen." *So klein ist es nicht*, denkt Mona, denn sie laufen einen langen Weg, der teilweise mit Stufen ausgearbeitet ist, nach unten. Rechts und links sieht sie die unterschiedlichsten großen Pflanzen und Bäume, darunter Orangenbäume, Bananen, Avocados, einen Nispero-Baum, Strelitzien und diverse Palmen.

„Du hast ja einen idyllischen Urwald hier", ruft sie Jakob hinterher. Das Haus betreten sie über eine weitläufige Dachterrasse, auf welcher sich ein Pool mit Jacuzzi befindet. Durch eine Glastür geht es eine relativ breite Marmortreppe hinab. Sie gelangen in einen geräumigen Wohnbereich, der teilweise durch eine Glasüberdachung geschlossen ist. Die breite Fensterfront zeigt direkt aufs Meer. Das Haus steht am Rande einer Klippe. Mona bleibt staunend stehen.

„Wow, grandios wie du hier wohnst."

„Es hat schon gedauert, bis ich etwas gefunden habe, was genau meinen Vorstellungen entspricht."

„Das Anwesen und der Ausbau des Hauses haben sicherlich ein Vermögen gekostet."

„Ach weißt du, an Geld hat es mir nie gemangelt. Aber sprechen wir nicht von Finanzen, genießen wir einfach den Moment."

„Da hast du völlig recht, Jakob. Ich bin nur etwas überwältigt."

„Kann ich dir etwas zu trinken anbieten?" Mona lässt sich auf einer weißen Ledercouch nieder, die mit kuschligen Fellen bedeckt ist.

„Ein stilles Wasser bitte." Jakob kommt mit einem Krug Wasser, in dem grüne Blätter und Zitronenscheiben schwimmen. Er stellt zwei Gläser auf den Tisch und gießt ein.

„Lass uns anstoßen."

„Gerne." Mona trinkt mit langsamen Schlucken, steht auf, tritt an die große Fensterfront und blickt auf den Atlantik, welcher mit einigermaßen Schwung immer wieder an diese Felswand unter dem Haus kracht.

„Der Blick erinnert mich an eine Wohnung, die ich mir mal auf Gran Canaria angesehen hatte. Das Haus steht auch direkt auf einer Klippe. Ich wollte dort mal länger wohnen, doch hatte mir so gedacht, wahrscheinlich spürt man die Schwingungen der Wellen, wenn die an die Felsen donnern. Aber hier merke ich das jetzt nicht." Jakob stellt sich dicht neben Mona und legt ihr einen Arm um die Taille. Er duftet nach Pfeifenrauch.

„Wenn der Atlantik wirklich richtig tobt, also die Wellen sind heute nicht hoch, gibt es schon eine gewisse Schwingung zu spüren. Das kommt meistens während der Winterstürme vor." Mona löst sich von ihm und geht wieder zur Couch. Jakob begibt sich in seine amerikanische Küche, welche etwa ein Viertel des sicher fünfzig

Quadratmeter großen Salons einnimmt. Die Möbel sehen aus wie aus einem mittelalterlichen Museum und sind aufgearbeitet und restauriert. Alles ist nobel, auch die Lampen, das schwarze, glänzende Klavier und die Bar, welche voller angebrochener erlesener Alkoholitäten ist.

„Ich zeige dir die anderen Räume." Jakob führt Mona durch sein Haus. Sie betreten ein geräumiges Schlafzimmer mit einem riesigen Bett und einem Einbauholzschrank mit Schnitzereien, dessen Türen überwiegend aus Spiegeln bestehen, zwei Bäder mit edlen Marmor-Waschschalen und Messingwasserhähnen, drei Gästezimmer, von denen zwei ein eigenes Bad haben.

„Sag mal, Jakob, wie kommst du denn mit dem Auto ans Haus und wie sind die ganzen Sachen hineingelangt?"

„Durch meine unten auf der Meerseite befindliche Garage. Es gibt dort eine Zufahrt, denn das Haus ist in den Berg gebaut. Da habe ich auch meine Werkstatt und von da aus fährt ein Lastenaufzug hoch ins Haus."

„Das ist ja enorm und du hast einen direkten Zugang zu dem Steinstrand?"

„Ja, wenn ich will, kann ich jeden Tag dort baden gehen." Mona betrachtet sich die Bilder an den Wänden.

„Sag mal, sind das Originale? Dieses hier, auf dem der Teide und der Roque García abgebildet sind, habe ich vor kurzem als kleine Lithographie geschenkt bekommen."

„Die Bilder habe ich selbst gemalt. Oben auf dem Dach neben der zweiten Tür befinden sich mein Atelier und eine kleine Galerie."

„Du bist Kunstmaler?"

„Nein. Ich arbeite mit Vorlagen und Schablonen. Aber das Malen ist eins meiner Hobbies. Genau so gerne fahre ich mit dem Motorrad über die Insel."

„Das mit dem Motorrad hört sich toll an. Ich beneide Menschen, die das können. Als ich jung war, wollte ich immer eine schwarze Motorradkluft aus Leder und eine Maschine mit viel Speed. Doch ich musste feststellen, dass es mir bei hohen Beschleunigungen und Geschwindigkeiten schwindlig wird. Außerdem ist es mir zu kalt, auch mit Motorradkleidung. Dein Atelier möchte ich mir gerne anschauen." Jakob winkt ihr und sie steigen eine andere Treppe hoch, als sie hinunter gekommen waren. Mona betritt nach Jakob ein gut gewärmtes, rundherum verglastes Atelier, von dem aus man einen Rundumblick auf die Insel und den Ozean hat. Mona steht und schaut, als Jakob auf sie zukommt und ihr eine kleine Lithographie überreicht.

„Meinst du solch eine?"

„Stimmt, genau das Bild haben mir italienische Freunde auf Fuerteventura geschenkt. Immer wieder musste ich es mir anschauen, als ob es eine magische Ausstrahlung hat und die führte mich wohl auch hierher. Ich werde auf jeden Fall noch zum Teide fahren und mir diese Felsformation anschauen."

„Das ist ein beliebtes Motiv vieler Künstler und gilt auch als Wahrzeichen der Insel. Heutzutage ist es mit der modernen Technik einfach, von gemalten Werken Vervielfältigungen in allen Größen herzustellen."

„Das kann ich mir vorstellen." Mona schaut sich um. Eine Staffelei ist mit einem Tuch verhangen.

„Zeigst du mir bitte, was sich dahinter verbirgt." Jakob entfernt das Tuch und zum Vorschein kommt ein halbfertiger Frauenakt.

„Toll, wer ist das?"

„Eine kanarische Freundin, welche ganz verrückt nach mir ist. Da ich mich ihrer nicht wirklich erwehren kann, aber auch nichts Festes anfangen möchte, habe ich sie einfach gefragt, ob sie für mich Akt sitzen will. Sie kommt seit einem halben Jahr jede Woche von San Andrés zu mir. Ich hatte sie letztes Jahr während einer Veranstaltung Anfang Juni in La Orotava kennengelernt. Vielleicht hast du schon davon gehört, dort werden einmal im Jahr Sand- und Blumenbilder auf den Straßen und Plätzen kreiert. Ich hatte in einem kleinen Museum meine Bilder ausgestellt und verkauft."

„Ich habe davon gehört, war aber noch nie dort. Ist das dein erster Akt?"

„Wieso, sieht man das?"

„Nein, so war das nicht gemeint. Nur weil die anderen Bilder alle nur Gebäude und Landschaften zeigen."

„Ich bin nicht so der Porträt- und Körpermaler, will es einfach mal versuchen. Außerdem macht es mir Spaß und sie hat auch ihr Vergnügen." Mona blickt durch die großen Fenster.

„Ich kann mich nicht sattsehen an diesem Panorama hier. Da muss man ja Inspirationen bekommen."

„Ja, aber es ist auch nicht immer so. In den letzten drei Jahren habe ich vielleicht zwanzig Bilder gemalt. Das ist nicht viel. Ich habe einen Bekannten in Bayern, der ist Künstler, Maler und Schriftsteller, aus dem es nur so sprudelt. Der kreiert täglich Texte und Bilder. Ich mache das nur als Hobby und freue mich, wenn meine Bilder gefallen und manchmal kauft auch jemand eins."

„Du kennst nicht zufällig Lorenzo und Camilla, ein italienisches Ehepaar auf Fuerteventura?"

„Nein, zu Fuerteventura habe ich überhaupt keinen Bezug. Diese Insel ist mir zu karg." Jakob greift sich eine Fernbedienung, drückt einen Knopf und mit einem leichten Summen verdunkeln sich die großen Panoramascheiben, aber so, dass man dennoch durchschauen kann.

„Herrlich, hier könnte ich verweilen."

„Komm, ich zeige dir noch etwas." Sie verlassen das Atelier und gelangen in seine Galerie.

„Hier hängen die Bilder, die unten keinen Platz mehr haben. Außerdem ist das ein Raum, in den ich mich immer mal zurückziehe." Auch hier verdunkelt Jakob mittels Fernbedienung die komplette Verglasung.

„Es ist angenehm temperiert."

„Das ganze Haus hat eine Klimaanlage. Wir können es uns hier oben gemütlich machen." Erst jetzt bemerkt Mona bewusst, dass in der Mitte des Raumes eine runde Bettcouch steht.

„Ich würde gerne deine tantrischen Hände genießen. Wir können natürlich auch auf die Terrasse gehen, die zeige ich dir gleich, aber da ist es meist windig." Er öffnet eine Tür und sie betreten eine Dachterrasse, die mit edlen Holzliegen, einem Kamingrill und diversen Kübeln mit großen Palmen ausgestattet ist.

„Herrlich!"

„Hier fehlt nur noch der Pool", bemerkt Jakob und Mona fragt:

„Aber ich habe doch vorhin einen Pool gesehen?"

„Der ist im unteren Bereich."

„Ach so, da musst du erst immer die Treppe runter laufen, um zum Pool zu gelangen."

„Den kann ich überdachen, denn die Winter sind hier doch recht frisch." *Aha, das also auch.*

„Wahrscheinlich ist das Wasser beheizbar?" Jakob nickt. Auf der Dachterrasse ist es etwas stürmisch und gleichzeitig ziemlich staubig.

„Schon wieder Calimastaub. Die Luft ist nicht so besonders zum Atmen geeignet. Ich habe damit zwischenzeitlich echt Probleme", bemerkt sie und beide kehren zurück in die Galerie.

„Wenn du einen empfindsamen Körper hast, kannst du sicher einige klimabedingte Extreme schlechter wegstecken als so manch anderer. Ich habe damit keine Probleme und ich friere auch nicht auf dem Motorrad" erwidert er lachend. Wieder unten im Salon angekommen, stellt Jakob eine große Schüssel mit Obstsalat vor Mona.

„Du möchtest dich sicher etwas stärken, bevor du mir eine tantrische Massage schenkst." Das war keine Frage.

Er kommt aber schnell zur Sache, denkt Mona, doch ihr ist es nur recht. Sie findet Jakob liebenswert und ist gespannt, wie er ihre Hände genießen wird.

„Du lebst alleine hier?"

„Ja. Ab und zu mache ich Bekanntschaften. Voriges Jahr hatte ich eine längere Liaison über fünf Monate. Grundsätzlich bin ich nicht mehr daran interessiert, eine feste Beziehung zu führen. Mir macht das Leben so viel mehr Spaß, wie es ist. Ich habe alles, was ich brauch und kein Problem, Kontakte zu knüpfen. Wenn ich immer mal eine Frau kennenlerne, ist das spannend über eine gewisse Zeit und das reicht mir." Mona kaut genüsslich auf den Obststücken rum und betrachtet sich das Wohnzimmer noch genauer. Es ist wirklich alles piekfein, nichts steht oder liegt herum. Nirgends gibt es auf den glänzenden Flächen, den Tischen, den Glasscheiben, dem schwarzen Klavier auch nur ein Stäubchen zu sehen.

„Ich muss mal kurz ins Bad."

„Du weißt noch, wo es ist?" Sie nickt, betritt das Bad, das Licht geht von alleine an und sie schaut sich auch hier um. Nicht ein einziger Wasserfleck ist auf irgendeiner der edlen Armaturen, einem der vielen Spiegel oder der Duschglaswand zu sehen. Als sie wieder zurück ins Wohnzimmer kommt, hat Jakob sein Hemd ausgezogen.

„Ich mach mich schon mal etwas frei. Und, fühlst du dich wohl?"

„Ja klar. Kühlt es im Winter hier aus?"

„Nein, ich habe eine Fußbodenheizung einbauen lassen."

„Super. Du hast bestimmt eine Putzfrau, so lupenrein, wie das hier ist?"

„Nein, aber einen Gärtner, denn mit Pflanzen kenne ich mich nicht aus."

„Und was machst du den ganzen Tag, außer Motorradfahren, Malen und wahrscheinlich Putzen, denn es sieht hier wirklich hygienisch rein aus?"

„Na ja, die Fenster muss ich auch mal wieder putzen. Und das mit den großen Scheiben oben auf der Terrasse ist schon eine Herausforderung."

„Das machst du selbst? Hut ab."

„Ja klar, ich habe ja Zeit. Außerdem mag ich es rein. Früher war ich neben meiner Chefarzttätigkeit auch Hygieneverantwortlicher." *Das erklärt vieles.*

Sein Leben so zu verbringen, früh im Meer baden, Bilder malen, Motorrad fahren über die Insel, Leute treffen, das Haus putzen, sich mit dem Gärtner unterhalten, Aktmodelle haben, das scheint herrlich zu sein. Mona spürt keinen Neid. Sie merkt deutlich, dass das nicht ihre Erfüllung wäre, denn es ist für sie zu perfekt, zu strukturiert und zu pompös.

Wozu braucht ein Mensch so viel und andere haben nur das Nötigste zum Überleben und arbeiten auch hart? Es ist, wie es ist. Ich werde ihm nun eine sanfte, entspannende Massage schenken.

Mona steht unter der Dusche und genießt die reinigende Kraft des Wassers. Sie liebt es, wenn das Duschwasser direkt auf dem Fußboden abläuft. An zwei Wänden sind große Spiegel und sie betrachtet ihren nackten Körper, an dem die Wasserperlen hinunter rinnen.

Ich kann mich noch immer sehen lassen, auch wenn ich ein wenig zugenommen hab. Der Mangel an regelmäßiger sexueller Aktivität und ihre Vorliebe für Eis und mit Sahne gefüllte Kuchenstückchen machen sich durch ein paar Kilo am Po, ihren Brüsten und einem kleinen

Bäuchlein bemerkbar. Das stört sie aber nicht, denn sie findet sich so fraulicher und im Gesicht viel rosiger, als sie dünn und angespannt war. Langsam trocknet sie sich ab.

„Mist, ich habe überhaupt nicht drüber nachgedacht, etwas für eine Massage mitzubringen. Dabei liegt alles in meiner Unterkunft, wie Feder, Kokosöl und Lunghi. Ich werde einfach meinen weißen Seidenhalsschal benutzen und den Pajero umbinden, den ich in meiner Badetasche habe." Damit fertig ruft sie:

„Jakob, wo bist du?" Sie bekommt keine Antwort, schaut ins Schlafzimmer und erinnert sich, dass er in der Galerie massiert werden will. Als sie dort ankommt, hat es sich Jakob bereits nackt auf dem großen runden Bett bequem gemacht.

„Ich dachte schon, du bist zwischenzeitlich noch ins Meer baden gegangen."

„Nein, ich habe nur eine ausgiebige Dusche genossen und nach einem Tuch gesucht." Sie zeigt Jakob ihren Seidenschal.

„Perfekt. Kokosöl habe ich auf den Nachttisch gestellt."

„Super, das benutze ich auch immer, weil es nicht austrocknet und dauerhaft gleitfähig bleibt. Ich hab für meine Tantramassage eine Zusammenstellung von wunderbar entspannender Musik mit einem kurzen Anfangstext, den ich selbst entworfen und eingesprochen hab, erstellt. Das spiele ich nun ab." Mona sucht im Handy nach dem Audio und klickt es an. Jakob liegt auf dem Bauch. Er ist braun gebrannt, hat einen trainierten Körper und sieht in seinem Alter von Mitte fünfzig makellos aus. Das Einzige, was Mona nicht so schön findet, sind seine Tattoos.

Wie sie festgestellt hat, ist das wohl eine Mode-erscheinung, denn viele der Männer, die sie bereits massiert hat, waren tätowiert. Ihr ist komplett unverständlich, warum Menschen ihre Haut derart verunstalten. Einmal hatte sie einen Mann dazu befragt, der antwortete, dass das damals eben in war.

Ansonsten ist Jakobs Körper lupenrein gepflegt wie auch sein gesamtes Haus.

Mona beginnt ihre Massage, legt ihre Hände auf den Steiß und den oberen Rücken von Jakob, um die erste Verbindung zwischen Sexual- und Herzenergie zu bewirken. Sie merkt, dass es für sie eine wunderbar angenehme Erfahrung ist, eine Massage zu verschenken. Sanft streichelt sie, erst einmal ohne Öl, über den gesamten rückwärtigen Körper von Jakob. Sie spürt, wie er ihre Energie genießt, er bekommt am Hintern Gänsehaut. Mona hat ein wenig Probleme mit ihrer Massageposition, denn sie muss hier, statt an der Liege zu stehen, neben ihm knien. Das ist unbequem und ständig muss sie ihre Position wechseln. Sie hockt sich, läuft um das Bett herum, um ihre Rituale auf der anderen Körperseite zu wiederholen.

Dann nimmt sie das Öl und beginnt es sanft über den gesamten rückwärtigen Körper von Jakob zu verteilen, wobei ihm wohlige Laute entweichen. Sie massiert, streicht, streichelt und liebkost ihn zärtlich aus dem Herzen heraus, mit Inbrunst und Leidenschaft. Als sie diesen Teil der Massage beendet und Hände still auflegt, fällt ihr auf, dass sie keine Tücher hat, um das Öl von ihm abzureiben. Also benutzt sie ihr Handtuch und bittet Jakob dann, sich auf den Rücken zu legen. Er strahlt sie an.

„Das fühlt sich absolut wundervoll an." Mona lächelt zurück und setzt schweigend ihr tantrisches Massageritual fort. Nun massiert sie den Kopf, den Nacken, das Gesicht. Jeder Zentimeter wird sanft und energetisch berührt. Sie bemerkt, dass er komplett rasiert ist. Nicht ein

Härchen entdeckt sie auf seinem makellosen Körper. Mona ist es ein Rätsel, wie manche Menschen es schaffen, sich dermaßen perfekt haarlos zu machen. Aber es bereitet ihr eine angenehme Leichtigkeit, diesen gebräunten männlichen Körper, der augenscheinlich intensiv wohlig auf ihre Berührungen reagiert, zu massieren. Sie merkt an der Musik, dass diese Massage viel länger dauert als sonst.

Während der Lingammassage beginnt Jakob zu zittern und zu stöhnen und ergießt sich in einen intensiven Orgasmus, dessen Energie auch Mona kribbelnd erreicht. Nachdem sein Zittern verebbt ist, löst sie ihre Hände, reinigt ihn vom Öl, deckt ihn mit dem Tuch zu und legt ihre Hände auf seinen Schambereich und sein Herzchakra. Noch immer spürt sie, wie pulsierende Wellen seinen Körper durchziehen. Dann schläft er etwas ein und seufzt im Schlaf. Als er wieder erwacht, faltete Mona die Hände und bedankt sich, dass sie ihm diese Massage schenken konnte.

„Das war wirklich einzigartig. Ich habe deine Berührungen sehr genossen.“

„Du kannst gerne noch ein wenig ruhen und nachwirken lassen. Ich lege mich still an dich.“

„Na ich dachte, dass ich dich jetzt massiere.“ Damit hat Mona nicht gerechnet.

„Es ist bei mir und im Tantra üblich, dass zwischen dem Geben und Nehmen und der Abwechslung dessen erst einmal eine Pause ist, um die Energien wirken zu lassen, den Nachhall zu genießen. Man kann noch liebevoll aneinander sitzen, aneinander ruhen, sich streicheln. Ich bin ja noch ein paar Tage hier. Wenn du möchtest, kannst du zu mir kommen und mir dort eine Massage schenken.“ Jakob setzt sich auf, Mona sitzt neben ihm und bittet ihn, ihren Nacken und ihren Rücken zu streicheln. Er tut es und berührt dann auch ihre Brüste.

„Bitte nicht so fest, ich mag es wirklich ganz sanft. Leichte zärtliche Berührungen sind es, die ich genießen kann." Langsam kriechen seine Hände auch über ihren Bauch in ihren Schoß hinein. Das möchte Mona im Moment nicht und schiebt sie weg.

„Danke Jakob, deine Streicheleinheiten waren wirklich angenehm."

„Nun hast du mir so eine schöne Massage geschenkt, irgendwie muss ich mich doch revanchieren."

„Du musst dich überhaupt nicht revanchieren. Ich habe erwartungsfrei gegeben, einfach aus dem Herzen heraus und weil ich Freude daran hatte. Ich werde mich jetzt noch einmal duschen. Am liebsten würde ich ins Meer springen, aber am Steinstrand herrscht viel Wind mit enorm hohen Wellen, wie ich vorhin festgestellt hatte."

„Ja, der Tag ist nicht geeignet, an den Strand und baden zu gehen." Jakob liegt auf dem Rücken, verschränkt seine Hände hinter dem Kopf und lächelt Mona an, welche nun aufsteht und zurücklächelnd nackt aus dem Zimmer läuft.

Wieder zurück im Salon findet sie Jakob angezogen in seiner Küche vor.

„Möchtest du einen Kaffee?"

„Nein danke Jakob, ich trinke wenig Kaffee, meist nur morgens eine Tasse. Wasser reicht mir." Er stellt einen weiteren Krug Wasser mit Minzblättern hin.

„Das duftet herrlich frisch." Mona gießt sich ein großes Glas voll und trinkt es aus. Irgendwie hat sie den Eindruck, dass Jakob nun weniger gesprächig ist als vor der Massage. Sie erzählt von der Fincasuche mit Leo und Inaya und ihren Plänen, den Bereich unterhalb des Teides zu besuchen, doch Jakob ist abwesend. *Es ist besser, wenn ich mich rasch verabschiede.* Seine plötzliche kühle

Zurückhaltung empfindet sie wie eine unausgesprochene Aufforderung, ihn allein zu lassen. Mona hatte so etwas schon öfter bei tantrischen Begegnungen erlebt. Wenn die Massage oder das Miteinander beendet ist, kommt es oft vor, das die zuerst herrschende, wahnsinnig berührende Energie völlig abrupt in sich zusammenfällt und eine emotionale Kälte entsteht, die sie als unangenehm empfindet. Genauso fühlt sich das jetzt hier an.

Er wollte eine Massage, hat sie bekommen, ist befriedigt und geht nun zur Tagesordnung über. Das ist voll in Ordnung. Sie erhebt sich.

„Ich freue mich, dass ich dir Gutes tun konnte. Nimm die schöne entspannende Energie mit in deinen Tag. Ich mache mich jetzt wieder auf den Weg." Sie zieht sich an, er schaut wortlos zu, führt sie durch den Garten, sie umarmen sich kurz und er schließt die Tür hinter ihr.

Wieder im Auto sitzend, atmet Mona erst einmal durch. Sie muss sich ein wenig sortieren. Auch wenn sie die gesamte Energiesituation zum Ende des Besuchs versteht, hat sie das Bedürfnis, sich abzulenken. Sie schüttelt sich und ihre Arme, schneidet Grimassen, um ihr Gesicht zu entspannen. Nach einer Meditation schaut sie im Handy, was es in der Gegend zu besichtigen gibt. Ihr fällt ein Ort auf, der auch direkt am Atlantik gebaut ist und von dem aus, wie sie schon mal im Internet recherchiert hatte, eine relativ lange, felsige Mole in den Ozean führt. Außerdem hat sie vor, noch einzukehren und etwas Herzhaftes zu essen. Der Obstsalat war zwar lecker, aber irgendwie rumort die viele Obstsäure in ihrem Magen-Darmbereich. Sie startet zum Ort Garachico.

Mona findet einen freien Parkplatz direkt am Meer. Von dort aus schlendert sie langsam zum Plaza del Ayuntamiento del Garachico, auf dem die Kathedrale Iglesia de Nuestra Señora de los Ángeles steht. Sie bekommt das Bedürfnis, diese Kirche aufzusuchen, erhofft sich dort einen ähnlich kraftvollen Impuls, wie sie ihn damals in Teror in der Kathedrale Iglesia de Nuestra Señora de Pinos bekommen hatte. Sie tritt ein und eine angenehme Kühle und Ruhe umgeben sie augenblicklich. Doch das hält nicht lange an, eine größere Touristengruppe strömt in das Gotteshaus. Monas Entspannungsmoment ist dahin.

Sie hört einen Mann auf Spanisch, Italienisch und Deutsch die Touristen über die geschichtlichen Hintergründe der Stadt und dieser Kirche informieren. Da seine Stimme angenehm ist, setzt sich Mona auf eine der Holzbänke und hört zu. Nach zehn Minuten verlassen alle peu à peu die Kirche wieder. Mona folgt der Stimme des noch immer erklärenden Reiseleiters. Als er einen Moment schweigt, fragt sie ihn auf Spanisch, wie sie zu den natürlichen Schwimmbecken und dem Castillo kommt.

Wie die meisten Touristenführer ist er mit einer schwarzen Hose und einem weißen Hemd bekleidet. Er nimmt seine Sonnenbrille hoch und schaut sie mit seinen dunklen Augen an. Mit einer sie noch mehr berührenden Sprechweise erklärt er ihr, wie sie zu Fuß dorthin gelangt und empfiehlt, in einem kleinen Chill-Out-Restaurant mit Blick auf die natürlichen Schwimmbecken zu verweilen. Mona kann sich von seinen Augen und seiner Stimme kaum losreißen. Sie bedankt sich, ergreift in ihrem Überschwang seine rechte Hand und hält sie kurz mit beiden Händen fest. Er ist irritiert, lässt es aber geschehen. Dann sagt er leise:

„Ich muss jetzt zu meiner Reisegruppe, vielleicht sehen wir uns nachher noch einmal im Restaurant, denn dort werden die Touristen zu Abend essen."

Er ruft seine Gäste mit lauter Stimme zusammen und teilt ihnen auf drei Sprachen mit, dass sie nun einen kleinen Park und ein Monument besuchen werden, um später die alte Mole und das Castillo anzuschauen. Dort gibt es genügend Zeit, ein Abendessen einzunehmen. Die Gruppe entfernt sich.

Mona schlendert langsam den Weg, den ihr dieser Mann beschrieben hat und gelangt zu einem Platz, auf dem recht viele Menschen unterwegs sind. Sie betrachtet das Castillo von außen, am Museum ist sie nicht interessiert. Unterhalb der kleinen Festung sind aus den Naturbadebecken juchzende Schreie von Kindern zu hören. So setzt sie sich auf eine Bank und schaut amüsiert den Badenden zu. Als ihr Hungergefühl massiv wird, begibt sich in das empfohlene Restaurant. Dort bestellt sie sich Muscheln mit Nudeln und einen Appletiser.

Die Begegnung mit Jakob wird von der mit diesem Touristenführer überlagert, das merkt sie ganz deutlich. Als sie dessen Hand in ihrer hielt, spürte sie eine Verbundenheit wie zu einem schon ewig bekannten Menschen. Sie hofft, ihn wiederzusehen.

Und tatsächlich, sie braucht nicht lange warten, da erscheint die Touristengruppe und verteilt sich auf die Plätze des Restaurants. Mona sitzt an einem Vierertisch und der Guía kommt lächelnd auf sie zu. Er bittet sie, nach innen in den kleinen Gastraum mitzukommen und dort Platz zu nehmen. Mona folgt ihm euphorisch erregt. Nachdem er draußen sämtliche Bestellungen aufgenommen und an den Kellner weitergereicht hat, setzt sich der Mann an Monas Tisch ihr gegenüber und sie schauen sich kurz schweigend an. Sie hat keine Vorstellung, wie alt er ist, schätzt ihn auf um die Fünfzig.

„Mein Name ist Mona", stellt sie sich auf Spanisch vor und er antwortet:

„Ich bin Juanjo."

„Du bist Reiseleiter hier auf der Insel?"

„Schon seit vielen Jahren. Es ist ein toller Beruf und ich liebe ihn."

„In welcher Gegend der Insel wohnst du?"

„In La Laguna. Warst du dort schon einmal?"

„Nein, nur mit dem Auto durchgefahren."

„Du sprichst gut Spanisch."

„Ich lebe seit vielen Jahren auf den Kanaren, zuerst auf Gran Canaria und später auf Fuerteventura. Jetzt bin ich gerade dabei, mich neu zu orientieren, und wollte Teneriffa etwas näher kennenlernen. Ich komme ursprünglich aus Deutschland."

„Das hört sich interessant an. Ich bin auf Fuerteventura geboren, lebe aber schon vierzig Jahre auf Teneriffa. Hier gibt es einfach mehr Lebensmöglichkeiten als auf der kargen Schönen."

„Das stimmt. Hast du auf Fuerteventura noch Verwandtschaft?"

„Mein Bruder mit Familie wohnt dort. Meine Eltern leben auf Gran Canaria, dort ist die medizinische Versorgung besser. Nach Teneriffa wollten sie nicht, weil das Klima hier etwas rauer ist und die vielen steilen Straßen schaffen sie nicht mehr. Sie sind von Fuerteventura nur ebene Wege gewöhnt."

„Das kann ich gut verstehen, mir machen die Serpentinen und Gebirgsstraßen auch zu schaffen," erwidert Mona lachend.

„Wie lange bist du noch hier?"

„Bis zum 16. Dezember."

„Ich möchte dich gerne noch einmal wiedersehen. Jetzt muss ich mich aber um meine Touristen kümmern." Mona ist angenehm berührt.

„Wann hast du denn Zeit die nächsten Tage? Du musst doch bestimmt arbeiten."

„Am Sonntag könntest du zu mir nach La Laguna kommen." Mona überlegt blitzschnell. Sie hat nicht das

Bedürfnis, noch einmal so weit zu fahren und außerdem kein gutes Gefühl, ein erstes Treffen in einer fremden Wohnung zu haben.

„Ich bin hier in einer sehr schönen Villa untergekommen. Freunde von mir haben die gemietet. Ich lade dich gerne dorthin ein. Und wenn du möchtest, schenke ich dir eine Tantramassage." Die Worte kamen spontan aus ihrem Mund heraus.

„Das hört sich interessant an. Kannst du mir mehr über Tantra erzählen? Wir können uns über Messenger austauschen." Er reicht ihr seine Karte mit Namen und Nummer.

„Gracias. Ich werde mich bei dir melden."

„Perfecto. Jetzt muss ich dich leider alleine lassen. Du bist übrigens eine sehr attraktive Frau." Beide stehen auf, er kommt auf Mona zu, küsst ihre Wangen. Er duftet herrlich nach Mann, nicht nach Parfüm und strahlt eine gewisse berauschende Energie aus.

Mona trinkt, nachdem er weg ist, langsam ihr Glas aus. *Die zweite angenehme Begegnung einfach so aus dem Nichts heraus. Das hatte ich schon lange nicht.* Sie lässt sich die Rechnung bringen, verlässt das Restaurant, schlendert zu ihrem Auto und schickt Juanjo per Messenger ihre Nummer. Dann fährt sie beschwingt die weite Strecke zurück zur Villa.

An einem Mirador macht sie Halt, um sie einen wundervollen Sonnenuntergang zu erleben. Während sie aufs Meer schaut, welches eine geraume Weile komplett in Orange getaucht wird, schweifen ihre Gedanken zurück zur Massage an Jakob. Am liebsten hätte sie sich an ihn gekuschelt. Aber leider war die Energie nach der Massage nicht mehr dafür geeignet, das genießen zu können. Vielleicht wird es mit Juanjo anders. Darauf freut sie sich. Als sie wieder zum Auto läuft, sieht sie auf dem Handy eine Nachricht von ihm. Drei Fotos sind es.

Eins zeigt ihn in einem Vulkangebiet in Wandersachen, die anderen beiden sind Nacktfotos. *Der geht aber ran.*

„Ich kenne ihn überhaupt nicht. Ist schon etwas speziell, sich mit einem völlig fremden kanarischen Mann zu verabreden", redet sie zu sich. Gleichzeitig ergötzt sie sich, an seinen Bildern, denn sie zeigen ihn als gut gebauten Mann.

Sie erinnert sich spontan an zwei Begebenheiten. Einmal in der Jugendzeit war sie unter Alkoholeinfluss einfach mit einem Typen nach Hause mitgegangen. Er wollte, dass sie ihn mit dem Mund befriedigt. Doch das artete in akrobatische Verrenkungen aus, denn er hatte ein Glied, welches rechtwinklig wie ein Wasserhahn nach unten gebogen war. Mona flüchtete.

Die andere erlebte sie auf einer Dienstreise. In einem hochpreisigen Hotel hatte ein sympathischer, österreichischer Geschäftsmann ein Auge auf sie geworfen. Er lud sie eines Abends nach einem gemeinsamen Essen in sein Zimmer auf ein Glas Champagner ein. Natürlich wolle er Sex, Mona auch. Doch die Anatomie dieses Mannes ließ sie wiederum davonlaufen. Er war Mitte vierzig und hatte sich trotz extremer Vorhautverengung nicht beschneiden lassen. Sein Glied glich einem in die Breite gegangenen Klumpen. Sie schüttelt sich, da sie daran denkt.

Auf den letzten Kilometern signalisiert ihr Mietwagen immer wieder die Fehlermeldung, dass etwas mit dem Reifendruck nicht stimmt. Außerdem hat sie den Eindruck, dass sobald eine Steigung kommt, sie das Gas voll durchtreten muss und dennoch nur langsam vorankommt. *Etwas stimmt mit dem Auto nicht. Dabei will ich doch morgen zum Teide fahren.*

Trotzdem gut gelaunt entscheidet Mona, noch nicht zur Villa zu fahren, sondern nach Adeje. Sie möchte etwas bummeln, nicht allein in der Villa sitzen. Nach einigem Suchen einen Parkplatz gefunden, bummelt sie mehr als eine Stunde über die Strandpromenade. Dann schmerzen ihr die Füße und sie kehrt zurück zu ihrem Auto.

Gerade will sie losfahren, da merkt sie wieder, dass etwas nicht stimmt. Sie steigt nochmal aus und stellt fest, dass ein Reifen platt ist.

So ein Mist. Und es ist dreiviertel zehn. Was mache ich denn jetzt? Sie nimmt den Vertrag der Autovermietung, auf dem für Notfälle eine Servicerufnummer steht. Die ruft sie an und teilt mit, dass sie einen Platten hat und das Auto auch nicht mit voller Power fährt. Sie besteht darauf, einen neuen Leihwagen zu bekommen.

„Dann kommen Sie in unser Büro. Wir schließen um zehn. Beeilen Sie sich!" Sie fotografiert den Reifen, hetzt los und erreicht kurz vor Schließung die Autovermietung, in der sie schon einmal gewesen war, um die Fehlermeldung mitzuteilen. Die vier jungen Leute im Büro gucken sie an, als wäre sie zu dumm zum Autofahren. Sie zeigt das Foto und letztendlich bekommt sie einen Schlüssel zu einem anderen Mietauto und eine Zeichnung, wo sie den Wagen findet.

Wieder draußen, gibt sie die Adresse ins Handynavi ein und stellt fest, dass der Parkplatz zwanzig Minuten Fußweg entfernt ist. Trotz ihrer Fußschmerzen findet sie im Dunkeln und in der kuscheligen Wärme des Calimaabends das Auto problemlos. Über das Klicken mit dem Schlüssel entdeckt sie auf dem unbeleuchteten Parkplatz die blinkenden Lichter des Wagens. Es ist ein größeres Automodell. Als sie alles eingestellt hat und losfährt, bemerkt sie mit Freude, dass dieses Fahrzeug wesentlich mehr Power hat.

Endlich in der Villa angekommen, ist sie ziemlich aufgedreht, holt den Laptop und recherchiert auf der Terrasse sitzend noch einmal den Weg hoch zum Vulkangebiet. Dabei stellt sie fest, dass das es dort in der Ebene ein Hotel gibt, den Parador de Cañadas del Teide.

Paradores gibt es auf jeder Insel und Mona hatte mal gehört, dass diese Hotels das künstlerische Erbe Spaniens bewahren, indem sie Unterkünfte an Orten und in geschichtsträchtigen, kulturell wertvollen Gebäuden anbieten, die sonst möglicherweise längst in Vergessenheit geraten wären. Sie haben einen exzellenten Service und sind zugänglich für alle Touristen.

Wenn ich dort oben in der Ebene länger verweilen will, wäre es gut, eine Nacht in diesem Parador zu verbringen. Dann kann ich zu unterschiedlichen Tageszeiten fotografieren und sowohl den Sonnenuntergang, als auch den Sonnenaufgang am Vulkan erleben. Außerdem soll es dort einen herrlichen Nachthimmel geben und wahrscheinlich absolut reine und klare Luft ohne Calimastaub. Sie öffnet die Buchungsseite und reserviert ein Zimmer, aber sie schluckt mächtig. Die Nacht mit Frühstück kostet im Parador 228 Euro. Das ist ein Preis, der vom Grunde überhaupt zu ihrem Geldbeutel passt.

Egal jetzt. Ich mache das einfach. Wer weiß, wann ich wieder einmal hierher komme. Und so habe ich genügend Zeit, mir die Gegend in Ruhe anzuschauen, wandern zu gehen und gute Luft zu atmen. In Vorfreude darauf meditiert sie und schläft dann selig ein.

Mona öffnet die Glastür und tritt auf einen kleinen Balkon. Von dort aus blickt sie gen Osten in die Bergwelt am Fuße des Vulkans Teide Richtung Alto de Guajara.

Die Fahrt zum Parador ging reibungslos, denn auf der Route, die ihr empfohlen worden war, gab es keine Serpentinen. Eine längere Strecke fuhr sie durch einen Kiefernwald und je höher sie kam, desto klarer wurde die Luft und die Temperatur sank.

Mona atmet tief ein. Sie spürt in ihrem Körper einen veränderten Druck, der durch die Höhenlage von über 2000 Metern bedingt ist. Auch die Atmung fühlt sich anders an, aber die glasklare Luft macht alles wett. Hier braucht sie keine Klimaanlage, denn die Temperatur beträgt jetzt zur Mittagszeit zwanzig Grad. Mona lässt die Balkontür offen und legt sich auf das große Bett mit einer absolut rückenfreundlichen, festen Matratze. Das Zimmer ist klein, aber sauber und gemütlich.

Kurz nach ihrer Ankunft hatte sie zuerst einen Rundgang durch das Hotel gemacht. Hinter dem Empfang gelangt man in den Barbereich mit Sitzgruppen, dahinter in den Speisesaal, von dem aus man einen direkten Blick auf den Teide hat. Im Außenbereich stehen Tische und Stühle, so kann man bei schönem Wetter an der frischen Luft speisen. Es gibt einen Fitnessraum und hinter dem Haus ein beheiztes Schwimmbad.

Es ist früher Nachmittag und Mona verspeist ein mitgebrachtes Bocadillo. Gestärkt schnappt sie sich ihre Windjacke, einen Sonnenhut und ihr Handy. Gerade will sie das Zimmer verlassen, um eine ausgiebige Wanderung am Fuße des Vulkans zu unternehmen, da klingelt ihr Smartphone. Sie setzt sich in den Sessel, nimmt das

Gespräch an und hört die Stimme von Alvaro, welcher sagt:

„Hola Mona, wann bist du wieder auf Gran Canaria? Ich habe Neuigkeiten in Bezug auf Rafael." Mona ärgert sich, dass sie ans Telefon gegangen ist, denn sie hat gegenwärtig keinen Bock auf Nachrichten, die ihre Vergangenheit betreffen. Deswegen antwortet sie reserviert:

„Ich bin im Moment auf Teneriffa und fliege dann nach Deutschland. Was gibt es denn?"

„Dein Rafael wohnt in eurem gemeinsam gekauften Haus." Mona schluckt. Dann hat Rafael die Wahrheit gesagt und Cesaro geflunkert.

„Ich habe jedenfalls beobachtet, dass er dort ein und aus geht. Allerdings hat dieser Mann irgendein Problem, denn er sieht wie ein Bettler aus, ungepflegt und schmutzig. Jedes Mal wenn er mit seinem alten klapprigen Auto dort ankam, lud er massenhaft irgendwelche Sachen aus. Ich habe den Eindruck, dass er zu einem Sammler von Dingen geworden ist, die andere Leute wegwerfen."

„Oh je. Hast du noch jemanden dort gesehen?"

„Nein, nur ihn."

„Ich weiß jetzt gar nicht, was ich sagen soll." Mona ist total verwirrt.

„Ich könnte einen befreundeten Rechtsanwalt fragen, was es für Möglichkeiten gibt, an deine Haushälfte zu kommen. Aber vorab muss geklärt werden, wem das Haus tatsächlich gehört."

„Das ist wohl wahr. Ich kenne mich rechtlich überhaupt nicht aus. Wenn du jetzt weiter recherchierst, da du ihn nun gefunden hast, wird das teurer?"

„Du zahlst mir die versprochenen siebenhundert Euro, wenn du wieder hier bist. Meine letzten Recherchen sind inklusive."

„Vale. Ich habe meinen gesamten Lebensbereich auf Fuerteventura aufgelöst, meine Sachen eingelagert und will jetzt erst einmal eine Weile in Deutschland verbringen, um zu schauen, wie mein Leben weitergehen kann. Bin im Moment ziemlich knapp. Nach Gran Canaria kann ich erst wieder kommen, wenn ich meine Angelegenheiten gerichtet habe. Ich weiß noch nicht, wann das sein wird. Muss mich auch um meine alte Mutter kümmern."

„Mach du erst mal dein Ding. Ich melde mich, wenn ich mit Ramiro gesprochen habe." Alvaro hat aufgelegt. Mona bleibt eine Weile stumm auf dem Bett sitzen.

Ausgerechnet hier an diesem reinen, stillen Ort holt mich die Vergangenheit ein. Nur gut, dass es hier kein mobiles Internet gibt. Das Hotel bietet zwar WLAN an, aber Mona will ungestört diesen herrlichen Ort genießen. Sie schaltet den Flugmodus ein, verlässt Zimmer und Hotel und macht sich auf den Weg zum Roque García.

Gerade dort angekommen, sie hatte sich schon gefreut, dass wenig Menschen zu sehen sind, fahren drei Busse mit Touristen auf den Parkplatz. Bestimmt hundert Leute strömen nun genau dorthin, wo sie in Ruhe wandern wollte. Es ist ihr fast unmöglich, Fotos zu schießen, auf denen keine Menschen in der Landschaft zu sehen sind. Um so mehr freut sie sich, dass sie die gute Idee hatte, im Parador zu übernachten. Sie stromert weit durch die Felswelt, trifft aber unterwegs immer wieder auf Touristen, die laut miteinander kommunizieren.

Es ist ihr völlig unverständlich, warum man in so einer majestätischen und energiereichen Umgebung nicht aufhören kann, über profane Dinge zu reden.

Sie setzt sich auf einen Felsbrocken mit Blick auf den mächtigen Vulkan und summt und singt den Titel „Tenerife" von Alfredo Kraus und den Los Sabandeños, in denen der Teide in feinster Poesie besungen wird:

Yo nací del otro lado
de este mar nuestro cansado,
que te besa con pereza.
Y desde allí, en la distancia,
me enamoró la arrogancia
de sus perfiles airados.

Entre brumas emergía
la rotunda poesía
del padre Teide nevado;
el celoso centinela
de estas siete carabelas,
que en torno a él han fondeado,
buscando abrigo y cuidado.

Tenerife, Tenerife,
desde Teno a Taganana,
desde Abona a Garachico,
fue naciendo en la distancia,
arropada de nostalgia,
la canción que hoy te dedico.
¡Cuántas veces mi guitarra
se perdió por La Laguna,
serenateando a su luna!
¡Cuántas veces la alborada
sorprendió nuestro camino,
ebrios de amor y de vino!
¡Cuántas perritas de vino!
Tenerife, qué añoranza,
cuando pienso en los amores
que oculté yo en tu Esperanza.

Mona laufen die Tränen ob des berührenden Textes.
Sie fühlt die machtvolle Liebe und Verbundenheit in
diesen Worten und dem Moment. Voller positiver Kraft,
Zuversicht und innerem Frieden setzt sie ihren Weg

weiter fort. Nach etwa zwei Stunden ist sie wieder zurück im Hotelzimmer. *Wenn die Sonne untergeht, das wird so gegen Viertel nach sechs sein, fotografiere ich die Gegend im Licht des sinkenden Feuerballs.* Etwas ermattet aber glücklich legt sie sich aufs Bett und schläft sofort ein.

Als sie wieder aufwacht, sind es nur noch dreißig Minuten bis zum Sonnenuntergang. In Windeseile macht sie sich fertig und hastet nach draußen.

An welcher Stelle ist der beste Standort zum Fotografieren? Der glühende Stern wird direkt hinter dem Roque García und seiner Felsformation verschwinden. Die Felsen formen eine dunkle Kulisse und verdecken den goldroten Sonnenball zu früh. Mona bewegt sich in der Nähe des Hotels von einer Stelle zur anderen. Je tiefer der Sonnenstand, desto kälter wird es.

Jetzt bräuchte ich einen dicken Pullover. Aber ich habe keinen. Wintersachen muss sie sich in Deutschland erst kaufen. Frierend bindet sie sich ihren weißen Seidenschal noch fester um und findet letztendlich den perfekten Standort, um die untergehende Sonne zwischen den Felsen bildlich einzufangen. Mit klammen Fingern eilt sie zurück ins Hotel, um sich aufzuwärmen. Sie fragt an der Rezeption nach der Außentemperatur.

„Draußen sind es jetzt zwölf Grad. In der Nacht wird es noch um einiges kälter."

„Das ist enorm."

„Sie können sich gerne an der Bar bei einem heißen Tee, Grog oder Kakao aufwärmen." Mona bedankt sich und läuft zurück in ihr Zimmer. Die Höhenluft macht sie enorm müde. Sie lässt heißes Duschwasser ihren ausgekühlten Körper erwärmen. Dann verspeist sie ein belegtes Brot, kuschelt sich ins Bett und schaut sich ihre Fotos an. Es sind insgesamt fünfundsiebzig. Sie wollte unbedingt genau den Blick auf den Vulkan und den Ro-

que García fotografieren, wie er auf der Lithographie abgebildet ist, die ihr Lorenzo und Camilla geschenkt
hatten. Doch auf keinem der Fotos ist ihr das gelungen.

„Vielleicht muss ich auf den gegenüberliegenden
Felsen klettern, um diese Perspektive zu erhaschen. Das
mache ich morgen früh. Wann geht eigentlich die Sonne
auf? Zehn nach halb acht. Also muss ich zwanzig Minuten davor draußen sein. Ab acht Uhr gibt es Frühstück",
redet sie vor sich hin. Zwischenzeitlich ist es nach neun
und Mona fallen die Augen zu.

In der Nacht wird sie wach, ihr ist kalt und heiß
gleichzeitig, ihr Körper summt. Es dauert eine Weile, bis
sie aufstehen kann, denn sie scheint im Bett festgeklebt
zu sein, fühlt sich tonnenschwer. Als es endlich gelingt,
tritt sie an die Balkontür. Der Vorhang ist beiseitegezo-
gen, denn hier braucht sie ihn nicht. Die Nacht ist
schwarz und es gibt draußen keinerlei Licht außer von
Milliarden Sternen, die, wie sie bemerkt, als sie kurz auf
dem Balkon tritt, den gesamten Himmel überdecken. So
eine Fülle und Klarheit des Sternenhimmels hat sie noch
nie gesehen. Rasch kehrt sie wieder ins Zimmer zurück,
denn es ist eisig draußen. Sie löscht das Licht, betrachtet
den Nachthimmel durch die offene Tür, schließt die
Augen, atmet tief durch und spürt, wie der Sauerstoff in
all ihre Zellen fließt. Auf einmal fühlt sie sich ganz leicht,
rein und klar wie die Luft.

Sie schätzt die Außentemperatur auf um die zehn
Grad und schließt die Balkontür. Die vielen Jahre auf den
Inseln haben ihr Temperaturempfinden komplett ver-
ändert und sie friert immer schneller.

Wieder im Bett wälzt sie sich hin und her. Ihr Körper
hört nicht auf, zu vibrieren, ihre Organe kommen nicht
zur Ruhe. Irgendwann schläft sie doch ein und wird von
einem intensiven Albtraum heimgesucht. Sie sieht Cesa-

ro und Rafael auf einer Mole stehen, die weit ins Wasser hinein gebaut ist. Es ist Nacht und die beiden tragen weiße Kleidung, welche im Schein des Vollmonds silbrig glänzt. Mona hört sie reden und lachen. Langsam nähert sie sich in der Hoffnung, etwas zu verstehen. Doch das Gelächter der beiden Männer wird schrill und schmerzt ihr in den Ohren. Ihre Beine werden bleischwer. Nur mühsam kommt sie voran. Plötzlich beginnt die Mole vor ihren Füßen zu bröckeln. Da erheben sich die zwei Männer mit Engelsflügeln laut brüllend in den Himmel. Gleichzeitig stürzt Mona hinunter ins tiefschwarze, brodelnde Meer und wird von den Fluten verschlungen.

Schweißgebadet wacht sie auf und schaut auf die Uhr. Es ist vier. *Wieso träume ich ausgerechnet hier an diesem friedlichen, klaren, reinen Ort so einen Mist?* *Wahrscheinlich wegen Alvaros Anruf.* Sie meditiert und schläft im Sitzen wieder ein. Als sie die Augen wieder aufschlägt, ist es halb sieben. *Ich werde mich jetzt duschen und den Traum abspülen.*

Mona zieht alles an, was sie zur Verfügung hat, denn als sie die Nase auf den Balkon hält, merkt sie, wie eiskalt es ist. Die mystische Stimmung der Nacht noch immer in den Gliedern begibt sie sich nach draußen. Die Sonne geht hinter dem Hotel auf und bestrahlt nun die Felsformation von des anderen Seite. Langsam kriecht das Orangegold des aufgehenden Sterns auch über den Vulkan. Ein grandioses Farbspiel ergibt sich. Mona legt sich auf den kalten, staubigen Boden und fotografiert die Landschaft zusammen mit dem niedrigen Pflanzenbewuchs, welcher von einem goldigen Schleier überdeckt ist. Dann läuft sie weiter vor und klettert auf einen der Felsen, um von dort eine noch bessere Perspektive zu finden. Das gelingt ihr, zumal um diese Uhrzeit kein

Mensch hier Fotos macht oder unterwegs ist. Zufrieden kehrt sie zurück und begibt sich, nachdem sie ihre Sachen abgelegt hat, in den Speiseraum. Da es noch ziemlich früh ist, hat sie freie Tischwahl und sucht sich einen Platz aus, von dem sie direkt durch die große Scheibe auf den Teide schauen kann. Allein dieser Blick ist das Frühstück wert. Sie genießt es, nimmt sich Zeit, plaudert mit der Bedienung, holt sich zwei Brötchen, Ziegenkäse, etwas Honig und Joghurt. Der Kellner stellt eine Thermoskanne Kaffee auf ihren Tisch.

Gestärkt hat sie nun noch eine Stunde Zeit, bevor sie ihr Zimmer verlassen muss. Sie nutzt diese, meditiert und sortiert die Fotos vom Morgen, das waren wiederum sechzig Stück. Zwischenzeitlich hat sich ihr Körper besser an die Druckverhältnisse und die dünne Luft gewöhnt.

 Etwas wehmütig tritt sie die Rückfahrt an. Ihr wird auf einmal eine profunde Endgültigkeit bewusst.

Je tiefer sie kommt, desto wärmer und wolkiger wird es. Sie hält an einem Parkplatz auf der Hälfte der Strecke an. Dort befindet sich ein Restaurant mit einer Aussichtsplattform, von der aus sie über die Pinien und Kiefern hinunter zum Meer schauen kann. Unten scheint die Sonne. Eine Wolkenlücke macht es möglich, dass sie ein paar imposante Fotos schießt. Auf der Straße bergab hängen die Wolken bis auf den Boden und es regnet leicht.

Wieder auf der Autobahn, bekommt Mona Lust, noch einmal nach Fañabé zu fahren. Ein Parkplatz ist rasch gefunden, sie läuft zur Promenade und setzt sich in das Restaurant, von dem sie direkt auf den Strand und aufs Meer blicken kann. Es ist etwas zugig an ihrem Tisch, aber das ist ihr recht, denn die Temperatur beträgt hier im Süden schon wieder 29 Grad im Schatten. Der Calima

hat sich fast verzogen, so dass sie die mächtigen Ge-
birgsformationen hinter Adeje gut erkennen kann. Mit
einem Teller voller Papas arrugadas und drei Soßen beschließt sie ihren Ausflug zum Vulkangebiet. Die Energie des mächtigen Vulkans, die klare Luft, die imposanten Bilder, der nächtliche Sternenhimmel, die Ruhe,
Stille und Reinheit dieses Ortes haben eine nachhaltig
positive Wirkung auf sie.

Es ist Sonntag und Mona wartet auf Juanjo. Die letzten zwei Tage hatte sie damit zugebracht, den Aufenthalt
im Vulkangebiet zu reflektieren. Sie blieb die ganze Zeit
in der Villa, hatte oft den Pool genossen, immer wieder
meditiert, sich die Sonnenuntergänge angesehen und im
Internet nach kanarischer Musik über den Teide gesucht.
Dabei stieß sie auf einen Titel, der genau die Emotionen
wiedergibt, die sich immer mehr in ihr entfalten. Das
Lied „Al pico Teide" besingt die kanarischen Inseln mit
einer liebevollen Leidenschaft, die auch sie empfindet.
Irgendetwas beginnt in Mona zu arbeiten und bewirkt
eine gewisse Ruhelosigkeit in ihr.

Hundertmal hatte sie hin und her überlegt, doch noch
mal nach Gran Canaria rüber zu fliegen, um mit dem
Rechtsanwalt von Alvaro vor ihrer Deutschlandreise
reden zu können. Doch immer wieder hatte sie diesen
Plan verworfen, denn die Zeit war einfach zu kurz und
Alvaro hatte sich nicht noch einmal gemeldet.

Mona registriert ganz bewusst, dass sie in einem ruhigen, gut strukturierten und angenehmen Leben erst ankommen wird, wenn das Kapitel Gran Canaria einen Ab-
schluss findet. Dieser kann nur durch die Klärung und
Regelung mit Rafael und dem gemeinsamen Haus erfolgen. Sie will ihren Aufenthalt in Deutschland nicht verschieben, zumal sie den wichtigen Termin bei der
Rentenkasse hat.

Zwischenzeitlich hatte sie versucht, mit Daniel zu telefonieren, doch der geht an seine spanische Handynummer nicht ran. Mit Jörg konnte sie reden und der meinte, dass Daniel, seit er nach Deutschland zurückgekehrt war, sich nicht wieder gemeldet hatte. Walter gehe es immer noch schlecht, sein Zustand sei unverändert und aufgrund seiner Atemprobleme wäre er nicht in der Lage, Telefongespräche zu führen.

Seit dem Traum im Parador hat Mona immer wieder Momente, in denen es ihr vorkommt, sie stehe tatsächlich an einem Abgrund. Und in ihr schwelt eine gewisse Vorahnung, dass in nächster Zeit irgendetwas passieren wird, was alles verändert. Dazu kommt, dass sie bis jetzt noch nicht weiß, wie sie ihren Aufenthalt in Deutschland insgesamt finanzieren kann. Sie hat zwar noch ein paar kleine Reserven aus dem geschenkten Geld, dem Verkauf von ein paar Einrichtungsgegenständen und ihre kleine Rente läuft auch weiter, aber keine Ahnung, was für Ausgaben in der nächsten Zeit auf sie zukommen werden. Sie ist froh, dass sie heute am Sonntag durch Juanjo Ablenkung von derartigen Gedankengängen bekommt.

Gespannt auf die Energie dieses Mannes, der sich für elf Uhr angekündigt hat, richtet sie in einem der Schlafzimmer einen gemütlichen Massageplatz her. Allerdings mischt sich in die Vorfreude ein leicht flaues Gefühl, denn nachdem sie vom Parador zurück und ihr Handy im Mobilnetz eingeloggt war, erhielt sie etliche Nacktfotos und -videos mit Selbstbefriedigungen von Juanjo. Immer wieder fragte er sie, ob er das richtig mache, ob das im Tantrischen auch so praktiziert würde. Das war ihr zu viel. Sie hatte versucht, ihm über einige Textnachrichten zu vermitteln, dass es im Tantra nicht vorrangig um Sex geht, sondern dass Tantra eine Lebensphilosophie ist und ein spiritueller Weg sein kann, der körperliche, be-rührende Komponenten beinhaltet. Sie hatte ihm keine Nacktfotos von sich geschickt, sondern nur rein sachliche Informationen über das Thema.

Im Handy blinkt eine Nachricht.

„So ein Mist", ruft Mona enttäuscht. Juanjo schreibt, dass er erst gegen fünfzehn Uhr erscheinen wird, es sei ihm etwas dazwischen gekommen. *Vielleicht hat er Familie. Heute ist Sonntag und für viele Familientag.*

Mona setzt sich an ihren Laptop und recherchiert Unterkünfte in Berlin. Aber aus der Ferne mag sie keine Privatunterkunft buchen. Sie will lieber vor Ort eine suchen, die sie vorab besichtigen kann. Deswegen bucht sie vom 16. bis zum 28. Dezember ein Hotelzimmer in Berlin Mitte. Es ist zwar horrend teuer, aber von da aus ist alles gut erreichbar.

„Das leiste ich mir, danach ist Schluss mit Luxus", redet sie vor sich hin.

„Ich müsste Jagadish anrufen und ihm mitteilen, dass er mich jeden Fall am 28. holen muss." Länger will sie nicht in Berlin bleiben. Doch so oft sie seine Nummer an-ruft, es wird nicht abgenommen. Messenger benutzt er nicht und SMS werden nicht zugestellt.

„Geduld, sich aufzuregen bringt überhaupt nichts", redet sie sich ein. Kurz vor halb vier ruft ihr erwarteter Besucher endlich an.

„Ich stehe vor dem Tor." Mona eilt nach draußen, um zu öffnen und ihn hinein zu lassen. Sie umarmen sich rein freundschaftlich und er bemerkt:

„Was für eine Villa. Die kostet pro Woche bestimmt ein Vermögen?"

„Das kann ich dir nicht sagen, denn Freunde von mir haben sie gemietet und mussten früher abreisen. Ich brauchte hier nichts bezahlen, habe mal etwas geschenkt bekommen. Und wie wohnst du in La Laguna?" Juanjo zieht sich sein Hemd aus und setzt sich mit freiem Oberkörper an den Pool.

„Tolle Aussicht. Ich habe eine kleine Eigentumswohnung, die muss ich aber noch abbezahlen."

„Kann ich dir etwas anbieten?"

„Ein Wasser." Mona schlendert in den Küchenbereich. *Seltsam wie kurz angebunden er auf einmal ist. Er hatte doch so viel geredet, als wir uns das erste Mal auf dem Platz vor der Kirche begegnet waren.* Mona bringt ihm ein Glas Wasser und setzt sich ihm gegenüber auf eine Sonnenliege.

„Ich muss gegen sechs wieder weg."

„Schade. Dann kann ich dir nur die Massage geben, für mehr reicht die Zeit nicht."

„Perfecto. Fangen wir damit an."

„Komm bitte mit." Mona steht auf und der Canario folgt ihr in das Schlafzimmer, welches sie als Massageraum hergerichtet hat.

„Du kannst du dich gerne schon nackt auf den Bauch hinlegen."

„Ich muss mich kurz frisch machen."

„Hier drüben ist die Dusche." Er scheint unter Druck zu stehen, strahlt Stress und Angespanntheit aus. Als er aus der Dusche kommt, ist er nackt. Mona betrachtet entzückt seinen prächtigen Körper.

„Du machst bestimmt viel Sport, hast einen perfekten Body."

„Ich gehe viel wandern und außerdem bin ich in einem Verein, der sich um die Erhaltung der Pflanzenwelt in den Vulkankratern und Vulkangebieten befasst. Da sind oft akrobatische Höchstleistungen und Kletereien vonnöten und man braucht eine gute Kondition."

„Das kann ich mir vorstellen. Aber toll, das du dich für die Belange der Insel und deren Natur engagierst."

Mona kann nicht umhin, seine Männlichkeit zu betrachten, und erinnert sich dabei an einige seiner Nachrichten und Videosequenzen, in denen er mitgeteilt hatte, dass seine Potenz mit fortschreitendem Alter langsam abnimmt und sich Frauen darüber beschweren. Sie hatte ihm erklärt, dass das völlig normal ist und dass Frauen oftmals zu viele Forderungen an die sexuelle Leistungsfähigkeit von Männern stellen. Das bringt Erfolgsdruck und wenn jemand sensibel und empathisch ist, kann das zum Versagen führen. Sie hatte ihm auch mitgeteilt, dass es beim tantrischen Sex nicht darum geht, den Mann zu einem superpotenten, dauererregten Sexgott zu erheben, aber sie bekommt den Eindruck, dass er genau das wünscht. Er steht nackt vor ihr und berührt sein Geschlecht.

„Mache ich das richtig? Es rührt sich nichts, siehst du?"

„Leg dich auf den Bauch und genieß meine Berührungen. Lass einfach geschehen, ohne zu analysieren. Entspann dich, lass dich fallen." Mona stellt die Musik an. Sie hatte den Massageeinführungstext extra für ihn auf Spanisch aufgesprochen und die Klänge neu unterlegt. Das gesamte Audio läuft etwa sechzig Minuten.

Die Massage, die sie wie immer überwiegend mit geschlossenen Augen praktiziert, um seine Energie stärker zu spüren, ist ein wahrer Genuss für Mona. Sie fühlt deutlich, wie er unter ihren Berührungen erzittert und erschauert. Seine Reaktionen sind noch intensiver als die bei Jakob. Sie hat das Gefühl, dass er schon ewig nicht zärtlich berührt wurde. Er kommt zum Höhepunkt und solch einen heftigen hat sie selten erlebt. Nicht enden wollende Wellen durchziehen seinen Körper wie sie es von ihren eigenen Orgasmen kennt. Fasziniert legt sie ihm die Hände auf Brust und Bauch und lässt geschehen,

wartet ab. Nach bestimmt fünf Minuten kommt er langsam zur Ruhe.

Mona bleibt still sitzen, die Musik ist schon lange zu
Ende. Er schläft ein und schnarcht friedlich vor sich hin.
Als er wieder aufwacht, setzt sich Mona im Schneidersitz
aufs Bett und bittet ihn, dasselbe zu tun. Doch er bewegt
sich nicht. Sie greift seine Arme und versucht, ihn hoch-
zuziehen, und muss enorme Kraft aufwenden, bis er ein
wenig aufrecht sitzt. Sie schlingt ihre Beine um seine
Hüften und verschränkt sie hinter seinem Rücken. Seine
Arme hängen schlaff herunter, er fühlt sich wie eine
tonnenschwere leere Hülle an. Mühsam positioniert sie
seine bleiernen Arme auf ihrem Rücken. Sie legt ihre
Wange an seine Wange und versucht, mit ihm im gleichen Rhythmus zu atmen. Doch das funktioniert mit ihm
nicht. Er scheint gar nicht mehr da zu sein, es sitzt fühl-
bar nur noch ein Gewicht an ihr.

Mona hatte sich darauf gefreut, von diesem Mann,
den sie so sprühend und fröhlich in der ersten Begegnung gesehen hatte, berührt zu werden, sein Feuer zu
fühlen, seine Energie, seine Kreativität, alles. Doch von
Juanjo kommt nichts. Langsam löst sie sich und er fällt
wieder zurück auf den Rücken.

„Ich gehe mich kurz duschen." Mona verschwindet in
ihr Bad, setzt sich aufs Klo, schwingt sich in die Energie
seines Rausches und transformiert sie in eine positive,
klare, leichte Struktur. Damit geht es ihr augenblicklich
um einiges besser und sie kehrt zurück in den Massageraum. Juanjo kommt gerade aus der anderen Dusche.

„Das war eine wirklich tolle Massage, aber ich muss
jetzt los." Er eilt zur Terrasse, trinkt sein Glas aus, zieht
sich das Hemd über, was dort noch liegt.

„Ich wünsche dir morgen einen guten Flug nach
Deutschland", sagt er noch und begibt sich Richtung
Ausgang. Mona kann kaum folgen.

„Lass uns in Kontakt bleiben." Die Verabschiedung ist freundschaftlich flüchtig. Mona schließt wie in Zeitlupe das Eingangstor und lehnt sich daran.

Ich hatte Vorfreude, keine direkte Erwartung, ja, vielleicht Hoffnungen. Gibt es Erwartungsfreiheit wirklich auch im Unbewussten? Sie zieht sich aus, schwimmt ein paar Runden im Pool, genießt den letzten Sonnenuntergang und packt die Koffer für ihre Reise in einen völlig neuen Lebensabschnitt.

Mona sitzt in der S-Bahn. Recht anstrengende Tage liegen seit ihrem Flug von Teneriffa nach Berlin hinter ihr. Der Klimawechsel und das Getümmel der Großstadt machen ihr zusätzlich zu schaffen.

Beim ersten Besuch bei ihrer Mutter im Pflegeheim sprach Mona mit der Alltagsbegleiterin Anita. Sie ist eine blonde Frau Mitte vierzig mit einer weiblichen Figur, welche seit einem halben Jahr als Quereinsteigerin in der Betreuung in einem Demenzheim gearbeitet hatte und im doch eher luxuriösen Altenheim der Mutter aushilfsweise eingestellt worden war. Sie hatte das Bedürfnis, mit jemandem über Missstände in der Behandlung der dementen Bewohner zu reden und davon berichtet, wie diese teilweise mit Gewalt gefüttert oder angeschnauzt werden, wenn sie zum hundertsten Mal dasselbe fragen, wie ewig lange manche mit bekackten Windeln rumlaufen, weil nicht genug Pflegekräfte da sind, um allen Bewohnern die notwendige Pflege und Betreuung zu gewährleisten. Mona hatte ihr geduldig zugehört und war innerlich froh, dass ihre Mutter mit solchen Zuständen nicht konfrontiert wurde.

Anita hatte Mona überredet, mit ihr nach deren Feierabend in ein nahe gelegenes Restaurant zu gehen und sie unterhielten sich dort weiter. Letztendlich lief es darauf hinaus, dass Mona, obwohl sie das Zimmer im Hotel gebucht hatte, mit zu Anita ging und dort übernachtete. Bis in die frühen Morgenstunden redete Anita bei einigen Gläsern Wein ununterbrochen und hatte Mona zu vorgerückter Stunde angeboten, die gesamte Zeit ihres Aufenthaltes in Berlin bei ihr kostenlos zu wohnen.

„Ich sitze abends immer allein und auf männliche Gesellschaft habe ich keine Lust mehr. Du kannst bei mir wohnen, es wird bestimmt toll mit uns." Das waren ihre Worte. So spart Mona sich die teure Hotelunterkunft und hat menschlich warme Unterhaltung am Abend, denn ihre Tage in Berlin sind gefüllt von Terminen; zuerst die Mutter, dann die Klärung ihrer Finanzen, Morgen und Übermorgen ein Tantraseminar. Vor dem Jahresende wird Jagadish erscheinen und sie in die Gemeinschaft in der Altmark mitnehmen, wo sie Silvester und Neujahr verbringen wird.

Der zweite Besuch bei ihrer Mutter im Pflegeheim war eine Hausforderung, denn die alte Dame hatte erzählt und erzählt. Jede einzelne Begebenheit aus Kindheit und Jugend hörte sich Mona geduldig an. Sie ist allerdings beruhigt, dass sie gemeinsam mit der Pflegeleitung über finanzielle Details hatte sprechen können. Es ist alles im grünen Bereich und die Mutter verriet ihr ein paar heimliche Reserven unter dem Kopfkissen, von welchen sie ihrer Tochter fünftausend Euro mitgab.

Erst überlegte Mona, davon einen Teil der Schulden an die Rentenkasse zu begleichen, doch das verwarf sie schnell, denn das Geld reicht für all ihre Vorhaben in den nächsten Wochen und Monaten, wenn sie gut haushaltet.

„So ein Wucher!", schimpft Mona vor sich hin, als sie an die Stornogebühr des Hotelzimmers denkt, welche 180 Euro betrug. Sie knöpft ihren gesteppten, langen Anorak auf, denn in der S-Bahn ist es völlig überheizt. Am ersten Tag ihrer Ankunft im winterlichen Berlin hatte sie sich in einem Secondhandladen dicke Klamotten besorgt.

Heute war sie zum zweiten Mal in der Rentenkasse, um zu versuchen, ihre Angelegenheit noch einmal zu besprechen, damit sie die gesamte Rückzahlungsforderung von 12.000 Euro, die ihr im ersten Termin übergeben wurde, vermeiden, mindern oder in Raten zahlen kann.

Mona hatte auch eine Rechtsberatung in Anspruch genommen. Der Rechtsanwalt gab ihr einige rechtliche Hinweise in Bezug auf ihren besonderen Fall und empfahl, dass sie auf einen Vergleich drängen soll, um einen Rechtsstreit zu vermeiden.

Warum war ich auch so blöd, und habe meine Adresse in die Website direkt reingeschrieben. Zwischenzeitlich weiß sie, wie man seine Daten aus den Suchmaschinen raus hält, aber damals, als sie die Homepage per Baukastensystem erstellt hatte, war ihr nicht bewusst, dass sie jeder per Namen und Adresse finden kann. Es war zwar die Anschrift ihrer Praxis, dennoch konnte über das Gewerbeamt von Puerto del Rosario ihre Privatadresse in Erfahrung gebracht werden. Doch die Gesetzeslage ist eindeutig und Mona will sich nicht mit dem Amt anlegen. Es wurde besprochen, dass sie die Gesamtschuld, welche bei der geforderten Summe blieb, ab dem neuen Jahr in monatlichen Raten von 200 Euro zinsfrei abzahlen kann. Da sie aber die spanische Zwangssozialversicherung für Selbständige, die pro Monat über 220 Euro betrug, nicht mehr zahlen braucht, entsteht für sie keine Mehrbelastung. Sie hatte der Rentenkasse auch sofort mitgeteilt, dass ihr Gewerbe in Spanien abgemeldet ist.

„Wenn ich mir günstigen Wohnraum suche, werde ich es finanziell schaffen."

Nun ist sie auf dem Weg zu einem Tantraevent, welches sich über die Weihnachtstage hinziehen wird. Es gab kein Ablaufprogramm, so dass sie nicht weiß, was auf sie zukommt. Das macht es für sie besonders spannend.

Es schneit, als sie von S-Bahnhof durch den kalten Weihnachtstag zum Seminarort läuft. In den Räumlichkeiten angekommen, fühlt sie sich gleich wohl. Es ist warm und jeder kann sich Tee einschenken. Etwa vierzig Menschen sitzen auf Decken und Meditationskissen im weihnachtlich geschmückten Veranstaltungsraum. Der betagte Tantrameister, gekleidet in einen weißen Leinenanzug, sitzt neben einer jungen Frau, die dunkelrote Gewänder trägt und deren schwarze Haare kunstvoll um den Kopf gewickelt sind. Er hat Glatze, strahlende grüne Augen, ein offenes und freundliches Lächeln, nicht statisch, sondern lebhaft, unbeschwert und kindlich, stellt Mona fest.

Ein Gong lässt alle Anwesenden verstummen und sanfte Musik beginnt zu spielen. Der Tantrameister steht auf, macht Handbewegungen, sich zu erheben und zu tanzen. Als das Musikstück endet, setzen sich alle wieder und er beginnt, auf Englisch zu reden.

Sein tantrischer Name sei Paramarshi. Die junge Dolmetscherin übersetzt alles, was er sagt. Seine Worte rühren in Mona Energien auf, die sie schon lange in sich trägt. Alles fühlt sich bekannt und angenehm an. Er ist anders als alle bisher erlebten tantrischen Lehrer und hat eine absolute leichte und lockere Ausstrahlung. Bei ihm kommen keine Sätze wie: „Ihr seid zum Seminar gekommen, um Grenzen zu erkennen, Ängste und Blockaden zu lösen."

Mona möchte durch Tantra Leichtigkeit und Unbeschwertheit leben, ohne ständig in irgendwelche eigene oder fremde Vergangenheitskonstrukte gestupst zu werden. Sie erinnert sich, wie in manchen Formaten die Anwesenden massiv mit ihren Grenzen, sogenannten Fehlern, Familienproblematiken und Ähnlichem konfrontiert werden, weil nur über die Aufarbeitung von Vergangenem Erlösung, Bewusstwerdung erfolgen könnte. Das passt nicht in die in ihr wohnende Sicht- und

Daseinsweise. Bei Paramarshi empfindet sie auf Anhieb Leichtigkeit, Verbundenheit und Allliebe.

Mona sitzt in der S-Bahn zurück. Die zwei Seminartage sind wie im Flug vergangen. Abends nach dem ersten Tag hatte sie sich noch mit Anita über das Seminar unterhalten. Die konnte zwar nicht recht folgen, hörte aber, nebenher eine Flasche Wein austrinkend, gespannt zu.

Mona resümiert, dass sie an diesen zwei Seminartagen viele Lebensweisheiten und Sichtweisen gehört hat, die sie vertreten kann und die bereits in ihr wohnten. Sie hatte die ganze Zeit dort ein angenehmes Gefühl, obwohl die meisten anwesenden Menschen enorm in sich gekehrt waren. Es gab kein offenes Miteinanderagieren. Das war eine völlig andere Situation, als bei bisherigen Tantraveranstaltungen, die Mona schon besucht hatte. Dort wurden die Teilnehmer immer wieder, oftmals im Zufallsprinzip zueinander geführt, um sich zu berühren, um miteinander zu atmen. Das hatte Mona oft als unangenehm empfunden, denn sie mag es nicht, sich von X, Y und Z anfassen zu lassen, nur weil diese gerade da sind. Für sie gibt es energetische Resonanz, die sich gut anfühlt, aber es auch Disharmonien. Und das hat nichts mit der Überwindung von Grenzen zu tun, sondern mit energetischem Feeling und genauso sieht es Paramarshi auch.

Sie hatte die Gelegenheit bekommen, ihm kurz von ihren Erfahrungen aus bisherigen Trantraevents zu berichten und erzählte auch, dass sie des Öfteren in solchen Veranstaltungen als schwarzes Schaf dastand, weil sie hinterfragte und nicht willenlos alles mitmachte. Ihr wurde massiv gezeigt, dass sie durch ihre rebellische, neugierige, sehr offene Anwesenheit störe, und bekam deutlich die kühle Abneigung, sogar Ablehnung der sogenannten, doch alle Menschen achtsam liebenden Tantra-Seminarteilnehmer und -leiter zu spüren.

Bei der persönlichen Verabschiedung bestätigte ihr der über 70-jährige Paramarshi, dass sie starke tantrische Wurzeln in sich trage und genauso bleiben soll, wie sie ist: authentisch, offen, neugierig, ehrlich, streitbar, herzlich und wahrhaftig.

Die S-Bahn-Fahrt dauert noch über vierzig Minuten, so nimmt Mona sich ihre Aufzeichnungen von den zwei Tagen mit Paramarshi und liest sie in Ruhe durch:

Im Tantra geht es um Fluss, nicht um Kontrolle. Wenn du aufhörst, gegen das Leben, gegen die Umstände, gegen dich selbst zu kämpfen, wirst du Leichtigkeit erfahren.

Im Tantra gibt es kein Yoga, was nach festen Regeln und unbequemen Körperhaltungen funktioniert. Es gibt kein Yoga mit Atemtechniken, die ständig unter Kontrolle gehalten werden müssen.
Paramarshis Yoga der Bewegung ist Tandava. Dabei bewegt sich der Körper so, dass er mit dem Raum eins wird. Ganz sanft und langsam.

Wenn du nicht möchtest, dass du von irgendjemand berührt wirst oder mit jemandem nicht sprechen willst, lass es nicht zu. Es kommt immer darauf an, genau das zu tun, was sich für dich wohlig anfühlt, was keinerlei Zwang ausübt.

Lass den Körper sich ausdehnen und mit dem Raum verbinden. Lass ihn und die Emotionen gemeinsam fließen. Lebe die Emotionen mit dem Körper, nicht mit dem Verstand.

Der Verstand analysiert, er hält Emotionen fest, so-lange bis es ihm richtig schlecht geht. Im Tandava können die Emotionen den Körper verlassen, bevor der Verstand überhaupt reagieren kann. Emotionen loslassen funktioniert, wenn der Verstand in Stille ist. Du be-kommst den Verstand in Stille, wenn du meditierst.

Es gibt eine Menge Emotionen, die dich beeinflussen. Lasse sie los, lasse sie in den Raum fliegen, damit sich der Verstand nicht mehr damit beschäftigen kann, dich nicht blockieren kann. Außerdem entsteht dadurch Raum für neue Emotionen, die kommen und gehen und die Leichtigkeit des Seins widerspiegeln. Liebe ist die einzige Emotion, die nicht losgelassen werden kann.

Wenn du durch Meditation und Tandava in bewusste Beziehung zu deinem Körper kommst, wirst du Leichtig-keit erfahren.

Tantra ist Leben im Bewusstsein, präsent zu sein, die Wirklichkeit zu leben, jeden Augenblick, jede Berüh-rung, jeden Duft, jeden Geschmack, jede Begegnung, alles zu genießen und anzunehmen und zu wissen, du bist die Wirklichkeit.

Das alles tust du mit dir selbst. Deswegen ist Tantra nicht für jeden geeignet, weil du erst einmal vorrangig alleine auf diesem Weg bist. Lass Leichtigkeit in dir ent-stehen, um das Absolute zu fühlen, zu leben, mit der Un-beschwertheit eines Kindes ohne Ängste und Blockaden.

Wenn du eine ausgewogene Beziehung zu dir selbst, mit dir selbst führen kannst und eine konforme Bezie-hung zum Kosmos aufgebaut hast, wirst du auch harmo-nische Beziehungen mit anderen Menschen führen können.

Dahin zu kommen heißt, zu meditieren, Tantra in dein Leben zu integrieren. Das geht nicht von heute auf morgen. Es können zwanzig Jahre vergehen, bis du genau an diesem Punkt angekommen bist. Doch in dieser Leichtigkeit, auf diesem Weg wirst du spüren, dass plötzlich alles möglich wird.

Nimm dich einfach so, wie du bist und nicht so, wie du sein willst oder sein könntest oder wie andere zu dir sagen, dass du sein solltest.

Es gibt so viele Emotionen. Eine davon ist Hoffnung. Was ist Hoffnung? Hoffnung auf irgendetwas oder irgendjemand ist fehlgeleitete Angst.

Wenn wir in der Lage sind, die Emotionen sowohl die negativen als auch die positiven, sobald sie erscheinen, sofort in den Raum loszulassen, aufzulösen, werden wir nicht emotionslos, sondern die emotionale Angst verschwindet.

So viel Angst existiert in der Welt, wird geschürt. So viele Menschen haben Angst, Angst vor dem Verlassenwerden, vor Einsamkeit, Angst krank zu werden, Angst nicht geliebt zu werden, Angst nichts zu taugen, Angst nicht dazu zugehören.

Du bist genauso, wie du bist, richtig. Wenn du das verinnerlichen kannst, wird Leichtigkeit in dich fließen.

Emotionen nicht stagnieren lassen, sondern alle Emotionen einfach loslassen. Wir werden reich an Emotionen sein, aber wir werden davon nicht mehr festgehalten. So können wir mit allen Emotionen mit der Leichtigkeit eines Kindes umgehen.

Extreme Langsamkeit entkoppelt den Geist. Bewege dich so langsam wie möglich und lass die Zunge locker.

Mach Innenschau jeden Tag, nur ein paar Sekunden, dann wird dein Körper besser zu dir sprechen.

Im Tantra gehen wir niemals zurück in die Vergangenheit. Wir fühlen die Emotionen immer im Hier und Jetzt, lassen sie los und bewirken so die Leichtigkeit, die Begegnung mit dem Absoluten.
Die wichtigste Nachricht aus dem Tantra ist: Wir sind alle eins, dennoch bist du einzigartig. 1)

Mona laufen die Tränen, so berühren sie noch einmal diese Worte, die sie aus dem Seminar mitgenommen hat. Sie sprechen ihr aus der Seele. Es fühlt sich an, als ob sie das schon immer wusste und das Wissen nun geballt durch die Impulse von Paramarshi aus ihr aufgestiegen ist.

Sie hatte den Tantrameister gefragt, ob Tantra leben zwangsläufig etwas mit freier Liebe zu tun hat, da sie dieser Praxis bei tantrischen Menschen immer wieder begegnet war. So viele hatte sie zwischenzeitlich kennen gelernt, bei denen überhaupt nur diese Art der Liebe vorkommt. Ständig neue Begegnungen und immer wieder berühren und erkunden und loslassen und wieder den Nächsten und den Nächsten. Das kann nur tangieren, oberflächlich bleiben und führt langfristig bei dem einen oder anderen zum Ungleichgewicht? Und ist es nicht so, dass auch in einer Zweierbeziehung freie Liebe herrschen kann, wenn man sich gegenseitig Freiraum lässt?

Seine Antwort war bezeichnend und traf bei ihr mitten ins Herz:

„Oberflächlichkeit und Ungleichgewicht entstehen nur, wenn du dir nicht bewusst deine Bedürfnisse erfüllst, sondern dich auf die anderer konzentrierst. Andere sind nicht dafür da, dich glücklich zu machen. Die meisten Erwartungen beinhalten den Irrtum, dass die Erfüllung draußen ist. Viele Menschen bleiben in Beziehungen hängen, die sie selbst als toxisch bezeichnen. Doch es ist toxisch, wenn man in einer Beziehung bleibt, in dem Irrglauben, das gäbe Sicherheit. Ein Miteinander und dessen Qualität hat nur mit dir selbst zu tun, nichts mit dem anderen. 2) Wenn du das Bedürfnis nach Monogamie und langjähriger Treue hast, lebe dieses Bedürfnis. Wenn du das Bedürfnis hast, mehrere Partner zu lieben, liebe mehrere Partner. Tu das, was sich für dich und deinen Körper wohl anfühlt. Alles andere brauchst du nicht zu tun. Lass alle Emotionen zu, auch Eifersucht. Lass sie einfach mit der Leichtigkeit eines Kindes kommen und gehen. Es gibt keine Regeln, es gibt keinen vorgegebenen Weg. Du wirst einfach deinem Körpergefühl folgen." 1)

Nun kreisen Monas Gedanken um die bald kommenden Tage zum Jahresende. Sie kennt außer Jagadish weder den Ort noch die Menschen der Gemeinschaft. Diese Ungewissheit fühlt sich prickelnd an. Mona ereilen Sehnsüchte nach einem Mann, der Zeit für sie hat, der über Nacht bei ihr bleibt, kuschelt und mit dem sie Sichtweisen teilt und etwas unternehmen, tanzen, Unsinn machen kann.

Endstation Marzahn, alle aussteigen bitte. Die Ansage reißt sie aus ihren Gedanken. Langsam packt sie ihre Mitschrift ein, steigt aus und verlässt den S-Bahnhof, um zu Anita zu laufen. Es hat aufgehört zu schneien.

Als sie die Wohnung ihrer neuen Bekannten betritt, fühlt sie sich, als würde sie zu einer liebevollen Mutter nach Hause kommen. Anita umarmt sie herzlich und sprudelt gleich los, dass das Abendessen schon fertig sei, aber Mona könne auch gerne erst ein Bad nehmen.

„Danke Anita, aber ich möchte nicht baden, Hunger habe ich schon." Die beiden Frauen essen und Anita trinkt wie immer ihren Rotwein.

„Na, wie war's denn heute bei dir?" Mona berichtet von dem, was sie in der S-Bahn als Zusammenfassung gelesen hatte, aber sie merkt ganz deutlich, dass Anita nicht folgen kann und endet mit den Worten:

„Es war eine tolle Veranstaltung, die mir sehr viel gegeben hat."

„Du Mona, ich habe auch schon mal eine ähnliche Veranstaltung besucht. Soll ich dir davon erzählen?"

„Na klar, darauf bin ich gespannt." Anita öffnet sich eine zweite Flasche Wein und die beiden Frauen machen es sich auf der Couch gemütlich. Dann beginnt Anita zu berichten:

„Ich war zwei Mal zu einem Frauenkreis, den eine Frau in den Fünfzigern anleitete, ich glaube, die war Heilpraktikerin. Die Abende standen unter folgender Beschreibung: Unser Frauenkreis ist ein Treffen von Frauen, Müttern, Berufstätigen, Freigeistern. Er soll Austausch sein, gegenseitige Unterstützung ermöglichen, du kannst Gespräche führen, Kontakte knüpfen, dein Selbstbewusstsein stärken, Bewusstheit deiner Weiblichkeit entwickeln, miteinander lachen, Sorgen und Freude teilen. Du kannst in einem geschützten Raum mitteilen, was dich gerade bewegt und dir wird zugehört.

Da kamen so um die zwanzig Frauen. Alle saßen im Kreis auf einer Matte oder einem Meditationskissen. Zuerst wurde meditiert, also mit Musik. Die Frauenkreisleitung gab danach ein Thema vor. Das eine Mal war das Thema Liebe und das zweite Mal der Körper. Wie gehst du mit deinem Körper um, wie findest du deinen Körper, was magst du an ihm, was nicht? Dann wurden Gruppen gebildet. Dreiergruppen, Zweiergruppen oder Vierergruppen.

Ach so, was ich noch vergessen habe und mich völlig irritiert hatte, niemand hat sich vorgestellt. Das erste Mal, als ich dort war, fragte ich, ob wir uns nicht zu Beginn wenigstens per Namen und ein paar weiteren Worten vorstellen können. Das sei nicht üblich, wurde mir gesagt. Kein Mensch weiß vom anderen irgendetwas. Überwiegend sind die Frauen um die Dreißig, es sind aber auch ein paar Ältere da. Na ja, jedenfalls ging es also um das Thema Körper, und dazu wurden von der Abendleiterin Fragen in den Raum gestellt. Ich war in einer Vierergruppe. Jede der Frauen in der Gruppe hatte jeweils zehn Minuten Zeit, über eine Frage zu reden. Also zum Beispiel:

Was magst du an deinem Körper besonders? Oder, was kannst du an deinem Körper gar nicht leiden? Jedenfalls waren es an dem Abend drei Fragen. Jede Frau sollte jeweils zehn Minuten diese Fragen beantworten und die anderen sitzen einfach nur da und hören zu. Keiner darf irgendetwas sagen oder erwidern. Man hört sich nur das Gerede des anderen an.

Zwischendurch wurde getanzt und so verlief der gesamte Abend, ohne dass auch irgendjemand wirklich miteinander geredet hat. Als der offizielle Teil zu Ende war, plapperten die Frauen ohne Unterlass. Viele kannten sich schon, ich niemanden. Mir gefiel es nicht, dass überhaupt kein Austausch stattfand, wusste nicht, wie ich das, was die Frauen erzählen, einordnen kann. Somit hörte ich mir sozusagen zwangsweise das Gerede an und das war es. Ich kam mir vor, als ob alle ihren Müll raus pusten, und ich muss den einatmen. Hab mich angezogen und bin gegangen.

Außerdem stelle ich mir seit dem die Frage, warum Frauen, die Ende zwanzig oder Anfang dreißig sind, zu solch einer Veranstaltung gehen müssen. Als ich so alt war, habe ich immer all meine Probleme alleine gelöst.

Aber es muss ja jeder selber wissen, was er macht. Ein Miteinander wie angekündigt war es nicht. Ich habe für mich entschieden, dass ich nicht mehr hingehe, kostet ja auch Geld und wie ich dir schon sagte, mein Gehalt als Alltagsbetreuerin ist nicht so üppig. Nach Abzug der Miete und laufender Kosten bleibt kaum was übrig."

„Ich kann dich gut verstehen. Das ist so ähnlich wie in manchen tantrischen Veranstaltungen oder Gemeinschaften. Da redet einer über seine Probleme und die anderen dürfen nichts erwidern oder dazu sagen, außer dass sie im Anschluss beschreibend noch einmal darstellen können, was sie gesehen und gehört haben. Das nennt sich Spiegel. Warum darüber reden, was ich gesehen und gehört habe. Jeder sieht doch im anderen etwas anderes und jeder beobachtet und hört etwas anderes. Wie auch immer. Ein Austausch findet da auch nicht statt. Jeder bleibt in seinem Saft schmoren. Dann erinnert mich das auch an eine spirituelle Tanzveranstaltung, auf der ich einmal war. Jeder Teilnehmer sollte nur für sich alleine über den Tanz Probleme lösen. Ich wollte einfach nur tanzen. Da waren über fünfzig Leute und alle haben nur für sich getanzt. Nach zwei Stunden war die Luft so verbraucht, dass mir bald schlecht geworden ist. Es war nicht möglich, ein Fenster zu öffnen. Nein, das ginge erst nach Veranstaltungsschluss. Ich bin früher gegangen. Wenn alle Leute ihre Probleme austanzen und ausatmen, kannst du dir vorstellen, was da für eine Luft im Raum geherrscht hat. Wahrscheinlich ähnlich so, wie bei dir, wo die Frauen wörtlich ihren Frust über ihren Körper abgelassen haben." Anita lacht.

„Ja, das kann ich mir vorstellen. Ich möchte lieber unbeschwert sein. Auch ich habe Probleme, aber ich muss nicht ständig darüber reden."

„Da hast du völlig recht, Anita. Ich habe zwischenzeitlich auch festgestellt, dass die ewige Analyse und Ursachenforschung kontraproduktiv ist. Denn je mehr ich mich mit einem Problem befasse, je mehr Aufmerksamkeit ich da hineinpacke, desto größer wird es. Aber das ist natürlich gut für Therapeuten, ansonsten würden die kaum etwas zu tun haben. Außerdem stelle ich die Frage: Ist es überhaupt ein Problem, oder mache ich eins daraus oder ist es deswegen eins, weil es von außen so dargestellt wird?"

„Genau!" Die beiden Frauen lachen wieder. Mona schaut auf die Uhr. Zwischenzeitlich ist es schon nach eins.

„So, nun will ich aber langsam ins Bett. Danke für den schönen Abendausklang, liebe Anita. Du bist wirklich eine tolle Frau."

„Mona, ich mag dich. Ich habe auch schon schön gelüftet und das Bett aufgeschüttelt. Da kannst du bestimmt gut schlafen." Mona umarmt Anita. Diese bodenständige Frau tut ihr gut.

Mona legt sich ins Bett und fröstelt ein wenig. Die Neubauwohnung ist zwar warm, aber im Schlafzimmer lässt Anita aus Kostengründen die Heizung immer aus und das Fenster stand wohl die ganze Zeit offen, seit die beiden miteinander geredet hatten. Irgendwann schläft Mona aber doch ein.

Am nächsten Morgen ruft sie zum hundertsten Mal bei Jagadish an und endlich erreicht sie ihn.

„Jetzt fällt mir ein Stein vom Herzen. Hast du meine vielen SMSen erhalten?"

„Tut mir leid Mona, ich vergaß mein Smartphone zu Hause und kaufte mir unterwegs ein Prepaidhandy. Aber somit hatte ich auch die Nummern meiner Kontakte nicht zur Verfügung. Ich war einige Wochen in Thailand. Gestern Abend bin ich zurückgekommen. Aber mir geht es schlecht, habe mir wohl dort irgendeinen Virus eingefangen. Deswegen muss ich mich erst einmal zu Hause auskurieren. Die Silvesterfeier fällt sowieso aus, weil die irgendwelche Probleme in der Gemeinschaft haben. Genaues weiß ich nicht. Auf jeden Fall sind wir ab dem 6. Januar dort willkommen." Mona schluckt.

Noch länger in Berlin bleiben und keine Silvesterfeier.

„Oh, das sind ja nicht so schöne Nachrichten. Dann wünsche ich dir, dass du rasch wieder fit bist und du mich am rechtzeitig abholen und in die Gemeinschaft in die Altmark fahren kannst."

„Ich gebe mir Mühe. Wir hören uns." Jagadish hat aufgelegt.

Das ist ja nicht zu fassen. Er hätte mich doch mal aus Thailand anrufen können. Ach ja, er hatte meine Nummer nicht. Was mache ich denn nun die ganze Zeit hier noch in Berlin und vor allen Dingen an Silvester?

Mona sitzt mit Anita am Frühstückstisch.

„Ich hab über den Jahreswechsel ein paar Tage Urlaub", sagt Anita kauend.

„Prima."

„Und wann willst du los?"

„Vorhin wurde mir mitgeteilt, dass meine Silvesterfeier nicht stattfindet und sich mein Aufenthalt in der Altmark in den Januar verschiebt."

„Ach, wie das denn?"

„Genau kann ich dir das nicht erklären. Ist es möglich, dass ich noch bis zum 6. Januar hierbleibe?"

„Na klar. Aber ich bin erst mal nicht da, fahre zu einem Bekannten in die Schweiz. Der lädt mich jedes Jahr über Silvester ein. Den kenne schon ein paar Jahre. Ein netter, älterer Kerl. Er bucht für mich immer ein schönes Hotelzimmer. Einmal hatte ich bei ihm übernachtet, da sind wir etwas aneinandergeraten, weil ich nicht wollte wie er. Ich will nichts weiter von ihm, außer freundschaftliches Miteinander. Er nimmt sich immer ein paar Tage frei und fährt mit mir durch die Gegend. Ich komme übrigens erst am sechsten Januar wieder."

„Ich kann tatsächlich hierbleiben, auch wenn du weg bist?"

„Ja sicher, warum denn nicht. Ich kenne dich doch nun schon eine Weile. Das ist auch ganz praktisch, so kannst du auf meine Wohnung aufpassen. Möchtest du noch einen Tasse Kaffee?"

„Nein, ich habe heute Magenprobleme. Wahrscheinlich ist mir die Nachricht doch ziemlich nah gegangen und bei emotionalem Stress rebellieren immer Magen und Darm bei mir. Ich bin in den letzten Jahren sehr empfindsam geworden."

„Du kannst hier alles benutzen. Nur Essen musst du dir kaufen. Du weißt ja, ich habe nicht so viel auf Vorrat."

„Kein Problem. Du bist wirklich ein Geschenk des Himmels."

„Übertreib mal nicht. Ich freue mich, dass ich dich kennengelernt habe. Das passt wirklich gut mit uns, nicht wahr?"

„Ja. Und obwohl wir so völlig unterschiedlich leben, haben wir doch oftmals ein ähnliches Feeling."

„Das stimmt. Den Urlaub brauch ich und Abstand von meiner Arbeit. Vieles dort hat mich in den letzten Tagen richtig genervt. Ich bin mir nicht sicher, ob ich das im nächsten Jahr noch weitermachen will. Vielleicht finde ich einen Job in der Schweiz."

„Du bist frei, kannst machen, was du willst, musst auf niemanden Rücksicht nehmen."

„Und was hast du zu Silvester vor?"

„Keine Ahnung. Ich werde im Internet recherchieren. Vielleicht kann ich mich noch irgendwo einklinken. Aber so kurz vor dem Jahreswechsel wird das wahrscheinlich schwierig sein."

„Tut mir leid, aber ich hab hier keinen Computer und kein Internet, wie du weißt."

„Ich habe zwar ein Laptop aber nicht genug Datenvolumen. In Spanien gibt es noch immer Internetcafés."

„In Berlin auch, weiß aber nicht, wo."

„Für diese kleine Recherche nach solch einem Café kann ich mobile Daten anmachen. Ein bisschen Datenvolumen habe ich noch bis zum Jahresende."

„Also heute und morgen muss ich noch auf Arbeit, Spätschicht. Da komme ich erst nach 23 Uhr. Ab 29. habe ich frei, fahre aber schon ganz früh mit dem Zug los."

„Ruh dich über den Tag aus. Ich mach mich auf den Weg. Mal schauen, ob ich mir etwas für Silvester organisieren kann."

Mona hatte Glück. Sie konnte für Silvester ein Tantraevent buchen, weil zwei Frauen storniert hatten. Trotzdem beschleicht sie ein mulmiges Gefühl, denn diese fünf Tage kosten inclusive Veranstaltungen, Übernachtung und vegetarischer Vollverpflegung über eintausend Euro. Außerdem hat sie sich einen Mietwagen geliehen, was in Deutschland um einiges mehr kostet als auf den Kanaren.

Am Veranstaltungsort, einem großen, alten Bauerngehöft am Waldrand angekommen, checkt sie ein. Fast alle Leute, denen sie bei der Anmeldung begegnet, haben ein Dauerlächeln im Gesicht. Das irritiert Mona etwas.

„Zimmer 6 im oberen Stock des Haupthauses", sagt das junge Mädchen am Empfang und reicht ihr lächelnd den Schlüssel. Mona läuft über den mit weißem Puderschnee überzogenen Hof, steigt im Haupthaus eine breite Holztreppe nach oben und betritt dann einen überschaubaren Raum im Dachgeschoss. Jeweils zwei Betten,

Schränke, Stühle und einen Schreibtisch beinhaltet es. Das Zimmer teilt sie mit einer kleinen, zarten, älteren Dame, welche sogleich auf Mona zueilt, sie umarmt, sich als Hilde vorstellt und sofort anfängt, ausführlich zu erzählen.

Sie war schon öfter zu einer Tantraveranstaltung hier und hofft inständig, doch diesmal eine tantrische Bekanntschaft zu machen, die endlich von Bestand sein wird. Sie hat zwar einen tantrischen Freund und das fühle sich eigentlich auch ganz gut an, aber nur in den wenigen Stunden im Monat, die er für sie übrig hat, in denen er für sie präsent ist. Sobald das Miteinander vorbei ist, geht von ihm eine eisige Kälte, eine herzlose Unverbindlichkeit aus, die sie mit Tantra überhaupt nicht in Verbindung bringen kann. Sie ersehnt sich auf diesem Event eine innige Begegnung, bei der sie wahrhaftige Herzenswärme spürt.

Mona nickt immer mal, während sie ihre Sachen auspackt, und muss sofort denken:

Da ist sie wieder, die Absichtslosigkeit und Erwartungsfreiheit des Tantra.

Mona hat keine Erwartung an irgendeine spezielle Begegnung oder an irgendetwas, aber sie hat eine Absicht. Ohne die wäre sie nicht hier. Sie möchte erleben, was in so einem großen Tantraevent abgeht, was Tantra für andere bedeutet. Sie will mit Menschen in Begegnung gehen, die ähnliche Sichtweisen wie sie haben und spüren, wie sich das anfühlt.

Ich werde die Tage hier entspannt verbringen und wirken lassen. Immerhin bin ich zwischenzeitlich in der Lage, Energien zu wandeln, Emotionen loszulassen.

„Wir müssen uns sputen, in dreißig Minuten beginnt der Eröffnungsabend." Hilde saust zwischen Bad und Zimmer hin und her, bis sie endlich mit ihrem Outfit, welches aus einer silberfarbenen, glänzenden Leggins und einem goldfarbenen Tantratuch besteht, zufrieden ist. Sie wirft sich einen Pelzponcho über und schlüpft in dicke Stiefel.

„Kommst du mit rüber?", fragt sie, verlässt aber im gleichen Augenblick eilig das Zimmer. Hilde mag so um die Sechzig sein, verhält sich aber wie ein Teenager, was Mona entzückend findet.

Ganz in Ruhe geht Mona duschen und zieht sich dann ein langes schwarzes Kleid an. Heute hat sie wieder einmal Lust dazu. Wie oft musste sie sich schon von irgendwelchen Leuten die Frage anhören, warum sie ständig schwarze Sachen trägt. Zwischenzeitlich antwortete sie immer:

„Siehst du nicht, wie bunt ich gekleidet bin? Ich trage Cyan, Magneta und Gelb." Dann wird sie meist kopfschüttelnd stehen gelassen. Dass das eine Farbmischung ist, aus der Schwarz entsteht, weiß niemand.

Sie wirft sich ihren Steppmantel über, schlüpft in ihre Stiefel und macht sich auf den Weg rüber zum großen Saal. Alles ist genau ausgeschildert und nicht zu verfehlen.

Sie bleibt noch kurz auf dem Hof stehen und lässt sich ein paar Schneeflocken ins Gesicht fallen. Nach den vielen Jahren auf den kanarischen Inseln ist das Gefühl von Schnee für Mona etwas ganz Besonderes.

Eine Kirchturmuhr schlägt die volle Stunde und sie sputet sich.

Zur Eröffnungsveranstaltung sind alle Tantralehrer, -meister und Teilnehmer in einem großen Saal versammelt. Die Leiterin und Hauptorganisatorin hält eine kurze Eröffnungsrede. Sie erzählt etwas über den geplanten Ablauf der fünf Tage und teilt mit, dass doch die Gekommenen voller Probleme und Begrenzungen seien, hier Lösungen suchen und sicher auch die eine oder andere finden werden. Mona denkt immerzu:

Das ist bei mir nicht so. Ich möchte einfach tantrisch interessierte Menschen kennen lernen und eine angenehme Zeit verbringen. Diese Fixierung auf Probleme und Grenzen behagt Mona nicht. Dann wird getanzt und geatmet und gejuchzt, bis sich nach Aufforderung alle an den Händen fassen und dicht zusammen in die Saalmitte laufen. Einhundert Menschen stehen, sich wiegend, eng gedrängt als Pulk von heißen Leibern und Atemluft.

Wieder zurück in ihrem Zimmer, schwirrt ihr der Kopf und ihr Herz schlägt viel zu schnell. Irgendetwas hat bewirkt, dass sich eine gewisse Abwehrhaltung aufbaut, und das kostet sie Energie.

Hilde ist noch nicht da. Sie hat sicherlich jemanden getroffen, den sie von einer der früheren Veranstaltungen kennt. Man kann sich bis spät in die Nacht in Séparées zurückziehen oder unten im Speisesaal etwas zu sich nehmen.

Mona hat keine Lust mehr auf nichts. Sie liegt im Bett und hört auf ihren schnellen Herzschlag. Es rauscht in ihrem Kopf, das Rauschen vermischt sich mit dem Puls und scheint von Minute zu Minute lauter zu werden. Letztendlich muss sie sich hinsetzen, denn im Liegen wird es unerträglich. *Was ist das nur?* Ihr geht es so seltsam, dass sie am liebsten sofort ihre Sachen packen und diesen Ort verlassen möchte.

Nein, ich gebe nicht auf. Ich werde hierbleiben und mir alle Veranstaltungen anschauen. Sie meditiert lange und wandelt die unangenehmen Körperempfindungen in kraftvolle Energie um. Langsam wird ihr Puls normal und das Rauschen verebbt.

Am nächsten Morgen gibt es eine Morgenwanderung durch die Winternatur. Mona freut sich darauf und ist pünktlich zur Stelle. Sie liebt Spaziergänge im Winter, die Begegnung mit schlafenden Pflanzen und aktiven Tieren, die Stille und Reinheit, jedes Schneeflöckchen. Diese Wanderung soll zur Entschleunigung beitragen, weil die meisten Menschen Probleme mit Stress und der Schnelllebigkeit des Alltags hätten. So stand es auf dem Veranstaltungsflyer.

Doch weit gefehlt. Die tantrische Führerin der Wanderung schlägt ein Tempo an, was mit Entschleunigung nichts zu tun hat. Es ist ein Rasen durch Wald und Flur ohne die Möglichkeit, zu verweilen, einfach mal zu schauen, in Ruhe die reine Luft zu atmen und zu genießen. Mona folgt ihrem tantrischen Rhythmus und bleibt weit zurück. Sie genießt diesen Weg und nimmt ein paar wunderschöne bildliche Schneelandschaftsimpressionen mit.

Während der nächsten Tage wird viel getanzt, immer wieder gemeinsam geatmet, massiert, berührt. Es gibt überwiegend Veranstaltungen, in denen durch das Zufallsprinzip männliche und weibliche Teilnehmer zusammengewürfelt werden, um unter anderem nackt umschlungen Atemmeditation zu praktizieren. Es fühlt sich für Mona nicht gut an, mit einem Mann, dessen Geruch, dessen energetische Ausstrahlung für sie unerträglich sind, solch ein Ritual zu praktizieren. Es ist kein Muss, also sagt sie ihm, dass sie lieber alleine meditieren möchte. Er wird ungehalten und erwidert anklagende, unhöfliche Worte. Mona ist entsetzt.

Im Tantra gibt es keine Zwänge und keine Vorgaben. Wenn sich etwas nicht stimmig anfühlt, kann jeder für sich entscheiden, es nicht zu tun, sich darüber achtsam und wertschätzend äußern oder per Geste ohne Worte. Keiner hat das Recht, jemand anderen zu maßregeln, zu verurteilen oder zu beurteilen. Und wenn jemand nicht mit mir meditieren oder atmen, mich nicht berühren möchte, nehme ich das so an, respektiere es, akzeptiere es.

Mona war nach dem Abendessen gleich aufs Zimmer gegangen, Hilde folgt kurz später. Sie ist an diesem Abend sehr aufgeregt. Da war ein Mann mit einer tollen Energie, mit dem sich Berührung und körperliche Nähe extrem gut angefühlt haben und er hatte es ihr auch so bestätigt. Doch kurze Zeit später wendet er sich einer jüngeren Frau zu und sagt ihr genau dasselbe. Kaum ergibt sich eine angenehme Energie, ist sie wieder flüchtig, schluchzt Hilde. Diese Oberflächlichkeit, diese Unverbindlichkeit machen Hilde so sehr zu schaffen, dass sie sich ins Bett legt, zur Wand dreht und leise ins Kissen weint.

Mona setzt sich hin und meditiert wieder. Sie fühlt sich in die Schwingungen dieses Raumes, dieser Umgebung ein und spürt viele Spannungen.

So auch am nächsten Morgen zum und nach dem Frühstück. Etliche der Teilnehmer scheinen zwischenzeitlich ziemlich gestresst, gehetzt, unbefriedigt. Eine seltsame, angespannte Stimmung schwingt durch die Räume. Dazu kommt noch ein tantrisches I-Tüpfelchen für Mona. Der alte Tantrameister, vor welchem viele Teilnehmer ehrfürchtig darnieder sinken, steigt neben ihr die Treppe hinab, überholt sie, öffnet die Tür zum Hof, tritt hinaus und lässt die Tür direkt vor Monas Nase zuschlagen. Sie ist fassungslos angesichts dieser mangelnden Achtsamkeit.

Als Mona noch immer so dasteht, kommt Hilde die Treppe herab, öffnet die Tür und bittet Mona hinaus. *Offenen Herzens zu sein, die Wirklichkeit und jeden Augenblick zu sehen, hinein zu spüren und über das Herzliche mit den anderen verbunden sein, das ist doch*

Tantra. Mona umarmt Hilde spontan, welche sichtlich gerührt ist.

Der große Saal ist für diesen Silvesterabend vorbereitet. Jede Frau sitzt in einem kleinen, mit Tüchern, einer Tantramatte und Meditationskissen ausgestatteten, nummerierten Séparée. Per Losverfahren haben alle fünfzig Männer drei Nummern erhalten und werden nacheinander bei den Frauen der entsprechenden Zahlen erscheinen. Jeder darf sich dann vom anderen etwas wünschen wie Massage, Kuscheln, Sex oder einfach nur reden, das bleibt jedem selbst überlassen.

Zu den drei Männern, die zu Mona kommen, empfindet sie keinerlei erotische Anziehung. Somit entscheidet sie, sich abwechselnd zu massieren und vom dem, welcher einen ziemlich dicken Bierbauch hat, wünscht sie sich, nur zu reden und am Rücken gekrault zu werden.

Nachdem das tantrische Miteinander zu Ende ist, beginnt der Silvestertanz. Mona tanzt den restlichen Abend Tandava. Sie ist erstaunt, wie viele von den Tantrikern dem Alkohol zugeneigt sind.

Immer wieder verschwinden Pärchen. Ob sie sich neu gefunden haben oder bereits als Paar gekommen waren, das weiß Mona nicht, denn in so kurzer Zeit hat sie sich nicht alle Gesichter der Teilnehmer gemerkt.

Dann ist Mitternacht und es wird angestoßen. Mona trinkt keinen Alkohol und ihr Wasserglas ist leer. Sie steht einfach da und beobachtet. Als sie sich doch noch ein Wasser holt und mit einer der Veranstalterinnen anstoßen will, wendet sich diese spontan ab, um mit einem Mann, der hinter Mona steht, Brüderschaft zu trinken. Mona fühlt sich fehl am Platze. Es scheint, als ob sie und die Menschen da sind, aber doch nicht da.

Ihr wird schlagartig bewusst, dass sie alles und nichts gleichzeitig ist und somit auch alle Menschen, die hier tanzen, plaudern, trinken, lieben. Diese Einsicht fühlt sich für Mona sehr beglückend an und sie versteht, dass es so nie mehr Mangel geben kann und das Wort Einsamkeit an Bedeutung verliert. Sie tanzt noch eine Weile, geht dann ins Bett, um zeitig nach dem Neujahrsfrühstück aufzubrechen.

Der erste Tag des neuen Jahres ist zehn Stunden alt und Mona sitzt im Frühstücksraum. Gerade nippt sie am heißen Kaffee, da kommt die Hauptveranstalterin Bea in den Raum herein.

Ich werde mich kurz von ihr verabschieden und mich bedanken. Mona geht auf sie zu.

„Ich wünsche dir ein gesundes Neues Jahr mit viel Liebe und Erfolg. Danke für diese tolle Silvesterveranstaltung." Sie umarmt Bea und diese scheint sichtlich erfreut.

„Ich danke dir. Du bist?"

„Mein Name ist Mona. Hast du bitte noch eine Minute für mich?" Bea nickt.

„Ich lebe Tantra schon viele Jahre und möchte, bevor ich abreise, dir als erfahrene und authentische Tantrikerin eine Frage stellen. Wenn ich im Hier und Jetzt lebe, jeden Tag kreativ und schöpferisch mit den mir zur Verfügung stehenden Möglichkeiten und Mitteln agiere, die Liebe in mir und zu allen Wesen der ganzen Welt spüre, jeden Tag das Leben spiele, bewusst den Augenblick genieße und wahrnehme, weiß, dass alles, so wie es ist, richtig ist, ich, du, er, sie, es und die ganze Welt, das Universum in sich geschlossen eine Einheit bilden, die Dualität wahrnehme, aber nicht als trennend empfinde, die Polaritäten sich in mir und um mich herum einen, ich eins bin mit allem und nichts, wozu braucht es einen Partner?"

„Wer so lebt, wie du es beschreibst, braucht keinen Partner. Und trotzdem ist es ein schöner Lebensbonus, zu zweit durch die Welt zu marschieren. Man braucht ihn nicht, aber man genießt ihn, wenn er da ist."

„Danke Bea, deine Worte sprechen aus meinem Herzen und berühren mich sehr. Alles Liebe dir weiterhin!"

Als Mona im Leihwagen sitzt, fühlt sie, wie Erleichterung und unbeschwerte Freude in sie fließen. Die Worte von Bea klingen in ihr nach. Sicherlich sind alle, die seit zehn Jahren oder länger dorthin kommen und immer noch die Lösung von Problemen suchen, auf ihrem Weg. Jeder kann und wird den Weg gehen, der für ihn richtig und stimmig ist.

Und welcher ist nun der meine?

Ihr wird bewusst, dass sie überhaupt nicht weiß, wohin sie will, wohin sie kann, aber das stört sie nicht. Sie fühlt sich frei, gelöst und verbunden.

Dass Jagadish sie in Berlin und über Silvester versetzt hat, macht ihr plötzlich nichts mehr aus.

Die Silvestertantraveranstaltung war in Summe ein Geschenk des Universums, denkt Mona und lacht. In dem Moment klingelt ihr Handy. Es ist Jagadish.

„Gesundes Neues Jahr dir, Mona. Ich habe gute Neuigkeiten. Helge und Frauke kommen schon heute Abend von ihrem Auslandsurlaub zurück. Ich kann dich übermorgen abholen und wir fahren nach Arendsee, von dort sind es nur noch ein paar Kilometer. Mir geht es übrigens wieder gut, nur noch ein bisschen Husten. Wo bist du, wohin soll ich kommen?"

„Wer sind Helge und Frauke?"

„Habe ich noch nicht von den beiden erzählt? Sie wohnen seit ein paar Wochen auch in dem Gemeinschaftsobjekt und haben da sozusagen die Verwalter-

funktion übernommen, weil das Gründerehepaar beschlossen hat, eine Weltreise zu machen. Ich habe ja auch
schon einige Monate dort gelebt, aber nach meinem
Urlaub, als ich so krank wurde, war es mir lieber, mich in
meiner warmen Wohnung aufzuhalten."

„Aha. Wer wohnt denn noch in der Gemeinschaft?"

„Im Moment nur wir drei. Da gab es noch einen
einzelnen Mann, aber der wurde ausgeschlossen, weil er
sich nicht an den anfallenden Gemeinschaftsarbeiten beteiligt hat. Ein Pärchen kommt wohl demnächst dazu.
Details können wir lieber in Ruhe vor Ort besprechen.
Wo kann ich dich abholen?" Mona gibt ihm die Adresse
von Anita durch.

Na fein, es geht weiter!

Mona wälzt sich auf der Bodenmatratze hin und her. Seit sechs Wochen lebt sie nun in der Gemeinschaft in der Altmark. Jagadish hatte sie nicht, wie zuerst angekündigt, am 6. Januar, sondern erst zwei Wochen später von Berlin abgeholt. Seine Erkältung hatte sich wieder verschlechtert. Den halben Januar nutzte Mona, zu verschnaufen. Sie merkte deutlich, dass sie nach der Silvesterveranstaltung das dringende Bedürfnis nach Ruhe, Alleinsein und Einsamkeit hatte. Außerdem konnte sie in Berlin noch eine Angelegenheit bezüglich der Pflege ihrer Mutter klären, hatte sie noch zweimal besucht, war oft in verschiedenen Parks herumgeschlendert und sich peu à peu mit einer Menge Wintersachen aus dem Secondhandladen am Strausberger Platz ausgestattet. Das war auch dringend notwendig, denn ab Mitte Januar herrschte strenger Frost und es schneite fast täglich.

Ihr Zimmer ist kalt und viele Nächte verbringt sie schlaflos grübelnd über die schwebende Klärung der Hausangelegenheit auf Gran Canaria. Alvaro hatte mit seinem befreundeten Rechtsanwalt gesprochen und Mona dessen Telefonnummer vermittelt. Der junge, sympathische, hochmotivierte Abogado Ramiro Suarez Sanchez wird, dessen ist sie sich sicher, ein Riesenproblem aus ihrer Vergangenheit lösen.

Vom Grunde war es ganz einfach. Mona hatte ihm per Telefon die gesamte Geschichte in Bezug auf Rafael, den Hauskauf, den Verlust des Hauses durch Cesaro, Rafaels und Cesaros Aussagen im letzten Jahr berichtet und was sie von Alvaro über Rafael zwischenzeitlich wusste. Der Rechtsanwalt hatte ihr mitgeteilt, dass es nur die Möglichkeit gäbe, rechtlich gegen den Miteigentümer vorzugehen, aber dazu müsste erst eine Grundbucheinsicht erfolgen, wofür er eine Generalvollmacht von Mona bräuchte. Wegen dieser und dem damit zusammenhängenden Notartermin war sie im Januar für drei Tage nach Gran Canaria geflogen. In der Kanzlei wurde die Vollmacht aufgesetzt, am nächsten Tag war der Notartermin und am übernächsten Tag um die Mittagszeit ließ sich Mona mit einem Taxi wieder zum Flughafen fahren, um nach Berlin zurückzufliegen. Sie hatte sich in das billigste Hotel, was sie finden konnte, einquartiert. Noch heute dankt sie dem Universum, dass Jagadish sie erst zwei Wochen später von Berlin abgeholt hatte, so konnte sie all dies regeln.

Bisher weiß sie allerdings immer noch nicht, was im Grundbuch ihres ehemaligen Hauses steht und wartet täglich auf Nachricht vom kanarischen Rechtsanwalt. *Vielleicht bin ich deswegen immer so aufgewühlt und kann nicht durchschlafen.*

Davon abgesehen empfindet sie das Wohnen in diesem Vierseitenhof als ausgesprochen mühselig. Das Haus, welches insgesamt siebzehn Räume hat, ist eiskalt. Die bewohnten Zimmer, das sind im Moment fünf, werden mit kleinen Metallöfen ohne Speicherleistung geheizt. Wen man nächtens nicht aufsteht und nachlegt, gehen sie aus und die Raumtemperatur sinkt unter zehn Grad. Die Fenster sind teilweise undicht, die Dusch- und Trockentoilettenräume unbeheizt. Geduscht wird mit einem Warmwasserboiler, der immer nur für höchstens zwei Duschvorgänge Warmwasser hergibt. Danach braucht er vier Stunden zum Wiederaufheizen. In der Gemeinschaftsküche gibt es einen größeren Kaminofen, der gleichzeitig den Aufenthaltsraum mit beheizt. Jeder hat für diesen alten Ofen abwechselnd Heizdienst, die Schichten stehen auf einem Plan im Gemeinschaftsraum.

Mona hat das Gefühl, dass sich alles nur ums Heizen dreht. Welch ein wahnsinniger Aufwand und was für eine Zeitinvestition. Geheizt wird nur mit Holz, das brennt enorm schnell runter und muss ständig nachgelegt werden.

Mona hat sich erst einmal bis Ende März ein Zimmer angemietet und zahlt im Monat 250 Euro dafür. Nahrungsmittel muss sie sich selbst besorgen. Da sie kein Auto hat und es im Dorf, welches nur aus zwanzig Bauernhöfen besteht, keinen Laden gibt, klinkt sie sich in die Lebensmittelbeschaffung der Gemeinschaft ein, welche zwischenzeitlich aus zwei Paaren, Frauke und Helge und Maika und Konstantin, Jagadish und ihr besteht. Zweimal in der Woche fahren sie zu viert mit dem Auto von Helge in den nächst größeren Ort zu einem Biomarkt zum Einkaufen.

Frauke ist eine engagierte vegetarische Köchin und Helge ein ebenso guter Bäcker. Sein Vollkornbrot ist der absolute Renner.

Jagadish bewohnt zwei Zimmer, welche im unteren Stockwerk liegen. Bei ihm ist es wärmer, da eins seiner Zimmer an den Gemeinschaftsraum grenzt, welcher fast durchgängig beheizt wird. Allerdings riecht es unten ziemlich nach Rauch, da der Kamin augenscheinlich undicht ist. Doch es fehlt an Geld, um einen Kaminbauer zu bestellen. Außerdem dürfen sie ohne die Zustimmung der Eigentümer, welche auf Weltreise sind, keine größeren Ausgaben veranlassen.

Monas Zimmer liegt im ersten Stock unter dem Dach und hat drei Fenster, von denen zwei Richtung Nordwesten zeigen. Da steht der eiskalte Frostwind drauf und die Fenster sind nicht dicht.

Schon wieder überlegt sie, sofort auf die Kanaren zu fliegen und den ganzen Winterwahnsinn abzubrechen. Doch wohin? Wie so oft in der letzten Zeit wird ihr bewusst, dass sie dort kein Zuhause mehr hat.

Außerdem bin hierher gekommen, um Abstand zu gewinnen und zu überlegen, was ich will, wohin ich will, mit wem ich was will. Ich lasse einfach fließen.

Sie dreht sich auf die Seite und versucht, mittels einer Selbsthypnose in den Schlaf zu kommen. Gerade wieder eingeschlafen, geht die Tür auf.

„Hast du noch etwas Holz? Ich müsste sonst runter in den Keller. Es ist aber drei Uhr nachts und unten gibt es kein Licht und ist eiskalt." Frauke steht in Monas Zimmer.

„Ja Frauke, da hinten in der Ecke liegt mein gestapeltes Holz. Du kannst dir gerne etwas nehmen", antwortet Mona schläfrig.

„Danke. Schlaf weiter." Doch wieder ist an Schlaf nicht zu denken. Mona steht auf, hängt sich ihren dicken Schlafsack um, den sie zusätzlich zu drei Decken im Bett hat, schlüpft in ihre Filzhausschuhe und stellt sich ans Fenster. Die Nacht ist hell, denn der Mond scheint am fast wolkenlosen Himmel. Alles ist tief verschneit und ein paar kleine Flöckchen taumeln ziellos durch das Mondlicht. Der Anblick ist idyllisch, wenn es doch nur nicht so kalt wäre.

„Es sind nur noch ein paar Wochen, dann fliege ich nach Fuerteventura. Dort kann ich nach meinen Sachen schauen und möglicherweise hat sich bis dahin irgendetwas durch den Rechtsanwalt auf Gran Canaria ergeben. Das Zimmer hier kann ich sicher auch länger anmieten, falls ich nochmal zurückkomme. Wenn Frühling ist, wird es hier sicherlich traumhaft schön", redet Mona zu sich selbst.

Frauke und Helge hatten darüber gesprochen, im Frühjahr Schafe anzuschaffen, sozusagen als Rasenmäher für das riesige Grundstück. Ein Stall ist vorhanden, der muss allerdings, bevor die Tiere angeschafft werden, repariert und wieder hergerichtet werden. Außerdem haben alle Bewohner gemeinsam einige Pläne entworfen, wie sie das Grundstück bewirtschaften wollen, welche Bäume und Büsche gepflanzt werden, was angebaut wird, wer welche Aufgaben übernehmen kann.

Zwei Wochen, nachdem Mona in der Gemeinschaft eingetroffen war, kam noch ein weiteres Pärchen Anfang vierzig dazu. Der junge Mann ist handwerklich begabt und seine Freundin, verheiratet sind die beiden nicht, ist Meisterin im Häkeln. Was sie seit ihrer Ankunft alles an Kissenbezügen, Stolas und Gardinen gehäkelt hat, ist unglaublich. Mona kann das nur bewundern. Sie selbst hat in ihrer freien Zeit weiter an ihrem Tarotbuch geschrieben und diskutiert ab und zu mit den Bewohnern einzelne Tarotkarten. Das finden alle immer recht spannend und manchmal wird sie auch gebeten, die Karten zu legen.

Jagadish hatte wieder versucht, eine intime Beziehung mit Mona einzugehen. Doch noch einmal hatte sie ihm ganz deutlich zu verstehen gegeben, dass sie daran nicht interessiert ist. Er könne gerne mit ihr kuscheln, sich unterhalten, gemeinsam etwas unternehmen, aber mehr möchte sie nicht.

Sie mag ihn und ist ihm dankbar, dass er sie in diese Gemeinschaft eingeführt hat, doch sie merkt, auch wenn er es verheimlichen will, dass er sein Drogenproblem nicht im Griff hat und das lässt sie zusätzlich auf Distanz bleiben. Sie ist sich auch nicht sicher, ob er der Einzige ist, der etwas nimmt, aber sie hat angefangen, vieles mit mehr Toleranz und teilweise auch Ignoranz hinzunehmen, weil sich sonst das gemeinschaftliche Miteinander sehr aufreibend gestaltet. Kurz nach ihrer Ankunft, als sie viele Fragen gestellt hatte, wurde sie zweimal kräftig zurechtgewiesen, einmal von Frauke und einmal von Jagadish. In einer Gemeinschaft zu leben hieße, sich einzuordnen und sich zurückzuhalten. Wenn Zeit für Diskussionen und kritischen Austausch ist, das würde zweimal im Monat sein, könne sie gerne alles anbringen, was sie auf dem Herzen hat. Seitdem hält sie sich mit Bemerkungen zurück.

Ihr fällt das allerdings schwer, weil sie den Eindruck bekommt, als würde sie keine Wünsche, keine Visionen, keine Motivation mehr haben.

Sie wartet sehnsüchtig auf den Anruf vom Rechtsanwalt. Doch auf dem Grundstück der Gemeinschaft ist das Mobilnetz so miserabel, dass man oftmals nur auf dem Dachboden ein wenig Empfang hat. Da oben liegt allerdings Müll und Gerümpel der Vorbesitzer. Mona versteht nicht, warum dieser ganze Dreck nicht gleich von Anfang an raus geräumt wurde, bevor irgendjemand eingezogen ist. Allein die Vorstellung, dass über ihrem Kopf dieser Unrat liegt, ist ihr unangenehm.

Gerade wieder am Einschlafen, spürt sie, wie sich jemand neben sie legt.

„Medha, lass uns ein wenig Wärme tauschen, lass uns ein wenig lieben. Dir ist bestimmt kalt." Mona atmet einmal tief durch und antworte ganz ruhig:

„Ja, mir ist kalt, deswegen habe ich mich auch in vier Decken gewickelt."

„Lass mich mit unter deine Decken kommen. Du brauchst ein paar Streicheleinheiten."

Wenn Jagadish so offensiv und fordernd ist, hat er bestimmt etwas genommen. Geschickt bekommt er es hin, mit unter ihre Decken zu kriechen. Sie bemerkt, dass er nackt ist.

„Jagadish, wenn du die Decken so ziehst, bekomme ich Frostbeulen. Bei mir entsteht nämlich eine Lücke, durch die es mir zieht."

„Das tut mir leid, ich will natürlich nicht, dass du frierst. Dann muss ich eben noch näher an dich heranrücken." Was er tut und gleichzeitig kriecht seine Hand unter ihren dicken Pullover, den sie im Bett trägt, und beginnt, ihre Brüste und ihren Bauch zu streicheln. Mona lässt es geschehen.

Wenn er weiter nichts will, nehme ich die Streicheinheiten gern an. So genießt sie die Berührungen und Wärme des Mannes an ihrem Rücken. Seine Hand kriecht in ihre Jogginghose, sie positioniert sie wieder auf ihrem Bauch. Irgendwann schläft sie ein.

Als sie die Augen wieder aufschlägt, ist es hell, die Sonne scheint. Jagadish liegt noch immer hinter ihr. Langsam schiebt sie seine Hand beiseite und dreht sich auf den Rücken, da schlägt er die Augen auf.

„Guten Morgen Monalein, hast du gut geschlafen?"

„Ich muss gestehen, dank deiner Streicheleinheiten und deiner Wärme, du bist ja wie ein Backofen neben mir, bin ich dann tatsächlich noch einmal eingeschlafen. Ich danke dir dafür."

„Weißt du, was ich jetzt am liebsten hätte?"

„Nein, sag es mir bitte."

„Ich hatte schon seit langem nicht mehr so eine kräftige Morgenerektion. Ich flehe dich an, lass mich dich damit beglücken." Er dreht sich zu Mona, greift sie und zieht sie auf sich.

„Jagadish, du weißt, ich möchte das nicht."

„Warum nicht, Medha, warum nicht? Du hast doch immer kundgetan, dass du polyamor leben willst, dass Liebe und Sexualität wichtig sind, warum nicht mit mir?"

„Ich mag dich, aber ich möchte keinen Sex mit dir. Es ist einfach so, dass ich für eine sexuelle Vereinigung eine komplett andere Energie brauche, und die spüre ich zwischen uns nicht. Und nur, weil du jetzt das Bedürfnis hast, will ich das nicht. Das fühlt sich nicht stimmig an. Das verstehst du sicher.“

„Medha!“ Er schaut sie flehend an. Der Blick erinnert sie an Falk, als sie ihn damals in Berlin zurückgewiesen hatte.

„Ich kann dich anderweitig beglücken, wenn du das möchtest.“

„Oh ja bitte.“

„Aber zuerst muss ich mir noch mehr anziehen und anheizen.“ Nachdem Mona sich komplett angezogen und den Ofen wieder zum Laufen gebracht hat, schenkt sie Jagadish eine entspannende Massage.

Es ist Mitte März und Mona sitzt mit Frauke und Helge im Auto. Sie sind auf dem Weg, Lebensmittel einzukaufen. Der Frühling scheint sich endlich anzukündigen, die Sonne lacht und Mona ist guter Laune in der Vorfreude, Ende März endlich wieder auf die Inseln zu fliegen. Wie lange sie dortbleiben wird, weiß sie nicht, aber allein die Vorstellung, im Flieger zu sitzen und wieder die Luft von Fuerteventura und Gran Canaria zu atmen und vielleicht auch noch einen Abstecher nach Teneriffa zu machen, lässt ihr Herz vor Freude höher schlagen. Da sie sehr bescheiden lebt und keine weiteren Ausgaben, als für Miete und Lebensmittel hat, ist sie durch die Gabe der Mutter, ihr restliches Bargeld und ihre Renteneinnahmen finanziell ausreichend versorgt. Somit könnte sie sich auch einen etwas längeren Inselaufenthalt leisten. *Komisch, jetzt denke ich schon umgekehrt. Urlaub auf den Kanaren zu machen, wo ich doch so viele Jahre gelebt hatte.* Sie schmunzelt vor sich hin.

„Sag mal, Mona, was ist eigentlich mit Jagadish? Der ist seit einiger Zeit so komisch drauf, kommt kaum noch zum gemeinsamen Essen und beteiligt sich nicht an unseren geselligen Abenden?"

„Das kann ich dir nicht sagen."

„Wieso nicht? Er rennt dir doch ständig hinterher und fragt immerzu, wo du bist. Wie ich mitbekommen habe, klopft er auch öfter mal an deine Tür."

„Das kann schon alles sein, aber ich habe ihn nicht darum gebeten. Er weiß, dass ich das nicht will."

„Was hast du denn für ein Problem mit ihm? Er hatte sich so darauf gefreut, dass du hierher kommst und lebst."

„Ich habe kein Problem mit ihm. Er will aber mehr, als ich ihm geben kann und möchte. Schon etliche Male sagte ich ihm, dass ich nichts gegen Freundschaft und ab und zu ein paar Streicheleinheiten einzuwenden habe, aber er will eine feste Beziehung mit allem drum und dran. Trotz meines eindeutigen Neins dazu gibt er einfach nicht auf und akzeptiert es nicht."

„Ihr solltet vielleicht mal zu einem Schamanen gehen. Ich kenne einen hier in der Nähe."

„Was soll ich denn bei einem Schamanen? Und wieso sollte ich mit Jagadish dahin gehen?" Mona wird langsam ungehalten.

„Ihr verhaltet euch überhaupt nicht tantrisch. Ich denke, im Tantra gibt es keine Grenzen und jeder liebt jeden."

„Erstens glaube ich kaum, dass du dir ein Urteil über tantrisches Verhalten machen kannst. Seit wann befasst ihr euch mit Tantra? Seit Jagadish bei euch lebt, also ein paar Monate. Und zweitens, das hast du sehr einfach ausgedrückt. Dass es keine Grenzen gibt, heißt ja nicht, dass ich alles mit jedem mache, nur weil er da ist."

„Helge und ich waren schon ein paar Mal bei dem Schamanen und seitdem haben wir einen großen Bewusstseinssprung erfahren. Stimmt's Helge?" Der brummt:

„Ja."

„Die Methodik von Schamanen und sogenannten Geistheilern ist für mich unpassend."

„Wieso das denn?"

„Bei diesen geht es darum, an einen Schöpfer zu glauben und an seine Heilkräfte, alles abzugeben an einen geistigen Führer. Mein Dasein funktioniert anders. Außerdem spielen dort nach meiner Erfahrung oft bewusstseinsverändernde Substanzen eine Rolle." Jagadishs Problem damit will Mona nicht einwerfen, denn sie weiß nicht, ob er das bisher geheim gehalten hat. Frauke geht darauf nicht ein, sondern fragt:

„Aha, du stellst also die Arbeit von allen Schamanen und Geistheilern infrage?"

„Nein, teile einfach nur mit, dass ich mit der Herangehensweise nichts anfangen kann. Bei mir geht es immer darum, aus sich selbst zu schöpfen, seine Heilkräfte aus sich aufsteigen zu lassen und nicht darauf zu hoffen, Heilung durch jemand anderen zu finden."

„Ach, dann gehst du also auch nie zum Arzt, wenn du krank bist?" Mona schüttelt den Kopf und lässt die Frage einfach im Raum stehen, in dem sie antwortet:

„Das betrachte ich jetzt mal als rhetorische Frage." Doch dabei wird ihr bewusst, dass sie gar nicht zum Arzt gehen könnte. Ihre spanische Krankenversicherung hatte sie aus Kostengründen im Zusammenhang mit der Auflösung ihres Gewerbes und Daseins auf Fuerteventura gekündigt. *Mir geht es gut. Wozu also eine Krankenversicherung?* Sie müsste sich privat versichern, da sie ohne Arbeitsvertrag nicht in die gesetzliche Versicherung rein kommt. Aber über all das hat sie überhaupt kein Bedürfnis, sich mit Frauke auszutauschen.

Seit Mona in der Gemeinschaft angekommen ist, behandelt Frauke sie sehr distanziert. Helge sagt kaum ein Wort und wenn, stimmt er dem Gerede von seinem Eheweib meist zu.

Helge hält an einem Vierseitenhof, vor dem schon enorm viele Autos stehen.

„Was ist denn hier los?"

„Bio-Wochenmarkt. Alle, die hier in der Region anbauen und Öko-Handwerker verkaufen ihre Produkte. Wir wollen auch nach Schafen fragen. Außerdem kann man sich zu Permakultur beraten lassen und es gibt ein veganes Café. Ich bin mit Kathleen und Rudolf, welche dieses Anwesen besitzen und leiten, gut befreundet, deswegen weiß ich das alles. Du solltest dich auch mal mehr um die regionalen Belange kümmern, Mona." Fraukes Seitenhiebe nerven Mona. Sie merkt wieder einmal deutlich, dass die Leute, die aus dem Westteil von Deutschland kommen, andere Sichtweisen, Vorstellungen und Konversationen haben und pflegen. Ihr Miteinander ist oftmals von bestimmten Motiven geprägt und dadurch für Mona nicht locker und wahrhaftig authentisch. Sie hatte nie verstanden, wieso ihre Mutter nach dem Tod des Vaters und der Wende immer nur auf im Westteil von Deutschland geborene und lebende Männer abgefahren war. Die drei steigen aus dem Auto.

„Hast du den Einkaufszettel Helge?"

„Ja."

„Gib mal her." Frauke reißt ihrem Mann den Zettel buchstäblich aus den Fingern.

„Jagadish steht nicht mit drauf. Mona, sag mal, was braucht der denn so?"

„Ich führe keine Beziehung mit ihm. Keine Ahnung, was er braucht. Ihr seid doch sonst oft mit ihm einkaufen gefahren und müsstet das besser wissen." Frauke wendet sich kopfschüttelnd ab und Mona hört, wie sie im Fortgehen vor sich hin murmelt:

„Was für ein penetrantes Weib." Die Stimmung bleibt angespannt. Mona entfernt sich von den beiden und schaut sich die Stände an. Auf dem Einkaufszettel steht von ihr auch nichts, weil sie ihre Produkte selber aussuchen will. Bei vorigen Einkaufstouren stellte sie fest, dass die anderen überhaupt nicht auf Preise achten. Wie sie zwischenzeitlich erfahren hat, sind alle Bewohner aus Süddeutschland gekommen und hatten zuvor ihre Häuser dort für eine halbe Million oder mehr verkauft. Durch Zufall bekam sie ein Gespräch zwischen Helge und Jagadish mit, in dem die beiden Männer über ihre Aktien diskutiert hatten.

Mona ernährt sich überwiegend von Gemüse, Obst und Brot und beteiligt sich somit nicht mehr an den ausgedehnten Kochorgien in der Küche, bei denen oftmals über Zutaten oder Zubereitung gestritten und sie wie eine Dienstmagd behandelt wurde. Außerdem sind Helge und Frauke keine Vollvegetarier, sie kochen zum Beispiel die Suppen mit Fleischknochen. Als Mona das bemerkte und abgelehnt hatte, sie zu essen, wurde ihr gesagt, sie solle nicht so pingelig sein. Nur gut, dass Konstantin und Maika auf ihrer Seite sind, allerdings leben die beiden strikt vegan. Jagadish schwankt immer mal zwischen vegetarischer und normaler Ernährung hin und her, wie sie festgestellt hat. Auf jeden Fall isst er die mit Fleischknochen zubereitete Gemüsesuppe.

Da der Wind ein wenig auffrischt und aufgrund der hohen Gemäuer die Sonne nicht in den Hof scheint, wird es Mona kalt. So begibt sie sich zu dem großen Gebäude, in dem sich das Café befindet, denn sie geht davon aus, dass darin geheizt ist. So ist es auch, allerdings herrscht im Gastraum eine große Unruhe und sie findet keinen freien Platz. Die Gäste diskutieren lautstark. Mona begibt sich zum Bedientresen.

„Was ist denn hier los? Wieso sind alle so aufgeregt?"

„Hast du es nicht gelesen oder gehört? Wir sind am Beginn einer Pandemie."

„Wie bitte? Was für eine Pandemie?"

„Das geht doch schon einige Wochen durch die Medien. Auf der ganzen Welt schwirrt ein Virus rum, welches massenhaft Menschen tötet und töten wird. Die Regierung wird demnächst den Pandemiezustand ausrufen und es werden extreme Maßnahmen folgen."

„Echt jetzt? Das kann ich mir überhaupt nicht vorstellen."

„Na du bist ja blauäugig. Du solltest dich mal informieren. Ich muss jetzt weitermachen. Du siehst ja, was hier los ist." Mona lehnt sich an die Wand und beobachtet, ob irgendjemand zahlt und den Tisch verlässt. Doch alle haben Sitzfleisch und diskutieren und lamentieren.

Pandemie, weltweit. Vielleicht sollte ich mich doch mal damit befassen. Aber es gibt schon immer Viren und wird auch immer neue geben. Sie bestehen aus Genbausteinen, die Zellen zu ihrer Reproduktion brauchen. Mona erinnert sich, dass sie einmal nach einer intensiven Meditation die plötzliche Einsicht hatte, dass Viren Mikropartikel von den Milliarden und aber Milliarden Verstorbenen sind, die ihre Vervollständigung in lebenden Zellen suchen.

Eine Weile schaut sie sich die Aushänge an einer Tafel an: Hühner zu verkaufen, ein altes Fahrrad zu verschenken, Yogakurse, Einführung in die Permakultur, jemand sucht eine Putzfrau. Dann gibt es noch zwei Angebote für Mietwohnungen in der Region und eine ökologisch nachhaltig wirtschaftende Gemeinschaft bewirbt ihre Seminare. Da kein Platz frei wird, verlässt Mona den lautstarken Cafébereich und schaut sich nach Helge und Frauke um. Die sind nicht zu entdecken, so läuft sie zum Auto. Beide sitzen schon darin. Sie öffnet die Tür und lässt sich frierend auf den Rücksitz fallen.

„Wo warst du denn so lange?"

„Woher soll ich wissen, dass ihr so schnell fertig seid. Ich wollte im Café noch einen heißen Tee trinken und ein Stück veganen Kuchen essen. Hat nicht geklappt, war enorm voll dort."

„Das haben wir auch gesehen, deswegen sind wir gar nicht erst rein. Mach doch endlich das Radio an Helge, jetzt kommen Nachrichten", schnauzt Frauke ihren Mann an. Der startet den Wagen und schaltet das Radio ein.

„Kannst du bitte die Heizung anmachen, mir ist es kalt."

„Ich muss erst mal ein paar Kilometer fahren, damit es warm wird."

„Ruhe! Nun fahr doch endlich los." Frauke ist extrem gereizt. Als sich das Auto in Bewegung setzt, kommt der Piepton und ein Nachrichtensprecher beginnt zu reden.

Mona schüttelt, nachdem die Nachrichten zu Ende sind, fassungslos den Kopf.

„Habt ihr davon schon gewusst?" Aber die beiden reagieren nicht auf ihre Frage, sondern diskutieren miteinander.

„Wir müssen umgehend einführen, dass bei uns nur noch mit Maske rumgelaufen wird. Ich sehe nicht ein, mich von irgendjemand mit dem tödlichen Virus anstecken zu lassen", meint Frauke aufgeregt.

„Na ja, wir müssen ja nicht gleich übertreiben", versucht ihr Mann zu beschwichtigen.

„Du wieder. Du bist doch derjenige, der ständig Befindlichkeiten hat. Leute, die kein ordentlich funktionierendes Immunsystem haben und immer anfällig sind, erwischt es doch zuerst. Hast du doch gehört. Außerdem müssen wir uns Desinfektionsmittel kaufen. Hoffentlich entwickeln die schnell ein Medikament oder eine Impfung wie gegen die Grippe." Mona wird in ihrem Sitz immer kleiner.

Impfung gegen Grippe, dass ich nicht lache. Gegen Viren gibt es keine Impfung. Eine Grippeimpfung erfolgt immer nach dem Virus in der Hoffnung, dass sie gegen nachfolgende, veränderte Viren wirkt. Der Erfolg ist nie bewiesen.

Mona ist frustriert, weil in den Nachrichten mitgeteilt wurde, dass die europäischen Länder ihre Grenzen dicht machen, damit sich die Pandemie nicht ausbreitet. Das bedeutet, dass sie Ende März ihren geplanten Flug nicht antreten kann. Sie muss unbedingt bei der Fluggesellschaft nachfragen, was mit ihrem Flug ist, der in zwei Wochen stattfinden soll.

Während der gesamten Rückfahrt haben Helge und Frauke über die Pandemie geredet. Mona schwirrt der Kopf. Außerdem waren sie in Windeseile noch in eine größere Stadt gefahren, um dort in einem Drogeriemarkt Gesichtsmasken und Desinfektionsmittel zu kaufen.

„Mona, wir bekommen noch zwanzig Euro von dir. Hier ist deine Ration an Masken und Desinfektionsmitteln. Gleich nachher werde ich einen Plan mit Hygienemaßnahmen erstellen und ihn in der Küche aushängen. Daran hat sich jeder zu halten."

„Ich fasse es nicht. Bist du jetzt hier der Chef oder was. Haben wir nicht gleichberechtigt alle darüber zu entscheiden?"

„Das ist in unser aller Interesse! Basta!" Frauke überreicht Mona eine Packung Masken und eine Flasche Desinfektionsmittel.

„Komm runter in die Küche, damit ich dir die Rechnung für Jagadish geben kann. Ich brauche das Geld von euch heute noch."

Als Mona zu ihrem Zimmer läuft, wird ihr bewusst, dass sie keine Lebensmittel gekauft hat, wahrscheinlich weil sie durch die Stimmung auf dem Wochenmarkt und die Diskussionen im Café komplett abgelenkt war. Aber das, was sie noch zur Verfügung hat, reicht auf jeden Fall bis zur nächsten Einkaufsfahrt aus. Allerdings hat sie das ungute Gefühl, dass es hier in den kommenden Wochen und Monaten durch die Pandemie und die damit zusammenhängenden Maßnahmen mit diesen Menschen sehr ungemütlich wird. Sie ist gespannt, wie Konstantin und Maika reagieren, wenn sie mit ihnen darüber redet. Sie nimmt die Rechnung für Jagadish, läuft den langen Flur, die Treppe hinunter ins Erdgeschoss, bis sie an seinen Wohnbereich kommt. Er bewohnt zwei Zimmer, die beide aber nur durch eine Tür von außen begehbar sind. Auch nach mehrmaligem Klopfen antwortet bzw. öffnet er nicht. Mona beschleicht ein seltsames Gefühl.

Wo ist er hin? Sie überlegt, dass sie ihn zuletzt vorgestern beim Abendessen gesehen hatte. Das ist anderthalb Tage her. An dem Abend hatte er wieder versucht, sie zu überzeugen, dass sie doch ein perfektes Paar sein könnten und wollte mit ihr die Nacht verbringen. Zum gefühlt hundertsten Mal hatte sie ihm einen Korb gegeben.

Leise öffnet sie die Tür, da schlägt ihr ein penetranter Geruch entgegen. Der erinnert sie spontan an etwas. Schlagartig kommen ihr Bilder von Isidro in den Kopf, den sie damals aufgeknüpft im Höhlengang gefunden hatte. Sie durcheilt das vordere, leere Zimmer, reißt die Tür zum zweiten Raum auf und bleibt erstarrt stehen. Jagadish liegt mit offenen Augen und offenem Mund im Bett. Der grauenvolle Geruch geht von ihm aus. Mona tritt näher an ihn heran, will ihn aber nicht berühren. Ihr Ohr über seinen Mund haltend hört sie keine Atemgeräusche. Sie holt ihr Handy aus der Westentasche und wählt die Notrufnummer der Polizei.

„Guten Tag, ich möchte einen Todesfall melden. Ich bin kein Arzt, aber ich gehe davon aus, dass der Mann schon eine Weile tot ist."

„Wo sind Sie? Wissen Sie, wer er ist?"

„Ich kenne ihn nur als Jagadish. Wir sind…" und sie nennt die Adresse der Gemeinschaft.

„Berühren Sie nichts, lassen Sie alles, wie es ist. Es wird umgehend jemand kommen." Mona legt auf. Eigentlich möchte sie das Zimmer verlassen, aber irgendetwas verhindert das. Da fällt ihr Blick auf ein paar kleine Schriftzeichen an der Wand über dem Kopfende des Bettes. Sie muss sich wieder näher runter beugen, denn seit einiger Zeit lässt ihre Sehkraft nach. Was sie liest, ist der Hammer. Jagadish hat Folgendes geschrieben:

Medha, du hättest mir nur den kleinen Finger reichen brauchen, aber hast es nicht getan. Somit hat das Leben für mich keinen Sinn mehr. Mona weicht zurück und sagt laut in den Raum hinein:

„Ich habe keine Schuld am Tod dieses Mannes."

Sie geht davon aus, dass es die Drogen waren. Langsam verlässt sie den Wohnbereich von Jagadish, schließt die Tür und begibt sich in den Gemeinschaftsraum. Dort diskutieren Helge, Frauke, Konstantin und Maika lauthals über die Pandemie.

„Ich muss euch etwas mitteilen", sagt Mona in die Runde, doch die vier beachten sie überhaupt nicht. Da wird es ihr zu bunt. Sie schlägt kraftvoll mit der Faust auf den Tisch und brüllt:

„Ruhe! Ich habe etwas mitzuteilen." Augenblicklich verstummen alle und schauen Mona verdutzt an.

„Ich wollte Jagadish gerade die Rechnung bringen und habe ihn tot im Bett liegend vorgefunden. Die Polizei ist informiert und wird gleich eintreffen." Maika fängt hysterisch an zu schreien.

„Beruhige dich, Maika", ruft Konstantin und nimmt seine Partnerin in die Arme.

„Lass uns auf unser Zimmer gehen. Wir haben damit nichts zu tun." Die beiden verlassen den Gemeinschaftsraum. Frauke und Helge bleiben sitzen. Sie schaut Mona giftig an.

„Wieso ist er tot?"

„Disculpe? Woher soll ich das wissen. Bin ich Pathologe oder was?"

„Komm Helge, wir gehen gucken."

„Die Polizei hat gesagt, ich soll darauf achten, dass niemand mehr den Raum betritt."

„Wieso das denn?"

„Plötzliche, ungeklärte Todesursachen werden untersucht." Helge drückt Frauke wieder auf den Stuhl.

„Bleib doch mal ruhig sitzen. Wir können sowieso nichts machen."

„Und du bist sicher, dass er tot ist?"

„Ich habe keinerlei Atem festgestellt und im Zimmer riecht es nach Leiche. Ich kenne diesen Geruch, habe schon einmal einen toten Menschen gefunden. Also gehe ich davon aus, dass er schon eine Weile tot dort liegt. Aber wie gesagt, ich habe gleich den Notdienst gerufen. Die müssen natürlich den Tod feststellen."

„Du kommst ja völlig kalt rüber, also ob das alles normal für dich wäre," fährt Frauke Mona an.

„Lass mich in Ruhe. Was weißt du schon in deiner kleinen Egowelt. Du gehst mir den ganzen Tag schon auf den Geist. Ich werde mich jetzt draußen vor die Tür stellen und auf die Polizei und den Rettungsdienst warten." Mona verlässt den Gemeinschaftsraum, läuft schnell nach oben, holt sich einen dicken Mantel, denn ihr ist es kalt. Sie fühlt sich völlig unterzuckert. Eigentlich wollte sie endlich etwas essen, kommt nun wieder nicht dazu.

Das ist jetzt schon der zweite tote bekannte Mann, den ich innerhalb von vierzehn Jahren finde. Aber irgendwie empfindet sie auch hier wieder eine Art erlösendes Gefühl. Sie ist nicht traurig, sondern gefasst und je mehr sie sich in die Todesnähe einfühlt, desto ruhiger und gelassener wird sie.

Die Sirenen eines Krankenwagens und der Polizei reißen sie aus ihrem Fühlzustand. Mona weist den eiligen, mit Gesichtsmasken bedeckten Polizisten und dem Rettungsteam den Weg.

„Ich halte mich im Gemeinschaftsraum auf, falls noch Fragen sind," sagt sie und zieht sich dorthin zurück.

Jagadishs Tod wurde bestätigt. Er hatte schon über einen Tag dort gelegen. Die Befragung der Polizei zog sich bis weit in die Morgenstunden. Alle Bewohner wurden mehrfach unabhängig voneinander in einem separaten Raum vernommen. Wie es aussieht, und das konnte noch nicht mit Sicherheit bestätigt werden, nahm er sich das Leben, aber auch ein Herzinfarkt sei nicht auszuschließen. Allerdings spräche das Geschriebene an der Wand dagegen. Mona wurde am längsten befragt, nachdem klar war, dass sie Medha ist. Sie erzählte ihre gesamte Geschichte mit Jagadish von Anbeginn und wie er sie in den letzten Wochen immer mehr bedrängt und sie außerdem festgestellt hatte, dass er augenscheinlich jeden Tag unter Drogen stand. Natürlich wurde ihr nicht geglaubt, dass sie selber keine konsumiert. Ihr Zimmer wurde durchwühlt, aber Rauschmittel wurden nicht gefunden. Sie musste sich einem Drogenschnelltest unterziehen und von allen Bewohnern wurden Fingerabdrücke genommen. Außerdem teilte ein Beamter ihr mit, dass sie vorerst den Ort und das Land nicht verlassen darf, bis die Untersuchung abgeschlossen ist.

Es ist drei Uhr nachts, Mona liegt wach im Bett und rekapituliert den katastrophalen Tag. Der Tod von Jagadish, die Informationen zur Pandemie, das hysterische Getue von Frauke, die Erkenntnis, dass sie ihren Flug in den Wind schreiben muss, und nun auch noch die Auflage, den Ort und das Land nicht zu verlassen und nicht zu wissen wie lange, das alles lässt sie nicht schlafen. Außerdem muss sie heute um zehn für eine weitere Befragung nach Salzwedel zum Polizeikommissariat.

Wie gelange ich dahin? Frauke und Helge will sie nicht fragen. Die haben den ganzen Nachmittag und Abend nicht mehr mit ihr geredet.

Ich werde mich an Konstantin wenden. Er schaut mich meist mit freundlichen Augen an. Die jungen Leute fahren einen alten klapprigen Transporter, den sie zum Wohnmobil umgebaut hatten.

Mona schläft immer mal kurz ein, wacht aber ständig auf, weil die innere Unruhe ihr Herz schneller schlagen lässt. Sie meditiert mehrfach, um ihren Kreislauf runterzubringen und Entspannung zu bewirken. Als es anfängt zu schummern, begibt sie sich in die Küche, um sich Tee zu machen und ein paar Haferflocken mit Hafermilch zu essen. Da betritt Konstantin die Küche.

„Konstantin, schön dass du schon so früh auf bist. Sag mal, ist es möglich, dass du mich zu zehn nach Salzwedel fährst? Ich habe da einen Termin bei der Polizei, weiß aber nicht, wie lange das dauert." Der augenscheinlich noch müde Mann brüht sich einen Kaffee und setzt sich an den großen Holztisch.

„Sag mal Mona, hast du irgendwas mit dem Tod von Jagadish zu tun?"

„Wie kommst du denn darauf?"

„Na ja, Frauke hat gestern Abend mit uns geredet und gesagt, dass du ihn ständig abgewiesen hast und er deswegen möglicherweise frustriert war oder so, keine Ahnung."

„Und wenn es so ist? Das ist doch noch lange kein Grund zu vermuten, dass ich etwas mit seinem Tod zu tun habe, oder? Nur weil man keine Beziehung mit jemandem eingehen möchte, ist man doch nicht gleich verantwortlich für dessen Tod. Ich verstehe nicht, wie ihr hier so tickt."

„Na ja, ich erzähle ja nur, was Frauke gesagt hat."

„Ich hatte mit Jagadish ein rein freundschaftliches Verhältnis. Außerdem war er schwer drogenabhängig."

„Ach? Tatsächlich? Wir haben ab und zu mit ihm mal ein Joint geraucht. Das war alles. Meinst du, er hat noch andere Drogen genommen?"

„Davon gehe ich aus. Wir haben auf Fuerteventura einige Zeit an seinem Drogenproblem gearbeitet. Immer wieder hatte er geschworen, dass er davon losgekommen ist, aber gerade in den letzten Wochen spürte ich an seinem Verhalten, dass das nicht stimmt. Was er konsumiert hat, weiß ich nicht. Damit habe ich auch nichts zu tun."

„Das wusste ich nicht."

„Da siehst du, man kann sich von dem Gerede einer Frau, die überhaupt keine Zusammenhänge kennt, kein Bild machen. Und auch wenn man in einer Gemeinschaft wohnt, die liebevolles Miteinander als Aushängeschild hat, heißt das noch lange nicht, dass alle miteinander auskommen und man von allen alles weiß."

„Da hast du wohl recht. Ich werde mal Maika fragen. Die wollte eigentlich mit mir heute Freunde besuchen fahren. Vielleicht können wir dich vorher zum Termin absetzen."

„Ich bitte inständig darum. Sonst weiß ich nicht, wie ich pünktlich dorthin kommen soll. Du weißt ja, ein Taxi hier draußen zu rufen, ist so gut wie unmöglich. Außerdem habe ich nicht das nötige Kleingeld und keine Lust, Frauke zu fragen, ob ich deren Auto nehmen kann."

„Das kann ich verstehen. Ich trinke mal in Ruhe meinen Kaffee und dann sage ich dir Bescheid. Wann müssten wir spätestens los?"

„Halb zehn. Wir brauchen etwa zwanzig Minuten bis dorthin."

„Sag mal, kannst du vielleicht für Maika eine Antidrogentherapie machen? Das bleibt aber unter uns."

„Wieso das denn?"

„Ich habe sie vor kurzem dabei erwischt, wie sie sich eine gelbe Pille in den Mund gesteckt hat. Sie meinte, das sei weiter nichts als ein Vitaminaufbaupräparat, aber ihr Verhalten danach bestätigte das nicht."

Also hatte Jagadish immer noch welche von den gelben Pillen und auch an andere gegeben.

„Du wirst sicher verstehen, dass ich unter den gegebenen Umständen deiner Bitte nicht nachkommen kann."

„Okay, war ja nur eine Frage. Wir treffen uns halb zehn auf dem Hof am Womobi. Ich entscheide das mal jetzt einfach."

Langsam fährt Mona mit ihrem alten Skoda auf das Grundstück der Gemeinschaft. Viele Wochen sind nach dem Tod von Jagadish vergangen, doch die Aufregung und der Stress haben sich nicht wirklich gelegt. Das hat auch damit zu tun, dass sich zwischenzeitlich die Maßnahmen in Bezug auf die Pandemie weiter verschärft haben. Etliche Termine bei der Polizei liegen hinter Mona und sie ist erleichtert, dass eine Mitwirkung ihrerseits am Tod des Mannes rasch ausgeschlossen wurde. Sie musste sich einem weiteren Drogentest unterziehen und das ganze Haus wurde durchsucht. Bis heute weiß sie allerdings nicht, woran Jagadish verstorben ist, denn sie bekam keinen Einblick in den Obduktionsbefund. Sie hätte es gerne gewusst und in dem Zusammenhang entsteht in ihr immer mehr der Wunsch, Maika auf die gelben Pillen anzusprechen. In Jagadishs Zimmern wurde jedenfalls außer Cannabis nichts weiter gefunden.

Monas Termine bei der Polizei und der Umstand, dass sie nicht wegfliegen kann, hatten letztendlich dazu geführt, dass ihr bewusst wurde, ohne eigenes Auto geht es nicht. Da sie nicht immer um Mitnahme betteln wollte, war sie nur noch mit dem Bus nach Salzwedel gefahren, was sich als umständlich erwies und ewig dauerte. In der Stadt suchte sie verschiedene Gebrauchtwagenhändler auf, bis sie endlich einen Wagen und auch jemanden fand, der den Kauf kulant und unbürokratisch abwickelte.

Mit ihrem Ausweis, auf dem ihre spanische Adresse steht, war er zur Zulassungsstelle gefahren und hatte sich als ihr Freund ausgegeben. Somit war es möglich, das Auto zu zulassen, obwohl sie in Deutschland nicht gemeldet ist. Er regelte auch alles bezüglich der Versicherung und Steuer. Sie gab ihm dafür 200 Euro, das Auto selbst hatte 1000 gekostet.

Zwischenzeitlich sind Monas Bargeldreserven ziemlich geschrumpft. Doch die niedrige Miete in der Gemeinschaft und die wenigen Ausgaben bedingen, dass sie sich in Bezug auf ihren Kontostand noch keine Sorgen machen muss.

Aber es gibt einen Umstand, der ihr wirklich zu schaffen macht. Frauke und Helge hatten sofort nach Jagadishs Tod komplett das Regime in der Gemeinschaft übernommen und extreme Abstandsregeln, Masken-

pflicht im Gebäude und eine Testpflicht für alle angeordnet, die gemeinsam kochen oder Besucher mitbringen.

Mona will ausziehen, hat bisher aber nichts Passendes
zum Wohnen gefunden. Jedes Mal, wenn sie in der Stadt
ist, notiert sie sich einige Telefonnummern von Woh-
nungsanzeigen. Doch wegen der Pandemie bekommt sie
keine Besichtigungstermine.

Den Einkauf in ihrem Zimmer abgestellt, lässt sie sich
auf ihr Matratzenbett fallen, nimmt das Smartphone und
ruft wieder bei Jörg an. Schon etliche Male hatte sie versucht, ihn zu erreichen, nie ging er an sein Handy. So
auch jetzt. Doch sie ist in Telefonstimmung.

Wen kann ich noch anrufen? Sie wählt die Nummer
von Fanni.

„Mona? Wo bist du denn? Du willst doch nicht etwa
hier vorbeikommen? Das geht nicht. Ich lasse niemanden
rein."

„Fanni, ist das jetzt dein Ernst?"

„Na weißt du nicht, was los ist? Ein tödliches Virus
ergreift die Menschheit. Millionen werden sterben. Ich
trau mich nicht mal mehr an den Strand. Hoffentlich
kommt die Impfung schnell."

„Ich wollte nur kurz fragen, wie es dir geht. Dann
mach's mal gut." Mona beendet das Gespräch, denn sie
hat kein Bedürfnis, mit Fanni auf dieser Ebene weiter zu
reden. Als Nächstes ruft sie bei Claire an.

„Hola, hier ist Mona."

„Du hast dich ja schon ewig nicht gemeldet. Wie
kommt es, dass du jetzt anrufst?"

„Ach weißt du, ich sitze hier in Deutschland fest und
kann nicht zurückfliegen. Deswegen melde mich bei
alten Bekannten auf den Inseln, so auch bei dir. Wie läuft
es bei dir?"

„Scheiße läuft's. Ich musste meine Bar schließen. Es gibt extreme Vorschriften für Abstandshaltung, Hygiene- und Maskenpflichten und demnächst kommt auch noch eine Impfung. Und ich muss trotzdem Miete zahlen. 4000 Euro im Monat ohne jeglichen Umsatz. Die Kündigung habe ich schon geschrieben, weiß aber nicht, ob der Vermieter zustimmt. Ich kotze einfach nur ab hier."

„Ich hoffe, du kommst schnell aus dem Mietvertrag. Und was macht dein Partner?"

„Der hat Bammel vor der Zukunft. Er ist im Immobiliengeschäft und das läuft auch schlecht, weil keine Besichtigungstermine stattfinden. Ich bin einfach nur noch frustriert."

„Das kann ich gut verstehen. Mir geht es auch seltsam. Seit Monaten sitze ich in Deutschland fest und komme nicht weg. Ich bin froh, dass ich abseits in der Pampa lebe. Da ist es nicht ganz so problematisch mit den Vorschriften und Reglementierungen. In einer Stadt möchte ich jetzt nicht wohnen."

„Bei uns ist alles zu und abgesperrt. Es ist bei Strafe verboten, gemeinsam im Auto zu fahren und lauter solche Sachen."

„Schlimm."

„Und das wird noch schlimmer, da kannst du mit rechnen. Wann kommst du denn wieder zurück?"

„Keine Ahnung. Ich kann ja nicht weg hier."

„Demnächst sollen wieder Touristen auf die Insel dürfen."

„Davon habe ich noch nichts gehört. Aber ich schaue ja auch nicht fern."

„Ich habe keine Ahnung, womit ich Geld verdienen kann."

„Vielleicht kannst du online was anbieten. Du bist doch erotisch versiert. Es gibt etliche Camportale, in die man sich einbringen kann."

„Gute Idee, daran habe ich noch gar nicht gedacht. Dann mach es mal gut Mona." Nach dem Gespräch mit Claire hat Mona doch keine Lust mehr, weiter zu telefonieren.

Egal mit wem ich rede, alle sind frustriert. Es fehlen die positiven, konstruktiven, aufstrebenden Nachrichten und Energien. Sie setzt sich hin und meditiert. Als sie wieder auf die Uhr schaut, ist es zwei am Nachmittag.

„Ich muss ins Internet, vielleicht finde ich da was zum Wohnen. Auf dem Feld habe ich Netz und kann online die Immobilienseiten durchforsten." So fährt sie zum Ortsausgang, wo gutes Netz ist und recherchiert über eine Stunde in verschiedenen Immobilienbörsen, ruft einige Leute an, bekommt Absagen über Absagen, erreicht viele nicht. Gerade als sie aufgeben will, springt ihr eine Kleinanzeige aus Thüringen ins Auge.

`Suchen Haushaltshilfe für einen Bauern-`
`hof (mit Logis).`

Das wäre perfekt, den Wohnbereich gleich über Haushaltsdienstleistungen zu bezahlen.

Dann fällt ihr ein, dass Pandemiezeit ist und die Anzeige wahrscheinlich gar nicht mehr gilt. Sie will gerade das Handy wegstecken, doch ein innerer Impuls sagt ihr: *Ruf dort an!* Und sie tut es.

„Hallo", meldet sich eine männliche Stimme, die sympathisch rüberkommt.

„Mein Name ist Mona. Ich habe Ihre Annonce im Internet gefunden. Sie suchen eine Haushaltshilfe für einen Bauernhof und bieten auch Unterkunft für diese an. Ist die Anzeige noch gültig?"

„Interessant, dass Sie anrufen. Wir hatten schon ewig keine Anfragen mehr dazu. Wahrscheinlich weil die

Leute alle nicht mehr aus ihren Häusern gehen und Angst haben, sich mit irgendjemand zu treffen." Was der Mann sagt, fühlt sich für Mona gut an.

„Ich habe keine Probleme damit. Können wir uns zeitnah verabreden?"

„Wann passt es Ihnen denn?"

„Ich kann mir die Zeit einteilen, habe nur eine längere Anreise, denn im Moment wohne ich in der Altmark."

„Ich muss mal meine Frau fragen. Moment bitte." Kurze Zeit mit später meldet sich eine weibliche Stimme.

„Hallo, hier ist Sonja. Kannst du übermorgen so gegen 13 Uhr herkommen?"

„Übermorgen ist Sonntag, ja klar. Ist es im Moment möglich, nach Thüringen einzureisen?"

„Einfach tun. Die können nicht alles und jeden überprüfen. Am besten über die Landstraßen fahren." Mona notiert sich die Adresse, dann ist das Gespräch beendet.

„Geil, ich habe Menschen gefunden, die in der Pandemiezeit mit mir einen Termin machen. Was für eine Freude." Gerade will sie zurückfahren, da klingelt ihr Handy.

„Mona, endlich. Was ist denn mit dir los? Ich habe schon oft versucht, dich anzurufen, aber immer kommt die Ansage, dass du nicht erreichbar bist."

„Jörg, wie schön, deine Stimme zu hören. Ja bei mir gab es ja einige Turbulenzen und außerdem habe ich hier kaum Netz."

„Wo bist du denn? Können wir uns sehen? Ich weiß, im Moment ist es schwierig mit Besuchen, es gibt extreme Verbote und Vorschriften. Aber ich scheiß drauf, auch wenn die mit hohen Geldstrafen und sogar Gefängnis drohen."

„Echt jetzt? So schlimm? Ne, treffen können wir uns sowieso nicht. Ich sitze in Deutschland fest."

„Was! Du bist noch immer in Deutschland? Du warst doch schon irgendwann im Dezember geflogen."

„Stimmt. Ich hatte auch immer mal versucht, dich anzurufen, um ein Lebenszeichen zu geben, aber ich konnte dich nicht erreichen. So schnell vergeht die Zeit. Jetzt ist schon Juni und die Welt ist im Chaos. Ich hänge hier fest und kann nicht auf die Inseln fliegen."

„Ja, es ist furchtbar, was läuft."

„Du sag mal, was ist mit Walter? Wie geht es ihm?"

„Er besteht nur noch aus Haut und Knochen. Wegen dieser ganzen Maßnahmen mit den Tests, der Maskenpflicht und der Isolation im Krankenhaus hat er sich vor ein paar Wochen selbst auf eigenes Risiko entlassen. Sie wollten ihm irgendeine Infusion wegen dem Virus verpassen. Das hat er abgelehnt. Nur gut, jetzt würden sie ihn wahrscheinlich nicht mehr raus lassen. Alle Therapien haben augenscheinlich nicht geholfen. Er kann kaum was essen, schlecht atmen und ist total schwach. Aber wenigstens ist er jetzt bei uns."

„Kann ich mit ihm reden?"

„Ich bin jetzt nicht zu Hause und außerdem will er mit niemandem sprechen. Wahrscheinlich, weil er nichts Positives zu berichten hat. Du weißt ja, er war immer so fröhlich und nun das. Wir haben so die Nase voll. Die Werkstatt läuft auch nicht mehr. Keiner kommt. Alle haben Schiss, dass sie sich anstecken und dann sterben müssen. So ein Irrsinn."

„Ich kann dich voll verstehen und bin heilfroh, dass du auch so denkst wie ich. Es gibt Leute, die reden nicht mehr mit mir, sperren mich aus, wollen mich nicht mehr berühren, nicht mehr zusammen in einem Zimmer sein. In der Gemeinschaft, in der ich lebe, sollen alle Maske tragen und sich ständig die Hände desinfizieren. Es wird nicht mehr gemeinsam gegessen. Jeder soll regelmäßig einen Test machen, um nachzuweisen, dass man nicht positiv sei. An der frischen Luft laufen Leute freiwillig mit Maske rum, weil sie Angst haben, sich anzustecken. Das ist absurd. Schlimm ist, dass es bald eine Impfpflicht geben soll. Ich habe eine völlig andere Meinung. Eine Impfung gegen Viren ist lächerlich. Ich kann nur hoffen, dass es genügend intelligente Leute gibt, die da nicht mitmachen."

„Ich hab medizinisch keine Ahnung, aber ich lass mich auch nicht impfen. Wir lassen uns zu nichts zwingen! Und wenn sie mich mit der Polizei holen und mich einsperren, ist mir völlig wurscht. Ich kann im Moment sowieso nicht arbeiten, weil kaum noch jemand kommt, weil alle in Angst erstarrt sind."

„Ich glaube, in Spanien ist es noch perfider als hier."

„Am 15. März wurde alles dichtgemacht. Alle Einkaufszentren, Zufahrtsstraßen, Kreisel, alles abgesperrt. Seitdem durfte man nicht mehr ohne triftigen Grund auf die Straße gehen. Selbst Hundebesitzer dürfen nur fünfzig Meter um den Block laufen. Einkaufen gehen ist nur noch alleine möglich. Überall, auch im Freien muss man mit Maske rumlaufen. Ich durfte auch nicht ins Krankenhaus rein. Alle müssen sich ständig testen, wenn sie rein wollen, ich habe aber kein Bock, mich testen zu lassen. Ich will das nicht. Zu zweit im Auto fahren ist auch verboten. Und wenn man erwischt wird, drohen richtig hohe Strafen. Wer im Auto unterwegs ist und kontrolliert wird, muss einen triftigen Grund für die Fahrt nachweisen, zum Beispiel einen Arztbesuch oder sowas. Und es gibt bestimmte Uhrzeiten, zu welchen Person bestimmter Altersgruppen auf die Straße gehen dürfen. Nachts ist Ausgangssperre. Es ist unglaublich, was hier läuft. Stell dir vor, die haben doch tatsächlich in Vollmontur, komplett mit Ganzkörperanzug und Maske mit Desinfektionsmitteln alle Bushaltestellen ausgespritzt, als ob die ganze Welt vergiftet ist. Es ist einfach nur ätzend.“

„Ich hatte keine Ahnung, dass es so verschärft bei euch ist. Ich habe von Menschen gehört, die Familienmitglieder verstoßen, weil sie nicht der gleichen Meinung sind, Paare, die sich total zerstritten haben und sich nicht mehr anfassen, weil der eine sich nicht testen lässt und lauter solche Sachen. Hoffentlich geht das schnell vorbei. Das Einzige, was mich interessiert ist, wann ich endlich wieder zurückfliegen kann.“

„Ab demnächst dürfen wohl wieder ein paar Touristen einreisen. Natürlich mit Masken und Einhaltung von Abstandsregelungen. Auch die Geschäfte und Bars haben strenge Hygienevorschriften und Abstandsregeln. In denen dürfen nur dreißig Prozent von Gästen sein, die müssen alle getrennt sitzen. Demnächst soll es eine Warnapp geben, damit man weiß, dass um einen herum lauter Viruszombies wuseln. Die totale Kontrolle. Und ständig steigen die Zahlen der sogenannten Infizierten.“

„Ja, das ist hier auch so. Die Zahlen basieren auf den Testergebnissen und es werden immer mehr Menschen getestet. Doch die Testergebnisse weisen letztendlich nicht nach, dass jemand krank ist. Mit den Tests können eigentlich nur Partikel bzw. Proteine von Viren nachgewiesen werden, was noch lange nicht bedeutet, dass jemand mit einem gesamten Virus infiziert, ansteckend oder krank ist. Aber diese Zahlen werden genommen, um die Maßnahmen zu begründen und letztendlich auch, um die Impfpflicht durchzusetzen, die im Gespräch ist. Es gibt auch Leute, die einfach nur Grippe haben, wie jedes Jahr. Die zählen alle dazu.“

„Die machen jetzt eine 2-G-Regel, Genesen und Getestet. Alle anderen dürfen bestimmte Dinge nicht mehr tun, sind Aussätzige.“

„Wer gilt denn als Genesen?“

„Genesen ist man, wenn man PCR positiv getestet war, egal ob man irgendwelche Symptome hatte oder nicht und dann wieder negativ getestet wird. Genesen gilt eine gewisse Zeit lang, 6 Monate oder so. Weiß nicht genau. Und in der Positivzeit wird man in Quarantäne gesperrt. Drei Wochen oder so, das ändert sich ständig. Als Genesen bekommt man ein Zertifikat. Ich glaube im Moment dürfen nur Leute fliegen, die genesen bzw. PCR negativ getestet sind."

„Ich lasse keinen PCR-Test an mir machen. Niemand sagt mir, was an den Teststäben für Material ist. Und außerdem will ich keine Laborratte für meine DNA sein."

„Ich kenne mich da im Detail medizinisch nicht aus, aber was du erzählst, macht durchaus Sinn."

„Ich hoffe, der Wahnsinn dauert nicht so lange. Tja Jörg, wir können uns nur gegenseitig Mut und Durchhaltevermögen zusprechen und vor allen Dingen, schalt die Nachrichten aus. Lass dir von diesen Angstmeldungen, den negativen Zukunftsvisionen und angedrohten Pflichten, Verordnungen und Zwangsmaßnahmen dein Gehirn nicht manipulieren."

„Da haste recht. Ich muss nur gucken, wie es mit Walter weitergeht, wenn sich sein Zustand verschlechtern sollte. Ich bin doch kein Krankenpfleger oder Arzt."

„Lass es auf dich zukommen. Vielleicht erholt er sich. Unter den heutigen Umständen wollte ich um keinen Preis in ein Krankenhaus kommen. Wer weiß, was sie da mit einem machen. Irgendwelche unausgereiften Medikamente oder Impfstoffe ausprobieren. Eine Impfung gegen ein Virus gibt es letztendlich nicht. Das ist wie bei der Grippeschutzimpfung. Es werden Virussequenzen eines bekannten Virus injiziert in der Hoffnung, dass das Immunsystem auch bei nachfolgenden, mutierten, veränderten Viren abwehraktiv wird."

„Na du weißt ja eine ganze Menge darüber."

„Ich habe mich damit beschäftigt, weil ich einfach die Schnauze voll habe. Und ich muss einen Weg finden, ohne Test endlich wieder auf die Inseln fliegen zu können. Außerdem war mein verstorbener Ehemann Doktor der Veterinärmedizin und hatte wissenschaftlich in der Erforschung von Seuchen gearbeitet. Wir haben oft über seine Arbeit geredet, in der es auch um Viren ging. Jörg, haltet die Ohren steif. Bestell Walter einen schönen Gruß von mir. Lass uns immer mal miteinander telefonieren."

Mona schüttelt den Kopf. *Die Zwangsmaßnahmen und Verbote sind ja in Spanien noch extremer als hier. Nur gut, dass ich in einem kleinen Dorf lebe und nicht in einer Stadt.* Mona stellt sich mit Grauen vor, wie es Leuten gehen muss, die in großen Wohnblocks wohnen und nicht mehr raus dürfen. Und vielleicht sogar von Nachbarn angezeigt werden, weil sie Besuch bekommen, Feste feiern, was ja verboten ist. Es ist zwischenzeitlich genau vorgeschrieben, wie viele Menschen und welche sich zu Hause treffen dürfen und was gemacht werden darf und was nicht.

Ich werde weiter recherchieren. Bestimmt finde ich doch eine Möglichkeit, zu fliegen und von hier wegzukommen. Bloß was nützt das? In Spanien muss man sogar an der frischen Luft bei Strafandrohung Masken tragen.

Sie nimmt wieder das Handy und ruft noch einmal bei ihrer Mutter an.

„Mona, dass du dich endlich wieder meldest. Was ist denn mit deinem Telefon los? Du bist ja nie erreichbar. Bist du noch in Deutschland?"

„Ja, Mutter, ich komme wegen der Pandemie nicht weg. Allerdings lebe ich in Gegenden, in denen es

315

schlechtes Netz gibt und ich immer erst hinaus laufen muss, um telefonieren zu können. Geht es dir gut?"

„Wie kann es mir gut gehen bei dem, was so abgeht. Stell dir mal vor, in unser Altenheim darf niemand mehr rein. Und wir sind alle separiert. Keiner darf mehr in den Gemeinschaftsraum. Alle müssen, sobald sie das Zimmer verlassen, die Scheißmaske aufs Gesicht setzen. Ich krieg damit gar keine Luft, mir wird schwindlig."

„Ich setze keine Maske auf. Schon allein der chemische Geruch und die Nichtmöglichkeit, klare Luft zu atmen, schädigen meinen Körper, ich spüre das ganz genau."

„Ja mein Kind, aber du weißt ja, Menschen sind hinterlistig und böse. Pass auf, dass dich niemand anschwärzt. Selbst hier die alten Knacker gehen sich gegenseitig an die Gurgel. Haben Angst um ihr kleines Häppchen Restleben, Angst, an diesem Virus zu krepieren. Ich fasse das nicht."

„Mutter, so kenne ich dich ja gar nicht. Du bist ja richtig aufgebracht."

„Das nervt mich. Du, übrigens war ich früher immer so. Ich glaube, ich wurde anders, nachdem ich angefangen hatte, mir immer nur steinreiche Partner aus dem Westen zu suchen. Da wurde ich zahm und unterwürfig. Vielleicht, um zu gefallen, eine gute, angepasste Gefährtin zu sein. Mit deinem Vater damals war ich eine richtige Rebellin. Das hat ihm einerseits gefallen, oft aber auch nicht. Und du weißt ja, wenn er viel getrunken hatte, ist er ausfallend geworden. Ich habe auch Gewalt durch ihn erfahren."

„Das wusste ich nicht, Mutter, du hast noch nie darüber gesprochen."

„Es wird Zeit, dass ich meinen Mund wieder aufmache und mir nicht mehr alles gefallen lasse. Trotz alledem bin ich froh, dass ich in diesem Heim bin. Ich habe hier tatsächlich einen älteren Herrn gefunden, der ist intelligent, liebevoll und mit dem kann ich mich prima unterhalten. Außerdem bekomme ich durch ihn Streicheleinheiten."

„Das freut mich für dich, Mutter. Liebevolle Berührungen von einem sympathischen Menschen sind heilsam."

„Ich glaube, wir beide sind fast die Einzigen, die sich gegen diese Pandemiemaßnahmen zur Wehr setzen. Trotzdem müssen wir viel Gemeinsames heimlich machen, sonst bekommen wir Ärger."

„So schlagen wir uns alle durch diese furchtbare Zeit. Für mich fühlt sich das wie ein Kriegszustand an. Und das Schlimme ist, die meisten Menschen machen brav alles mit. Es gibt kaum jemanden, der aufbegehrt. Viele werden ja auch erpresst. Wenn du das nicht machst, dann verlierst du deine Arbeit. So wird mit Angst regiert. Durch die Medien wird die Panik noch mehr genährt, so dass die Massen fast in Paralyse verfallen und somit gut steuerbar sind. Selbst Menschen, die hochintelligent sind, sitzen zu Hause und tun genau das, was von außen gesagt wird. Und nun soll auch noch eine Impfpflicht eingeführt werden."

„Sollen sie machen, ich lasse mich nicht impfen. Du doch sicherlich auch nicht Mona, oder?"

„Nein, darauf kannst du wetten. Das sind für mich Experimente an Menschen. Ach Mutter, ich freue mich, dass wir uns auf dieser Ebene plötzlich wieder näher kommen."

„Manchmal braucht es extreme Umstände, um aufzuwachen. Aber das ist völlig in Ordnung. Du hast dein Leben, ich hab mein Leben. Meins war lange gefüllt von der Suche nach einem reichen Mann, um ein gutes Auskommen zu haben. Das ist mir gelungen, doch dadurch musste ich ziemlich viel von meiner Persönlichkeit und

Individualität aufgeben. Einer meiner Liebhaber, den hatte ich kurz nach der Wendezeit kennengelernt, war ein wirklich reicher Typ aus dem Westen. Er mochte mich als Ossifrau dermaßen, dass er mir damals ein paar Aktien überschrieb. Wie ich recherchiert habe, sind die während der Viruszeit an Wert gestiegen. Warum auch immer, keine Ahnung. Damit kenne ich mich nicht aus. Ich möchte dir davon etwas Geld geben, den Rest brauche ich für die Finanzierung meines Luxusaltenheims."

„Mutter, Aktien können auch wieder fallen und du brauchst das Geld doch für dich."

„Ich habe noch genug andere Aktien, sagt mein Broker. Und auf dich überschreiben ist sinnfrei, weil du die Gewinne bei der Steuer angeben musst. Er wird einen Teil verkaufen und gibt mir den Erlös in bar. Mein damaliger Liebhaber war ein Schlitzohr und hat alles so organisiert, das der Erlös aus einem Verkauf und die Renditen nicht auf meinen Namen zurückzuverfolgen sind."

„Mutter, du erstaunst mich immer mehr."

„Alles gut, Mona. Ich versuche, damit auch mein schlechtes Gewissen vor meinem Ableben zu beruhigen, weil ich nie eingegriffen habe, als dich dein Vater wegen Lappalien verprügelt hat."

„Ich habe zwischenzeitlich verstanden, dass du vor ihm auch Angst hattest und die Situation durch deine Einmischung noch mehr eskaliert wäre."

„Ja." Monas Mutter schluchzt.

„Nun müssen wir nur bereden, wie wir das mit der Geldübergabe machen. Dazu musst du nach Berlin kommen. Im Moment es ist natürlich blöd, weil du nicht ins Heim reinkommst. Wir müssen uns draußen verabreden, wenn ich mal spazieren gehe. So will ich das auch mit meinem Broker organisieren, damit er mir das Geld geben kann."

„Vertraust du ihm?"

„Klar, ich hatte einst über fünf Jahre eine heiße Affäre mit ihm. Er ist noch immer mit seiner damaligen Frau verheiratet und mir heute noch dankbar, dass ich unsere Liebesbeziehung nie verraten habe." Mona lacht.

„Was du alles so erlebt hast. Ich lebe im Moment noch in der Altmark. Bis zu dir brauche ich bestimmt drei Stunden mit dem Auto. Und du weißt ja, es werden sogar Fahrten in andere Bundesländer verboten."

„Ich mach das erst mal klar mit meinem Broker. Das Geld läuft nicht weg, dafür sorge ich. Sobald sich eine Lockerung ergibt, verabreden wir was. Und wenn die Viruszeit vorbei ist, werde ich mit Hubert eine schöne Reise machen."

„Hubert ist dein jetziger Streichelpartner?"

„Genau."

„Mach das, Mutter. Lass dich verwöhnen. Wir hören uns." Mona legt auf.

Das war ein tolles, erfrischendes, motivierendes Gespräch. Derart aufgeschlossen und voller Energie habe ich meine Mutter eigentlich noch nie erlebt. So hat die Pandemiezeit an der Stelle sogar was Positives. Und übermorgen fahre ich nach Thüringen und werde eine neue Wohnung anmieten.

„Dass du ausgerechnet Lisa heißt, ist schon ein Ding."
Mona denkt an ihre damalige Ziege und streichelt dabei
der Kuh Lisa über den Kopf. Seit einigen Wochen lebt sie
auf dem Bauernhof von Sonja und Lutz in einem winzi-
gen Dorf in Thüringen. Der Besichtigungstermin verlief
reibungslos und Mona hatte sich sofort dafür entschieden, als Haushaltshilfe in die Einliegerwohnung bei den
beiden einzuziehen. Die Miete ist mit 400 Euro zwar
recht hoch, aber die möblierte Wohnung besteht aus
Wohnzimmer, einem kleinen Schlafraum, einem geräumigen Flur, Bad, Küche und sogar einem benutzbaren
Dachgeschoss. Besonders schön findet Mona die Terrasse mit Blick über die Weide des Bauern bis hin zum
Waldrand. Es ist absolut idyllisch hier. Die Wohnung
verfügt sogar über eine Heizung, was ein langfristiges
Wohnen möglich machen wird. Mona erhält für ihre
Tätigkeiten 200 Euro Miete erlassen. Dafür muss sie
sich um die Tiere kümmern wie Kühe, Hühner, Gänse,
Katzen, diese füttern, die Eier einsammeln, die Kühe
striegeln und auf die Weide führen und die Ställe säubern. Sogar das Melken hat sie schon gelernt. Dazu
kommen noch den Hofbereich von Unkraut zu befreien
und zu fegen, die Sitzmöbel auf dem Hof zu reinigen und
den Grill zu säubern. Bei gutem Wetter grillt die Familie, welche aus Vater, Mutter und zwei Söhnen besteht,
fast jeden Abend. Ab und zu wird Mona dazu gebeten,
doch sie möchte das nicht übertreiben, sich nicht zu tief
privat in die Familie einbringen.

Der Dreiseitenhof von Lutz und Sonja ist in Monas
Augen riesig. Neben dem großen Wohnhaus gibt es
mehrere Scheunen und Ställe und es gehören Weiden
und sogar Ackerland dazu. Trotzdem gehen beide arbeiten, Sonja in der nächsten Stadt als Grundschullehrerin

und Lutz ist selbstständig im Bereich Solar. Außerdem haben sie noch einen Hofladen, der aber im Moment geschlossen ist. Dort hatten sie sonst die Früchte ihrer Ernten angeboten. Doch in der Pandemiezeit ist der Umsatz komplett weggebrochen, hatten sie erzählt.

Mona genießt die herrliche Luft in diesem kleinen Ort und liebt es, vom Hahnenschrei geweckt zu werden. Es herrscht außer dem Gezwitscher der Vögel, dem Muhen der Kühe, dem Summen der Insekten, dem Zwitschern der Vögel, ab und zu einem Trecker, einer Mähmaschine und dem Wind in den Bäumen Stille.

Mona legt den Striegel beiseite. *Eigentlich kann ich mir so ein Leben auf dem Land auch vorstellen. In der Stadt möchte ich nie wieder wohnen. Auf den Inseln ist es anders schön, doch was bringen all diese Gedankengänge, ich weiß nicht, wann ich zurückkehren kann.* Noch immer hat sie keine Möglichkeit gefunden, als Tourist auf die Inseln zu fliegen. Zwischenzeitlich ist schon Oktober. Sie muss wohl den nächsten Winter auch noch hier verbringen. Immer wieder redet sie mit ihren Bekannten auf den Inseln, doch die Situation verschärft sich eher, als dass sie sich entspannt. Die erste Impfung steht zum Ende des Jahres ins Haus und die Impfpflicht wird heiß diskutiert. Mona ist sowas von erleichtert, dass ihre Vermieter den ganzen Wahnsinn auch nicht mitmachen. Und hier im Dorf schert sich kaum jemand um Masken oder Abstandsregeln. Vom Grunde mangelt es Mona an nichts, außer an liebevollem Miteinander und Berührungen.

Es gibt in der Nähe Teiche, zu denen sie im Sommer mehrmals in der Woche gefahren war, um dort baden zu gehen. Sie hatte sich ein kleines Gewässer abseits ausgesucht, ist geschwommen, hat sich ans Ufer gelegt, einfach nur in den Himmel mit den Wolken geschaut und dem Rascheln des Schilfs zugehört. Durch den Wald war sie gewandert und hatte regelmäßig meditiert. Sie spürt ganz deutlich, dass die Natur und die Beschäftigung mit den Tieren ihr unglaubliche Kraft schenken und all das, was sie bisher erfahren, gelernt und gelebt hat, zu einer substantiellen Erkenntnis reift. Selbst die Problematiken mit Rafael, Cesaro und dem Haus auf Gran Canaria sind weit in den Hintergrund gerückt.

„Mona, kommst du mal bitte. Es wäre gut, wenn du anfängst, die Äpfel aufzulesen. Die müssen ja nicht alle von den Kühen und dem Bullen gefressen werden."

„Ja, das mache ich sehr gerne. Ich habe allerdings Respekt vor dem Bullen."

„Du brauchst Olaf einfach immer nur einen Apfel hinwerfen, dann wird er dich in Ruhe lassen." Alle Tiere haben Namen, auch diejenigen, welche irgendwann geschlachtet werden. Für Mona stellt es eine große Herausforderung dar, sich in den abgesperrten Weidebereich mit den Apfelbäumen zu begeben, in dem die Kühe und auch der Bulle Olaf grasen. Letzterer, das fühlt sie ganz genau, trägt eine Energie in sich, mit der sie nicht umgehen kann und das spürt er natürlich. Deswegen beginnt Mona das Aufsammeln der Äpfel am äußersten Ende der Weide, weit entfernt von Olaf. Ihr Korb ist fast voll, da klingelt ihr Handy.

„Ja bitte?"

„Abogado Ramiro Suarez Sanchez", meldet sich ein Mann auf Spanisch. Mona lässt vor Überraschung die zwei Äpfel fallen, die sie gerade aufgelesen hatte.

„Un momento, por favor", bittet sie auf Spanisch und kriecht vorsichtig durch den Elektrozaun nach außen. Beim Telefonieren möchte sie nicht innerhalb der Weide bleiben, denn der Bulle könnte sich, ohne dass sie es bemerkt, annähern.

„Nun kann ich zuhören."

„Es ist mir endlich gelungen, Einsicht ins Grundbuch ihres Hauses zu bekommen. Sie sind als hälftige Eigentümerin eingetragen."

„Das ist ja interessant. Dann wurde ich die ganze Zeit belogen."

„Es gibt nun die Möglichkeit, dem anderen Eigentümer seine Hälfte abzukaufen oder aber zu vereinbaren, dass er Ihre fünfzig Prozent abkauft."

„Mit dem anderen Eigentümer ist keine Einigung möglich." Das weiß Mona ganz sicher.

„Dann gibt es noch die Möglichkeit, den Eigentümer zu verklagen."

„Das geht nicht, weil ich nicht in der Lage bin, einen Rechtsstreit von Deutschland aus zu führen, ich nicht weiß, was da für Kosten auf mich zukommen und ob der Prozess zu meinen Gunsten ausgeht. Wer weiß, was für einflussreiche Kontakte mein ehemaliger Lebensgefährte zwischenzeitlich hat. Das ist mir zu ungewiss."

„Dann bliebe nur noch, Sie suchen jemanden, der Ihnen die Hälfte abkauft und an Ihrer Stelle im Grundbuch eingetragen wird."

„Wer sollte mir eine Haushälfte abkaufen, die er nicht nutzen kann? Rafael wird niemanden in das Haus hineinlassen und mit niemandem etwas teilen. Er betrachtet das Haus von je her als sein alleiniges Eigentum, auch wenn ich mit im Grundbuch stehe."

„Andere Vorschläge kann ich Ihnen leider nicht unterbreiten." Beide schweigen kurz.

„Was würden Sie denn für die Haushälfte haben wollen?" Mona antwortet spontan:

„30.000 Euro."

„Dafür kaufe ich Ihnen den Hausanteil sofort ab." Mona glaubt, sich verhört zu haben.

„Wie bitte? Das ist möglich?"

„Ihnen ist aber schon bewusst, dass die Haushälfte in der Lage und mit dem großen Grundstück bestimmt zehnmal mehr wert ist?"

„Das kann schon sein, aber mein Seelenfrieden ist mir wichtiger. Wenn ich für 30.000 an Sie verkaufen kann, werde ich das tun."

„Ich kann umgehend alles in die Wege leiten, habe ja von Ihnen die Generalvollmacht. Diese gestattet mir, in all ihren Angelegenheiten zu handeln. Wenn Sie also damit einverstanden sind, setze ich ein vertragliches Schreiben auf, schicke es Ihnen per E-Mail, Sie schicken es mir unterschrieben zurück. Dann überweise ich das Geld und der Rest ist meine Angelegenheit."

„Und ich brauche deswegen nicht nach Gran Canaria zu fliegen? Ich komme hier nämlich wegen der Pandemie nicht weg."

„Grundsätzlich können Sie fliegen, es werden wieder Touristen hinein gelassen."

„Ja, aber ich nicht, weil ich nicht bereit bin, mich testen zu lassen und einen Status als Genesen habe ich auch nicht."

„Dann geht es natürlich nicht. Aber Sie brauchen nicht kommen. Wenn Sie jetzt zusagen, machen wir es so, wie eben dargelegt. Sie bekommen die 30.000 Euro auf ihr Konto überwiesen."

„Muss ich das steuerlich angeben, wenn ich so viel Geld aufs Konto bekomme?"

„Nein, solche Einkünfte brauchen nicht versteuert zu werden. Ich habe so etwas schon öfter mit deutschen Klienten gemacht."

„Ich will endlich diese Angelegenheit abschließen und möchte auch nicht mehr wissen, was mit dem Haus wird, was aus Rafael geworden ist oder wie die ganzen Umstände sind."

„Dann sind wir uns einig?"

„Ja. Und vielen Dank für ihr Angebot. Das macht mich unglaublich glücklich."

„Ich wünsche noch einen angenehmen Tag." Der Rechtsanwalt hat aufgelegt.

Mona lässt sich ganz langsam ins Gras nieder. Sie nimmt sich einen von den Äpfeln, reibt ihn ein wenig an ihrer Jeans, beißt hinein und kaut genüsslich auf dem süßsauren Fruchtfleisch herum. Eine tiefe Erleichterung erfasst ihren Geist, ihren Körper und ihre Seele.

Wenn das wirklich so gelingt, kann ich endlich dieses Lebenskapitel abschließen. Sie spürt genau, dass das ein Schlüssel für ihr nachfolgendes Dasein in Seelenfrieden, Harmonie und Glückseligkeit ist.

Warum habe ich mich nicht schon früher darum gekümmert? Warum habe ich damals nicht selbst im Grundbuchamt nachgefragt und geprüft, ob alles stimmt, was mir erzählt wird? Es gibt kein Warum! Sie löst diese Gedankengänge ins Nichts auf, denn sie spielen keine Rolle mehr.

Es ist wie es ist und alles ist richtig, wie es ist. Alles ist Energie und es gibt nichts zu tun.

Zwischenzeitlich hat sich Bulle Olaf direkt dort an den Zaun gestellt, wo Mona sitzt. Doch er kann sie, auch wenn er seinen Kopf hinüber streckt, nicht erreichen, ohne sich Stromschläge einzufangen. Das weiß er und hält sich deswegen zurück. Aber er schaut mit großen, neugierigen Augen auf Mona.

„Ja, Olaf. So spielt das Leben. Du wirst mich ab jetzt noch entspannter und freudiger durch die Gegend hüpfen sehen. Ich werde gleich damit anfangen." In ihrer riesigen Freude tanzt Mona auf dem Wiesenstück neben der Weide ausgelassen, pfeift, singt und schreit „Hurra" so laut, dass es vom Wald zurück hallt. Sie tanzt so lange, bis sie außer Atem ist. Es ist zwischenzeitlich kühler geworden, denn die Sonne geht langsam unter. Doch irgendwie merkt sie das gar nicht. Die Erleichterung schenkt ihr einen unglaublichen Kraftschub.

„Tja, was mache ich mit den 30.000 Euro?" Die Frage stellt sie sich gerne, obwohl sie genau weiß, dass sie das jetzt nicht entscheiden will. Aber allein die Vorstellung, sich zu überlegen, welche Wünsche sie sich erfüllen kann, fühlt sich einfach nur herrlich an. Doch es taucht auch ein anderer Gedanke auf.

Schade, dass solch ein Glücksumstand an Geld geknüpft ist. Aber letztendlich ist die Freude über den Fakt, dass sie auf diese Art und Weise von einem großen Vergangenheitsknoten loskommt das eigentlich Wertvolle und das Geld ein positiver Nebeneffekt.

Langsam wird es ihr zu kalt, sie nimmt den Korb mit den Äpfeln und begibt sich zum Haus zurück. Sonja empfängt sie auf dem kleinen Nebenhof, auf dem die Hühner und Gänse umher laufen.

„Mona, da bist du ja. Ich dachte schon, du willst bei Olaf übernachten" bemerkt sie lachend.

„Bist du mit ihm klar gekommen?"

„Ja, ich hab ihm immer Äpfel hingeworfen und mich in die äußerste Ecke nach hinten verzogen. Dort lagen genug Äpfel, um den Korb voll zu bekommen."

„Hier schau, wollte ich dir mal zeigen, dieses kleine schwarze Hühnchen habe ich selber großgezogen. Es war ganz winzig und fast lebensunfähig. Ich hab es aufgepäppelt und jetzt rennt es mir immer hinterher."

„Das ist ja niedlich. Hat es auch einen Namen?"

„Natürlich, es heißt Perla." Mona muss schmunzeln. Immer wenn sie was von Perlen hört, denkt sie an die gelben Pillen.

Das letzte Mal kam sie damit in Berührung, als sie mit Maika in der Gemeinschaft darüber sprach. Jagadish hatte ihr tatsächlich welche verkauft. Das bedeutet, er besaß wesentlich mehr davon, als er vor Mona zugegeben hatte. Konstantins Vermutung, dass seine Freundin etwas nimmt, war also richtig. Doch auch dieses Thema liegt weit hinter ihr, denn das müssen die beiden mit sich klären.

Sonja gibt Mona das kleine schwarze Hühnchen in die Hände.

„Merkst du, wie weich sie sich anfühlt? Du brauchst auch keine Angst haben, sie hackt und pickt nicht wie die andern. Perla ist ganz zahm und freundlich." Mona hält das kleine Huhn in den Händen und die beiden schauen sich an.

„Fein Perla, du bist also ein ganz besonderes und möglicherweise sehr intelligentes Huhn." Sonja lacht wieder.

„Vielleicht kann man mit ihr im Zirkus auftreten. Ich würde sie gerne trainieren, aber du siehst ja, was hier alles an Arbeit zu erledigen ist."

„Was ist das für eine Rasse?"

„Es sind holländische Zwerghühner. Wir haben sie von dort mitgebracht und ein paar Küken ausbrüten lassen." Lutz kommt.

„Sonja, du musst mir helfen, die Kartoffelmieten vorzubereiten, damit die Ernte eingebracht werden kann. Dieses Jahr ist alles früher. Außerdem muss der Dinkel zur Seite umgelagert werden, sonst haben wir zu wenig Platz in der Scheune." Sonja nickt und Mona weiß, dass man dem Befehlston von Lutz nicht widersprechen sollte. Der Mann kann ziemlich cholerisch reagieren.

Mona hatte den beiden schon öfter angeboten, ihnen ein paar Entspannungsübungen beizubringen. Denn so schön sie es auf dem Bauernhof findet, Sonja und Lutz sind im Dauerstress und streiten häufig. Sie hatte gefragt, wann die beiden das letzte Mal Urlaub hatten.

„Urlaub können wir uns nicht leisten. Wer soll sich um die Arbeiten und die Tiere kümmern?"

„Na ich bin doch jetzt da", hatte Mona geantwortet.

„Ich kann das Getreide beiseite räumen."

„Gute Idee, Mona" erwidert Lutz. Die setzt Perla vorsichtig auf den Boden und folgt Sonja und Lutz in die große Scheune, in der die Früchte der Felder gelagert werden.

Es ist kurz vor Mitternacht am 31. Dezember und Mona stapft durch den tiefen Schnee nach draußen zum Hügel auf dem Feld. Sie fühlt sich herrlich entspannt, frisch und gelassen und will sich von dort aus das Silvesterfeuerwerk anschauen. Es ist eine klare Nacht, der Halbmond scheint, so dass sie die verschneite Landschaft gut erkennen kann. Sie hält inne und schaut auf die Uhr. Noch fünf Minuten bis Mitternacht und das neue Jahr beginnt. Sie hat zwölf Rosinen in der Manteltasche, um den spanischen Brauch zu zelebrieren, nach dem zum Jahreswechsel zwölf Trauben, Nüsse oder Ähnliches gegessen werden und beim Genuss jeder einzelnen Frucht für den jeweiligen Monat ein Wunsch ausgesprochen wird.

Als die Glocke des Kirchturms des kleinen Ortes zwölf schlägt, beginnt wie jedes Jahr die Knallerei. Mona blickt von ihrem Standort aus weit über das Thüringer Land und sieht in weiter Entfernung Silvesterraketen in den Himmel steigen. Ein imposantes Bild bietet sich ihr. Sie hat für ihr Ritual ausgemacht, dass es Wünsche sein sollen, die aber nicht an Monate gebunden sind. Als sie die erste Rosine kaut, fällt ihr spontan folgender Wunsch ein: *Ich möchte einen Weg finden, um in der Pandemie-*

zeit doch auf die Inseln fliegen zu können. Der zweite Wunsch ist, dass sie die 30.000 Euro, die schon auf ihrem Konto sind, in etwas mit Bestand investieren will. Die dritte Rosine trägt als Wunsch, endlich irgendwo anzukommen. Neun Rosinen sind noch übrig. Langsam kaut sie eine nach der anderen. Es sind keine konkreten Wünsche, die sie dabei formuliert, sondern Gefühle, die beim Kauen erscheinen: das Sein im Augenblick, das bewusste Wahrnehmen ihres Körpers, geistige Klarheit und Seelenfrieden in Verbundenheit, Liebe, Gelassenheit, Harmonie, Zufriedenheit, Gesundheit, Selbstheilkraft, Lebensfreude, Leichtigkeit, Unbeschwertheit, schöpferisches Bewusstsein, Achtsamkeit mit sich selbst. Sie hat nicht mitgezählt, lässt einfach kommen und fließen im Moment.

Als nur noch ein paar Silvesterraketen die klare Nacht durchziehen, macht sie sich auf den Rückweg. Sonja, Lutz und die Jungs feiern mit Freunden im nächsten Ort. Sie läuft zurück zu ihrem derzeitigen Zuhause, in dem es wenigstens im Wohnzimmer schön warm ist, denn in Küche, Bad und Flur funktioniert die Heizung nicht wirklich. Doch bei geöffneter Wohnzimmertür kommt sie dort auf Temperaturen um die sechzehn Grad. Sie hat den Eindruck, dass sie sich langsam an die Kälte des Winters in Deutschland gewöhnt und ihr das sogar gefällt.

Mona zieht sich aus und kuschelt sich in ihr Bett. *Morgen, ach nein heute zum Neujahrstag werde ich all meine Freunde und Bekannten und auch die Mutter anrufen. Bin gespannt, was sich bei ihnen so ergeben hat.*

Es ist Mitte Januar und Mona liegt im Wohnzimmer auf der Couch. Ein paar Telefonate muss sie noch führen. Natürlich war es ihr nicht möglich, zu Neujahr alle zu erreichen, die sie sich vorgenommen hatte. Sie denkt zurück an das Gespräch mit der Mutter. Die hatte sich tatsächlich überreden lassen, sich impfen zu lassen, weil ihr Hubert sie dazu drängte. Sie wird wohl auch die zweite und dritte in Anspruch nehmen, denn ihr Liebster und sie wollen in diesem Jahr, sobald sich eine Möglichkeit ergibt, nach Italien reisen.

Ja, diese Abhängigkeit von Männern und die Sucht, ihnen möglichst alles Recht zu machen, zeichnen die Mutter über viele Jahre schon aus.

Aber ich war lange nicht anders. Mona denkt in dem Zusammenhang an ihre Hörigkeit gegenüber Rafael und ist innerlich beruhigt, dass sie sich von diesem Muster befreit hat.

Leo hatte Mona am ersten Januar erreichen können. Er stellte sich als fanatischer Pandemiegegner heraus und schimpfte auf alles und jeden, der den Wahnsinn mitmacht und unterstützt.

„All das, was wir geplant hatten, kann nicht stattfinden. Unsere tantrischen Veranstaltungen sind verboten. Jede Berührung wird als Gefahr dargestellt. Die Menschen schließen sich in ihr Zuhause ein, kaum einer redet mehr noch mit anderen, Familien zerstreiten sich, Leute denunzieren andere, es ist unfassbar, was hier in der Schweiz passiert. Aber ich sage dir Mona, denn dir vertraue ich, mein Landhaus mitten im Wald nutze ich für heimliche Tantratreffen. Es kommen nicht viele, aber es kommen welche. Wir sind nicht allein mit unserer Meinung."

„Wie geht es Inaya?"

„Ich habe mich von ihr getrennt. Wir waren uns in Bezug auf dieses Virus, die Pandemievorschriften und die Impfung nicht einig. Mit kleinhorizontigen Angstmenschen will ich nicht zusammen sein."

„Ich kann dich gut verstehen Leo, mir geht es ähnlich. Mein Glück ist, in dieser Zeit bei Leuten untergekommen zu sein, die das Virusdilemma auch so sehen wie wir beide. Ich hoffe, die Zeit der Beschränkungen, Vorschriften und Verbote geht schnell vorbei und wir können uns zu einem tantrischen Miteinander auf Teneriffa treffen, so wie es einst geplant war. Ich erinnere mich gerne an unsere kurze Zeit in der herrlichen Villa dort."

Wie angenehm, dass Leo so wie ich tickt. Seine kleine Inaya war damals schon ängstlich über alle möglichen Dinge. Er wird eine andere tantrische Partnerin finden. Über seine Frau hatte Leo nicht gesprochen.

Alvaro hatte sie auch erreichen können. Mona wollte ihm sein Honorar überweisen, doch er hatte heftig abgelehnt. Er will das Geld in bar haben.

„Du kommst doch sicherlich bald wieder nach Gran Canaria?"

„Ja, aber nicht in nächster Zeit. Ich weiß nicht, wann ich wieder reisen kann. Ich hänge seit Monaten in Deutschland fest."

„Aber die Grenzen sind wieder offen, Touristen können einreisen."

„Ich nicht, weil ich mich nicht testen lasse und genesen oder geimpft bin ich auch nicht."

„Ich kann Menschen nicht verstehen, die sich so vehement gegen diese sinnvollen Maßnahmen zur Eindämmung der Pandemie zur Wehr setzen."

„Da hat wohl jeder seine eigene Sicht auf die Dinge. Ich werde dir das Geld irgendwann geben, wenn ich wieder auf die Inseln reisen kann."

„Ich werde nicht am Hungertuch nagen, solange ich es nicht habe."

„Jedenfalls danke ich dir noch mal ganz herzlich für die Vermittlung vom Rechtsanwalt Ramiro. Der hat wirklich unkomplizierte Arbeit geleistet und ich bin endlich das Haus los."

„Perfecto. Melde dich einfach, wenn du wieder hier bist, dann machen wir einen Treffpunkt aus." Damit war das Gespräch mit Alvaro beendet.

Mit Roswitha hatte sie gesprochen, der ging es überhaupt nicht gut. Sie hatte sich impfen lassen, weil sie immer zwischen Deutschland und Gran Canaria hin und her fliegt. Sie verbringt die Sommer in ihrer Wohnung in Westdeutschland. Seltsam findet es Mona schon, dass sich Leute, obwohl sie eigentlich dagegen waren, diesen Impfstoff wegen Reisen verabreichen lassen. Aber Roswitha hat in Deutschland die bessere medizinische Versorgung, wie sie erklärte.

Mona nimmt das Handy und schaut auf ihre Liste. *Ach ja, Claire kann ich streichen, die hatte ich schon gesprochen.* Die war komplett frustriert, dass sie mit Verlusten ihre Bar aufgeben musste und arbeitet nun im Homeoffice.

Mit Anita hatte Mona auch telefoniert. Die hatte sich gegen alles zur Wehr gesetzt und sich letztendlich krankschreiben lassen. Wahrscheinlich wird sie ihre Arbeit verlieren, weil sie nicht bereit ist, sich impfen und täglich testen zu lassen.

„Wann kommst du denn wieder mal nach Berlin?"

„Das muss ich mit der Mutter besprechen, ich habe mit ihr noch eine Sache zu klären. Vielleicht im Sommer."

Mit Fanni hatte Mona nur ganz kurz geredet, denn die war total hysterisch, was das Virus betrifft und hatte sich als eine der Ersten impfen lassen.

Ein bisschen unruhig ist Mona, weil sie Jörg bisher nicht erreichen konnte. Deswegen ruft sie ihn jetzt erneut an und siehe da, er nimmt ab.

„Jörg, ich wünsche dir noch ein gesundes neues Jahr. Wie geht es euch?"

„Ach Mona, wir hatten hier eine ganze Menge Probleme, deswegen konnte ich mich nicht melden und es ist alles so unglaublich traurig."

„Wieso das denn?"

„Walter war, als wir zuletzt im Herbst sprachen, eigentlich wieder ganz gut drauf bei uns zu Hause. Doch dann kam plötzlich die Sache mit der Impfung auf. Ich fragte ihn: Vater, wieso willst du dich impfen lassen? Er antwortete, dass er Angst hat, nochmal so krank zu werden. Die Impfung sei ja gegen Viren und würde seine Abwehrkräfte anregen. Er war sehr schwach."

„Und?"

„Er hat sich impfen lassen. Das war Mitte Dezember. Seit einer Woche liegt er wieder im Krankenhaus. Es geht ihm wirklich nicht gut. Vom Grunde ist es genau wie damals, er muss beatmet werden und bekommt irgendwelche Infusionen, keine Ahnung. Er redet kaum noch und wird immer dünner."

„Das tut mir leid. Ich denke, den Zusammenhang mit der Impfung kann man vermuten, aber nachzuweisen ist das nicht."

„Da wirst du wohl recht haben. Trotz alledem lasse ich mich, meine Frau und meine Kinder nicht impfen."

„Ich sammle übrigens interessante Netzbeiträge von Pandemiekritikern. Wenn du willst, schicke ich dir die."

„Gerne. Ich gebe dir mal meine Mailadresse durch." Mona notiert sie sich und gibt ihm auch ihre.

„Schreib mir, wenn du nicht anrufen kannst oder willst."

„Bis bald, Mona." Jörg hat aufgelegt und Mona ein ungutes Gefühl, will sich aber nicht weiter hineinfallen lassen. Deswegen macht sie gleich den nächsten Anruf.

„Konstantin, wie geht es euch?"

„Mona, toll dass du dich auch mal meldest."

„Du hast doch auch meine Nummer."

„Da hast du natürlich recht. Ich habe immer noch Probleme mit Maika. Du weißt ja, diese scheiß gelben Pillen. Sie hat mir tatsächlich gebeichtet, dass sie eine Menge Pillen von Jagadish gestohlen hat. Deswegen hat die Polizei damals bei ihm keine gefunden. Als sie mitbekommen hatte, dass er tot ist, schlich sie in sein Zimmer und hat sich diese Dinger geholt. Das war ein großes Glas voll."

„Echt?"

„Ja. Ich kriege sie nicht davon los. Sie schwört drauf, dass sie überhaupt nicht süchtig machen und sie dadurch ein besseres Lebensgefühl hat, besser schlafen kann, einfach besser drauf ist und Sex macht ihr auch wieder Spaß."

„Ach Konstantin, ich kenne die Wirkung dieser Pillen. Vor ganz vielen Jahren ging es mir ähnlich. Ich hoffe inständig, dass Maika davon loskommt. Wie läuft es sonst in der Gemeinschaft?"

„Ach vergiss es. Wir wollten uns eigentlich was anderes zum Wohnen suchen, aber wir kommen nicht weg. Kein Schwein will uns was vermieten. Logischerweise. Wir werden uns nämlich nicht impfen lassen. Frauke und Helge sind schon geimpft. Du weißt ja, wie die damals schon drauf waren, als du noch hier wohntest."

„Ja, deswegen bin ich auch abgehauen."

„Was mache ich nur mit Maika?"

„Keine Ahnung. Eine Möglichkeit wäre, das Glas mit den Pillen einfach zu entsorgen, damit sie keine mehr hat."

„Wenn ich das mache, bekommt sie kalten Entzug und das wird wahrscheinlich ganz schlimm. Ich hab schon überlegt, einen Arzt zu befragen. Doch wenn jemand raus bekommt, woher sie die Pillen hat, wird vielleicht Jagadishs Tod wieder aufgerollt und es werden nochmal Ermittlungen angestellt. Das will ich natürlich nicht. Irgendwann sind die Dinger ja alle."

„Dann kann ich nur hoffen, dass Jagadish ihr nicht erzählt hat, woher er sie hat."

„Stimmt, daran habe ich noch gar nicht gedacht. Sie hat tatsächlich schon mal geäußert, nach Ende der Pandemie unbedingt auf die Kanaren reisen zu wollen."

„Sei bloß vorsichtig Konstantin."

„Oder sie besorgt sich was anderes. Wie hast du denn geschafft, davon loszukommen?"

„Das kann ich dir nicht genau sagen. Ich war wahrscheinlich nicht so hundertprozentig süchtig, hatte vorher auch noch nie Drogen genommen. Durch meinen damaligen Lebensgefährten, in den ich heiß verliebt war, bin ich damit konfrontiert worden und empfand die Wirkung auch als unglaublich berauschend."

Wie bin ich davon losgekommen?, stellt sich Mona die Frage gedanklich.

„Ich glaube, das habe ich durch einen veränderten Lebensumstand, Meditation, den starken Willen und die Beschäftigung mit Kräutern geschafft. Einen genauen Zusammenhang oder Grund, wodurch es funktioniert hat, kann ich dir nicht sagen. Das ist sicher bei jedem anders."

„Da magst du recht haben. Ich bin ja auch nicht süchtig nach den Pillen. Hatte Maika zu Liebe mal drei probiert, aber irgendwie wirken die bei mir gar nicht so, wie bei ihr."

„Das kommt noch dazu. Wie beispielsweise Schmerztabletten bei manchen Leuten nicht gegen Schmerzen helfen."

„Ach Mona ganz ehrlich, ich habe damals schon festgestellt, was du für eine tolle Frau bist. Vielleicht können uns irgendwann mal wieder treffen, wenn der ganze Mist vorbei ist."

„Du kannst mich jeder Zeit in Thüringen besuchen."

„Du wohnst in Thüringen?"

„In einem ganz kleinen Dorf auf einem Bauernhof. Hier ist es herrlich."

„Klasse. Du, Maika kommt, ich muss Schluss machen." Das Gespräch mit Konstantin hat Mona ein gutes Gefühl vermittelt. Der junge Mann ist erfrischend sympathisch, offen und kommunikativ.

Sie wählt die Nummer von Daniel. Wieder ist er nicht erreichbar.

Als sie Francoise anruft, hat sie Glück, die Französin geht gleich ans Telefon.

„Mona, du willst jetzt nicht etwa die 200 Euro von mir wiederhaben?"

„Francoise, wie kommst du denn darauf? Ich wollte dir ein gutes neues Jahr wünschen."

„Gutes neues Jahr, es ist der Teufel los. Ich habe keine Klienten mehr, sitze nur noch zu Hause rum. Nur gut, dass es jetzt die Impfung gibt. Vielleicht dürfen sich die Leute dann bald wieder treffen."

„Meinst du?"

„Selbstverständlich. Wie soll es denn sonst weitergehen, wenn alle Leute ständig dieses Virus von A nach B bringen." Mona hat keine Lust mit ihr darüber zu reden, dass eine Impfung auch nicht dazu geeignet ist, ein Virus nicht weiter zu verbreiten.

„Du brauchst wirklich nicht herkommen."

„Das werde ich nicht. Du kannst mir das Geld später wiedergeben. Ich bin jetzt sowieso nicht auf den Kanaren, lebe im Moment in Deutschland."

„Dort ist ja alles noch viel schlimmer mit den Lockdowns und den ganzen Beschränkungen als hier."

„Wer weiß, was du so gehört hast, Francoise. Wo ich lebe, ist alles ganz gut in Ordnung."

„Ich muss mich jetzt weiter um meinen täglichen Blog kümmern. Du weißt ja, ich schreibe im Namen von meinem Meister."

„Mach das, ich melde mich, wenn ich wieder auf Gran Canaria bin."

„Hasta luego." Francoise hat aufgelegt.

Mona ruft Luna an. Atmaprem meldet sich.

„Si?"

„Hola, hier ist Mona."

„Ich muss dir mitteilen, dass wir im Moment keine Termine anbieten."

„Ach, das wundert mich. Wieso denn nicht?"

„Dir ist wohl entgangen, dass ein tödliches Virus grassiert."

„Ein tödliches Virus?"

„Ja, dagegen muss man sich schützen, ist dir das nicht bewusst? Wir bieten dazu täglich Onlinesitzungen an. Für heute Abend habe ich noch einen Platz frei. Soll ich dich vormerken? Bezahlen kannst du per Kreditkarte oder einen Pay-Dienst." Mona ignoriert sein Gerede.

„Ich möchte mit Luna sprechen." Atmaprem reicht, irgendetwas murmelnd, das Handy an Luna weiter.

„Hola?", meldet sich eine tiefe, energielose Stimme.

„Luna?"

„Ja, mir geht es nicht gut, bekomme keine Luft."

„Vielleicht solltest du öfter an der frischen Luft spazieren gehen."

„Das geht doch nicht, die ist total virusverseucht." Mona kann sich nicht verkneifen anzumerken:

„Dann wird dir sicher eine Onlinesitzung bei Atmaprem helfen." Sie will und kann keine weiteren Fragen stellen oder irgendetwas von sich erzählen.

„Alles Gute euch", sagt sie noch und legt auf. Das Thema Luna ist für sie endgültig abgehakt. Sie lehnt sich zurück und überlegt, wer noch offen ist. Daniel. Aber jetzt will sie nicht mehr telefonieren, sondern setzt sich an ihren Laptop. *Ich werde weiter Korrektur lesen.* Mona ist mit ihrem tantrischen Tarotbuch schon fast fertig.

Nachdem Mona am nächsten Tag ihre bäuerlichen Arbeiten, sprich das Füttern der Tiere und Säubern der Ställe erledigt hat, bereitet sie sich eine Haferflockensuppe und setzt sich damit ins warme Wohnzimmer. Ihr ist gerade bewusst geworden, dass Jakob auf Teneriffa, welchem sie vor über einem Jahr eine Tantramassage geschenkt hatte, einmal Arzt war.

Mal sehen, was er zur Pandemie zu sagen hat. Sie wählt seine Nummer und tatsächlich geht er ran.

„Hier ist Mona, ich bin die Tantramassagefrau.“

„Ach Mona, toll, dass du dich meldest. Ich muss ehrlich gestehen, dass ich noch lange an dich gedacht habe, denn deine Massage war wirklich ein Hochgenuss und hatte eine ziemlich intensive langanhaltende sprich nachhaltige Wirkung.“

„Das freut mich zu hören, Jakob. Wie geht es dir zwischenzeitlich?“

„Mir geht es gut. Leider haben sich einige meiner Kontakte zurückgezogen, aber ansonsten lebe ich mein Leben wie immer. Wie du weißt, wohne ich relativ abseits vom Trubel der Insel und da tangiert mich das, was im Moment alles so läuft und grassiert nicht wirklich.“

„Weil du gerade davon sprichst. Ich hab mal eine Frage an dich als ehemaligen Arzt.“

„Was möchtest du denn wissen?“

„Wie siehst du das mit diesem Virus und den Impfungen, die jetzt verabreicht werden?“

„Pauschal gesagt, es scheint schon ein recht aggressives Virus zu sein. Kollegen von mir haben erzählt, dass in den Intensivstationen von Krankenhäusern Hochbetrieb herrscht und viele Leute eingeliefert werden, die extreme Probleme mit ihren Atemorganen haben. Einige davon sind wohl auch gestorben."

„Ist es nicht so, dass man an jedem Grippevirus sterben könnte?"

„Grundsätzlich ist das richtig. Es bleibt abzuwarten, wie hoch die Sterblichkeit hier wird und ob das Virus in ein weniger aggressives mutiert."

„Und was hältst du von den Impfstoffen?"

„Dazu gibt es in der Ärzteschaft auch geteilte Meinungen. Viele Kollegen werden natürlich die Linie des Gesundheitsministeriums unterstützen. Es gibt aber durchaus auch ein paar, die das Ganze völlig anders sehen." Mona merkt, dass Jakob seine Formulierungen so wählt, um sich nicht positionieren zu müssen.

„Aha, das ist ja interessant. Und was sagen die, welche es anders sehen?"

„Nun, ich habe mich nicht im Detail damit befasst, weiß aber von einem Bekannten, dass es zum Beispiel in Berlin eine Kollegin gibt, die ein langes Dossier über die Wirkweise von Viren, die Nichtwirkweise der Tests und die Schädlichkeit der Impfstoffe verfasst."

„Eine mutige Frau. Weißt du, wie sie heißt?"

„Das hat er mir nicht gesagt. Ich weiß nur, dass sie einen Antivirusverein gegründet hat. Wenn dich das interessiert, die haben da wohl ein Internetportal, in dem man sich anmelden kann, um weitere Informationen zu bekommen."

„Spannend. Kannst du mir bitte den Link schicken?"

„Dazu muss ich meinen ehemaligen Kollegen noch mal fragen, ich habe mir das nicht gemerkt. Brauche ich auch nicht, weil ich mich mit all dem überhaupt nicht auseinandersetze. Du weißt ja, ich bin schon eine Weile raus aus dem Metier und genieße mein Leben hier auf der Insel."

„Du bist einer der Wenigen, die ich kenne, der sich von der Pandemiezeit nicht beeinflussen lässt."

„Jeder ist seines Glückes Schmied oder anders gesagt, viele lieben ihre Probleme."

„Damit hast du sicherlich recht. Aber manche Leute sind in einer Zwickmühle und müssen etwas zulassen, was sie eigentlich nicht wollen, damit sie ihren Job nicht verlieren."

„Das ist natürlich bitter, aber so ist das nun mal, wenn man in einer Gesellschaft lebt und abhängig arbeitet." Mona merkt, dass Jakob nicht weiter über dieses Thema reden möchte. Doch was er gesagt hat, gibt Mona neue Hoffnung.

Vielleicht finde ich durch diese Frau einen Weg, endlich wieder auf die Inseln fliegen zu können.

„Jakob, lass uns bitte in Kontakt bleiben."

„Gerne Mona. Du kannst mich jederzeit, auch demnächst, besuchen kommen."

„Das geht leider nicht."

„Wieso das denn?"

„Ich hänge schon seit über einem Jahr in Deutschland fest."

„Es sind doch wieder Touristen auf den Inseln."

„Das stimmt, aber da ich mich nicht testen und auch nicht impfen lasse, ist es mir unmöglich, zu reisen."

„Versuch es doch mal mit einem Antikörpertest."

„Kann man den einfach so beauftragen?"

„Du brauchst schon einen Arzt, der das bei einem Labor beauftragt."

„Aber danke für den Tipp. Damit werde ich mich näher befassen. Und vergiss bitte nicht, mir den Link zu dieser Ärztin in Berlin zu schicken." Mona teilt ihm ihre Mailadresse mit.

„Das mache ich, allerdings weiß ich nicht, wann ich da wen erreiche. Also nicht ungeduldig werden."

„Nein, ich danke dir. Lass es dir gut gehen Jakob und das nächste Mal kannst du mich ja massieren."

„Was ich sehr gerne tun werde. Pass auf dich auf Mona." Er hat aufgelegt.

Toll, jetzt habe ich zwei Anhaltspunkte für weitere Recherchen.

Nun ist nur noch das Telefonat mit Daniel offen. Aber erst einmal macht Mona wie jeden Tag ihre flotte Wanderung durch den Wald. Immer kurz bevor es dunkel wird, ist sie wieder zurück. Das schnelle Gehen über einige Kilometer ist erfrischend und macht den Kopf frei.

Es ist spät am Abend und Mona sitzt mit geschlossenen Augen auf der Couch. Sie hatte Daniel endlich erreicht. Doch das Gespräch war eine reine Katastrophe, denn er stand unter Alkoholeinfluss.

Sie muss daran denken, wie der Junge sich damals über den Alkoholgenuss seines Vaters aufgeregt hatte.

Daniel erzählte weinerlich Mona sein Lebensdilemma. Durch die Viruszeit sind alle seine Pläne in Bezug auf sein Auswandern geplatzt und arbeitslos ist er auch, weil seine alte Firma seine Kündigung nicht wieder zurückgenommen hatte.

Es ist schon enorm, was die Pandemiezeit alles bewirkt. Es findet eine Gruppierung von Menschen in Klassen statt, Geimpfte und Ungeimpfte, Getestete und Ungetestete, Genesene, Infizierte und Nichtinfizierte, Gehorsame und Ungehorsame. Außerdem wird bestimmten Menschengruppen die Schuld daran untergeschoben, dass die Maßnahmen notwendig sind und bleiben. Gruselig. Mona beschließt für sich, das Thema so lange ruhen zu lassen, bis sie den Link von Jakob erhält, um zu recherchieren, wie sie einen Weg findet, trotz Pandemie wieder in ihre Heimat auf die Inseln reisen zu können.

Die Maschine hebt ab und Mona wird in den Sessel gedrückt. Sie fliegt erster Klasse, Business, wie es heißt, sitzt am Fenster und kann so unbemerkt die Gesichtsmaske mit dem Finger an der Seite öffnen, so dass sie atmen kann. Fünf Stunden mit Maske vor dem Gesicht, das ist die längste Zeit, die sie damit ertragen muss. Mona hatte sich eine Maskenbefreiung besorgt, doch die wurde im Flieger nicht anerkannt.

In dem Moment, da das Flugzeug den Boden verlässt, fallen wie schon so oft alle Gedanken und jeglicher Druck von ihr ab und das fühlt sich himmlisch an. Sie kennt das von früher und es erinnert sie noch immer an die heiße Vorfreude, als sie zu Rafael flog, in den sie sich einst Hals über Kopf während ihres ersten Urlaubs auf Gran Canaria verliebt hatte. Wie magisch hatte es sie immer wieder auf diese Insel gezogen.

Doch nun ist sie auf dem Weg nach Fuerteventura, um ein paar Wochen Abstand von den letzten vielen Monaten der Repressalien, Maskenpflicht, Lockdowns, Androhungen von Strafen wegen Nichtimpfung zu gewinnen und nach ihren eingelagerten Sachen zu schauen.

Lutz und Sonja hatten sie zum Flughafen gebracht. Noch heute dankt Mona dem Himmel, dass sie dieses Pärchen getroffen hat, mit dem sie die Viruszeit menschlich warm überstehen konnte. Keine Masken, keine Tests, keine Impfungen. Sie waren und sind sich einig darüber, dass die völlig überzogenen Maßnahmen die Angst der Menschen schüren sollten, um festzustellen, inwieweit die Völker zu beherrschen und zu führen sind. Viele Leute mussten mitmachen, da sie sonst ihre gesamte Existenz verloren hätten. So wie Anita, die sich weigerte, Masken zu tragen, täglich Tests zu machen und sich impfen zu lassen. Ihr wurde gekündigt.

Mona ist überzeugt davon, dass der menschliche Körper sehr wohl in der Lage ist, eine Virusinfektion abzuwehren und das darüber die Abwehrkräfte angekurbelt werden. So war es jedenfalls bei ihr. Sie hatte im Herbst eine dreiwöchige, heftige Grippe mit Geschmacksverlust und Husten, doch sie war nicht zum Arzt gegangen, denn der tut bei solch einem Infekt nichts, außer Bettruhe und lindernde Medikamente verordnen, die man auch noch selber kaufen muss. Außerdem wollte sie nicht getestet und damit als Infizierte aktenkundig werden.

Zwischenzeitlich ist sie über ihre Witwenrente krankenversichert, denn Lutz hatte sie ein paar Monate mit Arbeitsvertrag eingestellt.

Monas Aufenthalt bei den beiden zog sich tatsächlich fast zwei Jahre, bis sie vor ein paar Monaten endlich eine Möglichkeit fand, als Ungeimpfte, Ungetestete auf die Kanaren fliegen zu können.

Sie war Jakobs Rat, einen Antikörpertest machen zu lassen, gefolgt und siehe da, er war positiv. Durch den Link, den Jakob ihr später geschickt hatte und intensive Recherchen im Internet kam Mona online in Kontakt zu der Berliner Ärztin, die ein Verfahren entwickelt hatte, mit dem man als Ungetesteter den Status als Genesen bekam. Auf Grundlage des positiven Antikörpertests wurde ihr ein Zertifikat ausgestellt und per Mail zugeschickt. Mit diesem musste sie nur eine Apotheke suchen, die es anerkennt und ihr den Genesenpass daraufhin ausstellt. Bei etlichen Apotheken bat sie darum, bis sie bei einer kleinen Naturapotheke Glück hatte. Mit dem Genesenzertifikat kann Mona nun endlich wieder reisen und braucht sich auch nirgendwo testen lassen.

Der Flieger ist gelandet, Mona bekommt ihr Gepäck als Businessreisende zuerst und tritt freudig hinaus in die warme Luft der Insel Fuerteventura. Tief atmet sie den Inselduft ein, der ihr so vertraut ist. Sie setzt sich auf ihren Koffer und blickt auf die Vulkanhügel, die sich am Horizont zeigen. Eine glücksschwangere Stille zieht in sie ein. Um die Adresse des gemieteten Hauses zu checken, schaltet sie ihr Handy an und es blinken ungelesene Nachrichten. Sie drückt alle weg.

Das kleine alte kanarische Haus, welches sie angemietet hat, befindet unterhalb ihres Lieblingsvulkans in der weiten Ebene von Antigua. Es ist abgelegen und hat sie von den Bildern an jenes Haus erinnert, in das sie Jörg damals über einige Wochen versteckt hatte.

Sie kehrt zurück in das Flughafengebäude und nachdem sie am Schalter der Autovermietung den Schlüssel für ihren Wagen bekommen hat, geht sie gemächlich mit ihrem Rollkoffer und dem Rucksack auf dem Rücken zum Parkplatz. Den Koffer im Auto verstaut, öffnet sie den Reißverschluss des Rucksacks, entnimmt ihm eine kleine wasserfeste schwarze Tasche und packt diese in das Geheimfach ihrer Handtasche. Mit geöffneten Wagenfenstern fährt sie los.

Nach fünfunddreißig Minuten Fahrzeit kommt sie am gemieteten Haus, welches aus roten Feldsteinen gebaut ist, an. Der sogenannte Garten ist gefüllt mit Vulkankieseln und bepflanzt mit Sukkulenten. Eigentlich wollte sie nahe am Atlantik wohnen, aber dieses Objekt hatte sie magisch angezogen. Außerdem ist es extrem günstig im Mietpreis.

Mona stellt das Gepäck vor dem Haus ab und schaut sich um. Von einer Seite des Grundstücks aus kann sie weit in die Ebene bis zu den Hügeln schauen, hinter denen Betancuria liegt, von der anderen in Richtung des

Vulkans Caldera de Gayria. Ansonsten blickt sie über Vulkangeröllllandschaft, das nächste bewohnte Grundstück ist etwa zweihundert Meter entfernt.

Die Sonne scheint am wolkenlosen, ziemlich diesigen Himmel, der schon wieder Calima verheißt. Aber es ist angenehm warm, nicht heiß, obwohl im Moment in der Ebene kaum ein Lüftchen weht.

Der Schlüssel soll sich in einem weißen Blumentopf am zweiten Fenstersims befinden und dort ist er auch. Das Häuschen hat schon von außen eine angenehme Ausstrahlung. Mona schließt auf und Kühle strömt ihr entgegen.

In den letzten Wochen hatte es auf Fuerteventura endlich geregnet und war erstaunlich frisch, berichtete Fanni, bei der Mona immer wieder mal angerufen hatte, um das Neueste der Insel zu erfahren.

Hier hat wohl schon länger niemand gewohnt. Alles ist ordentlich, aber mit einer leichten bräunlichen Staubschicht bedeckt.

Ihr Gepäck in der Küche abgestellt, zieht sie sich bis auf den Slip aus, setzt sich vor das Haus in die Sonne und genießt die Stille dieses Fleckchens Insel. Sie fühlt sich auf Anhieb wohl und stellt sich vor, das wäre ihr Haus. Was für ein herrlicher Gedanke.

Nachdem sie einiges ausgepackt hat, zieht sie sich wieder an, schließt das Haus ab und fährt mit dem Auto Richtung Norden zum Leuchtturm Faro de Tostón. Das tosende Geräusch der großen Wellen, der Wind, der Geruch des Ozeans hatten ihr schon immer den Kopf frei gespült und ein profundes Freiheitsgefühl vermittelt.

Wie sehr hatte sie das die vielen Monate vermisst, als sie in Deutschland festsaß.

Sie läuft weit vor bis zum Ufer, setzt sich auf einen Stein, atmet die herrliche Luft ein und lauscht mit geschlossenen Augen dem Spiel des Atlantiks. Dann fährt sie nach El Cotillo und genießt dort einen prachtvollen Sonnenuntergang, während unterhalb ihres Platzes gewaltige Wellen an die Felswand krachen. Die Glut des Sterns überdeckt die Insel mit einem blutroten Schleier, der sich über dem Ozean langsam in tiefe Schwärze auflöst.

Auf dem Rückweg kauft sie Obst, Gemüse und Wasser ein. Wieder im Haus angekommen, stellt sie fest, dass es entgegen der Buchung weder ein Fernsehgerät, noch Handy- und Internetnetz gibt. Somit ist sie an diesem Ort komplett von der Außenwelt abgeschnitten. Ein kleines Radiogerät steht in der Küche, welches aber nicht funktioniert, weil die Batterien ausgelaufen sind. Nachdem sie alle Fenster geöffnet hat, um das Haus zu lüften, setzt sie sich aufs Bett und hört in die abendliche Stille dieser paradiesischen Insel, in die sie sich vor vielen Jahren verliebt und auf der sie über zehn Jahre gewohnt hatte. Nach einer langen und sehr intensiven Tiefenmeditation fällt sie müde und glücklich in das Doppelbett. In dieser Nacht schläft sie tief und traumlos.

Am Morgen umweht sie laue Luft, der Himmel ist teils wolkig. Vor dem Haus steht ein kleiner Tisch, dorthin setzt sie sich zum Frühstück und blickt in die Landschaft um Antigua. Sie verspeist zwei kanarische Bananen und eine Avocado, trinkt Tee und fühlt sich rundum wohl.

So vergehen einige Tage, die gefüllt sind mit Wanderungen durch die weite Ebene des Inselinneren, zum Caldera de Gayria, Fahrten zum Atlantik, an die Westküste nach La Pared, Wanderungen durch die Wüste von Ost nach West bei Costa Calma, vielen Meditationen und Kontemplation. Der Calima hatte sich rasch verzogen und nun liegt die Insel wieder unter strahlend blauem

Himmel, welcher den Ozean türkis schillern lässt. Mona genießt das einfache Leben in dem alten Haus, die Natur, das Klima, die Ruhe, die Einfach- und Kargheit von Fuerteventura. Sie macht sich keine Gedanken um gestern und morgen, lebt im Augenblick.

Nach zwei Wochen bekommt sie das Bedürfnis, unter Menschen zu gehen, sich zu unterhalten. So fährt sie nach Antigua und macht Stopp an der Molino de Antigua, die zwischenzeitlich das Käsemuseum „Museo del Queso de Majorero" beherbergt. Sie setzt sich im Schatten eines Feuerbaums auf eine Bank und hört den kanarischen Folkloreklängen zu, die aus diversen Lautsprechern erschallen. Ein Titel rührt sie besonders an. In diesem wird gesungen:

„Un emigrante no olvida las islas, que dejó ayer. Un Canario, que se deja, siempre vive con el sueño, de regresar algún día, a morir al suelo isleño. So fühlt sich Mona, auch wenn sie kein Canario ist.

Aufgewühlt besucht sie die Kirche „Iglesia de Nuestra Señora de Antigua", in der es noch immer berauschend nach Holz und Honig duftet. Dann läuft sie ein Stück durch den Ort und setzt sich in ein Café, welches sie von früher kennt. Dort gönnt sie sich ein Stück Sahnecremetorte, denn sie hat aufgrund ihrer Ernährungsweise, die über die letzten Tage ausschließlich aus Obst und Gemüse der Inseln bestand, Heißhunger auf Kuchen.

Als sie sich gerade etwas Sahne von ihren Lippen schleckt und am Cappuccino nippt, betritt ein Mann das Café. Er ist barfuß, trägt nur eine kurze Hose und ist sehr mager. Mona kann nicht einschätzen, wie alt er ist, ein Bart bedeckt sein Gesicht, er hat lange wirre Haare. Spontan erinnert sie diese Erscheinung an Rafael, als sie ihn als Giorgio in den Bergen von Guayadeque auf Gran Canaria aufgelesen hatte. Doch dieser Mann hat blaue

Augen, welche wachsam und fröhlich schauen. Mit kanarischem Akzent bittet er die Frau am Kuchenbuffet um eine Schale Wasser für seinen Hund, der vor dem Café wartet. Er bekommt sie, bringt sie raus. Mona hört durch die offene Tür das typische Saufgeräusch eines großen Hundes, welches sie sofort an Masha, Bardo und Bilan denken lässt. Der Mann bringt das Gefäß zurück, verabschiedet sich und verlässt das Café.

Mona überlegt, dass es an der Zeit ist, sich noch einmal bei der Mutter zu bedanken und zum wiederholten Male bei Jörg anzurufen, zumal sie sich für einen Besuch anmelden und nach einer Unterkunft auf Gran Canaria fragen möchte. Er weiß noch nicht, dass sie wieder auf die Kanaren fliegen kann. Also recherchiert sie per Handy nach dem nächsten Internetcafé, denn sie möchte auch E-Mails und ihr Bankkonto checken. In Gran Tarajal wird sie fündig. Sie zahlt und macht sich auf den Weg dorthin.

Die Stadt an der Atlantikküste hat sich in den letzten drei Jahren nicht verändert. Mona muss, als sie durch den Ort schlendert, sofort an das Musikevent denken und auch an die einzige Nacht ihres Lebens, von der viele Stunden einfach verschwunden sind. Sie atmet tief durch und ist beglückt, dass all diese seltsamen Umstände weit hinter ihr liegen und sie sich trotz der vielen Wirren in den letzten Jahren und der Pandemiezeit, die immer noch nicht wirklich zu Ende ist, kraftvoll und energiereich fühlt. Überall im Ort sieht Mona Menschen, die noch Masken tragen, sowohl auf der Straße, am Strand als auch in den Geschäften.

Sie kauft sich ein Eis und setzt sich auf eine Bank an der Strandpromenade von Gran Tarajal, auf der wenig Betrieb herrscht. Sie beobachtet ein paar Jugendliche am Strand. Sieht sich schwimmend und tauchend im Atlantik. Auch wenn es extrem war, die Erinnerung an dieses Bad bewirkt in ihr das dringende Bedürfnis, sich in den Ozean zu stürzen.

„Geduld!", sagt sie leise und nimmt das Handy, um die Mutter anzurufen.

„Mona, mein Töchterchen, bist du gut angekommen? Warum hast du dich nicht früher gemeldet?"

„Tut mir leid, Mutter. Ich wollte dich eigentlich zeitnah nach der Ankunft anrufen, aber ich habe in dem gemieteten Haus kein Netz und die Zeit verloren."

„Das macht doch nichts. Hauptsache, es geht dir gut."

„Ja, sehr gut. Und wie geht es dir in Italien? Seid ihr noch dort?"

„Ja, wir bleiben noch weitere sechs Wochen. Hier ist es herrlich. Hubert kennt sich richtig gut aus, denn er war schon oft hier, früher als Reiseleiter. Er kann mir alles zeigen und zu vielen Sehenswürdigkeiten etwas erzählen. Wir wollen auch die Liparischen Inseln bereisen. Ich bin glücklich."

Toll, dass die Mutter nochmal so aufblüht.

„Das freut mich. Und ich will dir noch mal herzlich danken. Die 10.000 Euro sind auch gut in Spanien angekommen. Ich schleppe sie die ganze Zeit mit mir rum."

„Pass bloß auf, dass dir nicht jemand die Tasche stiehlt."

„Auf jeden Fall."

„Weißt du schon, was du mit dem Geld machen willst?"

„Nein, das habe ich mir noch nicht überlegt. Es kreisen viele Wünsche und Ideen in meinem Kopf. Ich bin ja auch deswegen hier, um alle reifen zu lassen und ganz in Ruhe zu schauen, was ich in den nächsten Jahren gerne machen möchte und wo ich mich niederlasse."

„Ach ich wär so glücklich, wenn du doch in Deutschland bleibst. Dann könnten wir uns öfter sehen."

„Du solltest deinen Hubert überreden, auch mal auf die Kanaren zu reisen. Du kannst dir nicht vorstellen, wie schön es hier ist, warst ja noch niemals auf den kanarischen Inseln."

„Das ist eine gute Idee. Hubert ist zwar Italienfan, aber vielleicht kann ich ihn dazu animieren."

„Ich kenne einige Italiener, die sich hier niedergelassen haben." Mona denkt an Camilla und Lorenzo. Sie war schon in Versuchung, die beiden zu besuchen, hat es aber doch gelassen. Das Miteinander und der Abschied damals waren zu seltsam. Es ist besser, im Jetzt zu sein, so werden sich neue Türen öffnen.

Nachdem sie sich von der Mutter verabschiedet hat, begibt sich Mona in das Internetcafé, welches an der Strandpromenade gelegen ist. Sie setzt sich an einen freien Computer und recherchiert erst einmal ihren Kontostand. 33.578,20 Euro.

„Klasse. Ich habe gut gewirtschaftet." Dadurch dass sie einige der letzten Monate für Lutz und Sonja zusätzlich zu ihren bäuerlichen auch noch buchhalterische Arbeiten erledigt hat, wurde ihr die gesamte Miete erlassen. Somit hatte sie wenig Ausgaben und was von ihrer monatlichen Rente übrig blieb, hat peu à peu ihr Konto zusätzlich zu den 30.000 Euro vom Rechtsanwalt Ramiro aus dem Hausverkauf aufgefüllt.

„Vom Grunde stehen mir 40.000 Euro zur Verfügung, um irgendetwas davon zu kaufen. Ich denke schon wieder ans Kaufen. Ich weiß noch gar nicht, wo ich hin will. Und für 40.000 was kaufen? Wird wahrscheinlich schwierig. Aber möglicherweise kann ich zwei Drittel davon als Anzahlung nehmen und den Rest über eine Bank finanzieren lassen. Bestimmt finde ich irgendwo eine kleine Wohnung in ruhiger Gegend, die nicht so teuer ist. Und da ich die Renteneinnahmen habe, bekomme ich bestimmt eine Bankfinanzierung", brabbelt sie vor sich hin. Fröhlich beendet sie ihr Onlinebanking und öffnet ihr E-Mail-Programm. Eine Mail ist von Jakob.

`Hallo Mona, hat es denn nun geklappt mit dem Genesen-Zertifikat? Dann komm mich besuchen. Ich würde mich freuen.` Er ist immer kurz und knapp mit seinen Nachrichten, aber das findet Mona sympathisch. Besser als ewig lange Psalmen schreiben und letztendlich damit nichts sagen. Sie antwortet ihm kurz, dass sie das Zertifikat hat, sich im Moment auf Fuerteventura befindet und Bescheid gibt, wenn es sie nach Teneriffa zieht.

Dann löscht sie diverse Werbemails und war damit zu schnell, denn ihr schien es, als ob sie eine Mail gelöscht hat, die nicht im Papierkorb landen soll. Sie schaut nach und siehe da, es ist eine Nachricht von Jörg mit einem Anhang.

Von wann ist die? Das Datum zeigt zwei Tage nach ihrer Landung auf Fuerteventura. Die Mail ist für Jörgs Verhältnisse ziemlich lang. Mona liest:

`Liebe Mona, eigentlich wollte ich dich die ganze Zeit anrufen, aber ich habe es nicht geschafft. Bei uns ist der Notstand ausgebrochen. Meine Frau und meine Kinder waren positiv getestet und krank. Ich musste sie pflegen. Walter war wieder ins Krankenhaus eingeliefert worden. Ich weiß gar nicht, wo ich anfangen soll. Jedenfalls dauerte es nicht lange, da bekam er wieder dermaßen Atemnot, dass sie ihn an ein Gerät anschließen mussten. So lag er da und siechte vor sich hin. Er hat auch nicht mehr gesprochen nur ab und zu was auf einen Zettel geschrieben. Und deswegen will ich dir das jetzt auch mitteilen. Er schrieb, dass er dir vor einer längeren Zeit ein Päckchen nach Fuerteventura geschickt hatte. Damals ging es ihm schon nicht gut und er dachte, er müsse bald sterben. Bevor er stirbt, wollte er dir zur Wiedergutmachung` etwas schenken. Mehr hat er nicht geschrieben, du würdest wissen, was er meint. Und er schrieb noch, ach Quatsch, ich hab den Zettel doch eingescannt und dir in den Anhang gepackt. Du kannst es selber lesen, es waren sozusagen fast seine letzten Worte. Mein Vater ist am 16. März gestorben. Ich konnte dir das leider nicht früher mitteilen, war so fertig und dann noch die Krankheit meiner Familie und die ganzen organisatorischen Dinge mit der Firma, mit der Beerdigung und mit allem drum und dran. Du kannst dir sicher vorstellen, was hier los ist und das alles in einer Zeit, wo man ständig getestet sein muss, um irgendwo reinzukommen. Ich musste mich deswegen auch testen lassen, sonst hätte ich das alles gar nicht organisieren können. Nun weißt du Bescheid. Kommst du denn irgendwann mal nach Gran Canaria? Hast du einen Weg gefunden, um wieder fliegen zu können? Ich freue mich auf dich. Gib mir Bescheid. Sei lieb umarmt von Jörg.

Mona sitzt wie versteinert.

Walter ist also doch gestorben. Was habe ich eigentlich am 16. März gemacht? Wenn ich mich recht erinnere, erhielt ich an dem Tag die Nachricht, dass ich aufgrund meines Antikörpertests ein Genesen-Zertifikat beantragen kann. Ach Walter.

Mona macht den Anhang auf, kann die Schrift kaum lesen. Der Zettel ist ein abgerissenes Stückchen Papier von irgendetwas. Sie versucht, den Text zu entziffern, dass meiste hat Jörg ihr schon mitgeteilt, aber dann steht da noch: Sag Mona, dass ich mich damals, als wir sie das erste Mal mit dem Taxi vom Flughafen abgeholt haben, in sie verliebt hatte. Und ich liebe sie bis heute.

Mona lehnt sich zurück. Sowohl Walter, als auch Jörg hatte sich in sie verliebt. *Die 5000 Euro waren also von Walter. Schon seltsam, wie umständlich er mir seine Wiedergutmachung hat zukommen lassen. Er hat wahr-*

scheinlich damals schon gespürt, dass ihm nicht mehr viel körperliche Lebenszeit bleibt. Ich werde Jörg fragen, wo er beerdigt ist und zeitnah rüber nach Gran Canaria fliegen. In dem Zusammenhang kann ich auch ein paar Blumen an der Klippe niederlegen, wo wir damals mit Daniel Ilkas Asche in den Atlantik gestreut haben. Sie schreibt ein paar Sätze an Jörg zurück, in denen sie ihr Beileid ausdrückt und ihm mitteilt, dass sie nun auf Fuerteventura ist und sich umgehend bei ihm melden wird, wenn sie weiß, wann sie rüber nach Gran Canaria kommt. Sie bedankt sich von Herzen, dass er Walters Zettel eingescannt und ihr geschickt hat.

Gedankenverloren bezahlt Mona ihre Internetgebühren, verlässt das Internetcafé, setzt sich in den warmen Sand an den Strand, schaut aufs Meer und vergisst alles um sich herum.

Ich liebe Fuerteventura, ich liebe Gran Canaria, ich liebe Teneriffa. Ich liebe sie alle drei.

Auf Fuerteventura herrschen die Ruhe, das meditative Sein, gibt es die herrlichen Strände, Straßen durch schier endlose Ebenen, die großen Horizonte, und die Möglichkeit, ohne lange Wege den Sonnenauf- und -untergang an einem Ort zu genießen. Sie erinnert sich an die Zeit in der Ziegenfarm und wie sie gelernt hat, Ziegenkäse herzustellen, an die vielen, wenn auch finanziell mageren Jahre mit ihrer Beratungspraxis, an Bilan, Fanni, die Italiener, María Pilar.

Auf Gran Canaria wollte ich mein Leben verbringen, dorthin war ich einst ausgewandert und hatte mich verliebt. Eine Insel voller Leben, Trubel, Erotik, mit einer imposanten Hauptstadt, herrlichen Wäldern, Gebirge und Canyons, mit einer traumhaften Dünenlandschaft, der Glücksbucht, der Höhlenregion. Sie denkt an die heiße Liebe mit Rafael am Strand, an Walter, Jörg und Bekannte, die vielen Orte, an denen sie lebte, an den Besuch von Ilka und Daniel, Cesaro und das Haus mit Rafael, erotische Begegnungen, das Höhlenanwesen in Guayadeque, Masha, Bardo und die Ziegen, die vielen Hoffnungen und Sehnsüchte ...

Und Teneriffa, eine große, vielfältige, blühende Insel mit etlichen Möglichkeiten, den ausgedehnten Wäldern und Wandergegenden, herrlichen Naturschwimmbecken, dem Teide, welcher mir meine Grenzen aufgezeigt hat, dem weitläufigen, mystischen Vulkangebiet mit der herrlich klaren Luft, dem bunten Treiben an den südwestlichen Touristenständen, verträumten Orten an Steilküsten. Sie denkt an die tantrische Gemeinschaft, Jagadish, die kommenden Retreats mit Leo, an Jakob.

Bei all den Gedanken an die Inseln hat sie so profunde Empfindungen, dass ihr die Tränen in die Augen steigen und sie neben der Trauer um das Ableben von Walter auch von einem erschauernden Gefühl der Freude, des Glücks, einer ruhigen Gewissheit erfasst wird. Sie steht auf und läuft nahe am Wasser den Strand entlang, als plötzlich jemand ruft:

„Hola rubia, du hast deine bolsa stehen lassen." Kurz durchfährt Mona ein Schreck. *Die 10.000 Euro sind darin.* Ein junger Mann ohne Maske eilt auf sie zu und überreicht ihr freudig die Tasche. Spontan umarmt sie ihn.

„Muchissimas gracias. Ich war so in Gedanken, da hab ich sie einfach vergessen." Der junge Mann lächelt Mona an, zwinkert und läuft zurück zu seinen Freunden. Nach diesen emotionalen Momenten hat Mona das dringende Verlangen, Betancuria, die stille alte ehemalige Hauptstadt der Insel in den begrünten Bergen, zu besuchen.

Als sie das Auto auf dem großen Parkplatz von Betancuria abstellt und aussteigt, hört sie Hundegebell, welches von steilen Felshängen als Echo widerhallt. Sie schlendert einen von Palmen und Riesengräsern gesäumten Pfad entlang, kommt an einer Weide mit Eseln vorbei und von dort aus sieht sie weiter oben neben kanarischen Häusern spartanische Hundehütten aus Paletten.

Wie viele Jahre ist es her, dass Bilan verschwunden ist?, sinniert sie. Im Drang danach, mit Hunden zu reden, sie zu berühren, geht sie weiter, bis sie bei den bellenden Tieren ankommt. Es sind Podencos, welche alle mit kurzen Ketten an Holzkabeltrommeln angebunden sind und sich wie wild gebärden. Doch als Mona sich nähert, werden sie still, regelrecht zutraulich und sie kann die abgemagerten, schmutzigen, wunderschönen Tiere streicheln. Doch irgendetwas zieht sie weiter. Sie folgt einem schmalen Weg nach links, der steil bergauf führt, bis sie an ein Haus kommt, welches zum Teil in den Berg gebaut ist. Dort ist der Weg zu Ende.

Gerade als sie umkehren will, steht plötzlich ein großer, schwarzer, staubiger Hund vor ihr und schaut sie ruhig an.

Diese Augen, ich kenne sie. Mona erschauert. *Das ist doch Bilan!* Sie geht auf die Knie, umarmt den Hund und beginnt zu weinen. Tränen tropfen in sein Fell, er steht still und lässt es geschehen. Als Mona „Bilan" in sein Ohr flüstert, wedelt er mit dem Schwanz und leckt sanft und langsam ihre Hände, so wie er es früher oft getan hatte. Mona schluchzt laut und flüstert immerzu den Namen des Hundes.

Da geht die Tür des Hauses auf und ein bärtiger, dünner Mann kommt heraus. Er lächelt Mona mit seinen blauen Augen an. Mona erhebt sich und stellt fest, dass es der Mann ist, den sie im Café gesehen hatte.

„Hola, mein Name ist Mona. Woher hast du diesen prächtigen Hund?"

„Er ist mir vor etwa zwei Jahren zugelaufen. Ich wohnte damals in Tefía."

„Sein vorheriger Eigentümer konnte nicht ermittelt werden?"

„Nein, ich war mit ihm beim Tierarzt, um zu checken, ob er einen Chip hat, aber der konnte nicht ausgelesen werden. Da ich nicht wollte, dass er eingeschläfert wird, habe ich ihn behalten, zumal ich schon länger auf der Suche nach einem passenden Gefährten war. Aus dem Tierheim wollte ich einen Hund holen, doch dieser kam als Geschenk des Himmels vorher zu mir."

„Da haben der Hund und du Glück gehabt. Wie heißt er?"

„Milagro."

„Ein passender Name." Mona streichelt Bilan und kann nichts weiter sagen. Sie setzt sich auf den staubigen Boden und der Hund kuschelt sich an sie. Der Mann schaut eine Weile schweigend zu und bemerkt dann:

„Er mag dich."

Soll ich ihm sagen, dass das mein Hund war? Ist er noch mein Hund? Er lebt nun seit zwei Jahren bei diesem Mann und es geht ihm augenscheinlich gut. Mona steht auf, klopft sich den Staub vom Po und fragt den Mann, ob er sich erinnert, dass sie sich gestern kurz im Café in Antigua begegnet sind. Er nickt und macht eine Handbewegung zu dem an Mona intensiv schnüffelnden Hund. Milagro zieht sich zurück und legt sich abseits nieder. *Sie scheinen ein gut eingespieltes Team zu sein.*

„Möchtest du ein Wasser?"

„Gerne." Er bittet Mona ins Haus. Sie betritt hinter ihm einen Küchenraum, der die ganze Breitseite des Hauses einnimmt. Darin befinden sich ein Küchenschrank, ein alter Holztisch mit Stühlen und ein Abwaschtisch. Der Raum erinnert Mona an ihre Küche im vorderen Höhlenhaus in Guayadeque. Er greift in den

Schrank, holt zwei Keramikbecher heraus, gießt Wasser aus einem Krug ein und reicht Mona einen der Becher. Sie setzen sich am Tisch gegenüber und Mona trinkt langsam kleine Schlucke. *Was soll ich tun?*

„Ich bin ein paar Wochen auf der Insel, um eine Auszeit zu nehmen. Eine lange Zeit wohnte ich bei Lajares. Gerade als ich vor zwei Jahren in Deutschland war, gab es Einreiseverbot wegen dem Virus. So musste ich länger in meinem Geburtsland verweilen, als geplant war. Nun bin ich zurück und will schauen, ob ich hier wieder Fuß fassen kann. Lebst du schon immer auf dieser Insel?" Der Mann lächelt und trinkt einen Schluck.

„Ja, ich bin hier geboren. Mein Vater war Majorero und meine Mutter stammte aus Finnland. Meine Eltern sind schon lange verstorben. Mein Name ist Kauno." Er hat eine ruhige, nicht sehr tiefe, aber dennoch angenehme Stimme. Mona trinkt noch einen Schluck und fragt:

„Und du wohnst hier alleine mit deinem Hund? Hast du keine Familie, keine Kinder, keine Frau?" Kauno schüttelt den Kopf.

„Ich hatte eine gute Frau. Wir lebten im Norden der Insel, haben lange versucht, Kinder zu bekommen. Dann endlich hatte es geklappt, doch beide sind während der Geburt gestorben. Das ist sechzehn Jahre her. Ich verließ damals mein Haus in La Oliva, bin nach Tefía gegangen und vor zwei Jahren hierher gezogen. Nun lebe ich, nicht mehr allein, mit dem Hund. Alle Verwandten väterlicherseits sind schon verstorben, die mütterlicherseits in Finnland Lebenden kenne ich nicht." Mona nippt an ihrem Wasser. Sie schätzt Kauno auf Ende fünfzig.

„Du lebst zurückgezogen." Kauno lächelt wieder.

„Ich lebe bewusst abgeschieden von den Menschen. Mein Vater hatte mich gelehrt, auf der kargen Insel möglichst unabhängig zu überleben. Im habe mir diesen

Ort ausgesucht, weil es hier am meisten Feuchtigkeit gibt und ich in meinem Garten hinter dem Haus viel anbauen und mich davon ernähren kann. In der näheren Umgebung bekomme ich das Wenige, was der Hund und ich zusätzlich brauchen. Wir wandern viel über die Insel und ich sammle Müll in der Landschaft auf, wo immer ich welchen finde. Ich bin so, wie es ist, glücklich." Mona spürt, dass das, was er sagt, wahr ist. Er strahlt eine natürliche Ruhe aus, die regelrecht ansteckend ist.

„Ich empfinde dich als weisen Mann und möchte gerne mit dir philosophieren. Doch auch wenn ich gut Spanisch reden kann, es fehlen mir Vokabeln für tiefgründige, philosophische Gespräche."

„Ich war einige Jahre als Fremdenführer auf der Insel tätig und spreche fünf Sprachen fließend. Auch Deutsch habe ich nie verlernt, obwohl es nicht meine Lieblingssprache ist. Wenn du möchtest, können wir uns in deiner Sprache unterhalten. Wobei ich dich bisher prima verstanden habe. Dein Spanisch ist gut."

„Danke. Gerne auf Deutsch und Spanisch, so können wir uns besser verständigen. Mir ist nämlich schon oft aufgefallen, dass bestimmte Redewendungen oder Formulierungen auf Spanisch nicht einfach ins Deutsche übersetzt werden können, ohne den Sinn zu verändern. Und umgekehrt."

„Das stimmt."

„Es gibt ein kanarisches Lied, welches ich sehr mag. Da singt eine Frau: ‚Canarias, ilusión de mis amores'. Ich kann den Inhalt fühlen, aber nicht ins Deutsche übersetzen. Die wörtliche Übersetzung gibt nicht das wieder, was gemeint ist."

„Sí, lass mich überlegen. Ilusión bedeutet im Spanischen auch Wunschtraum, Träumerei, Schwärmerei. Und Liebe kann man auch als Herzgefühl verstehen. Also ist eine Übersetzung: ‚Canarias, Schwarm meines

Herzens', eine andere: ,Inseln der schwärmerischen Liebe'."

„Hört sich gut an. Vielleicht geht auch: ,Liebesinseln der Illusionen'?"

„Ja, das passt auch ganz gut." Beide schweigen einen Moment, dann fragt Mona:

„Mich interessiert, womit du, außer dem Hund, dem Garten und dem Müllaufsammeln dein Leben verbringst?"

„Ich schreibe meine Memoiren." Da er nicht weiter redet, setzt Mona fort:

„Bewundernswert. Seit vielen Jahren arbeite ich an einem tantrischen Tarotbuch. Das werde ich demnächst fertig stellen. Doch nun bin ich endlich erst einmal wieder hier. Seit zwei Wochen lebe ich in der Ebene bei Antigua, wollte bisher mit niemandem reden, nur fühlen, genießen, Abstand gewinnen von den chaotischen Virusjahren. Ich möchte mich besinnen auf das Wesentliche, auf mich selbst, auf den Sinn des Daseins und mich mit der tantrischen Philosophie weiter verweben."

„Tantrische Philosophie, interessant. Ich bin ein Mensch, der in der Lage ist, Einsamkeit zu lieben und zu leben. Sicherlich war ich viele Jahre mit meiner Frau zusammen. Auch sie konnte ein sehr einfaches, bescheidenes Leben genießen. Es hatte uns nie an irgendetwas gemangelt. Wir waren beide mit uns und zusammen so voller Fülle, wie das ganze Universum oder wie auch immer man es beschreiben kann. Wir haben nie das Bedürfnis gehabt, uns voneinander abzuwenden, etwas anderes zu suchen, sind aneinander gewachsen, haben die profunde Liebe gespürt und gelebt, waren füreinander da in guten und in schlechten Zeiten. Ich kann von Glück sagen, dass meine Eltern mir ein kleines Vermögen hinterlassen haben. Doch was nützt alles Geld? Meine Geliebte sollte die irdische Welt körperlich früh mit unserem Kind verlassen. Ich lebe noch immer mit ihrer Liebe, ihrer Energie, jeden Tag. Sie ist bei mir, wir sind energetisch verwoben, denn es ist nur der materielle Körper gestorben." Mona laufen die Tränen. Seine leidenschaftlichen Worte haben ihr Herz berührt und lassen die Energien ihres verstorbenen Sohnes und Ehemannes aufsteigen.

„Es ist kein Schmerz, den ich in mir fühle. Es ist Liebe und die Gewissheit, dass wahrhaftige Liebe über den Tod hinaus weiterleben wird, immer und ewig. Das ist das Einzige, was im Leben zählt."

„Ja, das spüre ich auch immer deutlicher." Sie schweigt kurz.

„Hattest du nie das Bedürfnis, dich neu zu verlieben, die Nähe, den Körper einer Frau zu spüren?" Kauno schaut Mona in die Augen.

„Nein, das hatte ich nie. Ich habe im Gefühl, dass die sogenannte wahre Liebe wie eine Art Projektion ist und die ewige Suche bedingt, genau dieses einzigartige Gefühl der ersten Verliebtheit noch einmal wiederzufinden. Das ist Illusion, hier als Trugbild gemeint, vermischt mit sexueller Begierde, die als Liebe gedeutet wird und so flüchtig ist." Mona blickt in ihr Wasser.

„Ich habe eine ungefähre Ahnung, wovon du sprichst. Mein Empfinden ist, dass die Liebe, die in mir wohnt, nicht auf einen bestimmten Mann oder Menschen bezogen sein kann. Das hatte ich früher immer angenommen, als ich meine erste Liebe während der Schulzeit erfuhr. Nachdem diese vorbei war, wollte ich das Leben aufgeben, hatte gedacht, nie mehr lieben zu können. Doch es kam immer wieder. Vor etwa sechzehn Jahren trat ein Mann in mein Leben und ich spürte die Liebe wieder sehr intensiv. Sie ist immer da, denn sie wohnt in mir, in uns. Sie blüht auf, wenn ein Mensch erscheint, der sie anregen kann, der mit dem Liebesgefühl in Resonanz geht. Sie ist dennoch Ausdruck der in mir wohnenden Alliebe, die angeregt wird. Durch Meditation und Tantra habe ich erfahren und nun endlich auch gelernt, sexuelle Energie nicht als sogenannte Liebe wahllos auszuleben, sondern zu kanalisieren, zu transformieren in schöpferische Kreativität. Das praktiziere ich nun und es fühlt sich heilsam an." Kauno nickt.

„Möchtest du mir etwas mehr von dir erzählen?"

„Gerne. Ich habe vor vielen Jahren meinen Ehemann und meinen Sohn verloren, beide sind tot. Später hatte ich immer wieder Begegnungen, auch eine mit einem spanischen Mann auf Gran Canaria, die sehr leidenschaftlich war, bei der ich intensive Liebe spürte. Aber diese löste sich nach einigen Jahren auf, hatte keinen Bestand."

„Wie kam das?"

„Er war in Drogengeschäfte verwickelt. Als ich nicht mehr so reagierte, wie er es wollte, wurde er eiskalt zu mir. Ich habe viele Jahre darunter gelitten und immer gehofft, dass ich einen Weg zu ihm zurückfinde, war magisch seelisch an ihn gebunden. Doch je mehr Zeit ins Land ging, je mehr ich über ihn und seine Machenschaften erfuhr, desto intensiver verblasste diese Liebe. Zwischenzeitlich weiß ich, dass ich in noch immer liebe, aber auf einer anderen Ebene. Damals hatte ich mich ihm völlig ohne Selbstwert zu Füßen geworfen. Vielleicht in der irrigen Hoffnung, durch ihn, der als so starker Mann rüberkam, gerettet zu werden. Hatte wohl den Verlust meiner Familie innerlich noch nicht verarbeitet. Aber so kann es nicht funktionieren, das weiß ich zwischenzeitlich. Nur wenn ich mich liebe, in mir ruhe, mich gut um mich kümmere, auf mein Wohlergehen achte und keine Erwartungen an die Erfüllung von Wünschen und Bedürfnissen an einen Partner habe, kann ein harmonisches, liebevolles und erfüllendes Miteinander gelebt werden. Eine Beziehung und deren Qualität hat nur mit mir zu tun, nichts mit dem anderen. Wenn sie problematisch ist, muss ich etwas ändern, habe ich die Chance, mein Dasein zu verbessern. Das habe ich zwischenzeitlich verinnerlicht."

„Das sehe ich auch so. Allerdings leben die meisten Menschen ein Leben mit Abhängigkeiten, Selbstbetrug, Misstrauen, mit Erwartungen und Lügen. Etliche kanarische und auch andere Männer haben Ehefrauen und mehrere Geliebte gleichzeitig oder immer wieder neue. Das sind alles keine wertschätzenden Beziehungen auf Augenhöhe, sondern von Besitzdenken, Frauenverachtung und Eifersucht geprägte Abhängigkeiten. Ich kann mir so ein Leben nicht vorstellen. Wahre Liebe in einer Beziehung hat Bestand, wenn sie in Wertschätzung miteinander gelebt und gepflegt wird."

„Ich habe auch Eifersucht, Kontrolle, Misstrauen in meinen Beziehungen erfahren. Alles unter dem Deckmantel der Liebe. Ich bin an einem Punkt angekommen, an dem ich die Enge monogamer Beziehungskonstrukte auflöse, weil ich nicht mehr gewillt bin, Rechenschaft ablegen zu sollen, Eifersucht zu ertragen, Kontrolle über mich ergehen zu lassen. Ich denke, wenn eine Zweisamkeit in Beständigkeit und Innigkeit gelebt wird, beide aneinander wachsen, wenn sie sich gemeinsam und achtsam weiter entwickeln, wird es keinen Mangel geben und nicht das Bedürfnis entstehen, noch jemand anderen haben zu wollen. So, wie du es vorhin beschrieben hast."

„Ja, so war das mit meiner Frau. Aber es ist auch wichtig, sich in den anderen einzufühlen. Wenn ein Partner zu dir sagt: ‚Ich will, dass du mir gehörst.‘, hat das nicht immer etwas damit zu tun, dass er dich besitzen will oder besitzt oder dass er dich einengt. Es ist für ihn, wie für viele Menschen, die sich nicht mit Kommunikation und den Zusammenhängen, wie wir sie bereden, befassen, eine Art auszudrücken, dass er dich liebt, dass er dich respektiert, dass du einzigartig bist und dass er mit dir zusammen sein möchte. Er kann es nicht anders formulieren, kommunizieren.

Viele Menschen sind so konditioniert über ihre Erziehung und gesellschaftliche Moralvorgaben. Du kannst natürlich aus der Angst heraus, begrenzt zu werden, hinein interpretieren, dass er dich kontrollieren will, dass er misstrauisch und eifersüchtig ist. Wenn du das aber nicht zulässt, wird es diese Begrenzung nicht geben und du kannst seine Worte frei und offen annehmen. Das ist ähnlich mit der Formulierung: ‚Ich liebe dich.' Viele Menschen sind nicht in der Lage, diesen Satz ihrem Partner zu sagen. Einfach aus dem Grund, weil sie Angst haben, sich endgültig festzulegen, Verantwortung übernehmen zu müssen oder den andern damit unter Druck zu setzen.

Was auch immer für Ängste in den Menschen herrschen, alle bewirken, dass sie nicht offen mit ihren Emotionen umgehen. Sie setzen sich Grenzen, obwohl sie eigentlich freie Liebe leben wollen, um sich selbst zu schützen, aus Angst vor Verlust, aus Angst davor, nicht geliebt zu werden, aus Angst, nicht dazu zu gehören, aus Angst vor sich selbst. Und deswegen stürzen sich so viele in immer wieder neue oberflächliche Abenteuer oder bleiben frustriert in kaputten Beziehungen hängen." Kauno trinkt bedächtig einen Schluck Wasser.

„Das Allerwichtigste ist, dass du dir selbst treu bist, dass du die Liebe in dir und für dich spürst. Hör auf deinen Körper, deine Seele. Fühl in dich. Ich denke, du bist auf dem richtigen Weg. Nicht umsonst hast du dir diese Auszeit genommen. Die Liebe ist in dir, du bist die Liebe. Lass nicht zu, dass eine Scheinliebe oder in reiner Körperlichkeit widergespiegelte Liebe dir nicht guttut. Gehe in dich und fühle deine eigene Liebe, fühle, wie groß sie ist, wie mächtig, wie unendlich. Sie ist immer da. Und immer mal wieder geht sie in Resonanz mit genau der Liebe, in der du aufgehen kannst wie eine Blume in der Sonne." Kauno schweigt kurz und setzt fort:

„Das ist eine Möglichkeit, ein erfülltes Dasein zu leben. Denn ganz profan betrachtet, ist die Welt ansonsten ein riesiges Schlachtfeld, in dem es einzig darum geht, sein Überleben und die Erhaltung der eigenen Art zu sichern und zu beschützen. Das betrifft sowohl die Flora, die Fauna, als natürlich auch die gesamte Menschheit. Alles dreht sich darum, die kurze Lebensspanne des körperlichen Daseins für sich, sein Ego, so gut wie möglich zu gestalten, Nachkommen in die Welt zu setzen und alles dafür zu tun, sein Leben möglichst lange zu genießen. Dabei ist es dem Ego völlig egal, notfalls auch auf skrupellose und anderen schadende Mittel zurückzugreifen, wenn es denn seinen Zwecken dient. Es wird getrieben von unbeherrschbaren hormonellen Trieben.

Die ganzen Bemühungen um Liebe, Mitgefühl, Barmherzigkeit, Miteinander, Verbundenheit dienen einzig allein dazu, die in allen Menschen wohnenden Dämonen, das mächtige, skrupellose und rücksichtslose Ego zeitweise in Schach halten zu können. Seit ewig wird von einigen Menschen versucht, diese Triebe irgendwie zu unterdrücken, in den Griff zu bekommen, zu beherrschen, zu transformieren, sich zu geißeln, sei es durch spirituelle, meditative, religiöse, medizinische Praktiken. Doch das bringt nur bedingt und zeitweise einen Effekt. Somit bleibt, sich innerlich und äußerlich von jeglichem Gedanken, Gefühlen, Erwartungen und gesellschaftlichen Konventionen zu lösen, einfach mit sich im Hier und Jetzt zu sein, alles und nichts auf einmal zu werden, im Absoluten zu verweilen, ins Nichts zu transformieren, sich energetisch in Allliebe aufzulösen, in den Anbeginn und das Ende des gesamten Universums gleichzeitig."

„Du sprichst mir aus der Seele. Sich am Verhalten und Sein anderer zu orientieren oder zu messen, verhindert intuitive Selbstentfaltung. Sei frei, losgelöst in und mit dir und wisse, dass alles jede Mikrosekunde in Veränderung ist und sich vom Alles ins Nichts und umgekehrt schwingt. Damit bekommen Worte und Wünsche wie Stabilität und Sicherheit eine völlig andere Bedeutung und du erkennst, dass sie reine Illusion sind. Auf meinem weiten Erkenntnispfad war mir die Sichtweise eines achtzigjährigen Mannes begegnet, die auch in mir wohnt. Er sagte:

„Es gibt nichts Sicheres im Leben, außer den Tod. Die Menschen sind auf Sicherheit bedacht, sie wollen unbedingt Struktur haben, möchten dazu gehören, sich einordnen, ihr Ego irgendwo anerkannt sehen. Deshalb gibt es unter anderem auch Beziehungen. Liebe hat mit Sicherheit nichts zu tun. In der Liebe gibt es keine Sicherheit. Das Bemühen, die Liebe in eine Beziehung zu bringen ist der Versuch, eine gewisse Struktur herzustellen, damit die Unsicherheit verschwindet. So ist der Anspruch für die Beziehung, sicher zu sein, zu lieben und geliebt zu werden. Normalerweise reicht es, einfach zu lieben, ein liebender Mensch zu sein. Man braucht keine Beziehung dazu.

Da aber der liebende Mensch oft ein nicht liebender Mensch ist, werden Beziehungen zwanghaft strukturiert. Das bedingt Machtstrukturen, Verletzlichkeiten, Versprechen, Erwartungen. Damit kommt die Liebe in eine Struktur, in der sie nicht existieren kann." 2)

Diese Sichtweise empfinde ich als einen der Schlüssel zum Selbstglück."

„Weise Worte." Kauno wiegt bedächtig seinen Kopf hin und her. Mona setzt fort:

„Wenn du deinem intuitiven Wesen Raum gibst, wirst du deinen Selbstwert erkennen, fühlen, schätzen und leben. Und wenn ich alle Wesen als Göttlich erkenne, ansehe, dann gibt es nur noch Liebe zu fühlen. Das empfinde ich als einen weiteren Schlüssel, als sogenannten Heiligen Gral."

„Ich sehe das auch so und kann alle Wesen in ihrer Göttlichkeit in Liebe erkennen. Dennoch kann ich schon lange mit wenigen Kontakten bis zur Auflösung auskommen. Das meiste Reden ist heutzutage ein oberflächliches Geplapper. Deswegen lebe ich so zurückgezogen."

„Exacto! Ich habe auch wenig Motivation, mich auf die Frequenz derer, die sich mit solchen Zusammenhängen nicht befassen, und es auch nicht wollen oder sogar ablehnen, dem Mainstream und Konsumwahn frönen, einzustellen."

„Ich spüre eine zunehmende Abneigung, irgendwas zu denken, zu sehen, zu beurteilen, zu fühlen und strebe an, als ein hohes Lebewesen ohne Gefühle zu leben."

„Ich verstehe, was du meinst. Gefühle, Emotionen kann man allerdings nicht spontan abstellen oder das gewünschte Sein von heut auf morgen bewirken. Es war und ist für mich interessant zu beobachten, dass die sogenannten Erleuchteten, die ich in den letzen Jahren traf oder die darüber schreiben, nie den wahren Weg dazu aufzeigen, sondern immer mit vielen Worten ganze Räume oder Bücher über die Zusammenhänge füllen. Es ist eine Frage dessen, dass ES, der gewünschte Zustand, erscheint, dass ES plötzlich einfach da ist. Bei mir haben Meditation, viel Sein in der Natur ohne Menschen, die Selbstüberwindung heftiger seelischer und auch körperlicher Befindlichkeiten dazu geführt."

„Geht es wirklich einzig darum, großer Erleuchteter zu sein? Selbst die sogenannten erleuchteten großen Meister, denen ich begegnet bin, reden und schreiben noch immer über diese Themen. Das bräuchten sie nicht, wenn sie diesen Zustand erreicht haben."

„Verdad. Ich habe viele Jahre mit Hunden gelebt, mit Tieren und Pflanzen kommuniziert. Stell dir einmal vor, du begibst dich auf die Ebene des tierischen Seins. Du agierst einfach aus dem Instinkt des Überlebens, aus den Geninformationen, den hormonellen Gegebenheiten, dem Gang der Existenzsicherung, Nachkommen in die Welt zu bringen, sie zu versorgen und so die Art zu erhalten."

„Interessant. Dass der Mensch angefangen hat, alles in einer Art und Weise zu klassifizieren, zu analysieren, zu bewerten, welche hin und her schwankt zwischen Gut und Böse, Liebe und Leid, ist schlussendlich ein Verderbnis."

„Ein mir bekannter Tantriker hat es mal sinngemäß so formuliert: ‚Der Verstand analysiert und hält Emotionen so lange fest, bis es dem Körper richtig schlecht geht. Du kannst Emotionen loslassen, indem du den Verstand in Stille bringst. Das funktioniert durch Meditation. Wenn wir in der Lage sind, alle Emotionen, sobald sie erscheinen, nur beobachtend sofort in den Raum loszulassen, in Verbundenheit mit allem und nichts zu gehen, verschwindet auch die sogenannte emotionale Angst, die uns ständig zweifeln und irgendetwas versuchen lässt. Im absoluten Sinne sind Freud und Leid, Subjekt und Objekt nichts anderes als Raum des tiefen Bewusstseins in der Einheit des ununterbrochenen Bewusstseinsstroms. Sie sind eine vom Körper getragene Dynamik, die die Gesamtheit der Universen, Gedanken, Emotionen, Empfindungen, Körpermaterien enthält. Zwischen Positivem und Negativem zu unterscheiden verschleiert die Kraft der Woge, die uns unaufhörlich vom Endlichen zum Unendlichen trägt und mit allem verbindet.' 3)

Sich in die Einfachheit der Wirkweise der sogenannten Naturgesetze, der Funktionsweise des Universums, der Endlichkeit und Unendlichkeit in einem zu begeben bewirkt, dass man sich keine Gedanken mehr über Emotionen, Gefühle, deren Wirkweise, deine Wirkung auf und mit Menschen macht."

„Ja. Du kannst die Emotionen beobachten, aber sie machen dich nicht mehr aus, sie werden dich nicht mehr berühren oder zu etwas bringen."

„Grobstoffliche Menschen bezeichnen andere mit solch einem Zustand oftmals als kalt, emotionslos, dem ist doch alles egal, herzlos."

„Genau. Sie erkennen die Zusammenhänge nicht. Um nochmal auf Liebe zurückzukommen. Was ist Liebe wirklich? Liebe wird immer ans Herz geknüpft. Das Herz ist ein Organ, welches den tierischen, so auch den menschlichen Körper am Leben hält, solange es schlägt. Liebe zwischen Mann und Frau kann man letztendlich runter brechen auf sämtliche hormonelle Triebe und chemische Abläufe in Körpern, auch um die Nachkommen zu zeugen, zu ernähren, am Leben zu halten, um die Art zu sichern."

„Das stimmt. Und der Mensch hat ein Riesenkonstrukt an psychologischen Verworrenheiten entwickelt, was speziell zuerst durch die Religion, nachfolgend über diverse immer weiter verfeinerte psychologische und psychiatrische Wissenschaften über das menschliche Bewusstsein gestülpt wurde, um darüber Macht auszuüben, die Menschen in Angst zu halten, um sie führen zu können."

„Das haben wir besonders in den letzten zwei Jahren ganz extrem beobachten können."

„Es ist also alles ganz einfach, wenn du es so betrachtest und lebst, wie wir es eben miteinander kommuniziert haben. Es gibt einfach nur neugierig zu beobachten und zu sein. Wenn du in der Lage bist, in jedem Wesen das Liebliche, Göttliche, Einzigartige wie dich selbst zu

sehen, zu lieben, dann wirst du Zufriedenheit und Glückseligkeit erfahren." Beide sitzen über eine Stunde schweigend, bis Mona aufsteht.

„Unser Gespräch war enorm wertvoll für mich. Das
Universum hat mich zu dir geschickt, deine Worte haben
widergespiegelt, was in mir wohnt."

„Und umgekehrt."

„Es braucht niemanden im Außen, kein Suchen,
keinen Partner, keine Erleuchtung, keinen Guru, nur ein
Angekommensein in uns selbst und eine losgelöste Ver-
webung mit allem und nichts in jedem Augenblick." Sie
schauen sich in die Augen, nicken sich zu, haben sich verstanden.

Mona trinkt ihren Becher aus, stellt ihn auf dem Holztisch ab und verbeugt sich.

„Danke." Kauno verneigt sich auch und sie verabschieden sich schweigend. Er geleitet sie zur Tür hinaus, sie
streichelt Bilan, der nun vor der Haustür liegt, über den
Kopf, nickt Kauno noch einmal zu und läuft langsam zu
ihrem Mietwagen. Die Sonne verschwindet gerade hinter
den Bergen von Betancuria und färbt die Wolken
orangerot. Es sieht aus, als würde der Himmel in Flam-
men stehen.

Mona fährt zum Mirador Risco de las Peñas. Dort angekommen, kraxelt sie einen steinigen Weg hoch bis zur
besten Aussicht nach Westen und setzt sich auf einen
Felsbrocken. Sie beobachtet die untergehende Sonne,
welche die Landschaft der Insel an diesem Abend in ein
besonders mystisches Licht taucht. Ein Kolkrabe hat sich
dicht neben ihr niedergelassen und gemeinsam schauen
sie Richtung Gran Canaria und Teneriffa.

„Alle Knoten meines bisherigen Daseins sind gelöst,
die Liebe zu allem und nichts erfüllt mich ganz, macht
mich aus," redet sie leise vor sich hin und der Rabe

lauscht ihren Worten, bis er sich erhebt und sanft davonsegelt.

Im Schein des blutrot im Atlantik verschwindenden Sterns tanzt Mona zwischen den Felsgesteinen den tantrischen Tanz. In Zeitlupe bewegt sie sich, lässt alle Emotionen los und mit dem Raum verbinden.

Wie im Zeitraffer laufen die vielen Begegnungen ihres Lebens vor ihrem inneren Auge ab, leidenschaftliche, ekstatische, frustrierende, schmerzhafte, sehr zärtliche und liebevolle, erzwungene, gewollte und nicht bekommene, heiß geliebte. Sie kann alle Beziehungsenergien, alle Gedanken und eventuellen Vorhaben fließen lassen.

„Es gibt nichts zu entscheiden, es gibt nichts zu tun. Alles ist Energie. Es ist, wie es ist, und es ist immer jetzt. Es gibt einfach nur zu sein."

Mona schließt die Augen, atmet die Inselluft tief ein und verbindet sich mit den Elementen. So lässt sie sich gelöst und glückselig gedanklich die Tiefen des Atlantiks fallen, steigt wieder daraus empor, um mit Leichtigkeit über den Ozean zu schweben, und ruft jubilierend:

„Ich weiß, wo ich zu Hause bin!"

Fußnoten:
1) Selbst erstellte Zusammenfassung aus einem Seminar mit Daniel Odier im November 2018 in Berlin
2) Zitat aus einem Interview mit Yod Udo Kolitscher
3) sinngemäßes Zitat aus „Das entflammte Herz" von Daniel Odier

Nachwort

Ich danke allen, die bei der Entstehung dieses Buches mitgeholfen haben.

Auch wenn der Roman teils aus Erfahrungen und Erlebtem aus den Jahren meines Lebens auf Gran Canaria und Fuerteventura und meiner vielen Reisen auch nach Teneriffa entstanden ist, die Namen, Handlungen und handelnden Menschen sind der Fantasie entsprungen. Jegliche Ähnlichkeit mit lebenden oder verstorbenen Menschen ist zufällig.

Danke an jene, die mich liebevoll, herzgeführt, achtsam, bewusst, aufmerksam, wertschätzend, geduldig und verstehend durch meine schöpferischen Phasen und mein gesamtes Dasein begleitet haben. Besonderer Dank geht an meine liebe Freundin Anna und an Uwe, welche mich beim Korrekturlesen unterstützt haben.

Dass ich in meiner Romantrilogie mehrfach Bezug auf Esperanto nahm, ist eine Hommage an meinen Vater, der im Jahre 1984 die Erde körperlich verlassen hat. Er hatte sich intensiv mit dieser Sprache beschäftigt. Wahrscheinlich sah er darin die Möglichkeit einer friedlichen Verbundenheit aller Menschen. Ich hatte keine Gelegenheit mehr, mich mit ihm darüber auszutauschen.

Meinen medizinischen Sachverstand verdanke ich unter anderem auch meinem zweiten Ehemann, welcher viele Jahre wissenschaftlich im Bereich Seuchen und Epidemien gearbeitet hatte. Sein körperliches Dasein auf dieser Erde endete mit 47 Jahren.

Befruchtende und meine Sichtweisen unterstützende und bestätigende Impulse erhielt ich insbesondere durch das Praktizieren der Transzendentalen Meditation seit 1997, die Worte und Werke des Tantrikers Daniel Odier und die Tantra-Lehrerin Regina Heckert.

Während des Schreibens und Korrekturlesens der Trilogie hatte ich immer mal verwundert innegehalten. Wodurch wurde bewirkt, dass das Thema Drogen so viel Raum bekam?

Die einzigen Drogen, mit denen ich in meiner Jugendzeit und bis zum Jahre 1997 konfrontiert war und die ich konsumiert hatte, waren Alkohol und ab und zu ein paar verschriebene Schmerz- und Beruhigungsmittel.

Seit 1999, zwei Jahre nach Beginn meine Meditationspraxis, entwickelt sich in mir das dringende Bedürfnis, Alkohol und bewusstseinsbeeinflussende Medikamente zu meiden, nicht mehr zu konsumieren. Das hing sicher auch damit zusammen, dass ich einige Jahre vorher mit einem alkoholkranken Mann verheiratet war und durch ihn auch gewalttätige Szenen erlebte. Oft hatte ich von ihm folgende Worte gehört: „Das ist ja alles nur noch bewusstlos zu ertragen!" Dieser Satz ließ in mir heftigen Widerstand entstehen und ich beschloss, mein Dasein bei vollem Bewusstsein zu leben und zu gestalten.

Auch ich war, insbesondere während meines Lebens in Berlin, in Kontakt mit Rauschmitteln gekommen, dazu animiert worden, Drogen zu nehmen. Aber ich lehnte immer ab.

Eine blutjunge Freundin aus der Karibik stand pausenlos unter dem Einfluss von Ecstasy, war extrem anhänglich und überdreht. Eine befreundete, sehr talentierte Fotografin, welche ausgesprochen morbide und erotische Fotos inszenierte, rauchte einen Joint nach dem anderen. Das sind nur zwei Beispiele.

Nachdem ich aufgehört hatte, Alkohol zu trinken, was ich auch der Transzendentalen Meditation verdanke, konnte ich immer bewusster beobachten, dass Menschen unter dem Einfluss von Drogen und Alkohol neben anderen Wirkungen Dinge tun und sagen, die sie sonst nicht ausmachten. Meine Freundin aus der Karibik hatte 48 Stunden durchgetanzt und war immer noch nicht müde. Doch wozu das alles?

Muss die Welt immer schneller, immer exzessiver, immer mehr voller Spaßfaktoren und Betäubung sein?

Je länger ich mit reiner Wachheit und Bewusstheit das Treiben der Alkoholisierten und Betäubten beobachte, desto absurder wird für mich diese Welt.

Ich liebe die Einfachheit, das klare Bewusstsein, stille Verbundenheit, Achtsamkeit im Moment, Innehalten, mit allen reinen Sinnen zu genießen und dadurch das wahrhaftige Spüren von Körper, Geist und Seele ohne Beeinflussung durch solche Substanzen.

Außerdem habe ich bewusst entschieden, einen Roman zu schreiben, in dem die Protagonistin einen weiten Weg der Bewusstwerdung durch Höhen und tiefen der dualen, teils knallharten Realität durchschreitet.

Der bewusste Schöpfer meines Universums, in dem es keine Drogen, keinen Alkohol, keine Gewalt, keine Dekadenz, keinen Hass, keine Lüge, keine Kriege gibt, bin ich.

Mein Universum ist friedlich, voller Liebe, beschaulich, entschleunigt, heilsam, kreativ, bewusst spürend, neugierig, kritisch, mutig, wach beobachtend und handelnd und es mangelt mir an nichts.

Über die Autorin

Evelin Heinecke alias Esteva Hara

Bereits als Kind, aufgewachsen in der DDR, hatte ich Zugang zu den feinstofflichen Sphären des Universums und beschäftigte mich mit Astrologie und Yoga. Ich schrieb Gedichte und Gedankengeschichten, zeichnete und malte Bilder, um meine sehr reichhaltige Gefühls- und Fantasiewelt bändigen zu können. Frühzeitig befasste ich mich u.a. mit den Lehren von Sokrates, Einstein, Hawkins und Freud, mit Quantenphysik und schwarzen Löchern, der Verbindung von Physik und Spiritualität uvm.. Nach Universitätsabschluss, bürgerlichem Ehe- und Arbeitsleben, dem Einstieg in die Transzendentale Meditation und der Begegnung mit Tantra entschied ich mich für einen radikalen Ausstieg. Einige Jahre im Ausland, die mutige Überwindung von sogenannten Schicksalsschlägen und körperlichen Befindlichkeiten haben mich die wahrhaftigen Zusammenhänge des irdischen Daseins erkennen lassen. Dabei erfuhr ich das Erleben der Selbstregenerationskraft, der Verbundenheit mit der Natur und allen Wesen als heilsamen Weg und war auf diesem dazu animiert worden, Gedichte, Kurzgeschichten, ein tantrisches Tarotbuch und fünf Romane zu schreiben. Das nächste Projekt ist die Überarbeitung meines erotischen Romans.
www.estevahara.de

375

**Liebesabenteuer auf
Gran Canaria
Auswanderroman Teil 1**
Broschiert: 376 Seiten
Verlag: Books on Demand,
Neuauflage: 2 (November 2021)
ISBN: 9783755710554

**Mystische Verbundenheit
Auswanderroman Teil 2**
BoD – Books on Demand; 1. Edition
(24. November 2022)
Taschenbuch: 416 Seiten
ISBN-10: 3756276309
ISBN-13: 978-3756276301

Tantrisches Tarotbuch
Bewusstes Kartendeuten
Taschenbuch: 356 Seiten
Tarotkarten erschaffen
von Evelin Heinecke
Verlag: Books on Demand;
1. Auflage (Oktober 2021)
ISBN: 9783755700418

Tarotkartendeck zum Buch

**Das Perlengeheimnis
Utopischer Roman**
Broschiert: 356 Seiten
Verlag: Books on Demand
Neuauflage: 1 (November 2017)
Perlen regnen vom Himmel
von Esteva Hara
Neuauflage: 2 (November 2021)
ISBN: 9783755711421

**Augenblicksein
Gedichte~ Gedanken ~
Geschichten**
Taschenbuch: 336 Seiten
Verlag: Books on Demand;
2. Auflage: November 2021
ISBN: 978-3-755-7385-41

**Zeitlose Resonanz: Lyrik –
Gesammelte Werke**
Taschenbuch: 232 Seiten
ISBN-13: 978-3752862492
Herausgeber: Books on
Demand; 1. Auflage (31. Juli
2018)

**Daseinsweiten
Episodensammlung**
Taschenbuch: 252 Seiten
Verlag: Books on Demand;
Auflage: 1 (3. Dezember 2012)
ISBN-13: 978-3744890007

Dickluftfülle

Staub im Wasser in der Luft
Bächlein fließt noch aus der Gruft
Sprudelt spärlich und verhalten
Trocken sehr des Baumes Falten

Hitze groß das Feld mit Gülle
Trockenblatt- und Dickluftfülle
Wesen sich nicht regen will
Heiß und starr und alles still

Es wird kommen Winter kalt
Eissturm durch die Äste hallt
Weggewischt die Hitzeglut
Und der Umwelt Höllenbrut

Winter oder Sommer just
Du frönst nur der Egolust
Noch mehr Luxus und Gewinn
Was macht das für einen Sinn

Wenn um dich die Welt verbrennt
Niemand mehr den andern kennt
Fantasie wird dir diktiert
Hirnfunktion degeneriert

Isoliert im Medienglast
Rettung ist wohl schon verpasst
Komm heraus verzage nicht
Bring gemeinsam was ins Licht

So kannst du bewirken was
Dass nicht überläuft das Fass
Biete Stirn und wache auf
Heilung nimmt dann ihren Lauf

E.H.

Viviane - Lebensberatung & Entspannungscoaching

Du erfährst gegenwärtig eine schwierige Lebenssituation, enorme Herausforderungen, du weißt nicht weiter oder hast Schwierigkeiten, dich zu entscheiden?

Du bist an einem Punkt im Leben, an dem du schon sehr viel versucht hast, aber deine Probleme, Schmerzen, Sorgen und/oder Befindlichkeiten nicht in den Griff bekommst?

Du hast einen geliebten Menschen verloren, einen Trauerfall und suchst Unterstützung bei der Trauerbewältigung und Neuorientierung?

Mein Coaching ist ein auf deine Themen und Bedürfnisse bezogener Beratungs- und Betreuungsprozess mit dem Ziel, deine Potenziale und Kräfte bewusst zu stärken und dein Selbstmanagement kontinuierlich zu verbessern.

Es unterstützt dich dabei, deine Werte, Überzeugungen und Möglichkeiten besser zu erkennen, mit deinen Emotionen abzugleichen und Blockierendes, Hemmendes aufzulösen.
So wird es dir möglich, bewusst und voller Energie, Entscheidungen zu treffen, Neues auszuprobieren, Entspannung zu bewirken.

Gemeinsam finden wir Lösungen, umsetzbare Handlungsvorschläge, inspirierende Impulse. Alles wohnt in dir, du kannst es finden. Erfahre wertvolle Methoden, um klare Visionen für dein bewusstes, erfülltes, entspanntes Leben zu entwickeln.

Wie fühlt es sich für dich an, zu verstehen, dass Ängste, Gedankenkreise und Verhaltensweisen, die aus vergangenem Erleben rühren, bewusst im Jetzt in Leichtigkeit, Lebensfreude und Kreativität gewandelt werden können?

Holistische Lebensberatung bedeutet, dich ganzheitlich im Bezug auf deinen Selbstwert, dein Umfeld, deine Alltagsgestaltung wahrzunehmen und beim Erkennen neuer Handlungsmöglichkeiten und Wünsche zu begleiten. Das jeweilige Thema bestimmst du. Hier eine Auswahl:

- Entscheidungsfindung
- Besserer Umgang mit Stress
- Veränderungen angehen
- Krankheitsphasen bewältigen
- Umgang mit Ängsten
- Trauerbewältigung
- Konstruktive Kommunikation
- Beziehung, Liebe, Familie, Sexualität
- Sinnfindung und Motivierung
- Steigerung der Lebensfreude und Zuversicht
- Wünsche, Träume, Visionen erkennen
- Geduld und Gelassenheit entwickeln

Bei mir geht es nicht darum, Erlebtes, Vergangenes, Probleme, Symptome zum hundertsten Mal zu analysieren, sondern um das Verstehen der eigenen Signale. Ich kann dir Wege aufzeigen, wie du einen neuen Lebensansatz finden, Gedankenkreise, auflösen, Selbstregeneration in Gang bringen kannst. Du schöpfst aus dir selbst. So erfährst du eine völlig neue Lebenspräsenz.

Mein Name ist Evelin. Ich bin Jahrgang 62, freigeistig, offen für Weiterentwicklung, lege besonderen Wert auf energetisch konstruktive und erfüllende Kommunikation, wahrhaftiges, offenes Miteinander und authentische Begegnungen.

Mein Werdegang

1984 Universitätsabschluss als Wirtschaftswissenschaftler und Betriebswirt Fachrichtung Elektrotechnik/Elektronik
1997 Transzendentale Meditationsausbildung
1997-2002 Ayurveda-Ausbildung, Ayurvedische Massage (Bewusstes Sein, Meditation, Kraft aus der Stille, Einheit von Körper und Geist, Ernährung nach Ayurveda und den Doshas, Yoga)
2004 Fußreflexzonenmassage, Astroausbildung, Edelsteintherapie
2004-2005 Reikimeisterausbildung
2005 Eröffnung der Beratungspraxis Pranaquelle/Vivisane
2011 Mediation
2017-2020 Tantrische Weiterbildung Leben im Augenblick
2007-2020 Aus- und Weiterbildung als Hypnoseentspannungscoach
2011-2023 Veröffentlichung von 7 Büchern teilweise unter dem Pseudonym Esteva Hara
2020 Ausbildung zum Trauerredner

VIVISANE - GESUND LEBEN

www.vivisane.de